Tanja Pleva
Gottesopfer

W0379009

PIPER

Zu diesem Buch

Profiler Sam O'Connor erhält von Europol den Auftrag, einen brutalen Mordfall in Rom aufzuklären. Das Opfer wurde auf dem Campo dei Fiori gefesselt und verbrannt. Die körperlichen Überreste der jungen Frau sind auf groteske Weise zur Schau gestellt – als hätte der Mörder ein grausames Ritual vollzogen. Bei seinen Ermittlungen stößt Sam auf einen ähnlichen, zwei Jahre zurückliegenden Fall in Hamburg, doch erst ein weiterer Mord in Salzburg bringt ihn auf das Motiv des Täters: Bei allen drei Frauen wurden neben einer Bibel auch Salz und Kräuter gefunden – einst gebräuchliche Mittel, um die Seelen von Hexen zu bannen. Offenbar glaubt der Serientäter, im Auftrag Gottes zu morden. O'Connor sucht fieberhaft nach dem Psychopathen, der ausgerechnet mit Lina, einer zauberhaften jungen Frau, in einer geheimen Verbindung zu stehen scheint …

Tanja Pleva wurde 1965 als Tochter des Schauspielers Jörg Pleva geboren. Bedingt durch den Beruf ihres Vaters war sie schon als Kind an ständige Ortswechsel gewöhnt. Als Erwachsene führte sie ihre »ruhelose Seele«, wie sie selbst sagt, durch Europa, Asien – und schließlich auf den Spuren ihrer Vorfahren bis nach Südamerika. Dort, in Kolumbien, lebt sie heute mit ihrem Mann, ihren zwei Kindern, zwei Hunden und sechs Katzen. Auf die Frage, warum sie sich einen männlichen Protagonisten ausgesucht hat, gab sie zu, einen Helden schaffen zu wollen, in den sie sich auch verlieben könne. Das hat sie wohl, denn sie schreibt bereits an ihrem zweiten Fall für den Europol-Ermittler Sam O'Connor.

Tanja Pleva

Gottesopfer

Thriller

Piper München Zürich

Mehr über unsere Autoren und Bücher:
www.piper.de

Originalausgabe
Mai 2010

Umschlagkonzept: semper smile, München
Umschlaggestaltung: PEPPERZAK BRAND
Umschlagabbildung: Peter Starman / Getty Images
und Rebecca McEntee / Corbis Sygma
Autorenfoto: privat
Satz: Kösel, Krugzell
Papier: Munken Print von Arctic Paper Munkedals AB, Schweden
Druck und Bindung: CPI – Clausen & Bosse, Leck
Printed in Germany ISBN 978-3-492-25867-8

PROLOG

HAMBURG, JANUAR 2007

Der leichte Schneeregen war zu einem regelrechten Schneegestöber geworden. Innerhalb von einer halben Stunde hatte sich auf die grauschwarze Asphaltstraße ein weißer Teppich gelegt. Außer einem Wagen vom Winterdienst, dessen Scheinwerfer den weißen Schnee in gelbe Honigflocken verwandelten, fuhr nur ein Streifenwagen langsam den Mittelweg in Pöseldorf entlang. Die Reifen drehten durch, und der Wagen schlug nach hinten aus, wie eine wilde Stute, die einen unliebsamen Reiter auf sich sitzen hat. Es war nach Mitternacht, und kein vernünftiger Mensch setzte sich jetzt noch ans Steuer. Leider, denn die beiden jungen Polizisten, die seit zwei Jahren miteinander Streife fuhren, hatten einen lukrativen Nebenverdienst während ihrer Nachtschichten am Wochenende entdeckt und waren darauf aus, auch heute Nacht ihr schmales Gehalt etwas aufzubessern.

»Das wird wohl heute nichts. Kein Betrunkener setzt sich heute noch ans Steuer«, sagte Boris Sommer, und Ärger schwang in seiner Stimme mit. Sein rundes Gesicht mit den blauen Augen, der kleinen Stupsnase und dem vollen Mund hätte ohne die kurz geschorenen blonden Haare und den linkischen Blick weich gewirkt, so aber sah er eher wie ein primitiver Schlägertyp aus als wie ein Polizist.

»Vielleicht gerade, weil sie denken, dass sie sowieso keiner anhält.« Thomas Stein sah auf die Uhr. »Es ist gerade mal ein Uhr. Die Nachteulen verlassen den Bau erst gegen drei. Und dann kannst du wieder deinen Spruch aufsagen. ›Guten Abend, Fahrzeugkontrolle, haben Sie etwas getrunken?‹« Stein grinste seinen Kollegen dümmlich von der Seite an.

»Guck nach vorn, Mann«, erwiderte Sommer genervt.

In der Schule hatten sie den kleinen, dicken Stein gehänselt. Heute war er zwar immer noch klein und dick, aber seine Uniform brachte ihm zumindest bei den Normalbürgern den nötigen Respekt ein. Bei den Fahrzeugkontrollen mit Sommer wagte es keiner, frech zu werden. Wenn er ehrlich war, war es ihm aber ganz recht, dass das Wetter heute nicht mitspielte, denn richtig wohl war ihm nie dabei, wenn sie sich schmieren ließen, um angetrunkene Fahrer weiterfahren zu lassen. Manchmal konnte er wegen des schlechten Gewissens nicht einschlafen.

Sommer war dagegen ganz anders gestrickt. Alle ließen sich für ihre Leistungen bezahlen, sagte er immer, und wenn man den Leuten das Theater mit Papierkram, Führerscheinentzug und Anwaltskosten ersparte, konnten sie dafür ja wohl auch in die Tasche greifen.

Sommer fing an, umständlich in seinen Hosentaschen zu kramen, und holte schließlich ein Feuerzeug heraus. »Scheiße, ich hab noch 'ne Rechnung in der Spielhalle offen. Hatte heute mit fetter Beute gerechnet.« Er zündete sich eine Zigarette an, zerdrückte anschließend die leere Zigarettenschachtel in der Hand und warf sie aus dem Fenster. Sofort zog blauer Rauch durch das Innere des Streifenwagens.

Stein hustete, um seinem Kollegen damit klarzumachen, dass es ihn störte, wenn Sommer im Auto rauchte, aber der hatte sich noch nie für die Bedürfnisse anderer interessiert, am wenigsten für die seines Kollegen. »Ich brauche Zigaretten«, sagte er und blies den Rauch in Steins Richtung.

Stein rieb sich die Augen und lenkte den Wagen an den Straßenrand. Seit einer Woche quälte er sich nun schon zum Dienst, obwohl er sich wegen dieser verdammten Erkältung hätte krankschreiben lassen müssen. Er wischte sich mit dem Handrücken den Rotz ab und beugte sich zum Handschuhfach, um nach dem Päckchen Taschentücher zu suchen, das er dort deponiert hatte.

Im Licht der Straßenlaterne tanzten die Schneeflocken wie wild gewordene Bienen, die ihren Stock verteidigten. Die Scheibenwischer bewegten sich geräuschlos von einer Seite zur anderen. Und mitten in dieser winterlichen Szene, gerade als Stein den

Kopf wieder hob und sich das Taschentuch vor die Nase hielt, überquerte ein schattenähnliches Wesen schleppend die Straße, verschwand auf der anderen Seite zwischen parkenden Autos und tauchte dahinter erneut auf. Stein schaute ungläubig seinen Kollegen an, der an seinem Handy herumfummelte.

»Hast du das gesehen?«

»Was?«

»Na ja, das da.« Stein zeigte mit dem Finger auf den Schatten, der in eine Seitenstraße abbog. Sommer beugte sich nach vorne, näher an die Scheibe heran, um besser sehen zu können.

»Ich seh nichts. Fahr endlich zum Dammtor, ich brauche Zigaretten.«

Hatte er Halluzinationen von der Grippe? Stein überlegte, ob er auf Sommer hören oder ob er seinem Instinkt folgen sollte. Er ließ langsam die Kupplung im zweiten Gang kommen, und der Wagen setzte sich schliddernd in Bewegung. Dann wendete er auf der eisigen Fahrbahn.

»Ich hab doch gesagt, du sollst zum Dammtor fahren«, sagte Sommer aufgebracht und verstummte plötzlich, denn direkt vor ihnen im Scheinwerferlicht, mitten in der kleinen Seitenstraße, tauchte etwas auf.

Stein rieb sich die Augen. Dieses Etwas war splitternackt. Die Haut hing wie Lederlappen an den Knochen herunter. Die Rippen stachen wie dunkle Flecken unter der weißen, fast transparenten Haut hervor. Es war, als schlurfe ein Skelett die Straße herunter.

»Ist Halloween nicht vorbei?«, fragte Sommer, doch der Witz kam nicht an. »Halt an, ich seh mir das mal genauer an.«

Der Wagen hielt, Stein griff etwas langsamer nach seiner Mütze als Sommer, der bereits die Tür geöffnet hatte und mit einem Fuß im Schnee stand.

»Hey! Polizei! Bleiben Sie stehen!«, rief Sommer der Gestalt hinterher.

Das geräuschlose blinkende Blaulicht tauchte die verschneite Seitenstraße und die weißen Häuserfassaden in ein gespenstisches Licht. Stein versuchte, Sommer einzuholen, und verlor beinahe das Gleichgewicht auf der vereisten Straße. Er ruderte mit den Armen und hielt sich an der Kühlerhaube fest.

Wieder rief Sommer: »Haben Sie nicht gehört? Bleiben Sie stehen!«

Keine Reaktion. Das Skelett bewegte sich unaufhörlich weiter. Es schien irgendetwas zu tragen. Und dann war da dieses Geräusch. Stein ging jetzt direkt hinter Sommer her und hörte ein seltsames Klirren, während Sommer seine Waffe zog und sich in Position stellte.

»Wenn Sie nicht stehen bleiben, schieße ich!«

Stein stellte sich vor Sommer. »Bist du verrückt? Lass die Waffe stecken, oder hast du das Gefühl, angegriffen zu werden?« Stein ging schneller, um die Gestalt zu überholen. Er rutschte den abschüssigen Weg hinunter, hielt sich an einem Gartenzaun fest und drehte sich um. Seine Miene erstarrte, als hätte er den Leibhaftigen vor sich. An den Hautlappen, die statt der einst wohl vollen Brüste an dem Brustkorb hingen, konnte man erkennen, dass es sich um eine Frau handelte. Sie trug einen Ziegelstein, der an einer schweren Kette hing. Die Kette wiederum war an einem Eisenring befestigt, der um ihren Hals lag. Ihr Kopf war kahl geschoren, und ihre Augen lagen tief in den Höhlen. Der Blick war nicht leer, sondern tot.

Aus Steins Mund kam ein Stöhnen, dann brachte er ein »Mein Gott!« zustande und kotzte direkt auf seine Schuhe.

Die Skelettfrau schien den Beamten weder zu sehen noch zu hören. Sie brabbelte unverständlich vor sich hin und setzte einen nackten Fuß vor den anderen, ohne ins Rutschen zu geraten.

Sommer hatte aufgeholt. Er stand nun seitlich vor der Frau und glotzte sie angeekelt an.

»Ruf einen Krankenwagen und hol eine Decke aus dem Wagen«, rief er Stein zu. Dann besann er sich eines Besseren und sagte: »Nein, bleib du besser hier, ich mach das«, und lief zum Wagen zurück. Stein wischte sich den Mund sauber und folgte langsam der Frau, bis er wieder auf gleicher Höhe mit ihr war. »Hören Sie, ich weiß nicht, was Ihnen passiert ist, aber können Sie mich verstehen?«

Die Frau reagierte nicht. Die weißen dünnen Finger um den Stein gelegt und den Blick ins Nichts gerichtet, setzte sie nach wie vor wie ein Roboter einen Fuß vor den anderen.

Zehn Minuten später waren ein weiterer Einsatzwagen und ein Krankenwagen vor Ort und brachten plötzlich Leben in die kleine, dunkle Straße. Sensationsgeile Anwohner waren in Pyjamas und Bademänteln vor die Tür getreten, standen mit durchnässten Hausschuhen im Schnee und schauten zu, wie die in eine Decke gewickelte Frau samt Eisenkette und Stein auf eine Bahre geschnallt und in den Krankenwagen geschoben wurde.

Nachdem auch drei Tage später keine Vermisstenmeldung auf den Polizeistationen eingegangen war, erschien im *Hamburger Abendblatt* auf der dritten Seite ein kleiner Artikel mit einem Foto von der »Skelettfrau« und der Bitte um Identifikation. Doch es gab niemanden, der sie in diesem Zustand wiedererkannt hätte – außer einem, und der hütete sich davor, mit der Polizei in Kontakt zu treten.

Da sich auch in den nächsten Wochen und Monaten keiner wegen der Frau meldete, verschwand die Akte weit hinten in den Schubladen der Polizei, und die »Skelettfrau« geriet in Vergessenheit, wie ein altes Spielzeug, das im Keller in der hintersten Ecke zwischen Gerümpel steht.

1

HAMBURG, JANUAR 2008

Pater Dominik stand vor dem Altar aus graublauem Muschelkalk, direkt unter dem Relief des auferstandenen Jesus mit den geöffneten Armen. Darüber war ein Auge innerhalb eines Dreiecks zu sehen, von dem drei Strahlenbündel ausgingen. Das Zeichen für Gottvater und für die Trinität.

Die drei darüberliegenden bleiverglasten, farbigen Fenster, die hauptsächlich in roten und gelben Tönen gehalten waren, stellten Eva, die Mutter des Lebens, dar, Maria Magdalena, wie sie den Jüngern die Auferstehung verkündet, und die klugen Jungfrauen, die auf das Erscheinen von Jesus Christus warten. Eine schöne Zierde für die ansonsten kahle, kalkweiße Wand.

Endlich erhoben sich langsam die paar Leute von den Bänken und strebten gen Ausgang. Ein Mann hielt inne, blickte kurz auf, unentschlossen, ob er noch ein Gespräch mit dem Pfarrer anfangen sollte oder nicht.

Ein kurzes Stoßgebet von Pater Dominik schien jedoch zu wirken, und der Mann bewegte sich weiter in Richtung Ausgang. Doch nun steuerten die beiden jungen Frauen auf ihn zu.

»Guten Tag, Pater, Ihr Gottesdienst ist immer so …«, sagte die eine der beiden, eine Brünette, die wegen ihrer Zahnspange leicht lispelte.

»… so göttlich«, vervollständigte die andere den Satz und streckte ihm die Hand entgegen.

»Ich heiße übrigens Kim, und das ist meine Freundin Leila.«

Er schüttelte ihre Hand und lächelte den beiden freundlich zu. »Danke, es ist schön, so treue Gottesdienstbesucher zu haben, aber ich muss jetzt leider die Kirche schließen und …«

»Sagen Sie, Pater, ich würde gerne mal beichten. Dazu ist doch der Stuhl da drüben, oder?«, fragte Leila.

Mit dem Blick folgte Pater Dominik ihrem Finger zu dem Beichtstuhl in einer Nische und nickte.

»Ein andermal gerne«, sagte er und konnte sich lebhaft vorstellen, was die junge Dame ihm zu beichten hatte. Er nahm es mit Humor und ging langsam, aber bestimmt Richtung Ausgang. Die beiden folgten ihm.

»Ist es nicht ziemlich einsam, Pfarrer zu sein? Ich meine, haben Sie nie Lust verspürt ...« Kim legte eine Pause ein, grinste verschmitzt, und dieses Mal beendete Leila den Satz: »... eine Familie zu gründen?«

Er sah von der einen zur anderen. Ein Kopf, zwei Münder, dachte er und gab die Antwort, die er immer auf diese Frage gab. »Das Zölibat macht mich für andere frei. Wenn ich mich um eine Familie kümmern müsste, hätte ich keine Zeit für die Stille und das Gebet und könnte mich nicht um die Probleme anderer kümmern.«

Die beiden jungen Frauen nickten gleichzeitig, aber er war sich sicher, dass sie nichts von dem verstanden, was er gesagt hatte. Endlich waren sie am Ausgang angelangt. Kaum waren die beiden über die Türschwelle getreten, zog er langsam die Tür hinter sich zu. Er blieb noch zwei Sekunden vor dem Portal stehen und verabschiedete die beiden mit einem »Gott segne euch«.

Dann schlüpfte er schnell wieder in das warme Kircheninnere, drehte zweimal den Schlüssel im Schloss um und eilte durch den Mittelgang auf die kleine Tür hinter dem Altar zu, die zum Pfarrhaus führte. Auch diese schloss er sorgfältig hinter sich ab und stieg die kleine steile Holztreppe nach oben zu seinen Privaträumen. Noch bevor er oben ankam, hatte er sich seiner Soutane entledigt, die er schnell an den Haken hinter der Tür hängte. Darunter kam ein schwarzer Anzug, seine Reisekleidung, zum Vorschein. Er nahm den langen schwarzen Mantel von der Garderobe, steckte seine Papiere und das Zugticket nach Salzburg in seine schwarze Umhängetasche und verließ das Pfarrhaus durch den Hintereingang.

2

MÜNCHEN

Er flog hoch oben über Berge, Täler und Wälder. Alles unter ihm war schillernd bunt, Farben so schön, wie er sie noch nie gesehen hatte. Der warme Wind streichelte seine Haut. Er bewegte die Arme, als wären sie Flügel, hob und senkte sich in der Luft, flog über Baumkronen, die ihn am Bauch kitzelten. Ein wohliges Gefühl, ein unbeschreibliches Glück breitete sich in ihm aus – bis ihn dieser schrille, entnervende Ton aus dem Traum riss. Verzweifelt hielt er die Augen geschlossen, versuchte, die Bilder festzuhalten. Nein, er wollte nicht aufwachen, er wollte dort bleiben, weiter fliegen, doch es war vergebens. Die Farben waren verschwunden, Dunkelheit umgab ihn, und das Klingeln wurde immer lauter. Die Leuchtziffern seiner Tag Heuer zeigten auf halb zwölf. Er hatte viel zu lange geschlafen. Sein Nacken schmerzte, fühlte sich steif an, und seine Knochen waren vom langen Liegen wie eingerostet. Die heruntergelassenen Jalousien vor den Fenstern verwandelten das Zimmer in eine dunkle Höhle. Auch wenn draußen nicht, wie jetzt in dieser kalten Jahreszeit, alles grau in grau war, war es hier egal, ob es Tag oder Nacht war. Er krabbelte im Dunkeln ans Fußende des Bettes, tastete nach dem Telefon, das unter sein Bett gerutscht war, und brummelte in den Hörer: »Ja?«

»Sam O'Connor?«

Sam gab einen bejahenden Grunzlaut von sich, während er sich langsam auf den Rücken drehte und den Schlaf aus den Augen rieb. »Mein Name ist Peter Brenner von Europol. Wir haben hier zwei Fälle, die höchstwahrscheinlich miteinander zusammenhängen und ...«

»Ich arbeite zurzeit an einem Fall. Tut mir leid«, unterbrach ihn Sam unwirsch.

»Tatsächlich?«, fragte der Mann am anderen Ende der Leitung überheblich. Sam überlegte, was er über ihn wissen konnte. Der Ton dieses Herrn Sowieso von Europol gefiel ihm überhaupt nicht.

»Nun ...«, setzte Sam wieder an, merkte aber, dass er noch nicht wach genug war, um sich einem Wortgefecht zu stellen.

»O'Connor, Sie sind vor zwei Tagen von Ihrem Fall abgezogen worden, weil Sie einen Kirchendiener schwer beleidigt haben. Das ist doch richtig, oder?«

»Er hat mich provoziert.«

»Das interessiert mich nicht.«

»Rufen Sie jemand anderes an, Herr ...?«

»Brenner. Das habe ich schon. Alle anderen, die infrage kämen, sind beschäftigt. Sie sind der Einzige, der frei ist. Ich erwarte Sie um vier Uhr in Rom. Ihr Ticket liegt beim Lufthansa-Schalter am Flughafen München für Sie bereit.«

Sam war inzwischen in seinen schwarz-grau, ehemals schwarz-weiß gestreiften Boxershorts und dem ausgeleierten schwarzen T-Shirt in die Küche gegangen und hatte die Espressomaschine angestellt, die sich mit einem lauten Schnarren in Betrieb setzte.

»Ich glaube nicht ...«

In der Leitung klickte es. Sam sah ungläubig auf das Telefon in seiner Hand und dann auf die Digitalanzeige seiner Kaffeemaschine, auf der blinkend »Trester leeren« stand. Nachdem er die Auffangschale für Wasser und Kaffeesatz geleert, ausgewaschen und wieder eingesetzt hatte, erschien eine neue Meldung: »Wasser füllen«. »Auch das sollst du bekommen, wenn du mir dann endlich meine Koffeinspritze gibst«, sagte er leicht gereizt zur Kaffeemaschine. Mit frischem Wasser gefüllt, zeigte sie sich gnädig und spuckte den Espresso ohne weitere Meldungen aus.

Während der heiße Kaffee seine Kehle hinunterrann, überlegte Sam, ob es ratsam wäre, den Anruf zu ignorieren und sich wieder ins Bett zu legen, oder ob er sich lieber auf den Weg nach Rom machen sollte. Er hasste nichts mehr, als bevormundet zu werden. Und doch musste er sich eingestehen, dass er nicht in der Position war, sich diesem Herrn Brenner zu widersetzen.

Mit der Tasse in der Hand ging er über den langen leeren Flur, vorbei an seinem Schlafzimmer und einem weiteren geschlossenen Raum, ins Badezimmer. Die Wohnung nahm die gesamte obere Etage einer zweigeschossigen Villa ein, die einer alten Dame gehörte. Sie lag mitten im Grünen im Münchner Stadtteil Obermenzing und grenzte direkt an den Park der Blutenburg. Im Frühling schmückten die großen Kastanien und Fliederbüsche die Wege mit ihren weißen und lilafarbenen Blüten. Jetzt im Winter streckten die Bäume ihre kahlen Äste in den grauen Himmel und gaben die Sicht frei auf den kleinen zugefrorenen See in der Mitte des Parks. Sam nutzte die Anlage lediglich morgens zum Joggen und um seine Gedanken zu sammeln. Dafür war allerdings heute dank des Anrufers keine Zeit.

Die Wechseldusche vertrieb endgültig den letzten Rest Schlaf aus seinem Körper. Er strich sich mit den Händen die schwarzen, leicht gewellten Haare aus dem Gesicht und wickelte sich ein Handtuch um die Hüften. Eine Angewohnheit aus vergangenen Tagen, als sie noch zu zweit hier gewohnt hatten. Dann wischte er den durch den heißen Wasserdampf beschlagenen Spiegel sauber und achtete dabei darauf, dass das Herz und der Abdruck eines Kusses in der Mitte des Spiegels erhalten blieben. Er betrachtete seinen durchtrainierten Oberkörper, der, obwohl Sam Anfang vierzig war, dank regelmäßiger Sit-ups und Liegestütze immer noch aussah wie der eines Dreißigjährigen. Er fuhr sich über die Bartstoppeln, befand aber, dass er noch einen Tag ohne Rasur auskommen konnte, und verließ das Badezimmer. Einen Augenblick lang verweilte er vor dem Zimmer mit der geschlossenen Tür.

Unheilbar. So hatte die Diagnose des behandelnden Arztes gelautet.

Er stieß die Tür auf und sah in das leere Zimmer. Auf dem Bett lag eine bunt gemusterte Überdecke. An der Wand hingen große rote und blaue Papierblumen und eine Kopie von van Goghs *Sonnenblumen*. Die Luft roch abgestanden, hatte keine persönliche Note mehr. Fotos, die auf einer Biedermeierkommode standen, erinnerten an alte Zeiten, als sie noch unbekümmert vor sich hin gelebt und gedacht hatten, dass Krankheiten und Schicksalsschläge vor ihrer Tür haltmachen würden.

3

Sam musste erst über einen schwarz gesprenkelten Haufen Schneematsch springen, der sich am Bordsteinrand auftürmte, um in das Taxi einsteigen zu können. Im Inneren war es warm und roch nach abgestandenem Schweiß, was in ihm eine leichte Übelkeit aufsteigen ließ. Er öffnete trotz der eisigen Kälte draußen das Fenster einen Spaltbreit und sah in die Augen des dunkelhäutigen Fahrers, der ihn im Rückspiegel beobachtete und darauf wartete, dass ihm sein Fahrgast das Ziel nannte.

»Zum Flughafen bitte.«

Der Taxifahrer gab Gas, und der Matsch spritzte unter den anfahrenden Reifen auf die parkenden Autos.

Durch den Spalt atmete Sam die frische Luft ein, holte sein Handy aus der Tasche und suchte unter den gespeicherten Nummern den Eintrag »privat Prof. Klein«. Er wählte, das Freizeichen ertönte, und eine tiefe angenehme Stimme meldete sich.

»Klein.«

»Professor, hier spricht Sam O'Connor.«

»Oh, Herr O'Connor.« Eine Pause entstand, und Sam brach vor Schreck der Schweiß aus.

»Nun, was soll ich sagen? Ihrer Schwester Lily geht es den Umständen entsprechend. Wie ich bereits bei der Einlieferung sagte: Schizophrenie ist eine weitverbreitete Krankheit. Die Ursachen können genetisch-biologischer und psychosozialer Natur sein, die in einem Wechselspiel zueinander stehen. Viren wie der Herpes simplex, ja sogar eine Influenza können Psychosen auslösen. Genauso wie Komplikationen bei der Geburt, Sauerstoffmangel, belastende Lebensereignisse wie ein Todesfall oder der Auszug aus dem Elternhaus – und Drogenkonsum. Wissen Sie, ob Ihre Schwester Drogen genommen hat? Hat sie zum Beispiel Haschisch geraucht?«

Sam fühlte sich ein wenig überrumpelt. Er hatte im Moment überhaupt keine Lust auf diese Art von Gespräch. »Ich weiß nicht, ob das jetzt der richtige ...«

»Der Cannabiswirkstoff THC kann bei Menschen mit genetischer Disposition nach dem Vulnerabilitäts-Stress-Modell durch nachteilige Beeinflussung der Transmittersysteme zum Beispiel im Hippocampus eine Schizophrenie auslösen. Aber es gibt auch Schizophrenie-Patienten, die häufig Ecstasy-Pillen oder andere chemische Drogen genommen haben. Hat Lily vielleicht Ecstasy genommen? Sie sind doch bei der Polizei, oder nicht?«

»Ich bin bei der Mordkommission, nicht bei der Drogenfahndung, Professor. Und ich wollte Ihnen eigentlich nur sagen, dass ich für unbestimmte Zeit beruflich unterwegs bin, Sie mich aber jederzeit unter meiner Handynummer erreichen können.«

»Ihre Schwester ist bei uns in den besten Händen. Machen Sie sich keine Sorgen, Herr O'Connor.«

»Ich melde mich, sobald ich wieder in München bin.«

Er beendete das Gespräch und sah aus dem Fenster, ohne wirklich etwas wahrzunehmen.

Ja, natürlich hatte Lily Drogen genommen, wer hatte das nicht in den Neunzigerjahren, der Hochzeit der Drogen? Aber musste er das nun vor dem Taxifahrer besprechen? Musste er überhaupt irgendwelche Informationen über ihr Privatleben preisgeben, wenn die unumstößliche Diagnose sowieso »unheilbar« lautete? Er hasste es, wenn ihm der Professor jedes Mal wieder medizinische Vorträge hielt und ganz nebenbei fragte, ob Lily Drogen genommen hatte.

Sam lehnte sich zurück und schloss für einen Moment die Augen. In ihm stiegen grauenvolle Bilder aus der Erinnerung auf. Lily spindeldürr, zusammengekauert unter dem Waschbecken sitzend. So hatte er sie vor zwei Monaten aus der Suratthani-Klinik in Thailand abgeholt.

Er machte die Augen wieder auf und holte seinen iPod mit den ewig verknoteten Kopfhörern heraus, entwirrte sie und wählte Pavarottis *Una furtiva lagrima*. Er drehte die Musik auf volle Lautstärke, um für einen Moment der Realität zu entfliehen.

Auf Bahnhöfen oder Flughäfen zu sitzen und zu warten war für Sam ein Gräuel. Warten war für ihn verlorene Zeit, die man anderweitig so viel sinnvoller hätte nutzen können. Er betrachtete die Menschen um sich herum, die wie er auf den Flug nach Rom warten mussten und sich auf die unterschiedlichste Weise die Zeit vertrieben. Sein Blick blieb am Hut eines älteren Mannes hängen, der mit dem Rücken zu ihm saß und ihn an einen guten alten Freund erinnerte. Vor vier Jahren hatte er mit seinem etwa fünfzehn Jahre älteren französischen Kollegen Phillippe Argault an einem Fall gearbeitet, der international Schlagzeilen gemacht hatte. Sie hatten fast ein Jahr gebraucht, um einen Pädophilen zu stellen, der Kinder vor laufender Kamera wie Vieh ausgeweidet hatte. Ihm auf die Schliche zu kommen war deshalb so schwierig gewesen, weil die Kinder aus deutschen Kliniken entführt, die kleinen Leichen aber in Frankreich gefunden worden waren. Der Mann hatte wie viele andere Verbrecher die offenen Grenzen der Europäischen Union für sich genutzt. Deshalb hatte man in den Neunzigerjahren Europol gegründet und war dort für jeden mehrsprachigen Beamten dankbar. Sam sprach vier Sprachen fließend, Englisch, Spanisch, Deutsch und Französisch, und gehörte zu den drei ersten deutschen Tatortanalytikern, die 1995 vom Dezernat 11 des Münchner Polizeipräsidiums nach Wien zur Ausbildung geschickt worden waren. Inzwischen wurde er als Sachverständiger europaweit gerne bei ungelösten Fällen hinzugezogen.

Er überlegte, wie lange er nicht mehr mit Argault gesprochen hatte. Waren es zwei oder sogar drei Monate? Sam hatte beinahe ein schlechtes Gewissen, aber er war als Einzelgänger nun einmal miserabel, wenn es darum ging, Kontakte zu pflegen.

Er sah auf die Uhr. Noch eine halbe Stunde bis zum Abflug. Er suchte in der Kontaktliste seines Handys den Namen Argault.

»Allô?«, meldete sich eine raue Stimme.

»Phillippe, hier ist Sam.«

»Oh, schön von dir zu hören. Ich meine, persönlich.« Phillippe lachte. »*Mon Dieu*, dein Ruf eilt dir mal wieder voraus.«

»Wusste nicht, dass die Geschichte schon zu dir durchgedrungen ist.« Sam atmete lautlos aus.

»Du weißt doch, die Welt ist klein, und schlechte Nachrichten verbreiten sich schneller als der Schiss einer Möwe, der aus zwanzig Metern auf deinem Haupt landet. Aber du bist ja bekannt dafür, dass du auf Kriegsfuß mit der katholischen Kirche stehst.« Ein heiseres Lachen, abgelöst von einem rollenden Husten, drang an Sams Ohr. Er wartete, bis Argault sich beruhigt hatte, und wechselte schnell das Thema. Er war nicht stolz darauf, dass er sich, wenn man ihn besonders reizte, manchmal nicht unter Kontrolle hatte, und wollte darüber jetzt nicht sprechen. Seine Strafe hatte er bereits erhalten. Sie hatten ihn von dem Fall abgezogen – was ihn allerdings nicht sonderlich störte –, und damit war für ihn die Sache erledigt.

»Ich bin auf einen neuen Fall angesetzt worden. Aber wie sieht es mit dir aus? An was arbeitest du zurzeit?«

»Ich bin in Rente gegangen.«

Argault ist gerade mal Ende fünfzig, schoss es Sam durch den Kopf. »Ist es dafür nicht etwas zu früh?«

»Man kann sich nie früh genug mehr seiner Frau und seinen Rosenbeeten widmen. Ich habe fast vierzig Jahre für die französische Mordkommission gearbeitet. Jetzt ist mein Privatleben dran. Du solltest dir auch etwas fürs Herz suchen, Sam. *L'amour* ist wichtig für die Seele, sie hält dich jung und am Leben.«

»Ihr Franzosen und die Liebe!« Sam lachte, denn Argault war ein unverbesserlicher Romantiker. Er hatte seine Frau vor dreißig Jahren kennengelernt und vergötterte sie heute noch wie damals. Das kannte Sam aus seinem schnelllebigen Umfeld nicht. In seinem Bekanntenkreis heiratete kaum noch einer, Beziehungen hielten maximal drei Jahre, dann war der erste Flash vorbei, und man suchte sich was Neues. »Phillippe, ich muss los. Grüß Claudette von mir.«

Die Durchsage, dass die Maschine nach Rom zum Einsteigen bereit war, knisterte durch die Lautsprecher und ließ Sam spüren, dass er einen ziemlich nervösen Magen hatte.

Dann schaltete er sein Handy aus, setzte seine Sonnenbrille auf und stieg in das Flugzeug nach Rom.

4

ROM

Pünktlich um vier landete die Lufthansa-Maschine 743 auf dem Aeroporto internazionale Leonardo da Vinci in Rom.

Peter Brenner, ehemals beim BKA tätig, leitete seit drei Jahren eine damals neu ins Leben gerufene Abteilung bei Europol, die sich ausschließlich mit grenzüberschreitenden Mordfällen befasste. Er wartete bereits ungeduldig mit einem Schild in der Hand, auf dem, mit grünem Marker geschrieben, »Sam O'Connor« stand. Peter Brenner war mindestens einen Meter neunzig groß, dünn und schmalschultrig mit einer rot leuchtenden hohen Stirn, die wie die Spitze eines Leuchtturms aus der Menge der wartenden Italiener ragte.

Direkt vor der Ankunftshalle stand eine schwarze Limousine. Ein Chauffeur hielt den beiden Beamten die hintere Wagentür auf, und Brenner wartete, bis Sam auf den beigefarbenen Ledersitzen durchgerutscht war, um neben ihm Platz zu nehmen.

Nachdem sich der schwere Wagen in Bewegung gesetzt und Sam es sich auf der Rückbank einigermaßen bequem gemacht hatte, zog Brenner auch schon eine Akte aus seiner ledernen Tasche hervor.

»Wie war der Flug?«

»Gut. Danke«, antwortete Sam knapp. Brenner gingen seine Flugangst und der damit für ihn verbundene psychische Stress nichts an.

»Hier, sehen Sie sich das an.« Sam nahm die Akte und öffnete sie. Auf die Innenseite der Mappe waren Fotos von einer Leiche und einem Tatort geheftet. Eine Hinrichtung, war Sams erster Eindruck.

»Die Polizei fand sie auf einem öffentlichen Platz mitten in Rom. Wie Sie sehen, war die Leiche nackt und halb verbrannt. Dass sie nicht ganz verbrannt ist, muss wohl an dem Regenschauer in der Nacht gelegen haben. Na ja, trotzdem konnte sie das auch nicht retten.«

»Wann war das?«

»Vor drei Monaten, im Oktober letzten Jahres.«

»Zeugen?«

»Keiner hat was gesehen oder gehört. Erst später haben Anwohner etwas gerochen und die Polizei verständigt.«

Sam hatte nichts anderes erwartet. Wie so oft hatte niemand etwas bemerkt.

»Ich habe die ViCLAS-Datenbank mit den Daten gefüttert und einen ähnlichen Fall aus dem Jahr 2006 in Hamburg gefunden. Auch hier wurde eine Frau verbrannt. Ob es sich um denselben Täter handelt, ist fraglich, aber wir beziehungsweise Sie sollten das überprüfen. Ich habe die Akte bereits angefordert. Sie steht Ihnen schnellstmöglich zur Verfügung.«

»Sie meinen, wir haben es mit einem Serientäter zu tun?«

»Ich will es zumindest ausschließen. Die Akte liegt auf dem zuständigen Revier für Sie bereit. Der Flug nach Hamburg geht morgen Vormittag.«

Sam war begeistert: zwei Flüge in zwei Tagen. Er sah wieder auf die Papiere auf seinem Schoß. Zwischen dem Mord in Hamburg und dem Fall hier in Rom lagen zwei Jahre. Sollte es sich tatsächlich um ein und denselben Täter handeln, konnte er davon ausgehen, auf weitere Fälle zu stoßen. Er rieb sich nachdenklich übers Kinn. »Wo fahren wir eigentlich hin?«, fragte er.

»Wir treffen uns erst einmal mit dem zuständigen Beamten, der hier den Fall bearbeitet hat, dann entscheiden Sie, wie Sie weiter vorgehen wollen.«

Als die Limousine vor dem Gebäude der Polizia di Stato hielt, hatte Sam so gut wie gar nichts von der Stadt gesehen. Er wusste nur, dass er irgendwo in Rom war.

Wenn man an Rom und seine Architektur denkt, hat man alte Bauwerke mit dorischen Säulen und Steinfresken vor Augen. Das Gebäude der italienischen Staatspolizei hatte damit rein gar nichts zu tun. Es war ein ockerfarben gestrichener Neubau und versprühte so wenig architektonischen Charme wie ein Maulwurfshügel.

Brenner schob Sam an der Anmeldung vorbei, die Treppen nach oben, einen langen, nicht enden wollenden Flur entlang. Links und rechts gingen alle drei Meter Türen ab, die allesamt geschlossen waren. Kein Hinweis darauf, was sich dahinter verbarg. Die Wände waren weiß, und die Deckenbeleuchtung bestand aus Neonröhren. Wäre da nicht der graue Teppich gewesen, hätte man denken können, in einem Krankenhaus zu sein.

Der Flur machte einen Knick nach rechts und endete in einer Sackgasse vor einer weiteren nichtssagenden Tür. Brenner klopfte leise an.

Vor den beiden Männern stand plötzlich eine rassige blonde Italienerin, die eher auf die Titelseite des *GQ*-Männermagazins gepasst hätte als in ein kleines, stickiges Büro der italienischen Staatspolizei.

»Darf ich vorstellen, Nina Vigna von der Mordkommission, Sam O'Connor, unser Sachverständiger, Tatortanalytiker und Profiler.« Nina reichte Sam eine perfekt manikürte, schmale Hand, und Sam bemerkte zu seinem Erstaunen, dass ihr Händedruck wider Erwarten kräftig war. Nina nickte Brenner zur Begrüßung nur zu, offensichtlich hatten sie heute schon das Vergnügen gehabt, und bewegte ihre kurvige Figur auf einen abgenutzten Schreibtisch zu, hinter dem sie anmutig Platz nahm.

»Setzen Sie sich bitte, Signori.« Sie wies auf zwei Plastikstühle vor dem Schreibtisch und öffnete dann eine Akte.

»*Allora*, dieser Fall ist sehr *difficile* … ja, schwierig. Wir kommen nicht weiter. Es gab noch nie so etwas *terrificante* in *Italia* …«

»Wenn man von den Mafiamorden absieht, vielleicht«, warf Sam ein und erntete einen bitterbösen Blick aus Ninas tiefschwarzen Augen. Dann fuhr die Polizistin ungerührt fort.

»... was mich vermuten ließ, dass der Täter nicht von hier ist, und deshalb bat ich meinen Mann, bei Signore Brenner für mich anzurufen.« Sie lächelte Brenner an, und der lächelte zurück.

»Ja, richtig. Wir haben gestern miteinander telefoniert. Ich kenne Ihren Mann noch aus BKA-Zeiten.« Brenner zog ein Stofftaschentuch mit den Initialen P. B. aus seiner grauen Anzughose und wischte sich eine Schweißperle von der inzwischen nicht mehr leuchtend roten, sondern blassrosa mit bräunlichen Pigmentflecken gesprenkelten Stirn. Sam wunderte sich, dass Brenner schwitzte, denn warm war es weiß Gott nicht in dieser kleinen Abstellkammer.

»Wenn es Ihnen nichts ausmacht, würde ich mir zunächst einmal gerne den Tatort ansehen, Signora Vigna, und zwar ungefähr zu der Zeit, als der Täter das Opfer dort angezündet hat. Außerdem möchte ich die Wohnung des Opfers sehen.«

»Tut mir leid, aber die Wohnung ist wieder vermietet. Sie hatte keine Verwandten, außer einer Mutter in einem Heim. Die *Piazza* anzusehen ist kein Problem. Was halten Sie von einem Rendezvous heute Nacht um eins mit mir? Ich komme zu Ihnen ins Hotel.«

Sam schmunzelte, und Brenner, der sich gerade übers ganze Gesicht wischte, hielt sich sein Taschentuch vor den Mund und gab ein undefinierbares Geräusch von sich, das ein Hüsteln oder Glucksen sein konnte.

Nina Vigna sah von einem zum anderen.

»Ist mein Deutsch sehr schlecht?«

Wie aus einem Munde antworteten die beiden Männer: »Nein. Es ist hervorragend.«

Sie erhob sich von ihrem Stuhl, zog den Rock, der ihre schlanken Oberschenkel bedecken sollte, aber im Sitzen hochgerutscht war, wieder nach unten und schüttelte zuerst Brenner und dann Sam zum Abschied die Hand. Dabei sah sie ihnen nicht eine

Sekunde zu lang in die Augen, und Sam verstand, dass sich diese Frau nur mit absolut kühler Professionalität ihre Kollegen vom Halse halten konnte. Zweifellos wusste sie genau, welchen Reiz sie auf das andere Geschlecht ausübte, und Sam war sich ziemlich sicher, dass sie immer bekam, was sie wollte. Er wandte sich Brenner zu, wies mit der Hand auf die Tür, um Brenner den Vortritt zu lassen, und verließ dann hinter ihm das kleine Büro der *GQ*-Kandidatin Nina Vigna.

5

SALZBURG

Frau Dileilah, die eigentlich Birgit Eschberger hieß, hatte eine außerordentlich ausladende Figur. Gesicht und Hals gingen ineinander über und saßen auf einem kugelrunden Körper. Ein Humpty Dumpty in einem geblümten Kittel. Die zwei kurzen dicken Unterarme endeten übergangslos in zehn wurstähnlichen Fingerchen, die flink ein paar Karten mischten. Wäre ihr Kittel durchsichtig gewesen, hätte man gesehen, dass der fettleibige Körper von einem engen Korsett in Form gehalten wurde. Ihre kleinen Füßchen steckten in ein paar ebenfalls geblümten Stoffpantoffeln und schwebten zehn Zentimeter über dem Boden.

Heute war Frau Dileilah nicht so richtig bei der Sache. Sie war irgendwie unkonzentriert.

Sie hatte heute ein Erlebnis gehabt, das sie plötzlich an der Richtigkeit ihrer Séancen zweifeln ließ. War die Vermittlung zwischen Lebenden und Toten moralisch verwerflich? Aber nein, die Toten würden nicht zu ihr sprechen, wenn ER, Gott, da oben es nicht gutheißen würde. Sie half Menschen über ihre Trauer hinweg, wenn ein Verwandter gestorben war, der Partner oder das eigene Kind. Sie kannte diesen Schmerz nur zu gut, denn vor drei Jahren war ihr Mann von ihr gegangen und hatte sie auf dieser Welt allein zurückgelassen.

Frau Dileilah sah von der großen Standuhr in der Ecke des

Zimmers, die auf halb neun stand, zu dem gut aussehenden Mann, der ihr gegenübersaß und der Kontakt mit einem toten Verwandten aufnehmen wollte.

Seine Augen verfolgten jede ihrer Bewegungen. Welche Farbe hatten sie nur? Blau, grün oder grau? Im Schein der beiden Kerzen auf dem Tisch war die Farbe nur schwer zu erkennen. Er saß still vor ihr, die Hände auf dem Tisch gefaltet, und es schien, als habe er eine imaginäre Mauer um sich herum gezogen, um bloß nichts von sich preiszugeben. Sie hatte so etwas schon ein paar Mal erlebt, es war so eine Art Test der Kunden, um zu sehen, ob sie auch keine Betrügerin war. Manche brauchten Zeit, um sich zu öffnen. Deshalb drang sie nicht in den Mann, sondern legte die gemischten Legrand-Wahrsagekarten in Neunerreihen vor sich aus. Das war das Einführungsritual und sollte ihr ein paar Informationen geben über die Person, die sie aufsuchte.

Als der ganze Stapel ausgelegt war, besah sie sich die Karten rund um die Karte in der Mitte, die für ihren Besucher stand.

»Ja, in der Tat. Sie haben einen sehr schweren Verlust erlitten, der Sie tief erschüttert hat«, sagte sie behutsam und suchte in seiner Haltung eine Bestätigung für ihre Aussage, doch er zeigte keine Regung, saß da wie eine Statue aus Stein.

Die Karten zeigten den Tod. Seinen Tod? Oder den eines anderen Menschen? Genau konnte sie das nicht sehen. Allerdings würde sie ohnehin niemals einem Kunden den Tod vorhersagen. Das war ein unausgesprochenes Tabu in weiten Teilen ihrer Branche, obwohl es einige Kartenlegerinnen gab, die es taten. Ein Schauer lief ihr den Rücken herunter, und auf ihren nackten Armen stellten sich die Härchen auf. »Sie werden in Kürze eine junge Dame kennenlernen.« Jetzt sah sie es deutlicher. Sollte sie es aussprechen oder lieber für sich behalten? »Diese Frau ist Ihr Karma, sie …«, weiter kam sie nicht, denn plötzlich war der Mann mit einem Satz hinter ihr.

Das Messer in seiner Hand grub sich in das Fett an ihrem Hals, und dann flüsterte er ihr ins Ohr: »Ich bin hier, um deine beschissene Seele zu retten.«

Der Schreck fuhr so tief in sie, dass sie nicht einmal mehr schreien konnte. Sie war wie paralysiert. Sie merkte nur, wie etwas um sie herumgewickelt wurde, das ihr die letzte Luft nahm. Schon durch ihr eng geschnürtes Korsett lebte sie immer mit einer gewissen Kurzatmigkeit, aber jetzt hatte sie das Gefühl, dass ihr der Sauerstoff gänzlich genommen wurde. Sie wagte einen Blick nach unten und sah, dass er sie mit einem Seil gefesselt hatte.

»Wenn Sie Geld wollen, es ist in der Standuhr dort drüben. Bitte tun Sie mir nichts.« Sie fing an zu wimmern.

»Halt's Maul«, sagte er kalt, holte aus seinem Rucksack, den er neben sich gestellt hatte, eine Schere und eine Rasierklinge und begann mit seinem göttlichen Werk. Den geflochtenen Zopf, der wie eine Schlange um ihren Kopf geschlungen war, schnitt er als Erstes ab. Dann widmete er sich dem Rest. Immer wieder tauchte die Schere in das Haar, traf auf die Kopfhaut und schnappte wie ein hungriges Krokodil zu. Dann schabte er mit der Rasierklinge die kurzen Stoppeln ab und ritzte dabei unaufhörlich in ihre Kopfhaut. Anschließend begann er mit der Beschwörungsformel.

»Im Namen und in der Kraft unseres Herrn Jesus Christus beschwöre ich dich, du unreiner Geist, satanische Macht der diabolischen Legion. Du sollst ausgerottet und ausgetrieben werden.« Mit der linken Hand machte er ein Kreuzzeichen über ihrem Kopf. »Hinterlistige Schlange, du sollst nicht weiter das Menschengeschlecht täuschen.« Wieder ein Kreuz. »Dich bändigt Gott, der Allerhöchste, dem du in deiner stolzen Überhebung und frechen Anmaßung gleich geachtet werden möchtest.«

Wie ein Netz aus Straßen auf einer Landkarte lief nun das Blut den kahlen, mit tiefen Schnittwunden übersäten Schädel herunter. Frau Dileilah stöhnte und wimmerte immer lauter. Der Mann befreite sie von dem Seil und redete dabei weiterhin unaufhörlich.

»Dich bändigt Gott ... der Vater ... der Sohn ... der Heilige Geist, das Zeichen des Kreuzes und die Kraft aller Geheimnisse des christlichen Glaubens.« In den Pausen zwischen den Worten zeichnete er immer wieder ein Kreuz in die Luft.

»Ausziehen!«, fuhr er sie an.

Zitternd knöpfte sie die Knopfleiste ihres Kittels auf, schälte sich aus ihrem Korsett und stand schließlich in ihrer ganzen fleischlichen Pracht nackt und in Stoffpantoffeln vor ihrem Peiniger. Er drückte sie wieder in den Stuhl zurück, band abermals das Seil um sie und holte zwei eigenartige Eisenschienen aus dem Rucksack, die er um ihre Unterschenkel legte.

Sie wusste, dass es ein Fehler gewesen war, dort hinzugehen. Jetzt würde sie dafür bestraft werden. Sie sah ihm in die Augen, und dann sah sie es, aber bevor sie den Gedanken zu Ende denken konnte, durchfuhr sie ein unmenschlicher Schmerz. Als es das erste Mal dunkel um sie wurde, hörte sie dumpf seine Worte: »Heilig, heilig ist der Herr, der Gott der Heerscharen …«, und das Schlagen der Standuhr. Es war neun Uhr.

1985

Rosa Rieckmann zerrte den schreienden und zappelnden Jungen von seinem Stuhl. Auf der weißen Plastikdecke, die auf dem Esstisch lag, schwammen Wurststückchen in einer uringelben Suppe und bewegten sich in Richtung Tischkante.

Der Junge stemmte sich mit seiner ganzen Kraft gegen den Körper der Frau, die ihn jetzt an beiden Armen aus der Küche über den Flur in sein Zimmer schleifte. Sie warf ihn in sein Gitterbett, ließ die Stahlrollläden herunter, die das Zimmer in vollkommene Dunkelheit tauchten, ging hinaus und schloss die Tür hinter sich ab. Der Junge schrie aus Leibeskräften, während Rosa sich die Ohren zuhielt und zurück in die Küche marschierte. Der Boden bebte unter ihren Schritten. Inzwischen hatte die Suppe auf dem Küchenboden eine beachtliche Pfütze hinterlassen, und Rosa wischte fluchend die Schweinerei auf. Dann warf sie den Lappen in die Spüle, holte einen Kochlöffel aus der Schublade und marschierte stampfend zurück in das Zimmer, aus dem immer noch das Geschrei des Jungen zu hören war.

»Lass ihn doch«, sagte ihr Mann Gunther zaghaft und legte seinen Löffel beiseite, sehr darauf bedacht, dass kein Fleck auf der Decke entstand. Er sah zu seinem anderen Sohn, der es nicht wagte, seinen Blick vom Teller zu heben, und der, ohne sein Gesicht zu verziehen, die versalzene Suppe aß.

Schließlich erhob der Mann sich vom Tisch und ging seiner Frau hinterher, die die Kinderzimmertür mit einem solchen Schwung hinter sich zugeknallt hatte, dass aus der Wand kleine Putzstücke auf den durchgetretenen braunen Teppich geflogen waren. Er hob sie auf und blieb vor der Tür stehen.

»Ich werde dich schon lehren zu gehorchen, du kleiner Mistkerl«, hörte er seine Frau keifen. Dann holte sie offenbar aus. Pfeifend sauste der Kochlöffel immer wieder auf den kleinen Körper des Jungen nieder, bis aus dem Geschrei ein Wimmern wurde und schließlich auch das erstarb.

Gunther Rieckmann wusste, dass es Zeit war zu handeln.

6

ROM

Nachdem Sam von Peter Brenner in seinem Hotel abgesetzt worden war, hatte er sich für ein paar Stunden aufs Ohr gehauen, um für die nächtliche Schnitzeljagd fit zu sein.

Es war jetzt zwölf Uhr nachts, der kleine Reisewecker auf dem Nachttisch piepte immer lauter, bis Sam ihn abstellte. Stille. Dann orientierte er sich erst einmal in seinem Hotelzimmer. Er lag auf einem Queensize-Bett mit einer altertümlich gemusterten Damastüberdecke, ihm direkt gegenüber war ein Fenster mit schweren, halb zugezogenen Gardinen. Rechts von ihm stand ein Holzschrank, und links führte eine Tür ins Badezimmer. Er beobachtete noch eine Weile das Lichterspiel an der Zimmerdecke, das von den Scheinwerfern der vorbeifahrenden Autos zu kommen schien. Dann knipste er die Nachttischlampe an, setzte sich auf und öffnete die Akte, die noch neben seinem Kissen lag.

Gianna Lorenzo, siebenunddreißig Jahre alt, hatte als Kassiererin in einem Supermarkt gearbeitet und in einer kleinen Wohnung in der Nähe des Stadtzentrums gewohnt.

Ihre Nachbarn meinten, sie hätte viel Besuch gehabt, Männer und Frauen. Besonders am Wochenende. Ob sie nebenbei als Prostituierte gearbeitet hatte, konnte keiner genau sagen, auch nicht, ob sie in festen Händen gewesen war. Eine ziemlich unscheinbare Person. Dunkle, glatte Haare, ohne besonderen Schnitt. Braune Augen, ein schmaler Mund und eine kleine, leicht nach unten gebogene Nase, die mit Sommersprossen übersät war.

Ihrem Aussehen nach hielt es Sam eher für unwahrscheinlich, dass sie als Prostituierte gearbeitet haben könnte – obwohl gerade die unscheinbarsten Frauen oft zu den beachtlichsten Verwandlungen in der Lage waren, die man niemals für möglich gehalten hätte.

Er sah sich ein paar Aufnahmen von ihrem Zwei-Zimmer-Apartment an. Auf dem ersten Foto war ein einfacher Holzstuhl in der Mitte eines Raumes zu sehen, auf dem Boden um den Stuhl herum lagen abgeschnittene dunkelbraune Haare. Ein Holztisch stand an der Wand, offensichtlich war er beiseitegeschoben worden, um den Stuhl ins Zentrum des Zimmers zu stellen. Auffallend viele Kerzenleuchter standen im Raum verteilt. Das weiße Wachs der heruntergebrannten Kerzen hing wie Stalaktiten von den gusseisernen Leuchtern. Im Hintergrund erkannte Sam ein kleines dunkelblaues Sofa, einen Fernseher und auf der Fensterbank getrocknete Blumen in bunten Keramikkrügen. Der zweite Raum, das Schlafzimmer, war unberührt. Das Bett war ordentlich gemacht, die Gardinen passten farblich zur Überdecke des Bettes. In der Ecke stand eine alte Schminkkommode mit Spiegel, auf der diverse Parfumflakons in Reih und Glied aufgestellt waren.

Sam betrachtete noch einmal das erste Foto. Der Holztisch, daneben ein kleiner Beistelltisch, ebenfalls aus Holz. Ein Stapel Karten und ein Buch. Was für ein Buch es war, konnte man nicht erkennen. Es gab sonst keine Anzeichen dafür, dass sie viel gelesen hatte. Über dem Fernseher hing ein kleines Regal mit vier Büchern. Wieder besah er sich das Foto von der Frau. Warum hatte sie so auffällig viel Besuch empfangen? Vielleicht war sie einfach nur eine sehr kontaktfreudige Person gewesen? Doch dass ihre Kolleginnen aus dem Supermarkt kaum genaue Angaben über sie gemacht hatten, sprach dagegen.

Ein weiteres Foto zeigte die nackte, halb verbrannte Leiche von Gianna Lorenzo. Die Hitze hatte die Muskulatur der Beine schrumpfen lassen, sodass sie gekrümmt waren wie bei einem Affen. Der Körper lehnte an einem Laternenpfahl, der kahl geschorene Kopf hing seitlich nach unten und war übersät mit Wunden und schwarzem, getrocknetem Blut. Um die Leiche herum lag aufgestapeltes, verkohltes Holz. Er schob das Foto unter die anderen und nahm eine Nahaufnahme des Oberkörpers in die Hand. Sam konnte nicht glauben, was er da sah. Ihm wurde übel. Er schluckte den aufkommenden Brechreiz hinunter, lehnte seinen Kopf nach hinten und schloss für einen Augenblick die Augen.

Das kalte Wasser aus dem halb verrosteten Wasserhahn verfehlte seine erfrischende Wirkung nicht. Sam war mit einem Schlag hellwach. In diesem Moment läutete das Zimmertelefon. Er sah mit tropfendem Gesicht auf die Uhr, zog ein kleines Handtuch, das sich wie Krepppapier anfühlte, von der Stange und ging zum Telefon.

»Ja?«

»Signore O'Connor, es ist ein Uhr. Ich warte an der Rezeption auf Sie.« Nina Vigna hatte zu dem heißblütigen Körper auch noch eine leicht rauchige Stimme, die die Phantasie jedes Mannes beflügeln musste. Sam legte auf und überlegte, ob er seinen Charme spielen lassen sollte. Wie lange hatte er keinen Sex mehr gehabt? Seine Beziehungen in den letzten Jahren hatten meist kaum länger als drei Monate gehalten, was wohl eher an ihm lag als an den Frauen. Was Lily an Emotionalität zu viel hatte, hatte er zu wenig. Tiefe Gefühle zu äußern lag ihm nicht. Hinzu kam, dass er in seinem Alter häufig Frauen um die dreißig kennenlernte, die schnell Nägel mit Köpfen machen wollten. Das ging von Fragen zu seinem Gehalt, der Idee, eine gemeinsame Wohnung zu beziehen, bis zu Äußerungen der Art, er würde einen guten Vater abgeben.

Mit nassen Händen strich er sich eine gewellte Haarsträhne aus dem Gesicht, zog einen frischen schwarzen Rollkragenpullover und seinen halblangen schwarzen Ledermantel an und verließ das Hotelzimmer.

Nina Vigna hatte ihr knackig enges Kostüm vom Nachmittag durch einen dunklen Anzug ersetzt, eine schwarze Wollmütze über ihr blondes Haar gezogen und einen dicken Schal um den Hals gewickelt. Sie lief vor der Hotelrezeption auf und ab und wartete auf Sam O'Connor, einen der attraktivsten Männer, die sie in den letzten Jahren kennengelernt hatte. Er gefiel ihr. Er war nicht arrogant oder überheblich, und dazu kam, dass sie selten einen Mann mit so warmen und zugleich traurigen Augen gesehen hatte. Nina hätte dieses nächtliche Rendezvous gerne auf eine private Ebene ausgedehnt, doch sie stand am Anfang ihrer Karriere und konnte sich keinen Fehltritt oder gar eine Affäre erlauben, zumal sie den Posten nur durch die Beziehungen ihres Mannes bekommen hatte. Die Fahrstuhltür ging auf, und O'Connor trat heraus. Er hatte ein leichtes Lächeln auf den Lippen, als hätte er ihre Gedanken noch im Fahrstuhl erraten. Sie erwiderte sein Lächeln nicht, sondern sagte nur kühl: »Mein Wagen parkt draußen. Kommen Sie.«

Eine halbe Stunde später fuhren sie mit dem kleinen Fiat Panda mitten auf die Piazza di Campo dei Fiori.

Die Gegend konnte man nicht gerade als vornehm bezeichnen. Die alten Häuser, von denen der Putz abblätterte, standen wie eine Schutzmauer um den Platz. Oben schienen sie bewohnt zu sein, zumindest deuteten ein paar voll behangene Wäscheleinen auf den Balkonen darauf hin. Unten waren ein paar Bars und Pizzerien, die um diese Uhrzeit jedoch geschlossen waren.

Sam nahm alles in sich auf, besah sich jeden Winkel und versuchte, wie ein Spürhund die Gerüche zu erfassen, die in der Luft lagen.

»Jeden Vormittag – außer sonntags – kann man hier Obst, Gemüse …«, setzte Nina an und wurde von Sam unterbrochen: »… Fisch, Fleisch und Blumen kaufen?«

Sie sah ihn überrascht an. »Ja, woher …«

»Hier liegen vertrocknete Blumen, dort steht ein Eimer Wasser, und die Luft riecht nach totem Fleisch und Fisch. Was sagten Sie gerade? Außer sonntags? Ich nehme mal an, man fand die Frau an einem Sonntag in den frühen Morgenstunden?«

Nina blätterte in ihren Unterlagen, bis sie den gesuchten Eintrag fand.

»Ja, der 14. Oktober war ein Sonntag. Sie stehen richtig.«

Sam guckte etwas verwirrt auf den Boden – bis er verstand.

»Sie meinen, ich *liege* richtig.«

»Na schön, dann liegen Sie eben. Im Mittelalter hat man auf der *Piazza* Hexen und Verbrecher öffentlich hingerichtet.« Nina drehte sich um und zeigte auf die Statue, die in der Mitte des Platzes stand. »Die Statue hier, das ist Giordano Bruno. An dieser Stelle wurde er verbrannt... bei lebendigem Körper. Auch *terrificante*. Kennen Sie die Geschichte von ihm?«

»Giordano Bruno war ein italienischer Dichter und Philosoph. Vor etwa vierhundert Jahren wurde er unter anderem wegen abfälliger Äußerungen über Jesus Christus und die Evangelien von der *Kirche* zum Tod auf dem Scheiterhaufen verurteilt.« Die Betonung auf Kirche entging Nina nicht.

»Sie sagen das so... so böse.«

»Ich bin kein Freund der Kirche, sagen wir es mal so.« Sam drehte sich langsam im Kreis und nahm jedes Haus, jede Bar und jede Lampe so genau auf, als fotografierte er sie.

»Die Kirche hat aber auch 2000 die Hinrichtung von Bruno für... na, wie sagt man?«

»Für Unrecht erklärt? Ein bisschen spät, finden Sie nicht?«

Auf dem Platz standen insgesamt sechs schwach leuchtende Laternen, die Sam nun in Augenschein nahm.

»Welche davon war es?«

Nina ging auf eine in der Mitte des Platzes zu und blieb darunter stehen. »Hier war sie angebunden und hat gebrannt.«

»Ich denke oder hoffe, dass sie schon tot war, als er sie hierhergeschleppt und angezündet hat.«

»Haben Sie die Wunden auf ihrem Körper gesehen?«

Sam konnte das Bild des entstellten Körpers kaum vergessen. Er nickte.

»Er hat mit einer glühenden Eisenzange Fleischstücke aus ihrem Körper gebrannt und gerissen. In ihrem Gesicht fehlte die Nase. Ich bin auch überzeugt, dass sie hier schon tot war«, sagte Nina leise.

Wieder nickte Sam. Der Mörder war auf jeden Fall mobil gewesen, sonst hätte er die Frau nicht mitten in der Nacht von ihrer Wohnung hierher auf den Platz bringen können. Wenn Sam mit seinem ersten Eindruck richtiglag, dass es sich um eine Hinrichtung gehandelt hatte, dann war dieser Platz bewusst ausgewählt worden. Die Frage war nur: Welchen Verbrechens hatte die Frau sich schuldig gemacht?

7

HAMBURG

Sam war gegen Mittag in Hamburg gelandet. Die Turbulenzen hatten ihm dieses Mal den Rest gegeben. Nach einer Viertelstunde war sein Frühstück bereits wieder in der kleinen Kotztüte der Lufthansa gelandet, und er hatte sich geschworen, in der nächsten Zeit kein Flugzeug mehr zu besteigen. Am Flughafen mietete er sich einen Wagen mit Navigationssystem und holte sich anschließend die Akte des ungelösten Mordfalles von 2006 vom zuständigen Revier ab. Bedauerlicherweise war der Beamte, der den Fall damals bearbeitet hatte, krankgeschrieben und nicht erreichbar.

Also überflog er die Eckdaten in der Akte. Das Hamburger Opfer hieß Irene Geiger. Dem Foto nach zu urteilen war sie eine ziemlich attraktive Frau Ende vierzig, Anfang fünfzig gewesen. Die Krähenfüße um die wachen grün-braunen Augen zeigten Sam, dass sie kein Botox- oder Liftingopfer gewesen war, sondern eine der wenigen Frauen, die in Würde hatte altern wollen. Nach drei gescheiterten Ehen hatte sie 2004 den erfolgreichen Immobilienmakler Helmut Geiger geheiratet. Und diesem, beschloss Sam, würde er als Erstes einen Besuch abstatten.

Er fuhr die Elbchaussee entlang, die direkt neben dem Fluss verlief. Sam staunte über die stattlichen Villen und Herrenhäuser, die in großzügige Gärten oder kleine Parkanlagen eingebettet waren, und war gespannt, in welchem dieser Häuser Irene Geiger gelebt hatte.

Sam musste nicht lange warten, bis ihm das Navigationssystem meldete, dass er das Ziel erreicht hatte. Er stand vor einer großen weißen Villa, die eine kleinere Ausführung des Weißen Hauses in Washington zu sein schien. Das Tor stand offen, und so fuhr er knirschend über die Kieselsteinauffahrt und hielt direkt vor der doppelflügeligen Eingangstüre.

Sam klingelte und wartete eine halbe Minute, bis er den goldenen Klingelknopf noch einmal drückte. Er fragte sich gerade, ob die Klingel überhaupt funktionierte, und wollte das Haus schon von der Hinterseite in Augenschein nehmen, als er hörte, wie jemand im Inneren Richtung Tür schlurfte. Ein Riegel wurde zur Seite geschoben, und dann sah er durch den Spalt ein milchig blaues Auge, das ihn von oben bis unten musterte.

»Was wollen Sie?«

»Ich bin von der Polizei. Mein Name ist Sam O'Connor, und ich bearbeite den Fall von Irene Geiger. Sind Sie Helmut Geiger?«

»Sind Sie hier, um mir zu sagen, dass Sie den Täter von Irene gefunden haben?«

»Nein. Ich habe lediglich ein paar Fragen an Sie.«

»Das ist doch schon über zwei Jahre her«, sagte der Mann leicht gereizt. »Ich habe damals alles gesagt, was es zu sagen gab.«

Wie Sam der Akte entnommen hatte, war Helmut Geiger zunächst der Hauptverdächtige gewesen, aber ein hieb- und stichfestes Alibi hatte ihn gerettet: Er war mit seiner Geliebten in der Schweiz gewesen.

»Es gibt einen neuen Fall, der Parallelen zum Mord an Irene Geiger aufweist.«

Jetzt wurde die Tür langsam weiter geöffnet, und Sam stand vor einem etwas verwahrlosten alten Mann in Hausmantel und Pantoffeln. Sam konnte sich schwer vorstellen, dass Irene Geiger diesen Mann geliebt hatte und dass dieser neben seiner schönen Ehefrau auch noch eine Geliebte gehabt hatte.

Er folgte dem alten Mann durch eine Diele in ein etwa hundert Quadratmeter großes Wohnzimmer mit einer Fensterfront, vor der dunkelgrüne Gardinen hingen. Ein Knopfdruck, und die Gardinen setzten sich wie von Geisterhand in Bewegung und gaben den Blick auf einen märchenhaften Garten mit großen Steinstatuen und einem Teich frei. An der stuckverzierten hellgrün bemalten Decke hing ein großer Kronleuchter mit goldenen Engeln und Trompeten. In einem dunklen Mahagoniregal standen Hunderte kleiner Flugzeug- und Schiffsmodelle, die Sam staunend betrachtete.

»Die Sammlung stammt von meinem Großvater väterlicherseits. Das hier ist die USS Langley, ein ehemaliger Kohletransporter der Marine, den die Amis 1920 zu ihrem ersten Flugzeugträger umgebaut haben. Hier die USS Lexington und die USS Saratoga, auch sie wurden umgebaut. Hier, sehen Sie den Unterschied zwischen den Rümpfen? Sie stammen von Schlachtkreuzern. Der einzige deutsche Flugzeugträger … na, wo ist er denn?« Der Kopf von Helmut Geiger verschwand im Regal auf der Suche nach seinem Flugzeugträger – *die* Gelegenheit, dachte Sam, den Mann in seinem Redefluss zu unterbrechen.

»Herr Geiger, könnten wir uns vielleicht setzen?«

»Ich frage mich, warum ein Amerikaner mit dem Fall betraut ist?«, fragte Helmut Geiger in das Regal hinein, ohne sich zu Sam umzudrehen.

»Mein Vater war Amerikaner, daher der Name.«

»Ah, da ist er ja.«

Endlich hatte Geiger das gesuchte Schiffchen gefunden und streckte es Sam entgegen.

»Die Graf Zeppelin, kam nie zum Einsatz. 262,5 Meter lang, 36,2 Meter breit und eine Wasserverdrängung von 33550 Tonnen. 200000 PS Turbinenantrieb, die eine Geschwindigkeit von 34 Knoten ermöglichten. 1720 Mann Besatzung, 78 Geschütze und 43 Flugzeuge.«

Sam fühlte, wie Verzweiflung, gepaart mit leichter Wut, in ihm aufstieg. »Herr Geiger …«

»Kommen Sie mit in die Küche, ich wollte mir sowieso gerade einen Kaffee machen.« Geiger stellte das Modell sorgfältig zurück auf seinen Platz und schlurfte gefolgt von Sam in die Küche.

Sam war überrascht, dass ein vermögender Mann wie Geiger keine Hausangestellten hatte und den Kaffee selbst machte. Wahrscheinlich liefen die Geschäfte nicht gut, waren nicht die Immobilienpreise in den letzten Jahren rapide gesunken?

Nachdem Sam am Küchentisch Platz genommen hatte, holte er seinen Notizblock und einen Stift heraus und beobachtete Geiger, wie dieser nach altertümlicher Methode den Kaffee zubereitete und aus einem Wasserkessel heißes Wasser in einen Kaffeefilter goss. »Sind Sie wieder verheiratet?«, fragte er beiläufig.

»Ist das für den anderen Fall von Bedeutung?«

»Nein.«

»Na also. Was für Parallelen führen Sie denn zu mir?«

Geiger hatte zwei Tassen, Zucker und Milch auf den Tisch gestellt und sah Sam fragend an.

»Die Frau wurde auch angezündet. Ihre Frau hatte man ja an einen Baum gebunden, die andere an einen Laternenpfahl.«

»Mehr haben Sie nicht?« Geiger schenkte sich und Sam Kaffee aus einer alten roten Thermoskanne ein und gab drei Zuckerstücke in seine Tasse. Dann rührte er seinen Kaffee um.

»Deshalb bin ich hier, um eventuell mehr zu finden.«

»Tja, ich glaube, da kann ich Ihnen nicht helfen.«

»Warum sind Sie sich da so sicher? Wissen Sie, ich frage mich, warum Sie nach nur zwei Jahren Ehe mit Irene schon eine Affäre hatten.«

»Ist es ein Verbrechen, eine Affäre zu haben?«

Sam kam bei diesem Typen einfach nicht weiter, und er musste sich beherrschen, um nicht auf den Tisch zu hauen. Er hatte gehofft, irgendeinen Anhaltspunkt zu finden, doch das konnte er sich ganz offensichtlich abschminken. Geiger rührte immer noch in seinem Kaffee herum. Machte seine Anwesenheit den alten Mann doch etwas nervöser, als es auf den ersten Blick schien? Was gab es hier zu verbergen?

»Was hat Irene Geiger gemacht, außer dass sie mit Ihnen verheiratet war?«

»Wie meinen Sie das?« Geiger verlor ein bisschen von seiner Sicherheit. Endlich, dachte Sam. »Was hatte sie für Hobbys? Wen hat sie getroffen? Hatte sie vielleicht auch eine Affäre?«, fragte er weiter und beobachtete dabei sein Gegenüber wie ein Löwe, der seine Beute im Visier hat.

»Woher soll ich das wissen?«

»Sie hat doch hier mit Ihnen gemeinsam gelebt, oder etwa nicht?«

»Nur am Wochenende.«

Abrupt hörte Geiger auf, in seiner Tasse herumzurühren. Das war der Moment, in dem der Löwe lossprintete.

»Wie soll ich das verstehen? Wo war sie denn während der Woche?«

Sam konnte förmlich sehen, wie das Räderwerk in Geigers Kopf anfing zu arbeiten. »Sie hatte ihre eigene Wohnung. Sie wollte sich immer noch ein bisschen Freiheit erhalten. Am Wochenende hat sie dann hier den Luxus und mein Geld genossen«, fügte er schnippisch hinzu. Plötzlich zuckte Geiger zusammen und sah erschrocken zur Tür. Sam drehte sich um. Hinter ihm stand eine Frau in einem braun karierten Mantel von Burberry, einer schwarzen Hose und schwarzen Lackschuhen. Die ganze Küche roch plötzlich nicht mehr nach frischem Kaffee, sondern nach Haarspray. Sam schätzte sie auf Ende vierzig. Ihre blond gefärbten Haare waren kurz geschnitten und frisch toupiert.

»Besuch?« Sie sagte das so erstaunt, als gäbe es in diesem Haus sonst nie Besuch. Die Einkaufstüten, die sie in der Hand hielt, stellte sie neben den Küchenschrank auf den Fußboden und sah abwechselnd von Geiger zu Sam.

»Es geht um Irene. Sie prüfen den Fall noch einmal«, sagte Geiger schnell.

»Ach«, meinte die Frau sichtlich überrascht.

»Darf ich fragen, wer Sie sind?«, fragte Sam höflich.

»Gina Geiger. Ich bin die neue Frau von Helmut«, fügte sie leiser hinzu.

Sam nickte nachdenklich, während Geigers Kaffeelöffel in die nächste Runde ging. Er wurde das Gefühl nicht los, dass ihm hier irgendetwas verheimlicht wurde. Dann erinnerte er sich an den Namen. Den Namen, den er in der Akte gelesen hatte.

»Warum ziehst du dir nicht etwas an? Ich werde den Besuch nach draußen begleiten, Helmut.« Gina Geiger war hinter den Stuhl ihres Mannes getreten und half ihm auf. Geiger erhob sich mürrisch und verließ schlurfend die Küche.

»Sind Sie Regina Sauer, seine Affäre von damals?« Sam ließ es jetzt darauf ankommen.

Die Frau sah ihn traurig an, dann sagte sie leise: »Ja. Ich habe noch heute ein schlechtes Gewissen. Sie war meine beste Freundin. Sie hatte alles kommen sehen.«

»Wie meinen Sie das, sie hatte alles kommen sehen?«

»Irene war etwas Besonderes. Sie ...«

»Gina!« Geiger stand wieder in der Tür, immer noch in seinem Morgenmantel. Er hatte gelauscht. »Ich denke, ich begleite den Herrn nach draußen«, sagte er in einem Ton, der keinen Widerspruch duldete. Gina Geiger verstummte und fing an, die Einkaufstüten auszupacken.

Sam erhob sich und wurde ohne ein weiteres Wort nach draußen eskortiert. Höflich, aber bestimmt.

Im Auto sah er sich die Akte erneut an. Regina Sauer war zum Zeitpunkt der Tat mit Helmut Geiger in der Schweiz gewesen. Sie kamen also beide persönlich für den Mord nicht infrage. Aber was hatte Gina Geiger damit gemeint, dass Irene etwas Besonderes war, und was hatte diese kommen sehen?

8

Ein kleiner schwarzer Stumpf, der aus der Erde ragte, war das Einzige, was noch an den Mord erinnerte. An den einst jungen Baum hatte der Täter Irene Geiger gebunden und sie anschließend angezündet. Er stand in einer kleinen, kreisrunden Parkanlage an der Innocentiastraße in Pöseldorf, einer der feineren Gegenden Hamburgs. Der Park grenzte an einen Spielplatz und war von hohen Büschen umgeben. Laut Obduktionsbericht in der Akte hatte man an der verbrannten Leiche nicht mehr viel feststellen können. Der Schädel war wegen der Hitze in mehrere Teile zersprungen.

Er sah auf die Uhr, als es hinter ihm raschelte. Sie war pünktlich.

»Es tut mir leid, dass Helmut immer so barsch ist. Er ist ein ängstlicher Mann«, sagte Gina Geiger und lächelte zögerlich. »Gut, dass Sie den Zettel mit meiner Nachricht in Ihrer Manteltasche gefunden haben. Wie ich bereits sagte, fühle ich mich immer noch irgendwie schuldig. Es war nicht rechtens, meine Freundin zu hintergehen. Also, wenn ich Ihnen irgendwie helfen kann?«

Eine Ehebrecherin mit Gewissensbissen, dachte Sam und hoffte, dass er das für sich nutzen konnte.

»Warum hat Irene ihre eigene Wohnung behalten?« Sam steuerte auf eine Bank zu und setzte sich. Gina Geiger nahm neben ihm Platz.

»Sie hat dort gearbeitet. Deshalb war Helmut so komisch. Er fürchtet, dass er Steuern nachzahlen muss. Er ist etwas paranoid, was die Steuer angeht, aber …«

»Was hat sie dort gemacht?«, unterbrach Sam sie. Es entstand eine kleine Pause, während der er die Frau von der Seite näher betrachtete. Sie hatte eine kleine Stupsnase, fein gezupfte Augenbrauen und eine feinporige Haut. Sie trug leichtes Make-up, auf die hohen Wangenknochen hatte sie rosafarbenes Rouge aufgetragen, das hier und da etwas glitzerte.

Endlich antwortete sie. »Sie hat so eine Art Lebensberatung gemacht.«

Auf Sams Stirn entstand eine tiefe Falte.

»Wissen Sie, das Witzige an der Sache ist ... na ja, witzig ist das nicht unbedingt, aber sie hat gesehen, dass Helmut eine Affäre hatte. Sie wusste nur nicht, dass ich es war.«

Sam atmete tief aus, strich sich mit beiden Händen die Haare nach hinten und verzog das Gesicht, um Gina damit zu zeigen, dass er ihr nicht folgen konnte. »Sorry«, meinte er, »aber ich verstehe nicht so ganz, wovon Sie reden. Wie hat sie das denn gesehen? Hat sie Sie beide erwischt?«

Sie lachte. Ein offenes, freundliches Lachen, und er dachte, dass auch diese Frau mit ähnlich fröhlichen Augen wie Irene so gar nicht zu dem griesgrämigen alten Helmut Geiger passte.

»Okay ... also, sie hat Karten gelegt.«

»Patiencen gelegt?«, fragte Sam vorsichtig nach.

»Nein, Karten. Sie hat in den Karten die Zukunft anderer gesehen. Sie sagte immer, eigentlich brauche sie die Karten gar nicht, weil man zu ihr sprechen würde während einer Sitzung.«

»Weil man zu ihr sprechen würde während einer Sitzung?«, wiederholte Sam langsam und sah Gina Geiger ungläubig an.

»Ja, sie meinte, man würde unbewusste Botschaften aussenden. Aber was ich Ihnen eigentlich erzählen wollte ... bevor Irene ... na ja, also an dem Abend, bevor sie umgebracht wurde, war sie mit Yvonne verabredet, einer gemeinsamen Freundin von uns.«

Sam setzte sich auf. Eine Yvonne war nicht im Protokoll erwähnt worden. »Und warum hat sich diese Freundin nicht schon damals gemeldet?«

»Ihr war es peinlich. Verstehen Sie, ihr Mann ist ein hohes Tier bei der Kirche, er ist der Landesbischof von Hamburg, und

Yvonne wollte nicht, dass er erfuhr, dass sie sich Karten legen ließ.«

»Ach so. Und sie hat sich von Irene Geiger auch an diesem Abend die Karten legen lassen?«

»Nein, dazu kam es nicht. Sie hat im Nebenzimmer gewartet, während Irene eine Sitzung hatte. Plötzlich kam Irene zu ihr rein und sagte, sie müsse leider weg, in die Kirche. Sie müssten es verschieben.«

»Und? War das etwas Ungewöhnliches?«

Gina sah Sam direkt an und sagte dann leise, als hätte sie Angst, dass jemand mithören könnte: »Irene ging nie in die Kirche. Sie hasste die Kirche.«

Sams Magen kribbelte.

»Als Yvonne wegfuhr, sah sie Irene noch mit einer jungen Frau aus der Haustür kommen. Das war offenbar die Frau, der sie zuvor die Karten gelegt hatte. Tja, das war's. Mehr kann ich Ihnen leider nicht sagen. Ich muss jetzt wieder los. Wenn noch was ist: Meine Nummer haben Sie ja jetzt.« Gina stand auf, hängte sich ihre zum Burberry-Mantel passende Handtasche um und verabschiedete sich mit einem Lächeln von Sam.

»Halt, warten Sie.« Sam war aufgestanden und hielt sie am Ärmel fest. »Können Sie mir vielleicht sagen, in welche Kirche sie gegangen ist?«

»Nein, tut mir leid.« Und damit ließ Gina Sam stehen und verschwand, so leise wie sie gekommen war, zwischen den Büschen, die den kleinen Spielplatz umschlossen.

Sam setzte sich wieder auf die Bank und überlegte, warum Irene Geigers Leben hier vor zwei Jahren ein so schreckliches Ende genommen hatte.

Sie war hingerichtet worden – wie die andere Frau in Rom. Was verband die zwei Frauen, die nicht einmal dieselbe Sprache gesprochen hatten? Hatten sie irgendetwas gewusst, was sie nicht wissen sollten?

In der Hosentasche vibrierte sein Handy und verursachte ein Kitzeln an seiner Lende.

Auf dem Display stand »Unbekannter Anrufer«. »Signore O'Connor?«, hauchte ihm eine rauchige Stimme ins Ohr. »Hier ist Nina Vigna.«

»Ihre Stimme ist unverkennbar, Signora.« Sam lachte, und sein Lachen wurde erwidert. Wahrscheinlich lag es an der Entfernung, dachte er, die sie beide etwas ungezwungener miteinander umgehen ließ. Ein Zeichen dafür, dass beide bei ihrem Treffen in Rom wohl ähnliche Gedanken gehabt hatten. Sam musste schmunzeln.

»Gut, dass Sie anrufen. Ich habe da noch eine Frage.«

»Lassen Sie die Kugel los.«

»Sie meinen, ich soll losschießen.« Sam grinste. »Auf dem kleinen Tisch in Gianna Lorenzos Wohnung lagen ein Buch und ein Stapel Karten. Was waren das für Karten?«

»*Un momento.*« Er hörte das Rascheln von Papier. Schubladen wurden geöffnet und wieder geschlossen. Dann wieder Rascheln.

»Da lag eine Bibel, aber keine Karten.«

»Eine Bibel?«, wiederholte Sam, ohne wirklich eine Antwort zu erwarten. Wieder hörte er ein Rascheln. »Tut mir leid, hier steht nichts über Karten.«

»Aber auf dem Foto kann man erkennen, dass auf dem kleinen Holztisch Karten lagen.«

»Ich kümmere mich darum, Signore O'Connor. Aber was ich Ihnen noch sagen wollte: Zwischen den Haaren war *sale*, Salz, ich meine, viel Salz. Gemischt mit Kräutern und Kerzen. Der Bericht darüber war nicht in der Akte. Ich hatte ihn noch in meinem Schreibtisch und habe vergessen, ihn Ihnen zu geben.«

Sam hatte noch in Erinnerung, dass auf einem Foto gusseiserne Kerzenleuchter mit weißen Kerzen zu sehen gewesen waren. Meinte sie etwa die? Aber was machten Kerzen im abgeschnittenen Haar der Toten?

»Kerzen?«

»Material von Kerzen.«

»Sie meinen Wachs.«

»Ja, Wachs.«

Als Sam aufgelegt hatte, überlegte er, dass wahrscheinlich das Wachs der Kerzen auf den Boden und auf die Haare getropft war. Aber woher kamen das Salz und die Kräuter? Er ging langsam durch den kleinen Park zu seinem Wagen. In den kleinen Straßen standen die Autos dicht an dicht, jeden Zentimeter freie Fläche nutzend. Sam musste ein paar Hundert Meter gehen, um zu seinem Wagen zu kommen, den er kunstvoll zwischen zwei Pfeilern eingeparkt hatte. Ein kalter Wind kam auf, doch auch der konnte die dicken Wolken in seinem Kopf nicht vertreiben. Was hatten Salz und Kräuter zwischen den Haaren verloren? Hatte der Mann vielleicht die herausgebrannten Fleischstücke gewürzt und gegessen? Sam erinnerte sich an den Kannibalen von Rotenburg. Er hatte ausgesagt, dass er sein Opfer verspeist hatte, damit es ein Teil von ihm wurde. War das hier auch der Fall? Wollte der Mörder Teile seines Opfers in sich aufnehmen, eine Verbindung schaffen? Plötzlich spürte er, dass die beiden Fälle miteinander zusammenhingen. Er wusste zwar noch nicht, warum, aber er war sich sicher, dass er die Antwort bald erhalten würde.

Wieder begann sein Handy zu vibrieren.

Diesmal kam der Anruf von Peter Brenner aus Den Haag. Sam lauschte dem Wortschwall, der wie eine kalte Dusche auf ihn niederging und ihn in der Bewegung erstarren ließ. Aus seinem stets leicht gebräunten Gesicht wich jegliche Farbe.

9

Lina Lopez fütterte den Computer mit den letzten Kundendaten und schaltete ihn dann aus. Sie hinterließ den Schreibtisch in einem ordentlichen Zustand, damit keine ihrer Kolleginnen etwas zu meckern hatte. In einer Praxis, in der außer dem Arzt ausschließlich Frauen arbeiteten, wurde gerne und ausgiebig über jeden und alles gelästert. Jede wollte besser, schöner, sexier als die anderen sein. Die letzte Sprechstundenhilfe, die der Herr Doktor eingestellt hatte, hatte es jedoch allen gezeigt. Sie teilte inzwischen das Bett mit ihm und kommandierte alle in der Praxis herum. Lina hatte die Intrigen irgendwann so satt gehabt, dass sie sich einen neuen Job gesucht hatte. Leider nur für zwei Tage, sodass sie die andere Hälfte der Woche weiterhin hier arbeiten musste, um genug für ihre Miete und die Lebenshaltungskosten zu verdienen.

Sie zog sich ihren Mantel über die weiße Praxiskleidung und machte überall das Licht aus. Ein Schatten huschte vom Gang zum Sprechstundenzimmer. Am Anfang hatte sie immer nachgesehen, weil sie dachte, dass noch jemand in der Praxis war. Inzwischen wusste sie, dass da niemand war, und ließ den Schatten Schatten sein. Sie schloss die Praxistür hinter sich zu, pulte noch einen Kaugummi vom Praxisschild, den unverschämterweise jemand dort hingeklebt hatte, und ging durch das dunkle Treppenhaus zum Ausgang.

Morgen war ihr erster Tag in der neuen Praxis bei einem Hypnosetherapeuten. Das war sicherlich viel interessanter, als Herrn Doktor Herrmann dabei zuzusehen, wie er Spritzen in Gelenke jagte.

Sie ging durch die noble Hamburger Innenstadt, vorbei an Geschäften von Prada und Gucci, passierte eine Bäckerei, einen Knopfladen und einen Taschenladen, bis sie die U-Bahn-Station erreichte. Sie sah auf die Uhr: Ihre Bahn kam in einer Minute. Lina legte einen Sprint ein. Sie hatte keine Lust, auf die nächste Bahn warten zu müssen.

Als sie noch auf der Treppe war, hörte sie schon die Durchsage: »Zurückbleiben bitte!« Atemlos erreichte sie den letzten Waggon, sprang hinein und prallte gegen einen jungen Mann, der sie auffing, bevor die Türen direkt hinter ihr zuknallten und sich die U-Bahn in Bewegung setzte. Sie entschuldigte sich leise mit einem Lachen und setzte sich auf einen freien Platz am Wagenende, von wo aus sie alles überblicken konnte: die gelangweilten Gesichter der Pendler, die tagaus, tagein dieselbe Strecke zur selben Zeit fuhren. Manchmal war es, als ob man ein Déjà-vu hätte.

Der junge Mann, der sie aufgefangen hatte, versuchte, Blickkontakt mit ihr aufzunehmen, aber er war so gar nicht ihr Typ, sodass sie in die andere Richtung sah. Lina hatte mit ihren achtundzwanzig Jahren einige längere Beziehungen geführt. Die längste hatte drei Jahre gehalten, aber seit einem Jahr war sie solo und eigentlich nur dabei, Typen abzuwimmeln. Sogar von Doktor Herrmanns Annäherungsversuchen war sie nicht verschont geblieben. Nachdem sie ihm gegenüber konsequent freundlich, aber auch nicht mehr geblieben war, hatte er irgendwann kapiert, dass er bei ihr nicht landen konnte, trotz seines Hauses auf Ibiza, seiner Eigentumswohnung in der Hamburger Innenstadt und des Hauses außerhalb der Stadt, mit denen er gerne prahlte. Wenn es bei ihr nicht »klick« machte, konnte ein Mann ihr die ganze Welt zu Füßen legen, es interessierte sie nicht. Lina war über einen Meter siebzig groß, schlank und eine exotische Schönheit mit olivfarbener Haut, bernsteinbraunen mandelförmigen Augen und schwarzem Haar, das ihr knapp über die Hüfte reichte. Ihre südländische Herkunft konnte sie wahrlich nicht abstreiten.

Endlich, nach diversen unterirdischen Stationen, fand die Bahn ihren Weg ins Freie, wie bei einer Geburt, aus der Dunkelheit ins Licht. Nach vier Jahren kannte Lina jedes Haus, jeden Baum, jeden Strauch, jede Straße an der Strecke, sogar der Anblick mancher Wohnungen war stets derselbe. Sie fragte sich, ob sie in zwanzig Jahren immer noch dieses Leben führen, immer noch täglich mit dieser U-Bahn fahren würde. Kein besonders reizvoller Gedanke.

»Nächste Station Hudtwalckerstraße«, ertönte es monoton über ihr aus einem Lautsprecher. Sie griff nach ihrer Tasche und stand auf. Der junge Mann grinste sie jetzt an, doch Lina hielt sich an einer Stange fest und sah demonstrativ in die andere Richtung. Endlich hielt die Bahn, und die Türen sprangen mit einem Zischen auf. Insgesamt drei Leute stiegen mit ihr aus.

Plötzlich hörte sie Schritte hinter sich, die immer schneller wurden. Dann hielt jemand sie an der Jacke fest. Lina drehte sich um. Der junge Mann stand immer noch grinsend vor ihr, und bevor sie ihn zusammenstauchen konnte, hielt er ihr ihre Handschuhe entgegen, die sie in der U-Bahn vergessen hatte. Sie bedankte sich, und der junge Mann rannte zurück zur Bahn.

Du hast Paranoia, sagte sie sich und trat den letzten Teil ihres Heimwegs an. Vor zwei Wochen, als sie noch bei ihrer Mutter gewohnt hatte, war sie an der Kreuzung nach links gegangen. Jetzt ging sie stolz geradeaus weiter, ihrer neuen kleinen Wohnung entgegen. Immerhin eine Änderung in meinem Leben, dachte sie und freute sich, dass sie auf diesem Weg noch nicht jeden Fleck auf dem Bürgersteig kannte.

Nach einem zwanzigminütigen Fußmarsch stand sie endlich in ihrer kleinen Einbauküche und goss sich zur Entspannung einen Tee auf. Sie konnte nicht genug davon bekommen, sich in ihrer kleinen Wohnung umzusehen. Sie bestand aus einem relativ großen Zimmer mit einer Kochecke, einem Bad und einem winzigen Flur, in dem man sich gerade mal um sich selbst drehen konnte. Mit den eigenen vier Wänden hatte sie sich auch ihren Traum von einem Himmelbett erfüllt. Sie mochte es, im Schlaf über, neben, hinter und vor sich von Stoff umgeben zu sein. Es gab ihr ein Gefühl von Geborgenheit.

An den Wänden hingen Bilder von Engeln, auf dem Nachttisch stand ein blauer Glasengel, der eine Kerze hielt. Auf einer Kommode waren diverse Engel aus weißem Porzellan aufgereiht, und im Bad bestand fast die ganze Ausstattung aus Engelsmotiven. Die Badematte hatte die Form eines Engels mit einer Harfe, auf den Duschvorhang waren pausbäckige Engelchen auf Wolken gedruckt, und auf dem Zahnputzbecher waren zwei sich liebende Engel zu sehen. Lina mochte Engel, das war unverkennbar.

10

SALZBURG

Auf Anweisung von oberster Stelle wurde Sam O'Connor trotz seines Schwurs, in der nächsten Zeit kein fliegendes Objekt mehr zu betreten, noch am späten Nachmittag von Europol mit einem Privatflugzeug von Hamburg nach Salzburg geflogen. Direkt vom Flughafen aus fuhr er mit einem Beamten der Mordkommission Salzburg in die Wohnung von Frau Dileilah in der Salzburger Altstadt. Am Tatort wimmelte es nur so von Beamten, und Sam bedauerte es, dass er nicht als Erster hier gewesen war. Ein jungfräulicher Tatort offenbarte den letzten Blick des Täters auf sein Verbrechen. Nun aber waren sämtliche Spuren, die nicht offensichtlich waren, unbrauchbar.

»Sie liegt im Badezimmer.« Ein aschblonder bleicher Beamter, der sich Sam als Siegfried Reuter vorgestellt hatte, deutete auf den letzten Raum im hinteren Teil der Wohnung. Die Tür stand offen und reflektierte das Blitzlicht einer Kamera direkt in den dunklen Korridor hinaus.

»Wer hat sie gefunden?«, stellte Sam die obligatorische Frage.

»Eine Bekannte des Opfers – die Tote heißt übrigens Birgit Eschberger – hat vergeblich versucht, sie zu erreichen. Sie war besorgt und holte sich vom Hausmeister die Schlüssel. Das Übliche eben. Na ja, den Rest können Sie sich denken. Nachdem sie die Polizei alarmiert hatte, kam kein einziges Wort mehr über ihre Lippen. Sie hat am ganzen Körper gezittert, sodass der Arzt ihr erst einmal eine Beruhigungsspritze gegeben hat.«

Sam sah sich suchend um. »Wo ist sie jetzt?«

»In der Wohnung des Hausmeisters.«

Sam steuerte auf den hinteren Teil der Wohnung zu, doch der bleiche Reuter hielt ihn zurück. »Sehen Sie sich erst einmal das hier an.«

Er ging voran, und Sam folgte seinem breiten Rücken, der fast den ganzen Türrahmen ausfüllte, in ein anderes Zimmer.

Das Erste, was er sah, war ein umgeworfener runder Eichentisch. Um einen Stuhl, der in der Mitte des Raumes stand, lagen abgeschnittene Haare. Ein Bild, das er bereits von den Fotos vom Tatort in Rom kannte. Sam bückte sich zu den Haaren hinunter. Reuter reichte ihm schnell einen dünnen OP-Handschuh, und Sam streifte ihn sich über. Er strich mit einem behandschuhten Finger durch die grauen Haare, und tatsächlich blitzte, wie er insgeheim gehofft hatte, hier und da eine weiße kristalline Substanz hervor. Winzige Krümelchen, aber auf dem dunklen Holzboden dennoch eindeutig erkennbar: Salz.

»Geben Sie mir mal eine Tüte.«

Reuter reichte ihm eine kleine Plastiktüte, und Sam füllte sie mit dem Salz und anderen undefinierbaren Partikelchen, die zwischen den Haaren lagen. Er drehte sich zu Reuter um, der hinter ihm stand und ihm über die Schulter linste.

»Fürs Labor. Ich hoffe, ich bekomme schnellstmöglich das Ergebnis. Was sind das da für Karten?« Sam zeigte auf die farbenfrohen Bilderkarten, die hinter dem umgekippten Tisch verstreut auf dem Boden lagen.

»Wohl so eine Art Tarotkarten.«

Sam scannte systematisch das Zimmer. Die Wände waren hellblau gestrichen, und wo er auch hinsah, sah er Keramikfiguren. Sie standen überall. Blumenkinder, sich küssende Pärchen, Frauen mit Kränzen oder Hüten auf dem Kopf, kleine Katzen und Dalmatiner. Plötzlich blieb sein Blick an einem Buch hängen, das auf einem zweitürigen, hüfthohen Holzschränkchen stand, direkt zwischen zwei der liebreizenden Figürchen. Ein dunkelblaues kleines Buch. Er ging darauf zu und nahm es in die Hand. Auf dem Buchdeckel war in goldenen Lettern »Die Bibel« eingestanzt. Sam schlug sie auf und fand auf der Innenseite einen Eintrag, der ihn stutzen ließ.

In diesem Moment tippte ihm der bleiche Reuter auf die Schulter. »Die Kollegen würden die Leiche demnächst gerne mitnehmen. Wenn Sie mir ins Bad folgen wollen?«

Obwohl Sam in seiner Laufbahn viele Tote gesehen hatte, verschlug es ihm bei diesem Anblick zunächst einmal die Sprache. Die rechte Hand war an der linken großen Zehe und die linke an der rechten großen Zehe festgebunden. Die wulstigen Knie ragten grotesk aus dem rot gefärbten Wasser der vollen Badewanne.

»Der Körper liegt seit mindestens zehn Stunden in der Wanne. Das kann man an der Runzelung der Oberhaut erkennen«, sagte Reuter und hielt sich die Hand vor Nase und Mund, um den einsetzenden Leichengeruch und den Gestank von Erbrochenem nicht einzuatmen. Ein Polizeibeamter hatte seinen Mageninhalt ins Waschbecken geleert.

»Danke, aber ich brauche keine Einführung in die Gesetze der Leichenverwesung, Herr Kollege. Wo ist der Kopf?«, fragte Sam.

»Eine gute Frage, den haben wir bisher noch nicht gefunden.«

»Na prima. Gibt es ein Foto von der Frau mit Kopf?«

»Im Schlafzimmer steht eines, ich werde es für Sie kopieren.«

Sam beugte sich über die Leiche. Die massigen Unterschenkel der Frau waren blaulila verfärbt und etwas deformiert.

»Was ist mit den Beinen passiert?«

»Ganz genau können wir das erst nach der Autopsie sagen, aber Sie haben recht, sie sehen komisch aus.« Siegfried Reuters Augen flogen von der Leiche zur Tür. Er war bemüht, nicht allzu lange den Anblick der verstümmelten Toten ertragen zu müssen.

»Ist das Ihre erste Leiche?«

»Die erste in dieser Form.«

»Hm, zu Ihrer Beruhigung, Reuter, man gewöhnt sich nie an solche Anblicke. Haben Sie die Flecken da gesehen?«

Sam zeigte mit seinem behandschuhten Finger auf zwei Abdrücke auf dem Brustkorb der Frau, die der sinkende Wasserstand nun freigab. Reuter näherte sich zögerlich der Leiche.

Plötzlich hatte Sam genug von dem überforderten Beamten. »Wo ist der Gerichtsmediziner?«, fragte er leicht gereizt, als hinter ihm eine helle Stimme ertönte.

»Schon zur Stelle.«

Sam drehte sich um und stand einer Matrone von Frau gegenüber, die die Zwillingsschwester des Opfers hätte sein können. In ihren fleischigen Fingern hielt sie einen schwarzen Koffer, den sie jetzt absetzte, um näher an die Leiche heranzutreten.

»Können Sie mir erklären, woher diese Flecken stammen?«

»Ich würde sagen, sieht nach Elektrodenabdrücken aus, verursacht von einem Defibrillator.«

»Danke.« Sam hatte genug gesehen. »Gibt es Zeugen? Hat jemand etwas gesehen oder gehört?«, wandte er sich wieder an Reuter, der wie eine Gipsfigur neben ihm stand und nun zum Leben erwachte.

»Es gibt nur sechs Parteien im Haus. Die Paare aus dem ersten Stock sind seit einer Woche gemeinsam im Urlaub. Der Herr, der neben Frau Eschberger wohnt, war die ganze Nacht bei seiner Freundin und kam erst vor einer Stunde nach Hause. Und die oben werden gerade befragt. Außerdem werden die Anwohner aus den Nachbarhäusern und die Angestellten aus den anliegenden Geschäften verhört, ob sie irgendetwas Auffälliges gesehen haben.«

»Wo wohnt der Hausmeister?« Sam hatte das Badezimmer inzwischen verlassen und war zur Wohnungstür gegangen. Nun stand er schon halb im lindgrünen Treppenhaus. Er musste seine Gedanken sammeln, die wie kleine Papierschnipsel in einer Windböe umherwirbelten, und dafür wollte er allein sein.

»Ein Haus weiter, Parterre unten links. Meinen Sie nicht, es wäre besser, wenn ich …« Weiter kam der Österreicher nicht, denn Sam war bereits, immer zwei Stufen auf einmal nehmend, die Treppe hinuntergeeilt. Unten trat er auf eine kopfsteingepflasterte Straße.

Die Straße war belebt. Touristen standen vor großen Schaufenstern, ein Fiaker kutschierte eine Familie durch die Gasse, und eine Gruppe Japaner bewunderte den Blick durch die Häuser auf die Festung Hohensalzburg. Ein Paar stritt sich in einem Hauseingang und versuchte zwar, möglichst unauffällig zu bleiben, zog aber die Blicke aller Passanten auf sich, als der Mann »Du bleede Gans!« brüllte und die Frau anfing, mit ihrer Louis-Vuitton-Tasche nach ihm zu schlagen.

Sam ging zum nächsten Hauseingang und stieß die angelehnte Tür auf. Der erste Blick fiel auf die rissigen, mit Schimmelflecken bedeckten Wände, der zweite auf eine Reihe alter Briefkästen. Die frische kalte Luft draußen hatte ihm gutgetan, hier drinnen schlugen ihm jetzt Moder und der Geruch nach altem Mann entgegen.

Die Wohnung des Hausmeisters war nicht schwer zu finden, denn im Parterre gab es nur eine einzige. Da die Klingel keinen Ton von sich gab, klopfte Sam mit der Faust gegen die Tür. Ein kleiner stämmiger Mann mit Halbglatze und in einem blauen Arbeitsoverall öffnete so schnell, als hätte er bereits dahinter gewartet.

»Na endlich. Sie sind doch von der Gendarmerie?«

Sam nickte, und der Mann ließ ihn ein, ohne weitere Fragen zu stellen.

Kalter Zigarettenrauch schlug Sam entgegen. Die Wohnung war dunkel und erinnerte an eine Höhle. Der Flur maß an die zwei Quadratmeter, wirkte jedoch noch kleiner durch die dunkel gemusterte Tapete im Stil der Siebzigerjahre. Auf dem Boden lag ein alter ausgeblichener Perserteppich, darüber ein weiterer Teppich, der wie ein Läufer in ein etwa zehn Quadratmeter großes Zimmer führte. Auch hier lagen diverse Teppiche übereinander. Der Hausmeister folgte Sams Blick auf die Teppiche und sagte: »Wegen der Feuchtigkeit, wissen'S.«

In der Ecke neben dem Fenster stand ein Fernseher mit einer altmodischen Antenne, und auf dem kleinen Cordsofa an der gegenüberliegenden Wand lag ein üppiges Rubens-Modell mittleren Alters. Sam fragte sich, ob es überhaupt schlanke Salzburgerinnen gab. Die Frau auf dem Sofa war gut gekleidet, mit Goldschmuck behangen, und sie hatte den kräftigen Unterarm über die Augen gelegt, sodass nur ihre roten Haare und ihr zitternder Mund zu sehen waren, aus dem in regelmäßigen Abständen wimmernde Töne kamen. »Das geht die ganze Zeit schon so.

Hab ihr ein Bier angeboten, aber sie wollte keins«, meinte der Hausmeister.

»Wie heißt die Dame noch?«, fragte Sam.

»Frau Anneliese. Nachname weiß ich nicht. Die Gendarmerie hat sie mir hier hingepackt.«

Sam setzte sich auf den Couchtisch vor dem Sofa, beugte sich leicht nach vorne und sprach leise auf die Frau ein.

»Hören Sie, ich weiß, dass das, was Sie heute gesehen haben, ein Schock für Sie war. Trotzdem muss ich mit Ihnen reden. Ich brauche ein paar Informationen über Ihre Freundin, um zu verstehen, was da passiert ist. Und vor allem, warum.«

»Ich habe gewusst, dass es ein Fehler war, dort hinzugehen. Ich habe ihr noch davon abgeraten«, kam es über die schmalen Lippen.

Sam hatte sich darauf vorbereitet, länger auf sie einreden zu müssen, und war überrascht, dass die Frau so schnell die Sprache wiedergefunden hatte. »Wo ist sie hingegangen?«

»Das kann ich Ihnen nicht sagen.« Ein Schrei entrang sich ihrer Kehle, und Sam zuckte zusammen. Ein lautes Schluchzen folgte, das in einem Crescendo zu enden drohte.

»Okay, okay. Hören Sie, was hat Ihre Freundin gearbeitet? Hat sie von zu Hause aus gearbeitet? Wir haben so ... so merkwürdige Karten, Tarotkarten, bei ihr gefunden.«

Das Heulen hörte abrupt auf, und Frau Anneliese sah ihn an.

»Die hat sie ab und zu gelegt. Als Einführung sozusagen. Aber eigentlich war sie ein Medium. Sie hat Leuten geholfen. Ja, das hat sie. O mein Gott, und dann endet sie so?« Abermals entstand eine lange Pause, dieses Mal verfiel sie jedoch nicht ins Schluchzen, sondern starrte auf die Wand hinter ihm, sodass Sam schon versucht war, sich umzudrehen und ihrem Blick zu folgen.

»War Ihre Freundin gläubig?«

»Jeden Sonntag ging sie in die Kirche. Manchmal auch unter der Woche.«

»War Ihre Freundin mal in Hamburg?«

»Nein, was sollte sie denn da? Sie ist nie verreist.«

»Sie können mir nicht zufällig sagen, woher sie die Bibel hatte, die auf ihrem Tisch lag?«

»Auf ihrem Tisch? Eigentlich hatte sie die Bibel immer unter dem Kopfkissen. Sie schlief auf ihr…«, jetzt schluchzte Frau Anneliese wieder, »…und ich habe ihr immer gesagt, sie soll nicht mit den Toten sprechen. Die Geister, die ich rief. So heißt es doch, oder? Und jetzt ist sie selber tot.«

Sam wusste, dass es sinnlos war, weiter in die Frau zu dringen. Sie stand unter Schock. Er würde zu einem späteren Zeitpunkt noch einmal mit ihr reden müssen.

Sam hatte den Hausmeister von Frau Anneliese erlöst und dafür gesorgt, dass ein Psychologe die Frau betreute und sie nach Hause gebracht wurde. Er hatte sich ihre Telefonnummer notiert, denn er wollte sich noch nicht geschlagen geben mit der Antwort, sie dürfe ihm nichts sagen. Die Frau war vielleicht eine wichtige Zeugin, und es war nicht unwahrscheinlich, dass sie den Mörder sogar gesehen hatte. Doch Sam fehlte die Geduld im Umgang mit hysterischen Frauen, und so wollte er erst einmal einem entscheidenden Hinweis nachgehen. Der Bibel. Noch einmal betrat er Birgit Eschbergers Wohnung und begab sich direkt ins Schlafzimmer. Das Bett war gemacht, die Gardinen zugezogen, die Kommode staubfrei. Ein Foto von Birgit Eschberger aus jungen Jahren – schlank, brünett und Arm in Arm mit einem Mann – stand immer noch hier. Ein aktuelles Foto konnte Sam nicht entdecken. Er ging einmal um das Bett herum, hob die Tagesdecke etwas an und tastete sich langsam unter der Decke zum Kopfkissen vor, bis er mit den Fingerkuppen gegen etwas Hartes stieß. Wie Frau Anneliese gesagt hatte, hatte Birgit Eschberger auf ihrer Bibel geschlafen. Sam setzte sich aufs Bett und öffnete das Buch. Und wie erwartet fand er in diesem Exemplar keinen Eintrag. In diesem Moment fing das Handy in seiner Tasche an zu vibrieren und ließ Sam erschrocken zusammenzucken.

»O'Connor, wie weit sind Sie?«, dröhnte die Stimme von Peter Brenner durchs Telefon.

»Sie hatten ein gutes Gespür, wir haben es tatsächlich mit einem Serientäter zu tun, der seit zwei oder sogar mehreren Jahren tötet. Auch der Mord in Salzburg geht auf sein Konto.«

»Schon irgendwelche Anhaltspunkte?«

»Ich denke, er kommt aus Hamburg. Das ist aber nur eine Vermutung, mehr kann ich noch nicht sagen.«

»Sehen Sie zu, dass Sie sich den Kerl greifen. Ich will Sie nicht weiter durch die Weltgeschichte fliegen lassen.«

Sam hob die rechte Augenbraue und klappte sein Handy zu. Die da oben hatten immer nur die Kosten im Kopf, nicht die Opfer, dachte er und schluckte seinen Ärger herunter.

Als er das Schlafzimmer verließ, trugen gerade zwei Männer stöhnend den schwarzen Plastiksack mit Birgit Eschbergers kopflosem Körper durch den engen Flur.

Für ihn stellte sich in diesem Moment nur eine Frage: Warum hatte der Täter die Frau geköpft und nicht wie die anderen verbrannt? Wieder einmal zeigte sich: Anders als Laien annahmen, handelten Serienmörder nicht immer nach dem gleichen Schema.

1985

Ein Sonntagmorgen im Mai. Der Nebel lag noch auf Feldern und Wiesen, als wären die Wolken vom Himmel gefallen und hätten sich einen Platz auf der Erde gesucht, um sie zu bedecken – oder um etwas zu verbergen. Vielleicht das schlechte Gewissen, das Gunther Rieckmann plagte, als er die kurvenreiche Landstraße entlangfuhr. Er drehte sich zu seinem Sohn um, der auf der Rückbank saß und kein einziges Wort während der ganzen Fahrt gesprochen hatte. Rieckmanns Augen füllten sich mit Tränen, beinahe hätte er die Klosteranlage Frauenberg verpasst, die plötzlich wie aus dem Nichts nach einer Kurve vor ihm auftauchte. Er blinzelte, um wieder sehen zu können, und wischte sich die Tränen, die über seine Wangen rollten, mit dem Handrücken vom Gesicht. Er sah noch einmal in den Rückspiegel, doch das kleine Gesichtchen zeigte keine Regung.

Rieckmann bog in die Auffahrt des Klosters ein und hielt vor einem Seiteneingang. Seine Schwester hatte ihm genau beschrieben, wo er halten sollte, und ihm gesagt, dass man sich dann um alles Weitere kümmern würde.

Er stieg aus dem Auto, holte die blaue Nylontasche aus dem Kofferraum und ging zu dem besagten Seiteneingang. Dann klopfte er und wartete. Als sich nichts tat, klopfte er erneut. Sein Sohn saß immer noch im Auto. Der Junge schaute zwar in seine Richtung, sah ihn aber nicht an. Sein Blick war leer. Endlich öffnete eine Frau in Schwesterntracht. Gunther ging zum Auto, öffnete die hintere Tür und reichte seinem Sohn die Hand, um ihm beim Aussteigen zu helfen. Doch der Kleine rutschte an der Hand seines Vaters vorbei und ging auf die Schwester zu, die mit unbarmherzigem Blick auf ihn wartete. Erst als er, ohne sich noch einmal umzusehen, in dem dunklen Gang verschwand und die Tür hinter ihm ins Schloss fiel, schluchzte er auf.

Sein Vater legte die Hand an die geschlossene Tür, als könne er so die letzte Erinnerung an seinen Sohn besser in sich aufnehmen, eine letzte Verbindung schaffen. Ein letztes Mal bäumte sich sein Gewissen gegen die Entscheidung auf, die er um des Friedens willen getroffen hatte – und aus Angst, irgendwann wieder ein totes Kind zu finden, dieses Mal vielleicht von seiner Frau erschlagen. Nicht nur, dass sie den ganzen Tag die Familie mit ihrer Putzwut terrorisierte, nein, sie drohte auch in regelmäßigen Abständen, sich umzubringen, schloss sich mit einem Messer im Badezimmer ein, um sich angeblich die Pulsadern aufzuschneiden, oder kletterte aufs Dach, um sich herunterzustürzen. Letztendlich war sie nie gesprungen, hatte das Messer nie angesetzt, was er manchmal bedauerte. Mehrfach hatte er ihr gesagt, dass sie ärztliche Hilfe brauche. Und jedes Mal hatte sie ihm geantwortet, nicht sie, sondern er sei krank und benötige Hilfe. Vielleicht hatte sie sogar recht damit, denn er war zu feige, um sie zu verlassen. Warum, wusste er selbst nicht.

Ihre unbändige Wut hatte schon einmal eine Katastrophe ausgelöst. Das sollte sich nicht wiederholen. Deshalb war es besser, den Kleinen zu seinem eigenen Schutz ins Kloster zu bringen.

Alles schrie in ihm, es nicht zu tun, seinen Jungen zurückzuholen, ihn in den Arm zu nehmen und mit ihm nach Hause zu fahren. Doch er hörte nicht auf seine innere Stimme, setzte sich in seinen Wagen und fuhr davon. Damit hatte er sich eine Qual auferlegt, die von diesem Moment an zentnerschwer auf seinem Herzen lastete.

11

HAMBURG
Punkt sieben Uhr klingelte der Wecker. Lina brauchte morgens nicht lange, um sich fertig zu machen. Sie duschte in fünf Minuten, verschonte ihre Haare mit langen Föhnaktionen und ließ sie – auch im Winter – an der Luft trocknen, zog sich in zwei Minuten an, räumte ihre Wohnung schnell auf, damit sie nach Feierabend relaxen konnte, und ging ohne Frühstück aus dem Haus. Insgesamt eine Sache von einer halben Stunde. Der Traum eines jeden Mannes, wie ihre Mutter zu sagen pflegte.

Die Praxis des Hypnosetherapeuten Doktor Ritter befand sich in der Innenstadt in einem modernen Glasgebäude. Der Weg dorthin war fast der gleiche wie zu Doktor Herrmann, nur dass sie, wenn sie aus der U-Bahn-Station kam, in die andere Richtung gehen musste, vorbei an Montblanc, einem Strumpfgeschäft, an Armani und diversen anderen Geschäften, die sie nicht sonderlich interessierten.

Lina hatte ihre neue Arbeit über eine Anzeige im *Hamburger Abendblatt* gefunden. Der Therapeut war gleich nach einem kurzen Gespräch von ihr angetan gewesen und hatte sie eingestellt, ohne weitere Referenzen sehen zu wollen. Das, was Doktor Ritter ihr von seiner täglichen Arbeit erzählt hatte, klang sehr vielversprechend. Vielleicht fand sie hier sogar Antworten auf Fragen nach dem Sinn des Lebens, dem Tod und der Seelenwanderung? Auf jeden Fall aber würde der neue Job eine Erweiterung ihres Horizonts, ihrer Sicht- und Denkweise sein. Sie war für alles offen und lernbereit.

Doktor Ritter war Mitte dreißig, ein schlanker großer Mann mit mittelblondem Haar und wachen blaugrauen Augen. Auf den ersten Blick sah er sympathisch aus, auf den zweiten eher unnahbar. Nur für seine Patienten schlüpfte er für einen Moment aus seiner Gedankenwelt und bemühte sich, offen und freundlich zu erscheinen. Wenn er allein war, vergrub er sich in sich selbst, schrieb, las und vermied jedes Telefongespräch. Schon bei ihrer ersten Begegnung hatte Lina gespürt, dass ihr neuer Arbeitgeber eigen war. Sie nahm sich aber vor, dies mit einem Lächeln zu übergehen.

Das Therapiezimmer war mit einem flauschigen hellblauen Teppich ausgelegt, an den Wänden standen dunkle maßgefertigte Holzregale voller Bücher, und hinter dem Schreibtisch, der aus dem gleichen Holz war, hingen diverse Zertifikate über Hypnoseseminare und ein Diplom in Psychologie, die keinen Zweifel an Doktor Ritters Qualifikation aufkommen ließen. Ein schwarzes modernes Ledersofa mit Stahlfüßen stand quer im Raum und daneben ein schwarzer Ledersessel, der sich per Fernbedienung in eine liegende Position fahren ließ.

Frauen hatten aus Angst, vergewaltigt zu werden, oft Bedenken, sich in Hypnose versetzen zu lassen. Daher hatte Doktor Ritter sich entschlossen, Lina als Assistentin einzustellen. Sie sollte die Sitzungen gut hörbar aufzeichnen, Akten für die Patienten anlegen und sie mit Getränken versorgen. Hinzu kam die Terminplanung, da Doktor Ritter keine weitere Sprechstundenhilfe wollte.

Nach einer schnellen Einführung in Linas zukünftige Arbeit saß auch schon der erste Patient auf dem Sofa. Peter Lohmann war etwa fünfzig, und er war nicht das erste Mal zu einer Therapiesitzung in der Praxis. Er entledigte sich seiner Schuhe, schob sie unter das Sofa und machte es sich liegend darauf bequem. Lina stellte zwei Wassergläser auf den Beistelltisch, der zwischen Sofa und Ledersessel stand, und setzte sich leise hinter den Schreibtisch. Sie legte eine Kassette in den Rekorder und drückte auf Aufnahme.

Doktor Ritter setzte sich mit einem Notizblock auf dem Schoß in seinen Ledersessel, schlug die Beine übereinander, schraubte die Kappe seines schwarzen Montblanc-Füllers ab und notierte sich etwas auf seinem Block, während er seinen Patienten fragte: »Wie geht es Ihnen heute, Herr Lohmann?« Lohmann blickte ihn aus kleinen, knopfähnlichen Augen an. »Sehr gut, Herr Doktor. Sehr gut.«

»Das freut mich. Wenn Sie entspannt liegen, schließen Sie bitte die Augen.«

Lohmann rückte seinen Körper noch einmal in eine bequemere Lage und schloss dann die Augen.

»Atmen Sie langsam tief ein und wieder aus.« Eine kurze Pause entstand, dann fuhr Doktor Ritter fort: »Jetzt atmen Sie tief ein, füllen die Lungen mit Sauerstoff und halten die Luft an. Zählen Sie bis eins, und atmen Sie langsam wieder aus. Atmen Sie tief ein, füllen Sie die Lungen mit Sauerstoff. Halten Sie die Luft an. Zählen Sie bis zwei, und atmen Sie langsam wieder aus. Atmen Sie tief ein, füllen Sie die Lungen mit Sauerstoff, halten Sie die Luft an. Zählen Sie bis drei, und atmen Sie langsam wieder aus.«

Lina lauschte Doktor Ritters sonorer Stimme, bis die Zahl fünf erreicht war. Sie hatte die Augen geschlossen und sich zurückgelehnt. Sie wollte sehen, ob es auch bei ihr funktionierte.

»Normalisieren Sie Ihre Atmung, und atmen Sie langsam und gleichmäßig ein und aus. Mit jedem Atemzug reisen Sie tiefer und tiefer. Ich zähle jetzt rückwärts von fünf bis eins. Mit jeder Zahl reisen Sie tiefer. Fünf, vier, drei, zwei, eins. Tiefer und tiefer. Immer tiefer.«

Lina öffnete die Augen. Lohmanns Brust hob und senkte sich gleichmäßig. Sie war enttäuscht, bei ihr hatte sich gar nichts getan. Sie war so wach wie zuvor.

»Orientieren Sie sich. Wo sind Sie gerade?«

Lohmann antwortete mit ruhiger Stimme: »In einer Arena. Viele Leute gucken auf mich herunter.«

»Wissen Sie, in welchem Land Sie sind?«

Nach einer kurzen Pause antwortete Peter Lohmann: »In Spanien.«

»Beschreiben Sie, wie die Menschen gekleidet sind. Was für Kleider tragen sie?«

»Ich weiß nicht.«

»Sehen Sie an sich herunter. Was haben Sie an?«

»Ich trage einen grünen Anzug, er glitzert, ich habe einen Hut auf dem Kopf und ein Tuch in der Hand.« Es war, als hielte Peter Lohmann plötzlich den Atem an, dann sagte er mit ängstlicher Stimme: »O mein Gott, was für ein großes Tier. Ich hätte mich nicht auf diesen Hurensohn einlassen sollen.«

Doktor Ritter überging die Angst seines Patienten und versuchte, ihn abzulenken. »Beschreiben Sie, wie es um Sie herum aussieht.«

»Die Arena ... o nein!« Lohmann stöhnte auf. »Er ist so groß. Ich habe Angst, furchtbare Angst. Alle starren mich an ... Was für ein riesiger Stier.« Lohmanns Stimme zitterte.

»Sind Sie allein, oder sind noch andere um Sie herum?«

»Ich bin allein. Ganz allein«, setzte er leise hinzu, als könne er es selbst nicht glauben.

»Denken Sie daran, Sie sind heute hier, weil Sie Probleme haben, Entscheidungen zu fällen«, sagte Doktor Ritter ruhig. Doch das schien Herrn Lohmann im Moment herzlich wenig zu interessieren, denn er hatte gerade ein viel größeres Problem. Er sah offenbar nur noch den gewaltigen Stier vor sich. »Ich habe am ganzen Körper eine Gänsehaut, wenn ich dieses Tier sehe. Ich stehe vor der Schutzwand.«

»Was fühlen Sie gerade?«

»Ich fühle mich schlecht. Kann mich vor Angst nicht mehr bewegen. Er wird mich umbringen, ich weiß es.« Lohmann stöhnte plötzlich. Seine Atmung ging jetzt schwer, und er keuchte. »Mein Gott, er hat mich erwischt. Er hat mich auf den Boden gerissen.« Ein mühsamer Atemzug entrang sich seiner Brust, als ob etwas Schweres auf seiner Lunge sitzen würde.

»Er schleudert mich herum. Er hat mich auf seine Hörner genommen.« Nun kamen röchelnde Laute aus seinem leicht geöffneten Mund, sein Gesicht war schmerzverzerrt.

Lina konnte kaum glauben, was sie da sah. Der Mann schien tatsächlich zu erleben, wovon er sprach. Aber nicht nur für Herrn Lohmann, sondern auch für Lina war das Ganze eine Art Rückführung. Sie erinnerte sich noch ganz genau, wie sie das erste – und letzte – Mal mit ihrem Vater in einer Stierkampfarena gewesen war. Noch heute sah sie alles vor sich: den Stier, der in die Arena hineingerannt kam und der versuchte, sich zurechtzufinden, den *matador* mit seiner leuchtenden pinkfarbenen *capa*, die zwei *picadores*, die mit Lanzen auf den Stier einstachen, um ihn unterwürfig zu machen, und schließlich den Moment, der Lina den Rest gegeben hatte, als der *matador* mit seinem Degen in den Nacken des Stieres stieß und dort das Blut wie eine Fontäne herausschoss. Lina war weinend aus dem ekstatischen Publikum geflohen und hatte seitdem nie wieder einen Fuß in eine Arena gesetzt. Bis heute konnte sie nicht verstehen, wie die Menschen von einem so bestialischen Spektakel fasziniert sein konnten.

»Hat er Sie verletzt?«, fragte Doktor Ritter seinen Patienten.

»Ja, ich habe hier eine große Wunde.« Peter Lohmann zeigte auf seine Brust.

»Fühlen Sie Schmerzen? Was ist mit Ihrem Körper?«

»Ich sehe meinen Körper von oben. Ich fühle nichts mehr. Er geht immer weiter weg ... Ich sehe nur noch einen Punkt.« Lohmann seufzte, als hätte er den letzten Atemzug getan, dann atmete er wieder ruhig.

»Was sehen Sie? Können Sie etwas hören? Musik vielleicht?«

»Nein. Es ist eine herrliche Ruhe. Ein wunderschönes Gefühl. Ich fühle mich gut.« Sein Gesicht war entspannt, und er lächelte leicht. Lina kannte diesen Gesichtsausdruck. So hatten ihre Großmutter und ihr Onkel ausgesehen, nachdem sie gestorben waren. Weil sie einen so zufriedenen Gesichtsausdruck hatten, hatte sie sich immer gefragt, was sie wohl sahen, ob sie noch etwas empfanden. Anscheinend spürte die Seele nach dem Verlassen des Körpers doch noch etwas.

»Was haben Sie aus diesem Leben gelernt?«, fragte Doktor Ritter.

»Ich habe eine Entscheidung getroffen, obwohl ich mir nicht sicher war und obwohl ich Angst hatte. Es war eine Entscheidung, die ich nicht hätte treffen dürfen.«

»Haben Sie gelernt, wann Sie Entscheidungen treffen sollten?«

»Ja, nur wenn ich mir hundertprozentig sicher bin.«

Doktor Ritter lehnte sich zufrieden zurück und holte dann den Patienten aus der Hypnose, indem er von eins bis fünf zählte.

Herr Lohmann schlug die Augen auf und wirkte entspannt und ausgeruht. Erstaunlich, wenn man an die Strapazen denkt, die der Mann gerade durchgemacht hat, überlegte Lina.

»Sie haben heute einen großen Fortschritt gemacht, Herr Lohmann. Ich denke, wir werden Ihr Problem bald gelöst haben.«

Peter Lohmann lächelte erleichtert. Er bezweifelte nicht, dass sein Therapeut recht hatte. Doktor Ritter erhob sich, gab seinem Patienten zum Abschied die Hand und verließ das Sprechzimmer, während Herr Lohmann sich langsam die Schuhe anzog, Lina die Kassette aus dem Rekorder nahm und die Gläser von dem kleinen Beistelltisch abräumte.

Sie sah auf die Uhr, die nächste Sitzung war erst in zwei Stunden. Als Herr Lohmann schließlich die Praxis verlassen hatte, erklärte Doktor Ritter Lina, dass es viele Menschen gab, die unerklärliche Ängste hatten, ja sogar Schmerzen, für die es keine medizinische Ursache gab. Seine Erfahrungen in den letzten Jahren hatten ihm gezeigt, dass viele dieser angeblich unerklärbaren Phobien aus anderen Leben stammten, an die sich die Menschen zwar nicht mehr erinnerten, die sie aber dennoch gelebt hatten. Es sei wissenschaftlich erwiesen, so Doktor Ritter weiter, dass die Menschen nur zehn Prozent ihres Gehirns nutzten. Die Frage sei, was in den restlichen neunzig Prozent gespeichert sei. Informationen und Erlebnisse aus anderen Leben, die unter Hypnose abgerufen werden konnten?

Als sie am Abend nach ihrem ersten Arbeitstag in der Hypnosepraxis nach Hause ging, war Lina sehr nachdenklich. Sie stellte sich die Frage, welche Ängste sie eigentlich mit sich herumtrug, doch ihr fiel dazu spontan nichts ein. Sie war erleichtert, denn sie war überzeugt, dass Ängste die Menschen einengten und sie in gewisser Weise zu Marionetten machten.

12

AM GENFER SEE

Eigentlich hätte Sam direkt von Salzburg nach Hamburg fliegen müssen. Jeder Tag, jede Stunde zählte, um dem Täter auf die Spur zu kommen. Aber heute war ein besonderer Tag: der Geburtstag seines einzigen Freundes Phillippe Argault, und es war Tradition, dass sie sich an diesem Tag sahen. Normalerweise wäre er mit dem Auto gefahren, aber um Zeit zu sparen, musste er wohl oder übel abermals ins Flugzeug steigen.

Am Flughafen Lausanne mietete er sich einen Wagen, fuhr auf die E62 Richtung Montreux und folgte ab Chenaux der Beschilderung zum Genfer See. Vor zwei Jahren hatte er mit Argault eine Radtour entlang der Weinberge des Lavaux über die zweitausend Meter hohen Berge von Lausanne nach Vevey, Montreux und schließlich nach Évian-les-Bains gemacht. Eine beeindruckende Strecke, die auch an der Rhone entlang und durch viele kleine, sehr alte Orte führte. So frei und glücklich wie damals hatte er sich seitdem nicht mehr gefühlt. Er fuhr jetzt langsamer und versuchte, sich an die kleine Straße zu erinnern, die direkt zu Argaults Villa führte.

Von der Hauptstraße gingen viele kleinere Straßen ab, und er war schon kurz davor, bei Argault anzurufen und die Überraschung in den Wind zu schießen, als er an einem Zaun vorbeikam, den er wiederzuerkennen meinte. Er bog in die nächste kleine Straße ein und sah nach etwa zweihundert Metern das hohe schmiedeeiserne Tor der zweigeschossigen Villa mit ihren weißen Sprossenfenstern. Argaults Frau Claudette hatte das Anwesen vor zehn Jahren samt einem beachtlichen Vermögen von ihrem Großvater geerbt. Und wie jedes Mal hatte Sam das Gefühl, eher einen Präsidenten als einen einfachen Polizisten zu besuchen.

Er drückte auf den Klingelknopf, und nach einer Weile öffnete sich das große Tor automatisch. Er fuhr die sandige Auffahrt hinauf, die von gepflegten Rasenflächen und Blumenbeeten gesäumt wurde, aus denen zurzeit jedoch nur nackte Stängel ragten. Sam vermutete, dass dies Argaults geliebte Rosensträucher waren, musste sich jedoch eingestehen, dass er gerade mal eine Osterglocke von einem Tannenbaum unterscheiden konnte. Er stellte seinen Wagen direkt neben einer dunkelblauen Mercedes-Limousine ab und stieg aus. Ein Dienstmädchen in klassischer schwarzer Uniform und weißer Schürze stand vor der massiven Eingangstür. Sie erkannte und begrüßte ihn mit einem stummen Nicken, dann führte sie ihn durch die holzgetäfelte Eingangshalle und das Wohnzimmer bis auf die Terrasse. Dort saß Argault in eine warme Wolldecke gewickelt in einem Stuhl und blickte auf den Genfer See.

»Ich hoffe, ich komme nicht ungelegen, Phillippe. Eigentlich habe ich an deinem Geburtstag ein bisschen mehr Action erwartet. Die Party vom letzten Jahr werde ich niemals...« Sam verstummte, als er das eingefallene Gesicht seines Freundes bemerkte.

»Ich hätte es dir noch gesagt...«, meinte Argault schuldbewusst.

»Wann?«, fragte Sam wütend. Eigentlich ärgerte er sich vor allem über sich selbst. Er hätte nur eins und eins zusammenzählen müssen. Argault liebte seinen Beruf und wäre niemals früher in Rente gegangen, wenn es nicht einen triftigen Grund dafür gegeben hätte.

»Jetzt sei nicht wütend. Komm, setz dich zu mir und genieße diesen herrlichen Blick.«

Sam reichte seinem Freund das Geschenk, das er bereits in Rom am Flughafen gekauft hatte, und zog einen Stuhl dicht an einen eine angenehme Wärme verbreitenden Gasofen heran. Die Hände tief in den Manteltaschen vergraben, ließ er sich auf der eiskalten Sitzfläche nieder und sah zu, wie Argault das Geschenk auswickelte.

Es waren die Originalaufnahmen von Pavarottis letztem Konzert, bevor er an Krebs gestorben war. Was für ein passendes Geschenk, dachte Sam etwas beschämt.

»Das ist ja großartig, Sam. Vielen Dank. Bernadette…«, hinter ihnen war das Dienstmädchen erschienen, »…sei so lieb, mach uns ein bisschen Musik und bring uns Kaffee und ein wenig Gebäck.«

Das Dienstmädchen nahm die CD entgegen und verschwand wieder im Haus.

»Wo ist Claudette?«, fragte Sam.

»Sie ist nach Lausanne gefahren, sie muss mal wieder an einem dieser traditionsreichen Events teilnehmen. Ihre großartige Familie hat eine Uhr auf den Markt gebracht, die gegen die Zeit läuft«, sagte Argault mit nicht überhörbarem Sarkasmus in der Stimme. »Aber erzähl mir von deinem neuesten Fall. Du weißt doch, wie neugierig ich bin.«

Sam wusste, dass Argault, obwohl seit etwa dreißig Jahren mit seiner Frau verheiratet, immer noch ein Dorn im Auge ihrer Familie war. Anfangs hatte er versucht, sich dem Schweizer Adel anzupassen, um davon abzulenken, was er eigentlich war: ein einfacher Polizist, der jeden Tag die Scheußlichkeiten sah, die andere Menschen anrichteten, und der nicht wie die Juweliersfamilie seiner Frau mit Diamanten und Edelsteinen sein Geld verdiente. Der Einzige, der Claudette verstanden hatte, war ihr Großvater gewesen, der seinerzeit selbst eine nichtadelige Frau geheiratet hatte.

»Was soll ich sagen? Da ist mal wieder ein verdammter Freak am Werk.« Er sah Argault von der Seite an. Aus dem Wohnzimmer drangen jetzt die leisen Klänge von Pavarottis Gesang. »Das Ganze ist noch etwas undurchsichtig.«

Argault hatte die Decke zur Seite gelegt, war, sich etwas unsicher auf den Beinen haltend, aufgestanden und begutachtete nun seine Blumentöpfe, die auf der Balustrade standen und aus denen ebenfalls nur nackte Stängel ragten.

»Es ist wie ein Wunder, wenn die schlafenden Augen der Rosen im Frühjahr erwachen. Die Krankheit hat mir nicht nur viel Zeit zum Nachdenken geschenkt, sondern auch den Blick für Dinge geöffnet, die ich immer für selbstverständlich gehalten habe. Wie zum Beispiel die Rosen aufblühen und verwelken. Oder wie vielfältig schon eine einzige Spezies ist, die die Natur uns geschenkt hat.«

Sam sah Argault mit offenem Mund an. Irgendwie erinnerte ihn sein Freund an Helmut Geiger und dessen Kriegsschiffsammlung. Lag es tatsächlich nur an der Krankheit, oder hing es auch mit dem Alter zusammen, dass er sich in seinem letzten Lebensabschnitt so intensiv mit einem Hobby auseinandersetzte? Vielleicht war es ein Versuch, seinem Leben einen Sinn zu geben, wenn man genug Geld verdient hatte oder – wie im Fall von Argault – tief genug in die Abgründe der menschlichen Seele gesehen hatte.

»Und ein weiterer Vorteil der Krankheit: Ich stehe dir jetzt durchgehend zur Verfügung, weil ich meinen Kopf nicht mehr mit anderen Daten und Fakten belasten muss. Schieß los. Erzähl mir alles, was passiert ist.«

Sam grinste. Obwohl Argault, gezeichnet von der Krankheit, mindestens dreißig Kilo abgenommen hatte, hatte er von seiner Energie nichts eingebüßt.

»Na los, worauf wartest du?«, fragte Argault ungeduldig.

»Es ist ein äußerst brutaler Serienmörder. Er foltert. Bisher haben wir mit Sicherheit zwei, wahrscheinlich aber drei Opfer, die auf sein Konto gehen: in Italien, Österreich und Deutschland. Und ich bin sicher, wir finden noch mehr.«

»In welchem Zeitraum?«

»Zwei Jahre.«

»Komm, lass uns ein paar Schritte durch den Garten gehen, Sam.« Sam erhob sich und war froh, dass er seine kalten Beine ein wenig bewegen konnte.

Langsam spazierten sie einmal um das Haus herum. Auf der einen Seite der Fassade rankten sich kahle braune Stängel hinauf bis zum flachen Dach. Argault blieb mit einem faszinierten Ausdruck in den Augen stehen.

»Vor zwei Jahren hat der Gärtner statt der Rambler die Climber angepflanzt. Damals habe ich nur Bahnhof verstanden. Aber die Climber sind kleiner und blühen öfter. Ich habe sie erst letzten Sommer richtig wahrgenommen … Du sagst, er foltert. Dann will er etwas damit erreichen. Ein Geständnis erzwingen?«

Sam beobachtete, wie Argault seine Fingerkuppen aneinanderrieb. Eine alte Angewohnheit, wenn er besonders konzentriert war.

»Oder er empfindet eine perverse Freude daran, andere zu quälen. Er hat bei einem Opfer sogar einen Defibrillator benutzt, um es zu reanimieren. Phillippe?«

Argault war inzwischen zur Garage gegangen und dort in einem Nebenraum verschwunden. Nun tauchte er wieder auf und schleppte einen Sack vor sich her. Sam befreite ihn von seiner schweren Last und sah ihn fragend an.

»Die Beete müssen wegen der Kälte mit etwas Fichtenreisig abgedeckt werden. Die Opfer?«

»Bisher Frauen zwischen Ende dreißig und sechzig. Sie verbindet nichts, zumindest nichts Offensichtliches. Kein gemeinsamer Wohnort, keine gemeinsamen Freunde, kein gemeinsamer Beruf. Das Einzige ist diese Magie, dieser esoterische Quatsch. Die eine hat Karten gelegt. Die andere hat mit Toten geredet. Bei der Dritten bin ich mir noch nicht sicher.«

»Mit Toten geredet? Na, wenn wir so eine finden, können wir uns nach meinem Tod auch noch unterhalten.« Argault lachte und verteilte eifrig Fichtenreisig auf seinen Rosenbeeten.

Sam fand das gar nicht komisch. Menschen, die wussten, dass sie bald starben, entwickelten immer einen makabren Humor, fand er. »Aber Spaß beiseite! Magie? Welche Art? Schwarze Magie, weiße Magie?«

»Sie haben so eine Art Lebenshilfe gegeben, die Zukunft vorausgesagt. Ich weiß es nicht genau. Auf jeden Fall habe ich das Gefühl, dass …«

In diesem Moment erschien Argaults Dienstmädchen, und Sam brach ab.

»Der Kaffee ist fertig. Lass den Sack hier stehen.«

Sam war froh, endlich den schweren Sack loszuwerden, und folgte Argault, ohne den Satz zu beenden, zurück auf die Terrasse. Dort war der Tisch gedeckt. Kuchen, Kekse, Kannen mit Tee und Kaffee, weiße Teller und Tassen mit Goldrand standen auf einer geblümten Tischdecke. Wäre aus Sams Mund nicht bei jedem Atemzug kondensierter Atem gekommen, hätte er beinahe sommerliche Gefühle entwickeln können.

»Frische Bohnen direkt aus Kolumbien. Schwarz, wie du ihn gerne trinkst.«

Er sah dem Dienstmädchen nach, bis es im Haus verschwunden war. »... das Gefühl, dass was?«

Anders als Argault hatte Sam den Faden verloren und sah seinen Freund irritiert an.

»Du hast gesagt, sie haben so eine Art Lebenshilfe gegeben, die Zukunft vorausgesagt, und du hast das Gefühl, dass ...«

Jetzt fiel es Sam wieder ein, und er sagte ernst: »Lach jetzt nicht, aber ich glaube, dass die Kirche irgendetwas damit zu tun hat.«

Argault schmunzelte und sah auf den See hinaus, wo gerade eine Fähre über das spiegelklare Wasser glitt.

»Das ist dein Karma, mein Freund. Bis du deinen inneren Frieden mit der Kirche gemacht hast, wirst du immer wieder mit ihr zu tun haben. Denk an meine Worte, Sam. Aber wie kommst du darauf?«

»Er hat mir ein Souvenir hinterlassen. Eine Bibel in Salzburg und wahrscheinlich auch eine in Rom. Auf der Innenseite steht: ›Eigentum der katholischen Gemeinde Winterhude, Hamburg‹.«

Ein Vogel hüpfte auf dem Rasen umher und pickte in der Erde, bis er sich mit einem Wurm im Schnabel in die Lüfte erhob und hinter den Bäumen verschwand.

Nur Argaults leichtes Schmatzen durchbrach die Stille. Sam musste innerlich lachen. Claudette hätte ihrem Mann jetzt einen strafenden Blick zugeworfen, und er hätte seinen dritten Zähnen die Schuld gegeben. Da die beiden keine Kinder hatten, würde Claudette bald allein sein. Sam fragte sich, wie sich das für sie wohl anfühlen würde, nachdem sie so lange Tisch und Bett mit ihrem Mann geteilt hatte. Er dachte besser nicht weiter darüber nach und schob sich stattdessen einen Keks in den Mund.

»Er legt also Spuren. Zu sich oder zu anderen. Er macht auf sich aufmerksam.«

»Dann hat man bei zwei Opfern Spuren von Salz, Kräutern und Wachs gefunden, die ich nicht einzuordnen weiß.«

»Du solltest mit jemandem reden, der sich mit Magie auskennt. Vielleicht benutzen sie diesen Quatsch für bestimmte Rituale, schwarze Messen vielleicht. Ich kenne da jemanden. Ich suche dir nachher die Nummer raus.«

Sam wurde nachdenklich. Vielleicht steckte tatsächlich ein Ritual dahinter.

»Irgendeine sexuelle Motivation erkennbar?«, fragte Argault mit vollem Mund und nahm einen Schluck Tee.

»Ist nicht eindeutig. Zwei Frauen wurden auf öffentlichen Plätzen halb beziehungsweise ganz verbrannt. In ihren Schlafzimmern wurde nichts gefunden, keine Spuren, keine Spermien.«

»Was ist mit der Dritten?«

»Die hat er nicht verbrannt. Das ist das Merkwürdige.« Sam hatte die heiße Tasse mit beiden Händen umschlossen und starrte in den schwarzen Kaffee, als könnte der ihm die Antwort geben. »Er ist von seiner üblichen Vorgehensweise abgewichen. Dafür hat er ihr den Kopf abgetrennt, und den haben wir bisher nicht gefunden.«

Argault nickte nachdenklich, lehnte sich in seinem Stuhl zurück und blickte müde auf den See. Die Fähre hatte inzwischen ihr Ziel Ouchy erreicht. Der See lag wieder ruhig da, und die einbrechende Dunkelheit verwandelte ihn langsam in einen großen schwarzen Tintenklecks mit kleinen goldenen Punkten am Rand, den Lichtern von der anderen Seite des Sees.

13

MÜNCHEN

Sam hatte die Nacht in der Villa verbracht und am späten Abend lange mit Claudette gesprochen. So hatte er erfahren, dass Argault an Bauchspeicheldrüsenkrebs erkrankt war und es keine Chancen auf Heilung gab. Wie der Nachhall eines Glockenschlags dröhnte das Wort »unheilbar« in seinem Kopf.

Weil er beinahe einen ganzen Tag und die Nacht am Genfer See verbracht hatte, konnte Sam es sich nicht leisten, mit dem Zug oder dem Auto nach München zu fahren und noch mehr Zeit zu verlieren. Es gab zu viel zu tun. Also blieb ihm nichts anderes übrig, als erneut in sein liebstes Verkehrsmittel zu steigen.

Vom Flughafen München fuhr er direkt in seine Wohnung. Er hatte kaum die Tür geöffnet, da schlug ihm schon diese unerträgliche Leere aufs Gemüt. Die ehemals lebendige Wohnung war tot und seelenlos, und er war froh, dass er nicht lange bleiben musste. Ohne seinen Mantel auszuziehen, räumte er seine dreckige Kleidung aus der Reisetasche und stopfte schnell ein paar saubere Klamotten hinein. Dann verließ er die Wohnung, ohne sich noch einmal umzudrehen.

Bevor er ins Auto stieg, rief er Nina Vigna an. Er musste Gewissheit über zwei Dinge haben.

Sie war nach dem zweiten Klingeln am Apparat. »*Pronto*!«

»Signora Vigna, hier ist Sam O'Connor.« Wie es Sams Art war, kam er gleich ohne große Umschweife zur Sache. »Die Bibel, die auf dem Tischchen lag, haben Sie die zur Hand?«

»Nein, aber gleich. Ich melde mich bei …«

»Moment, Signora Vigna, noch was: die Karten. Haben Sie die Karten gefunden?

»Geben Sie mir *cinque minuti*, Signore. Ich habe auch noch eine andere *informazione* für Sie.« Dann legte sie auf.

Sam hatte sich gerade in den Verkehr eingefädelt, als sein Handy vibrierte und er abermals Nina Vignas rauchige Stimme hörte.

»Ich habe das Buch in der Hand. Was wollen Sie wissen?«

»Öffnen Sie es.« Sam bekam vor Anspannung leichtes Herzklopfen.

»Die erste Seite – was steht da?«

»Eine Stempel und da steht … Ei-gen-tum … der katholi…« Schon bei den ersten Silben bekam er eine Gänsehaut. Jetzt wusste er mit Gewissheit, dass er eine Spur hatte.

Nina Vignas Deutschkenntnisse waren beim Lesen ziemlich mangelhaft, wie Sam fand, und die Silben kamen so stockend durch die Leitung, dass er ihr ungeduldig ins Wort fiel. »Der katholischen Gemeinde Winterhude, Hamburg?«

»Sind Sie Hellseher, Signore O'Connor?«

»Besser nicht, sonst werde ich mit dieser Fähigkeit bald selbst zu seinem Opfer.«

»Wie bitte?«

Sam hatte nicht bedacht, dass Nina Vigna gar nicht auf dem Laufenden war und den eher geschmacklosen Witz somit nicht verstehen konnte. Er überging ihre Frage und kam gleich zum nächsten Punkt. »Was ist mit den Karten?«

»Wir haben sie gefunden. Es sind Karten für *tarocchi.*«

»Tarot?«

»Ja. Wissen Sie, was das ist?«

Sam hatte am Morgen in Argaults Villa kurz im Internet recherchiert und herausgefunden, dass man Tarotkarten entweder psychologisch verwenden konnte, also als Spiegel des eigenen Selbst, oder in einem spirituell-esoterischen Sinn. Dann zeigten die Bilder auf den Karten Ereignisse aus Vergangenheit, Gegenwart oder Zukunft an.

»Eine Wissenschaft für sich.«

»Das stimmt.« Nina lachte. »Aber ich habe jemanden, der mehr über Gianna Lorenzo sagen konnte.« Sam war dankbar für die rote Ampel und den dichten Verkehr, weil er sich so besser auf das Gespräch konzentrieren konnte. »Lassen Sie die Kugel los«, sagte er und schmunzelte vor sich hin.

»Sie nehmen mich auf den Arm. Das heißt ›schießen Sie los‹, Signore O'Connor«, sagte Nina Vigna gespielt entrüstet. Sam zog eine Augenbraue hoch. Er war wirklich beeindruckt von der Lernfähigkeit seiner italienischen Kollegin, behielt das aber besser für sich.

»Also, was gibt es Neues über Gianna Lorenzo?«

»Eine ehemalige Kollegin hat sich gemeldet. Sie hat erst jetzt mitbekommen, dass Signora Lorenzo ermordet wurde. Und sie hat erzählt, dass Gianna Lorenzo unter anderem Häuser gereinigt hat.«

»Sie hat nebenbei geputzt?«

Nina lachte. »Nein, Signore O'Connor, Sie sollten sich langsam mal mehr auf das Thema einlassen. Sie hat Geister vertrieben aus den Häusern.«

Die drei Frauen hatten tatsächlich alle mehr oder weniger das gleiche Hobby gehabt, wenn man das so nennen konnte. Eine hatte mit Toten gesprochen, eine mit Geistern. Das erste Opfer hatte Karten gelegt.

»Sie waren mir eine große Hilfe, Signora Vigna. Danke.«

»Wann kommen Sie wieder nach Roma?«

»Sie hören von mir, Signora.« Er klappte sein Handy zu und lenkte seinen Wagen auf den Hof des Münchner Polizeipräsidiums.

Er stieg aus und begab sich direkt in das Büro von Peter Bauer, einem der besten Fallanalytiker in Deutschland. Bauers Finger flogen im Zehnfingersystem über die Tastatur, und sein Blick war starr auf den Bildschirm geheftet.

»Nehmen Sie Platz, Sam. Lang nicht gesehen.«

Sam zog sich einen Bürostuhl heran und legte seine Akten auf den Tisch.

»Hab schon gehört, Sie sind mal wieder an so einem Freak dran.«

Sam nickte. »Ich würde gerne ein paar Daten überprüfen.«

Bauer sah ihn kurz an und öffnete mit einem Doppelklick die ViCLAS-Datenbank. Dann gab er den Zugangscode ein und wartete, bis ein Datenfeld geöffnet wurde.

ViCLAS, das *Violent Crime Linkage Analysis System*, war ein Analysesystem und verknüpfte Gewaltdelikte. Das Programm war ursprünglich von der kanadischen Polizei entwickelt worden, um Serienstraftätern schneller auf die Spur zu kommen. In Europa war es seit sieben Jahren in Gebrauch. Man konnte verschiedene Daten eingeben: die Vorgehensweise des Täters, die verwendeten Waffen oder Gegenstände, Informationen über das Opfer, Angaben zu Verletzungen und die Todesursache.

»Womit fangen wir an? Verwendete Waffen und Gegenstände?«

»Nein, Informationen über das Opfer. Frauen zwischen Ende dreißig und sechzig. Suchen Sie bitte nach den Stichworten ›Tarotkarten‹, ›Lebenshilfe‹, ›Magie‹. Die Jahre 2006 und 2007.«

Wieder flogen Bauers Finger über die Tastatur.

»Kein Eintrag.«

»Dann suchen Sie nach ›verbrannt‹ oder ›angezündet‹.« Sam wusste, dass nur zwei Fälle auftauchen würden, die ihn interessierten, und die hatte Peter Brenner bei seiner Suche im System bereits gefunden.

»›Fahrzeugbrand‹, ›Wohnungsbrand‹ oder ›Sonstige‹?«, fragte Bauer. »Gehen Sie auf ›Sonstige‹.« Es erschienen, wie Sam vermutet hatte, nur die beiden Fälle aus Rom und Hamburg.

»Dann ›Wohnungsbrand‹.« Dort gab es an die tausend Einträge, die sich Sam jedoch alle ausdrucken ließ. Während der Drucker listenweise Namen ausspuckte, überlegte Sam, was die Frauen noch verband.

»Geben Sie ›Folter‹ als Todesursache ein.«

Der Computer fand mehrere Einträge, aber nur ein im August 2007 in Amsterdam begangener Mord weckte Sams Interesse. Er schrieb sich die Kontaktdaten in sein Notizbuch und überlegte, wonach er noch suchen könnte.

»Suchen Sie bitte noch nach ›Köpfen‹.«

Eine kleinere Liste erschien. Die meisten Täter waren Männer, die ihre Ehefrauen geköpft hatten. Daneben gab es einige männliche Leichen, die ohne Kopf gefunden worden waren, aber keinen Fall, der zu dem in Salzburg passte.

Sam bat Bauer, sein Telefon benutzen zu dürfen, wählte die Nummer der Amsterdamer Mordkommission und verlangte nach Maarten van Houten. Er erklärte dem Amsterdamer Beamten, dass der Mord an einer gewissen Catharina Kil Ähnlichkeiten im *modus operandi* zu den Taten eines Serienkillers aufwies, der seit unbestimmter Zeit europaweit sein Unwesen trieb. Van Houten stand jedoch kurz vor seiner Pensionierung und zeigte dementsprechend wenig Interesse, den Fall Kil, den er ungelöst zu den Akten gelegt hatte, noch einmal aufzurollen. In Amsterdam seien solche Tötungen keine Seltenheit, erzählte er Sam. Perverse aus aller Herren Länder konnten sich hier in den Clubs austoben, Marquis de Sade spielen, und manche schlugen dann zugedröhnt über die Stränge. Es kam schon mal vor, dass so etwas mit dem Tod endete. Seine Stimme klang abgestumpft – so wurde man wohl im Laufe der Jahre oder musste so werden, wenn man in diesem Job arbeitete und seine Seele einigermaßen schützen wollte. Sam war aber noch nicht so weit. Jeder Täter, den er in den letzten Jahren zur Strecke gebracht hatte, hatte ihn weiter angespornt. Vielleicht sieht das in zwanzig Jahren anders aus, dachte er. Plötzlich war er unsicher. Van Houten hatte recht, Amsterdam hatte nicht nur das Anne-Frank-Haus und das Van-Gogh-Museum zu bieten. Im Rotlichtmilieu der Stadt fanden Sadomasospiele großen Anklang. Und doch hatte der Fall Kil seine inneren Alarmglocken zum Läuten gebracht. Er bat van Houten, ihm die Unterlagen in sein Hamburger Hotel zu schicken und ihm eventuell für weitere Fragen zur Verfügung zu stehen. Nach Amsterdam zu reisen hatte vorerst keinen Sinn, denn wie erwartet konnte Sam auch diesen Tatort nach über einem halben Jahr nicht mehr besichtigen, weil die Wohnung geräumt und neu vermietet worden war.

Sam legte auf und rekapitulierte das Gespräch in Gedanken,

als Sven Heffmann Bauers Büro betrat. Sven nannten alle Doug, nach Doug Heffernan aus der amerikanischen Serie *King of Queens*, denn wie der Serien-Doug aß er permanent, und auch jetzt kaute er auf irgendetwas herum. In Dougs rechter Hand konnte Sam einen angebissenen Hamburger ausmachen, der auf dessen Hose tropfte und dort ein wirres Muster aus Mayo-Ketchup und Gurkenresten zeichnete. In der anderen Hand hielt Doug eine Zeitung.

»Hi, Doug, alles klar?«, fragte Sam ihn.

Mit vollem Mund konnte Heffmann nur einen grunzähnlichen Laut von sich geben. Dann schluckte er würgend und mit hervorschnellendem Kopf wie eine Schildkröte alles auf einmal herunter. »Hi, Sam, schön, dich zu sehen. Hab gehört, du bist wieder hinter einem Irren her. Hat ja nicht lange gedauert, bis die Presse davon Wind bekommen hat. Hier, sieh mal.«

Er hielt Sam den Artikel so dicht vor die Nase, dass dieser erst einmal zurückwich, um die Buchstaben erkennen zu können. Die Schlagzeile lautete: »Bekannter Münchner Profiler macht europaweit Jagd auf irren Frauenmörder.«

Es folgte ein kleiner Artikel mit ein paar kläglichen Fakten, den Rest hatte sich der Journalist aus den Fingern gesogen. Außerdem stand er in einem Münchner Lokalblatt, nicht in einer großen Tageszeitung. Es hatte also nicht viel zu bedeuten.

Sam gab Heffmann die Zeitung zurück und verabschiedete sich, während er seinen schwarzen Ledermantel anzog und die Wagenschlüssel aus der Hosentasche hervorkramte.

Auf dem Weg nach draußen überlegte er, wie van Houten eigentlich darauf gekommen war, dass der Mord etwas mit Sadomasospielen oder dem Rotlichtmilieu zu tun hatte. Die Antwort darauf sollte er schneller als gedacht bekommen.

14

Professor Klein, der leitende Arzt der Psychiatrischen Klinik Semmerling, war ein hochgewachsener, dünner Mann mit vollem grauen Haar und Nickelbrille. Er saß in einem dunkelbraunen Lederstuhl hinter einem großen Mahagonischreibtisch und sah Sam freundlich über einen Stapel grauer Pappordner hinweg an.

»Nun, Herr O'Connor, ...«, er hüstelte etwas und steckte sich eine Tablette in den Mund, die er mit einem Schluck Wasser hinunterspülte. Sam rutschte nervös auf seinem Stuhl hin und her, während Professor Klein die Akten durchforstete.

»Ja, wo habe ich denn die Akte ... ach ja, hier ist sie.«

Sam zwang sich, gelassen auszusehen, schlug die Beine übereinander, steckte die Hände in seine Hosentaschen und machte sich bereit für den nächsten Vortrag über Drogen und ihre Folgen. »Ihre Schwester hat große Fortschritte gemacht. Wir haben jetzt das Beruhigungsmittel Haldol abgesetzt. Sie ist ja, wie ich Ihnen schon sagte, in einer Therapiegruppe, in der sie lernen soll, ihre Gefühle auszudrücken und wieder Vertrauen in ihre eigenen Fähigkeiten zu bekommen. Vor zwei Tagen gab es einen richtigen Durchbruch: Sie hat großes Interesse an der Maltherapie gezeigt. Sie hat richtig Talent. Ich denke, wenn ihr Zustand anhält, kann Lily bald wieder nach Hause. Wichtig ist dann, dass sie ihre Medikamente regelmäßig einnimmt und dass sie keiner Art von Stress oder anderweitigen Belastungen ausgesetzt wird. Das könnte zu einem sofortigen Rückfall führen.«

Sam war positiv überrascht und entspannte sich innerlich. »Kann ich sie sehen?«

»Aber natürlich.« Der Professor erhob sich, und Sam folgte ihm in einen langen Flur. An den Wänden hingen selbst gemalte Bilder – von Patienten, wie Sam vermutete.

»Ach, das hier ist übrigens von Lily.« Der Professor blieb vor einem in Orange-, Rot- und Gelbtönen gehaltenen Bild stehen. Erst auf den zweiten Blick konnte man ein Gesicht erkennen.

»Anfangs hat sie nur schwarze Fratzen gemalt. Eine sehr positive Veränderung also.«

Sie erreichten eine verglaste, grifflose Tür mit eingelassenem Gitternetz, die sich automatisch öffnete und hinter ihnen sofort wieder schloss. Sam kannte die ganze Prozedur bereits, wusste auch, dass er in zehn Minuten wieder draußen sein würde, und trotzdem hatte er plötzlich ein beklemmendes Gefühl in der Brust.

Der Gang führte einmal um den Block herum, sodass die Patienten im Kreis gehen konnten. Jetzt, kurz nach dem Mittagessen, waren die meisten glücklicherweise auf ihren Zimmern, und Sam musste nicht so tun, als wäre er unter geistig gesunden Menschen.

Der Professor blieb vor einer Zimmertür stehen, klopfte an und trat ein, ohne auf eine Antwort zu warten. Lily saß im Schneidersitz auf dem Bett und sah aus dem Fenster. Sie hatte eine graue Jogginghose und ein schwarzes T-Shirt an, in dem sie noch dünner aussah, als sie ohnehin schon war. Sam schätzte, dass Lily mit ihren einsfünfundsechzig immer noch unter fünfzig Kilo wog. Ein perfektes Gewicht für einen Hollywoodstar, aber nicht für eine normale Frau. Ihre ehemals langen dunkelbraunen Haare waren auf Kinnlänge abgeschnitten, ihr Pony, kaum mehr als zwei Zentimeter lang, stand stoppelig nach oben. Wahrscheinlich hatte sie ihn selbst ohne Spiegel gekürzt. Aber auch das konnte ihrer natürlichen Schönheit nichts anhaben, fand Sam.

Als Lily ihren Bruder sah, sprang sie sofort auf und lief ihm in die Arme. Sie sagte nichts, und Sam spürte nur das leichte Zittern, das durch ihren Körper ging. Er sah den Professor an, der sofort verstand und ohne ein weiteres Wort das Zimmer verließ.

»Sammy! Ich habe dich vermisst. Wo warst du so lange?«, schluchzte Lily in seinen Pullover. »Wie lange lässt du mich noch hier drin?«

Nur seine Schwester nannte ihn bei seinem Kosenamen

Sammy. Er nahm ihr tränennasses Gesicht in beide Hände und sah in zwei große dunkelbraune Augen.

»Ich kann dir nichts versprechen, aber ich denke …«, er grinste übers ganze Gesicht, »wie wär's, wenn ich dich bald abholen komme?«

Lily fiel ihm wie ein kleines Mädchen um den Hals. »Meinst du das ehrlich?«

»Ja, du musst nur weiterhin das tun, was sie von dir hier verlangen. Sei schön artig, sei ein braves Mädchen, und dann bist du bald draußen.«

»Versprochen?« Lily sah ihm wie die Schlange Kaa im *Dschungelbuch* tief in die Augen, und Sam antwortete wie hypnotisiert: »Ver-spro-chen.«

Dann lachten sie beide, und es war wie in alten Zeiten. Doch ein Blick auf das vergitterte Fenster holte Sam schnell wieder in die Realität zurück, und sein Lächeln verschwand.

»Was ist los mit dir?« Lily war trotz ihrer Krankheit äußerst sensibel, besonders was ihren Bruder anging, und merkte sofort, dass ihn etwas bedrückte.

»Ich arbeite viel. Ein neuer Fall, weißt du. Bisschen kompliziert.«

Er setzte sich aufs Bett, Lily lehnte sich gegen ihn und strich ihm übers Haar. Wie immer forderte sie ihn so ohne Worte auf zu erzählen, an was er gerade arbeitete.

»Ein Serientäter, der zwei Morde auf die gleiche Art und Weise begangen hat. Plötzlich aber hat er seinen *modus operandi* beim dritten geändert. Warum tut er das?«

Sam wollte Lily die Einzelheiten ersparen, die Verbrennungen und dass Birgit Eschberger geköpft worden war. Eigentlich dachte er nur laut.

»Stell dir vor, du hast drei gleich große Röhren und drei Kugeln, die du durch die Röhren laufen lässt. Wenn eine nicht durchgeht, bedeutet das doch, dass sie vielleicht anders ist. Die Form stimmt nicht, vielleicht hat sie Dellen oder ist zu groß«, sagte Lily.

»Ja, das ist logisch.« Sam dachte kurz über die Worte von Lily nach und wechselte dann das Thema. »Ich habe das Bild draußen von dir gesehen.«

»Ja, gefällt es dir? Hier, schau mal.« Lily holte einen Block unter dem Bett hervor und zeigte ihm weitere Zeichnungen, die Sam überschwänglich lobte. Dann war es auch schon wieder Zeit zu gehen.

Wie die letzten Male begleitete Lily ihn noch bis an die große Glastür, und als diese sich wieder hinter Sam schloss, blieb sie stehen und winkte ihm nach, bis er schließlich hinter einer weiteren Tür verschwand.

Lily hatte mehrere Häuser der Nervenheilanstalt durchlaufen. Aus der geschlossenen Abteilung, in der die nicht mehr Zurechnungsfähigen untergebracht waren und die durch einen großen Sicherheitszaun mit Stacheldraht von den anderen Häusern abgetrennt war, war sie inzwischen in die offene Abteilung verlegt worden.

Als er auf den Hof trat, blickte sich Sam noch einmal zu dem grauen Gebäude mit seinen vergitterten Fenstern um und hoffte inständig, dass er sein Versprechen einhalten konnte, Lily bald hier herauszuholen.

Er setzte sich in seinen Wagen, sah sich noch einmal im Autoatlas die Strecke München–Hamburg an und platzierte ihn griffbereit auf dem Beifahrersitz. Dann schloss er seinen iPod an das Radio an, klickte die Oper *Turandot* an, und mit dem ersten Ton, der aus den Lautsprechern erklang, brach er vom Parkplatz der Anstalt in Richtung Norden auf.

1985

Der kleine Junge stand in einem weißen Kleid vor dem Altar. Sie hatten ihm gesagt, es sei das Zeichen dafür, dass er nun neu geschaffen wurde im Gewand Christi.

Dann sprach der Priester, während er kaltes Wasser auf seinen Kopf tropfen ließ: »Ich taufe dich im Namen des Vaters und des Sohnes und des Heiligen Geistes. Du sollst von nun an den Namen Lukas tragen.«

Er wischte sich das Wasser, das von seinem Kopf heruntergetropft war, aus dem Gesicht. Nun goss der Priester duftendes Öl auf seinen Scheitel und rezitierte dabei: »Der allmächtige Gott, der Vater unseres Herrn Jesus Christus, hat dich von der Schuld Adams befreit und dir aus dem Wasser und dem Heiligen Geist neues Leben geschenkt. Du wirst nun mit dem heiligen Chrisam gesalbt; denn du bist Glied des Volkes Gottes und gehörst für immer Christus an, der gesalbt ist zum Priester, König und Propheten in Ewigkeit.«

Um ihn herum antworteten die Nonnen: »Amen!«

Danach gab der Priester ihm eine Kerze und sagte: »Empfange das Licht Christi.«

Das alles war ihm unheimlich. Der kleine Junge blickte um sich und sah nur schwarz gekleidete Erwachsene mit ernsten Gesichtern, die auf ihn herabsahen. Und warum hatten sie ihm einen anderen Namen gegeben? Er hieß doch gar nicht Lukas. Und er wollte nicht hier sein.

Endlich hörten sie auf, ihn anzustarren. Eine Nonne nahm ihn an der Hand und führte ihn aus der Kirche heraus in sein Zimmer. Es lag direkt neben dem Hospiz und hatte weiß verputzte Wände sowie einen grauen fleckigen Betonfußboden. An der Wand über seinem Bett hing ein Holzkreuz. Kreuze hatte er bisher nur vom Friedhof gekannt. Und nun hing so etwas über seinem Bett, wie über einem Sarg. In der Ecke stand ein Schrank, in dem er seine wenigen Habseligkeiten verstaut hatte. Da waren zwei warme Pullover, ein paar Unterhosen, seine braune Lieblingscordhose, einige T-Shirts mit Supermann darauf, ein paar kleine Autos und sein Lieblingsbuch, das Buch von den Beerenkindern. Er kauerte sich auf seinem Bett zusammen und nahm seinen kleinen Stoffpinguin in den Arm, während er an die Decke starrte und sich fragte, warum er nicht zu Hause bei seinen Eltern sein konnte. Wann würde sein Vater endlich kommen und ihn abholen?

15

HAMBURG

Lina kam kaum aus dem kleinen Fahrstuhl, weil bereits sieben Patienten im Gang vor der Tür der Praxis von Doktor Herrmann warteten und ihr den Weg versperrten. Wie sie solche Tage liebte. Sie steckte den Schlüssel ins Schloss, öffnete die Tür und machte das Licht an. Dann ging sie nach hinten, um ihren Mantel aufzuhängen, schaltete die Kaffeemaschine an und setzte sich an die Anmeldung vor den Computer. Wie an der Supermarktkasse standen die Patienten hier schon Schlange.

Die meisten kannte sie, hakte sie auf ihrer Liste ab und sagte ihnen, dass sie im Wartezimmer Platz nehmen könnten.

»Frau Kieljan, Sie können dann auch gleich ins Wartezimmer durchgehen.« Auch Frau Kieljan war eine langjährige Patientin von Doktor Herrmann und kam beinahe regelmäßig, praktisch einmal die Woche.

»Ach, Sie hübsches Kind, ich habe gehört, Sie arbeiten nur noch drei Tage hier?«

»Ja, ich arbeite noch zusätzlich in einer Praxis für Hypnosetherapie.«

Die Tür zu einem der drei Behandlungszimmer ging auf, und Doktor Herrmann erschien. Er war Mitte fünfzig, trug eine kakifarbene Stoffhose und ein kirschrotes Polohemd, das seine Sonnenbankbräune hervorhob, strich sich über die grau melierten Haare und schätzte mit einem Blick über seine Patienten die Lage ab. Vor zwanzig Jahren, dachte Lina, war er sicher ein Sonnyboy und seine Frisur angesagt, aber inzwischen hatte er seine besten Tage hinter sich. Wie jeden Tag beobachtete sie ihn heimlich bei seinem morgendlichen Ritual. Inzwischen konnte sie an seinem Gesichtsausdruck erkennen, ob er eine Patientin für attraktiv hielt und ihr auch privat gerne mal eine Spritze verpasst hätte oder ob, wie heute, nichts für ihn dabei war. Er lächelte Lina zu und gab ihr ein Zeichen, dass es losgehen konnte. Hinter ihm erschien eine weitere Sprechstundenhilfe in weißer Kluft und holte sich die Patientenakten von Linas Tresen ab.

»Hypnose, wie interessant. Ich habe eine Nichte, die sich für solche Dinge interessiert. Können Sie mir vielleicht die Nummer geben?«

»Aber natürlich, Frau Kieljan. Doktor Ritter hält auch einmal im Monat einen Tag der offenen Tür im Hotel Intercontinental ab. Ihre Nichte kann gerne zusehen oder sich sogar selbst hypnotisieren lassen.«

Lina reichte ihr einen Zettel mit der Nummer von Doktor Ritter und widmete sich dann wieder dem Computer.

»Wie reizend von Ihnen. Also, ich habe ja wieder diese Schmerzen hier...« Glücklicherweise ging in diesem Moment die Tür zum Behandlungsraum auf, und Doktor Herrmann trat heraus. Ihm folgte ein Patient mit schmerzverzerrtem Gesicht, sodass Frau Kieljan ihren Bericht unterbrechen musste und Lina die Details ihrer Krankengeschichte, die sie bereits hundertfach gehört hatte, erspart blieben.

»Lina, rufen Sie bitte ein Taxi für Herrn De Baas, und stellen Sie ihm ein Rezept über Voltaren aus.«

Doktor Herrmann trat von hinten an Lina heran, berührte ihre Schultern und beugte sich überflüssigerweise über sie, um auf die Patientenliste im Computer zu sehen. Der Geruch von »Irischem Frühling« oder einem ähnlichen Wässerchen stieg ihr in die Nase. Da betrat ein Patient mit roter Nase die Praxis, gefolgt von Cecilia, Doktor Herrmanns neuem Betthupferl. Sie war mindestens einen Meter achtzig, ihre blonden, künstlich verlängerten Haare, die an den Enden zu Locken gedreht waren, wippten bei jedem Schritt, fast im gleichen Rhythmus wie ihre üppige Oberweite in der durchsichtigen Bluse. Die meisten Männer beschrieben sie als engelsgleiche Erscheinung, als anmutig, schön und weiblich, während Frauen die Augen verdrehten und besonders ihre Rückansicht als ausladend und pferdeähnlich bezeichneten.

Cecilias Blick wanderte von Lina zu Doktor Herrmann und

wieder zu Lina, dann bedachte sie Lina mit einem giftigen Blick. Doktor Herrmann verschwand schnell in seinem Behandlungszimmer, während Cecilia ihre Unterlagen auf den Tresen legte und wartete, bis Lina den neuen Patienten abgefertigt hatte.

»Pass mal auf, Lina, du und ich – wir kriegen ein ernstes Problem, wenn du deine Finger nicht auf der Tastatur lässt, verstanden?«, zischte Cecilia, als der rotnasige Patient außer Hörweite war.

»Herr Lange, Sie können jetzt in Behandlungsraum 3 gehen«, rief Lina einem jungen Mann im Wartezimmer zu, der eine Zeitung weglegte und sich langsam Richtung Behandlungszimmer bewegte. »Herr Roland, und Sie können nach hinten zum Röntgen gehen. Ich komme gleich.«

Lina ignorierte Cecilia. Das war für sie beide das Beste, fand sie.

Denn mit Lina, die sonst stets freundlich, umgänglich, eine gute Zuhörerin und verständnisvoll war, ging schon mal ihr südländisches Temperament durch, wenn jemand sie reizte, und sie wollte hier in der Praxis keine hässliche Szene.

Sie folgte Herrn Roland in den Röntgenraum, gab ihm eine kurze Anweisung, drückte dann aufs Knöpfchen des Röntgenapparats und rannte wieder nach vorne zur Anmeldung, weil das Telefon klingelte.

Lina suchte nach einem freien Termin, trug das Datum im Computer ein, und als sie wieder aufsah, stand Herr Lange, den sie eben in Behandlungszimmer 3 geschickt hatte, vor ihr. Er schaute auf ihr Silberarmband, an dem bunte Kreuze, Sonnen, Engel, die Heilige Maria, Monde, Sterne und eine kleine Erdkugel hingen und bei jeder Bewegung klirrende Geräusche von sich gaben.

»Schönes Armband haben Sie da.«

»Danke. Herr Lange, wann können Sie das nächste Mal kommen?« Lina rief die nächste Woche im Computer auf.

»Ich weiß nicht so recht. Ich habe eine Spritzenphobie – na ja, eigentlich würde ich die Therapie lieber abbrechen.«

Lina überlegte. Es war nicht das erste Mal, dass sie das hörte. Die Schmerzen mussten furchtbar sein, und sie war froh, dass sie keine Patientin von Doktor Herrmann war.

»Um Ihr Knie wieder voll funktionsfähig zu machen, ist es aber wichtig, das Gelenk wieder aufzubauen. Gerade nach der Operation, Herr Lange.«

Lina kannte die Krankengeschichte aller Patienten, und deshalb wusste sie auch, dass Herr Lange eine Meniskusoperation hinter sich hatte. Sie sah ihn an und kaute auf ihrer Lippe herum. »Wissen Sie, vielleicht kann Doktor Ritter Ihnen helfen.« Schon zum zweiten Mal an diesem Tag schrieb sie flink die Nummer ihres neuen Arbeitgebers auf einen Zettel und reichte ihn über den Tresen.

»Danke, sehr nett von Ihnen. Ist das die Nummer, die Sie der Frau vorhin gegeben haben? Die Nummer von diesem Hypnose-Fritzen? Ich habe das Gespräch unbeabsichtigt mitgehört, und ehrlich gesagt, halte ich nichts von Hypnose.« Er legte den Zettel zurück auf den Tisch und drehte sich zur Garderobe um.

»Herr Lange…« Lina räusperte sich und dachte an das, was Doktor Ritter einer Patientin gesagt hatte. »…Angst ist eine vollkommen natürliche Reaktion des Körpers. Die Phantasie spielt oft eine sehr entscheidende Rolle dabei. Doktor Ritter kann Ihnen dabei helfen, Ihre Gedanken zu kontrollieren, bevor die Angst in Ihrem Kopf entsteht.«

»Die Angst entsteht nicht erst, sie ist immer vorhanden, verstehen Sie?«, erwiderte Herr Lange nüchtern.

»Er macht ja nicht nur Hypnosetherapien, sondern auch spezielle Angsttherapien, die in Ihrem Fall sicherlich helfen könnten. Ich verspreche Ihnen, dass der Mann genial ist.« Lina hob die Augenbrauen, lächelte einladend und streckte Herrn Lange die Nummer entgegen. Zögerlich nahm er den Zettel und steckte ihn ein.

»Oder wollen Sie lieber einen Termin für die nächste Spritze haben?« Sie lächelte ihn neckisch an.

»Na gut«, sagte er resigniert, zog sich seine gefütterte Jacke an, setzte eine rote Skimütze auf und verließ die Praxis, ohne sich noch einmal umzudrehen.

Lina sah ihm nach und hoffte, dass sie dem Mann nicht zu viel versprochen hatte. Im Grunde genommen hatte sie keine Ahnung, ob diese Angsttherapien wirklich die gewünschte Wirkung hatten und ob sich die Patienten anschließend ohne Murren eine Spritze geben lassen würden. Eigentlich glaubte sie nicht daran. Sie wartete, bis die Tür ins Schloss fiel, und holte sich dann einen Kaffee und ein Brötchen aus der Küche. Zeit fürs Frühstück.

16

Sam wachte am Morgen etwas orientierungslos auf. Dafür hatte er noch im Halbschlaf einen Geistesblitz: Die Antwort auf die Frage, warum der Mörder sein letztes Opfer nicht verbrannt hatte, war so banal, dass er fast darüber lachen musste. Lily hatte sie ihm mit ihrem Kugelbeispiel geliefert. Die Frau war einfach zu dick gewesen, als dass er sie wie die anderen aus der Wohnung schaffen und öffentlich hätte hinrichten können. Das machte den Mörder auf eine gewisse Art menschlich, denn er hatte das Gewicht seines Opfers nicht bedacht und improvisieren müssen.

Nachdem Sam gestern nach einigen Staus auf der Autobahn erst spätabends in seinem Hamburger Hotel angekommen war, hatte er vor lauter Müdigkeit nicht einmal mehr die Gardinen zugezogen. Vom Bett aus konnte er daher jetzt aus dem Fenster sehen. Es schneite, und obwohl es schon halb zehn Uhr morgens war, war es draußen düster. Diese Jahreszeit war mit drei Worten auf den Punkt gebracht: kalt, nass, dunkel. Er stand auf, stellte sich ans Fenster und sah nach unten auf die kleine Straße und den Parkplatz. Kein Mensch war zu sehen, ein paar Autos waren bereits vom Schnee freigeschaufelt worden, und andere hatten, nachdem sie davongefahren waren, dunkle Asphaltflecken hinterlassen.

Sam strich sich die Haare mit beiden Händen nach hinten und reckte sich. Dann setzte er sich wieder aufs Bett und wählte die Nummer der Salzburger Kripo. Reuter war noch nicht oder nicht mehr im Haus. Sam ließ sich die Handynummer geben und rief ihn an. Er musste es lange klingeln lassen, bis sich der Beamte mit österreichischem Akzent meldete: »Reuter.«

»Guten Morgen, hier spricht Sam O'Connor. Können Sie mir schon etwas mehr über Birgit Eschberger erzählen?«

»O ja, ich stehe gerade in der Leichenhalle mit dem Bericht in der Hand.«

»Na, was für ein Zufall! Ich bin sicher, Sie hätten mich auch gleich angerufen, oder?« Sam lehnte sich auf dem Bett zurück und sagte, ohne auf eine Antwort zu warten: »Ich bin ganz Ohr.«

»Also, das Tütchen, das Sie mir gegeben haben ... Sie erinnern sich?«

»Ja, sehr genau sogar«, sagte Sam betont geduldig. Wer ihn gut kannte, wusste, dass Geduld nicht gerade seine Stärke war.

»Aus dem Laborbericht geht hervor, dass es sich dabei um Salz, Kräuter und Wachs handelt. Damit konnten wir nicht so richtig etwas anfangen. Die Elektrodenabdrücke auf der Brust der Toten sprechen dafür, dass er sie mehrfach wiederbelebt hat, bevor sie letztendlich an Kreislaufversagen gestorben ist. Die Beine beziehungsweise die Unterschenkel sind durch extreme Quetschungen gebrochen. Den Kopf hat er mit einem Küchenmesser abgetrennt. Es lag noch blutverschmiert im Bad. In der ganzen Wohnung haben wir keine verwertbaren Spuren gefunden, dafür Hunderte von Fingerabdrücken und Haare von unterschiedlichen Personen ... Sind Sie noch da?«

»Reden Sie einfach weiter, Herr Reuter.« Sam machte sich eilig ein paar Notizen.

»Zu den Zeugen. Eine Verkäuferin aus einem gegenüberliegenden Geschäft hat noch spät die Abrechnung gemacht, und als sie den Laden verließ, fiel ihr ein Mann auf. Er war schwarz gekleidet, mit einer schwarzen Mütze auf dem Kopf und einem schwarzen Tramperrucksack auf dem Rücken. Größe und Statur normal. Er war, so glaubt sie zumindest, dunkelhaarig. Das war so gegen acht Uhr dreißig. Sie hat ihn nur von hinten gesehen. Er ist ihr aufgefallen, weil die Kleidung irgendwie nicht zum Rucksack gepasst hat; sah komisch aus, meinte sie. Sie konnte aber nicht sagen, warum.«

Sam machten ungenaue Aussagen wahnsinnig. »Was heißt bei Ihnen normale Größe? Ein Meter siebzig bis ein Meter neunzig?«

»Ungefähr so groß wie ich, sagte sie. Also etwa ein Meter vierundachtzig.«

»Sonst noch etwas?«, fragte Sam.

»Die Nachbarn über Frau Eschberger haben nichts gehört, sich aber gewundert, dass das Wasser um etwa drei oder vier Uhr morgens in die Wanne lief. Na ja, da badet man ja auch eigentlich nicht mehr. Der Herr, der direkt neben Frau Eschberger wohnt, war wie gesagt nicht da. Mehr habe ich nicht für Sie«, sagte Reuter.

Obwohl Sam die Antwort bereits wusste, fragte er, ob das Opfer vor seinem Tod vergewaltigt worden war. Wie erwartet verneinte Reuter.

Dann erkundigte sich Sam nach der Freundin, die die Tote gefunden hatte und die schluchzend auf dem Sofa des Hausmeisters gelegen hatte. Schließlich wusste sie etwas, was eventuell wichtig für den Fall war.

»Haben Sie noch mal mit der Freundin gesprochen, die das Opfer gefunden hat?«

»Ja. Anneliese Hochmut. Sie wollte Frau Eschberger eigentlich am Tag des Mordes zum Abendessen abholen, aber Frau Eschberger hatte dann noch kurzfristig abgesagt.«

»Wo wollte sie sie abholen?«

»Sie wollten sich irgendwo in der Stadt treffen.«

Dass sie mit ihrer Freundin verabredet gewesen war, hatte Frau Hochmut Sam gegenüber nicht erwähnt. Er bat Reuter um ihre Nummer, obwohl er sie sich schon irgendwo notiert hatte.

»Sagen Sie, konnten Sie inzwischen feststellen, was Frau Eschberger gearbeitet hat?«

»Laut Frau Hochmut hat sie nur mit diesem Kartenkram ihr Geld verdient, und das nicht schlecht. Auf jeden Fall hatte sie täglich mindestens vier Sitzungen. Wenn Sie das mal achtzig Euro rechnen, kommen Sie auf ein Gehalt von dreihundertzwanzig Euro am Tag. Mehr als das, was ich verdiene.«

»Und was die Zahl der Verdächtigen ins Unermessliche schießen lässt«, fügte Sam hinzu.

»Was hat das mit dem Gehalt zu tun?«

»Nichts. Ich bin schon einen Schritt weiter«, entgegnete Sam und rechnete kurz durch: Wenn die Frau tatsächlich vier Sitzungen täglich abgehalten hatte, dann waren das in der Woche etwa vierundzwanzig und im Monat über hundert, vorausgesetzt, sie hatte an sechs Tagen die Woche und nicht auch noch am Sonntag gearbeitet. Kein Wunder, dass es so viele Fingerabdrücke in der Wohnung gab. Es war aussichtslos, die des Mörders herauszufiltern, zumal Sam nicht glaubte, dass dieser überhaupt irgendwelche sichtbaren Spuren hinterlassen hatte.

Sam beendete das Gespräch und wählte anschließend die Nummer von Anneliese Hochmut, die sich prompt meldete. Allerdings war das Telefonat wenig aufschlussreich, denn als Sam sie fragte, warum sie nichts von dem geplanten Treffen mit ihrer Freundin erzählt hatte, antwortete Anneliese Hochmut, dass sie es nicht für wichtig gehalten hätte. Auch auf seine weiteren Fragen – etwa ob Birgit Eschberger ihr an dem besagten Tag etwas mitgeteilt hätte, was von Bedeutung sein könnte, wie zum Beispiel eine außergewöhnliche Begegnung, ein neuer Kunde, ein merkwürdiger Anruf – konnte sie nichts sagen. Damit war das Gespräch beendet, und Sam war so schlau wie zuvor.

Er bestellte sich einen Kaffee und ein paar Rühreier aufs Zimmer, schaltete den Fernseher an und bereitete sich innerlich auf den nächsten Anruf vor, der auf seiner Liste stand. Da entdeckte er im Fernsehen eine Frau, die Karten vor sich auslegte, Karten wie die, die er in Salzburg in der Wohnung des Mordopfers gesehen hatte. Er stellte den Ton lauter und hörte, wie die Frau im Fernsehen sagte: »Frau Liebermann, ich sehe, dass Sie einen Verlust im Arbeitsbereich haben werden, aber machen Sie sich keine Sorgen, Sie werden bald einen neuen, besseren Job finden, wo Sie zufriedener sein werden.«

Im Hintergrund hörte man die Stimme von Frau Liebermann, die übers Telefon lediglich zustimmende Laute von sich gab. »Dann sehe ich, dass Ihr Partner von anderen Frauen umgeben ist. Vielleicht sollten Sie ihn zur Rede stellen, Frau Liebermann, es könnte sein, dass er eine Geliebte hat ...«

Sam stellte wieder auf lautlos, um sich den Blödsinn nicht länger anhören zu müssen. Dann fiel ihm ein, dass ihm Argault ja die Nummer eines Magiespezialisten, eines Völkerkundeprofessors in Frankfurt, gegeben hatte. Gerade als er den Zettel in seiner Tasche gefunden hatte, klopfte es an der Tür. Ein Kellner brachte die Rühreier, den Kaffee und eine Tageszeitung. Sam setzte sich an den kleinen Tisch am Fenster, und während er aß, blätterte er in der Zeitung – und blieb an einem Artikel hängen, der die Überschrift trug: »Die wundersamen Ratschläge der Fernseh-Hexen«. Er las weiter: »Hexen und Schamanen im Fernsehen ziehen den Zuschauern mit 1,99 Euro pro Minute für Telefonanrufe das Geld aus der Tasche und stürzen sie oft mit kuriosen Aussagen ins Unglück. Botschaften aus Glaskugeln, Stimmen von Engeln, Pendel oder Tarotkarten – der Esoterikmarkt boomt. Vor allem einsame Menschen ...«

Sam legte die Zeitung weg und dachte, wie typisch das war. Wollte man sich ein neues Auto kaufen, ein bestimmtes Modell, das man nur einmal gesehen hatte, konnte man sicher sein, dass man es plötzlich an jeder Ecke entdeckte. Das gleiche Phänomen erlebte er jetzt mit Hexen und Tarotkarten. Überall stieß er plötzlich auf Informationen über dieses Thema, oder waren Magie und Hexerei auch vorher schon so präsent gewesen, ohne dass er es gemerkt hatte?

Er griff nach seinem Handy und wählte die Nummer, die ihm Argault gegeben hatte. Nachdem er es eine halbe Stunde lang immer wieder versucht hatte, aber jedes Mal nur das monotone Besetztzeichen an sein Ohr gedrungen war, fragte er sich allmählich, ob er die richtige Nummer hatte. Er entschied sich, sie ein letztes Mal zu wählen und es dann erst wieder am Nachmittag zu versuchen. Doch endlich ertönte das Freizeichen, und die Stimme eines Mannes meldete sich.

»Dunbar?«

Sam stellte sich kurz vor und erklärte sein Anliegen.

»Mister O'Connor, ...«, erst jetzt hörte Sam deutlich den englischen Akzent heraus, »... haben Sie irgendwo einen aufgezeichneten Kreis entdecken können? Etwa zwei Meter im Durchmesser mit Symbolen oder Namen? Oder vielleicht ein Dreieck?«

»Nein.« Sam war sich sicher, dass er ein Zeichen von solchen Ausmaßen nicht übersehen hätte, und auch in den Aufzeichnungen war nichts davon zu lesen gewesen.

»Pentagramme? Schwerter, Dolche, Messer oder einen Stab? Haben Sie Rauchgefäße gefunden?«

Sam musste alles verneinen.

»Wurden die Taten an bestimmten Orten verübt? Auf Friedhöfen, in Ruinen oder Kellern? Oder in den Nächten von Freitag auf Samstag oder von Montag auf Dienstag?«, fragte Professor Dunbar weiter.

Sam dachte einen Augenblick nach. Birgit Eschberger und Gianna Lorenzo waren beide in einer Nacht von Samstag auf Sonntag ermordet worden. Beim Fall in Hamburg hatte er gar nicht nach dem Wochentag gefragt.

»Nein, ich glaube nicht. Wie gesagt, Salz, Kräuter, Wachs und Tarotkarten. Das ist alles, was wir gefunden haben«, wiederholte Sam noch einmal, um sicherzugehen, dass diese Fakten nicht untergegangen waren.

»Mit Sicherheit hat es dann nichts mit schwarzer Magie, einer höllischen Beschwörung oder dergleichen zu tun. Von Ritualen mit diesen Ingredienzien habe ich außerdem noch nie etwas gehört.«

»Ja, das war's eigentlich schon, Professor Dunbar. Haben Sie vielen ...«, sagte Sam und wollte das Gespräch beenden.

»Aber zu Tarot fällt mir einiges ein«, unterbrach ihn der Professor schnell. »Schreiben Sie mal T-A-R-O auf eine Kreislinie – es ergibt das Endloswort T-A-R-O-T. Wenn Sie die vier Buchstaben rückwärts lesen, heißt es O-R-A-T. Auf Latein: Er, sie oder es betet. Beginnen Sie bei R. Dann heißt es R-O-T-A, das Rad und zugleich das höchste römische Gericht in der katholischen Kirche. Und schließlich können Sie T-O-R-A daraus lesen: das heilige Buch des Judentums. Vielleicht hilft Ihnen das ein wenig weiter.«

Sam bedankte sich abermals und legte auf. Er legte sich aufs Bett und starrte an die Decke auf den Rauchmelder, der direkt über ihm hing. Ihm schwirrte der Kopf. Kein Ritual, zumindest nichts, was mit irgendeiner Art von Magie zu tun hatte. Er war keinen Schritt weitergekommen. Und mit der Erklärung über Tarot hatte Professor Dunbar ihn nur verwirrt. Das Einzige, was bei ihm hängen geblieben war, war »katholische Kirche«, und das erinnerte ihn wieder an den Bibeleintrag: »Eigentum der katholischen Gemeinde Winterhude, Hamburg«.

17

Lina saß in der ersten Reihe direkt vor dem Altar auf einer Holzbank und betete leise. »Engel Gottes, du bist zu meinem Beschützer bestimmt. Erleuchte, leite und führe mich, denn Gott selbst hat mich dir anvertraut. Lass mich die dumme Kuh in der Praxis nicht hassen, gib mir Kraft, ihr ins Gesicht zu lachen.« Cecilia hatte ihr noch kurz vor Feierabend ein paar Buchungen aufs Auge gedrückt – mit dem Kommentar, sie bräuchte sie noch heute Abend. Lina war klar, dass das ein Machtspielchen war, und so hatte sie Cecilia angelächelt und die Unterlagen entgegengenommen, obwohl sie ihr am liebsten in ihren dicken Hintern getreten hätte. Lina wusste, man sah sich immer zweimal im Leben, und ihr Tag würde noch kommen. Auge um Auge, Zahn um Zahn. Das war schließlich auch in der Bibel erlaubt.

»Bitte, lieber Gott, gib meinem Vater die ewige Ruhe, leuchte ihm und lass ihn nicht im Dunkeln. Danke für jeden Tag, den mein Herz schlägt.« Lina überlegte, wen sie in ihrem Gebet vergessen hatte. »Ach ja, und mach Tante Patricia wieder gesund, damit Onkel Fernando nicht allein bleiben muss. Der arme Mann würde ja sonst verhungern.«

Lina hoffte, dass sie Pater Dominik noch sah, obwohl sie sich eingestehen musste, dass es abends um halb acht eher unwahrscheinlich war, ihren heimlichen Schwarm zu treffen. Leider hatte sie die letzte Messe verpasst. Sie überlegte, wie sie unauffällig noch länger bleiben konnte, und tat so, als würde sie weiter beten.

Die großen weißen Kerzen tauchten den mittleren Teil der Kirche in ein weiches Licht. Vorne im Altarraum brannte nur das ewige Licht, der hintere Teil der Kirche lag im Dunkeln. Plötzlich flackerten die Kerzen, einige gingen sogar aus. Lina bekam eine Gänsehaut, die sich von ihrem Nacken den ganzen Rücken hinunterzog. Ein unangenehmes Gefühl befiel sie. Beobachtete man sie heimlich? Sie besuchte seit etwa zehn Jahren die Kirche, kannte jeden Winkel, jeden Kratzer in den Holzbänken, und es war das erste Mal, dass sie sich hier nicht wohlfühlte.

Langsam drehte sie sich zum Eingangsportal um und konnte so die ganze rechte Seite überblicken. Die alte Dame, die dort gesessen hatte, als sie gekommen war, war nicht mehr da. War sie etwa allein in der Kirche?

Die linke Seite war ebenfalls leer, bis auf einen Mann mit einer schwarzen Mütze auf dem Kopf, der in der hinteren Reihe im Halbdunkel saß. Sein Gesicht war nicht zu erkennen. Lina wünschte sich plötzlich mehr denn je, dass Pater Dominik durch die kleine Seitentür käme. Sie wandte sich erneut zu dem Mann um, der in diesem Moment ebenfalls seinen Kopf in ihre Richtung drehte.

Sie atmete tief durch und versuchte, klar zu denken. Dunkelheit machte Lina Angst. Schon als Kind hatte sie sich im Dunkeln gefürchtet – vor allem nach jenen Nächten, die sie bis heute nicht vergessen konnte. Ihre Mutter sagte immer, die Dunkelheit sei die Heimat der bösen Geister, weil sie im Licht nicht existieren könnten.

Lina bekreuzigte sich und tat so, als wolle sie aufstehen, wagte aber noch einmal einen Blick nach hinten. Der Mann war nicht mehr da, dennoch spürte sie seine Präsenz. Wo war er? Dann nahm sie neben sich eine Bewegung wahr. Sie sandte ein Stoßgebet zum Himmel, und als ob sie erhört worden wäre, öffnete sich quietschend die kleine Tür hinter der Kanzel, ein Kopf erschien, sah sich kurz in der Kirche um, und die Tür fiel wieder ins Schloss. Sie wollte gerade rufen, als jemand neben ihr sagte: »Entschuldigung, kommen Sie öfter hierher?«

Lina fuhr herum, als hätte sie einen Schlag bekommen. Neben ihr stand der Mann mit der schwarzen Mütze. Er lächelte sie an, und zu ihrer Überraschung hatte er keine schwarzen Zähne, kein schiefes Gesicht, keine drei Augen oder einen Schlund, aus dem der Speichel tropfte. Ganz im Gegenteil: Er sah sogar ziemlich gut aus. Sie blickte an ihm herunter. Seine Hände steck
Handschuhen, hielten aber weder ein M
onswerkzeug. Handsch
hier drinnen, und drauß
es ihr durch den Kopf.

»Sagen Sie mal, schlei
schen heran?«, fauchte sie

»Tut mir leid, wenn ich
meiner Absicht.«

Das hörte sich so ehrlic
»Ach ja?« von sich gab.

Der Mann betrachtete di

auferstandenen Jesus, und Lina studierte kurz sein Profil. Ein ausgesprochen schönes Profil. Eine gerade Nase, ein geschwungener Mund, eine ebenmäßige, leicht gebräunte Haut. Hatte er eine Glatze, oder warum trug er eine Mütze in der Kirche?

»Sie scheinen nicht oft in die Kirche zu gehen.«

Jetzt sah er sie wieder direkt an und zog überrascht die rechte Augenbraue hoch. »Wie kommen Sie darauf?«

»Wussten Sie nicht, dass man in der Kirche keine Kopfbedeckung trägt?«

»Hat der Papst doch auch auf, wenn er seine Reden schwingt.«

»Sie meinen die Mitra?«

»Mag sein, dass die Kochmütze so heißt.«

Lina musste lachen. »Die Mitra wird nur von Bischöfen und Äbten getragen. Aber Normalsterbliche, die eine Kirche besuchen, nehmen ihre Kopfbedeckung ab.«

Wortlos zog er seine Mütze vom Kopf und strich sich seine vollen schwarzen Haare nach hinten.

Lina schmunzelte. Keine Glatze. Wieder hatte sie dieses eigenartige Gefühl im Nacken, und gleichzeitig flackerten die Kerzen leicht in einem Windzug. Sie drehte sich noch einmal um, aber hinter ihnen war niemand zu sehen.

»Kennen Sie den Pfarrer dieser Kirche?«

Lina wandte sich wieder dem Mann neben ihr zu. »Sie sind also das erste Mal hier?«

»Ja, ich fand die Kirche so schön von außen, und da dachte ich, ich schau sie mir mal von innen an.«

»Und was hat das mit dem Pfarrer zu tun? Wollen Sie viel[illegible]ht etwas beichten?«, fragte Lina keck.

[illegible] Mann grinste: »Können Sie mir vielleicht mal eine Frage [illegible]rten, ohne eine Gegenfrage zu stellen?«

[illegible]kenne Pater Dominik relativ gut«, sagte Lina etwas [illegible]rrigierte sich aber sofort. »Ich meine, so gut nun [illegible]ht. Also …« Was redete sie da nur? Der Mann [illegible]dass sie ein Verhältnis mit dem Pfarrer hatte. [illegible]mit seinen braunen Augen fragend an.

Lina fühlte sich plötzlich unter seinem Blick aus unerfindlichen Gründen schuldig. Sie merkte, wie ihr heiß wurde, die Hitze stieg nach oben bis zu ihren Haarwurzeln und wollte von dort nicht mehr entweichen. Im Gegenteil, sie verteilte sich und breitete sich ganz langsam in ihrem Gesicht aus, bis sie puterrot war. »Also, was ich eigentlich sagen wollte, ich komme seit Jahren in diese Kirche.«

Wieder zog er seine Augenbraue nach oben.

»Ich muss jetzt nach Hause.« Lina erhob sich.

»Ich heiße übrigens Sam. Sam O'Connor.« Er gab ihr seine behandschuhte Hand, und Lina nahm sie, darauf achtend, dass ihr Händedruck nicht zu lasch war.

»Lina Lopez. O'Connor? Sie hören sich aber nicht wie ein Amerikaner an.«

»Mein Vater ist Amerikaner, meine Mutter Deutsche.«

Plötzlich ging die Tür hinter dem Altar auf, und diesmal erschien nicht nur ein Kopf, sondern ein junger Mann. Als er näher kam, erkannte Lina ihn als einen der Messdiener. Er hatte einen Schlüssel in der Hand und wollte offensichtlich die Kirche abschließen.

»Ich denke, wir sollten gehen«, sagte Lina leise und ging zum Mittelgang.

Sam dagegen trat auf den Mann zu. »Sagen Sie, ich würde gerne mit dem Pfarrer der Gemeinde sprechen. Ich war heute Nachmittag schon einmal hier.«

»Er ist erst morgen wieder da, wenn Sie also morgen wiederkommen würden?«

»Ja, das werde ich dann wohl tun müssen.«

Lina war bereits Richtung Ausgang gegangen und bekreuzigte sich noch einmal, während Sam sich trotzig noch in der Kirche seine Mütze wieder aufsetzte.

Lina schaute abermals in die hinteren dunklen Bankreihen, ob sie dort etwas sah, aber da war niemand. Das unangenehme Gefühl war verschwunden.

Draußen hatte es offenbar kräftig geschneit: Ein zwanzig Zentimeter hoher weißer Teppich lag auf Straßen und Vorgärten. Sam klappte den Kragen seines schwarzen Ledermantels hoch, um sich vor dem eisigen Wind zu schützen, und Lina zog sich ihre cremefarbene Wollmütze tiefer ins Gesicht. Nur ein paar kleine, kaum noch wahrnehmbare Fußspuren, die zu einer Seitenstraße führten, und ein paar größere, deutlich sichtbare von der Kirche zur Hauptstraße störten die weiße Pracht. Lina und Sam folgten den Spuren zur Hauptstraße, ohne zu ahnen, in wessen Fußspuren sie da traten.

Eine Weile gingen sie stumm nebeneinander her, bis Lina das Wort ergriff.

»Sind Sie hier in die Nähe gezogen, oder warum waren Sie heute in der Kirche?«

»Ich bin in die Nähe gezogen. Da haben Sie ins Schwarze getroffen.« Sam lächelte Lina an.

»Dann kann man davon ausgehen, Sie öfter dort zu treffen?«

»Eventuell, ja.«

»Sie glauben aber nicht an Gott, oder?«

Diese junge Frau war ziemlich aufmerksam, fand Sam. Da er sie nicht vor den Kopf stoßen wollte, verkniff er sich jeglichen bissigen Kommentar über die Kirche und antwortete mit einem schlichten »Nein«.

Lina sah ihn mit ihren bernsteinfarbenen Augen an. Sie hatte eine negative Schwingung wahrgenommen. Dann sagte sie langsam: »Ja, es ist schon komisch, manche Leute haben Angst zu glauben. Sie fühlen sich dann nicht individuell genug.«

Sam atmete tief durch. Er war bei Glaubensfragen oft zu emotional, hatte immer das Gefühl, sich verteidigen zu müssen. Er zählte innerlich bis drei und fragte dann lediglich: »Warum glauben Sie an Gott?«

Lina überlegte einen Augenblick, als ihr voller Schrecken bewusst wurde, dass sie darauf keine Antwort wusste. Sie glaubte zwar an Gott, aber warum? Das hatte sie sich noch nie gefragt.

18

Als Sam die Tür zu seinem Hotelzimmer öffnete und eintrat, stand er mit einem Fuß auf einem braunen Papierumschlag, den man ihm unter der Tür durchgeschoben hatte. Er setzte sich damit aufs Bett, riss den Umschlag auf und zog die zusammengehefteten Papiere heraus. Von einem Foto lächelte ihn eine hübsche junge Frau mit einem blonden Pagenschnitt und intensiven blauen Augen in der Farbe von Kornblumen an. Den beiliegenden Notizen entnahm er, dass Catharina Kil kurz vor ihrem Tod neunundzwanzig Jahre alt geworden war. Das nächste Foto zeigte sie mit über dem Kopf zusammengebundenen Händen. Ein Seil war über einen Balken an der Decke geworfen worden und hielt den nackten Körper in aufrechter Position auf dem Holzbock. Der kahl geschorene Kopf war nach hinten geknickt, der Mund weit geöffnet. An den Beinen hingen kleine Sandsäcke. Das Ganze sah irgendwie eigenartig aus, fand Sam. Erst als er den Autopsiebericht las, verstand er.

Catharina Kil war verblutet. In den mittleren Teil des Holzbocks war eine messerscharfe Stahlplatte eingebaut worden, sie hatte sich in die untere Hälfte ihres Körpers bis hinauf zum Bauchnabel gebohrt. Sie ist gespalten worden wie ein Schwein, dachte Sam.

Wenn Morde wie dieser tatsächlich zum Alltag eines Amsterdamer Polizisten gehörten, war er heilfroh, dass er in Deutschland arbeitete. Ob das wirklich ein entgleistes Sadomasospiel gewesen war, wie van Houten meinte?

Gefunden hatte das Opfer ihr Freund, der sich seitdem in psychiatrischer Behandlung befand. Anscheinend hatte er den Täter in Catharina Kils Wohnung überrascht. Ein offenes Fenster und Spuren im Blumenbeet vor dem Haus wiesen darauf hin, dass der Mörder Hals über Kopf geflohen war. Dabei hatte er einen schwarzen Rucksack der Marke Kipling vergessen. Darin hatte man etwas Salz, Wachsreste, Kräuter und ein kleines weißes Baumwolltuch gefunden, außerdem Werkzeug, wahrscheinlich um den Bock zusammenzubauen, der aus drei Einzelteilen bestand, und eine halb volle Flasche Wasser – normales Leitungswasser, wie sich herausgestellt hatte. An der Flasche hatte man nur Speichelreste des Opfers gefunden, keine Spuren des Täters. Wegen der Salz- und Kräuterreste hatte die Polizei in Amsterdam geschlussfolgert, dass der Täter normalerweise Lebensmittel in seinem Rucksack transportiert hatte. Nur Sam wusste, dass dem nicht so war. Ganz offensichtlich war dies der vierte Fall, der dem wahnsinnigen Freak zuzuschreiben war.

Rucksäcke von Kipling wurden weltweit vertrieben, und das No-Name-Werkzeug aus China gab es in jedem Baumarkt. Also auch hier kein Ansatzpunkt.

Doch gab der Mord an Catharina Kil Sam ein weiteres großes Rätsel auf. Die Frau hatte auf den ersten Blick nichts mit Esoterik zu tun. Sie hatte ihr Hobby zum Beruf gemacht und große Ölbilder gemalt, die sie mit anderen Künstlern in ihrer kleinen Galerie in Amsterdam verkauft hatte. Sie entsprach überhaupt nicht dem Profil, oder hatte sie vielleicht heimlich Séancen abgehalten? Sam kam nicht darum herum, er musste nach Amsterdam fahren, dort noch einmal mit van Houten sprechen und wenn möglich sogar mit Catharinas Partner Peter Weller.

Sein Handy vibrierte auf seinem Nachttisch wie ein brummender Käfer, der auf dem Rücken lag. Ein Blick auf das Display, und er wusste, mit wem er gleich das Vergnügen haben würde.

»Herr Brenner, ich wollte Sie auch gerade anrufen«, log Sam und hoffte, dass er überzeugend klang.

»Das bezweifle ich, O'Connor. Wie weit sind Sie? Habe gehört, Sie haben noch einen Abstecher an den Genfer See gemacht. Sie scheinen es ja nicht eilig zu haben, den Fall zu lösen.«

»Sie wissen selbst, dass das Zusammentragen von Fakten ein langsamer Prozess ist. Ich habe Phillippe Argault besucht, um seine Meinung als Fachmann zu hören.«

»So, so – und das zufällig an seinem Geburtstag.«

Sam biss sich auf die Lippe. »Zwei Fliegen mit einer Klappe, aber ich …«

»Lassen Sie es gut sein, O'Connor. Wie weit sind Sie?«, lenkte Brenner ein.

»Es gibt einen weiteren Fall in Amsterdam. Morgen werde ich einer Spur hier in Hamburg nachgehen und dann nach Holland fahren, um mich dort mit dem zuständigen Beamten zu treffen.«

»Gut, gut. Ab morgen werden Sie übrigens in Hamburg von einem Hilfssheriff unterstützt; ich habe jemanden abgestellt, der Ihnen ein bisschen unter die Arme greifen soll.«

Sam war bekannt dafür, dass er lieber allein arbeitete, es sei denn, er benötigte bei grenzüberschreitenden Fällen die Hilfe von Beamten vor Ort. Doch er protestierte nicht und sagte lediglich: »Ja, vielen Dank. Kann vielleicht nicht schaden.«

»Außerdem habe ich dafür gesorgt, dass man Ihnen ein Büro im Polizeipräsidium in Hamburg-Alsterdorf zur Verfügung stellt. Man erwartet Sie dort morgen früh. So, und nun wünsche ich Ihnen, dass Sie etwas zügiger vorankommen.«

Damit war das Gespräch beendet, und Sam atmete erst einmal tief durch und holte sich eine Cola aus der Minibar. Erst jetzt kam er dazu, seinen Mantel auszuziehen.

Er überlegte, ob er noch bei Argault anrufen konnte, aber ein Blick auf die Uhr sagte ihm, dass es dafür zu spät war. Wie würde es wohl ohne seinen Freund sein? Argault war nicht nur Sams einziger Freund, sondern auch eine Art Vaterersatz.

Nachdem Sam mit seiner Mutter und seiner Schwester vor etwa fünfundzwanzig Jahren nach Deutschland gekommen war, fehlte ihm sein Vater mehr als alles andere. Er war wütend gewesen auf seine Mutter, denn sie hatte ihn aus seinem Leben in New York gerissen, weg von seinen Freunden und einer aufregenden Zukunft als Cop – das zumindest hatte er sich eingebildet, denn zu diesem Zeitpunkt ging er ja noch zur Schule. Schon als kleiner Junge hatte er davon geträumt, in die Fußstapfen seines Vaters zu treten, der Verbrecher jagte. Er erinnerte sich noch, wie sein

Vater, sein Held, als bester Polizist des Jahres ausgezeichnet worden war.

Als Sam noch klein war, hatte sein Vater ihm, wenn er denn mal zu Hause war, nicht wie andere Väter ihren Söhnen *Onkel Toms Hütte* oder *Robinson Crusoe* vorgelesen, sondern hatte ihm von seinen gefährlichsten Einsätzen erzählt. Und am Ende seiner Geschichten hatte er immer gesagt: »Ich weiß, mein Junge, du wirst mal ein ganz Großer, besser als dein alter Vater.« Sam fragte sich oft, ob sein Vater wohl jetzt stolz auf ihn wäre.

19

Lina stand vor dem Spiegel und putzte sich die Zähne. Erst die linke Seite, dann die rechte. Sie spuckte den Zahnpastaschaum aus, spülte mit Wasser nach und bleckte die Zähne. Eine perfekte blendend weiße Zahnreihe à la Hollywood, stellte sie mit Zufriedenheit fest. Dann band sie ihr langes Haar flink mit einem Haargummi zusammen, damit es nicht während des Schlafens zerzauste.

Obwohl sie bei vielen Männern gut ankam und sich schon viele ein Bein ausgerissen hätten, um bei ihr landen zu können, waren es meist die Falschen. Zu hässlich, zu dick, zu dünn, zu prollig, zu alt, zu jung, oder sie sprachen nur über Sex, tranken, nahmen Drogen – oder hatten ein Gelübde abgelegt. Bei ihren Ansprüchen würde sie wahrscheinlich nie jemanden finden. Und wenn sie dann doch einmal einen in die engere Wahl zog, hatte der kein Interesse an ihr. Sie dachte an den Mann aus der Kirche, diesen Sam, den sie gerade erst kennengelernt hatte. Sie fand ihn ziemlich attraktiv mit seinem gebräunten Gesicht und den dunklen Augen. Wenn er redete und den Kopf drehte, konnte man seine Halsschlagader sehen. Sie hatte eine Schwäche für solche Männerhälse.

Lina lag jetzt wie eine Prinzessin in ihrem Himmelbett und blickte sich noch einmal stolz im Zimmer um. Ihr eigenes Reich.

Auf dem Regal standen etwa zehn Bücher. Alle sahen relativ neu aus, denn Lesen war nicht unbedingt ihre große Leidenschaft. Aber eines war auffällig abgegriffen, und der Buchrücken war oben und unten eingerissen. *Die Dornenvögel*, die Geschichte von Meggie, die sich zu dem attraktiven Pater Ralph hingezogen fühlt, hatte sie an die zwanzig Mal gelesen.

Sie drehte sich zur Seite und betrachtete die Karte in dem Silberrahmen, der auf ihrem Nachttisch stand. Wie jeden Abend seit dreizehn Jahren las sie im Stillen die Worte: »*¡15. años. Feliz cumpleaños, muñeca! Con cada latido de tu corazón estoy contigo. Papa* – Alles Gute zum 15. Geburtstag, mein Kleines. Mit jedem Schlag Deines Herzens bin ich bei Dir. Dein Papa«.

»Ich vermisse dich, Papa«, sagte sie leise und dimmte das Licht, denn auch hier zu Hause vermied sie die totale Dunkelheit. Dann schloss sie die Augen und wünschte sich selbst schöne Träume.

1990

Nachdem er die ersten drei Jahre im Kloster mindestens einmal am Tag am Fenster gestanden hatte, in der Hoffnung, der Wagen seines Vaters würde die Auffahrt herauffahren, um ihn abzuholen, war er sich inzwischen sicher, dass man ihn vergessen hatte. Sein kleines Kinderherz hatte aufgehört zu weinen, und er hatte gelernt, zu gehorchen und zu dienen. Vor zwei Jahren hatte er die letzten Hiebe mit dem Rohrstock bekommen, als er zum zehnten Mal versucht hatte abzuhauen. Inzwischen hatte er sich gefügt, besuchte vormittags die Schule direkt neben dem Kloster und feudelte nachmittags die Gänge des Hospizes oder fuhr die Halbtoten, wie er sie nannte, durch den Klostergarten.

Das Franziskanerinnenkloster hatte vor über hundert Jahren über eine eigene Schmiede, eine Bäckerei, eine Mühle, ein Konventsgebäude und diverse Verwaltungshäuser verfügt. Heute war ein Großteil der Gebäude verfallen, doch Lukas kannte die Ruinen wie seine Westentasche. Manchmal schlüpfte er nachts aus seinem Zimmer, setzte sich auf die jahrhundertealten Steinmauern und beobachtete den Sternenhimmel. Stundenlang saß er da und wartete auf eine Sternschnuppe. Sein Vater hatte ihm einmal erzählt, dass er sich etwas wünschen könne, wenn er eine Sternschnuppe sah, und dass dieser Wunsch ganz bestimmt in Erfüllung gehen würde. Er wusste nicht mehr, wie oft er sich gewünscht hatte, dass er wieder nach Hause durfte, aber eines wusste er ganz genau: Das mit den Sternschnuppen funktionierte nicht.

Auch heute Nachmittag putzte Lukas im Kloster. Er wischte gerade den Kreuzgang, als ein neuer Halbtoter eintraf, ein alter Priester. Eine Nonne schob den gebeugt in einem Rollstuhl sitzenden alten Mann an ihm vorbei, direkt in den Nordflügel.

Die fünfzehn Schwestern, die das Hospiz leiteten, hatten ihre Zellen im Südflügel hinter dem Arkadengang, in dessen Mitte ein kleiner Garten angelegt war, in dem ein plätschernder Brunnen stand. Noch vor hundert Jahren hatte dieser Flügel aus einem einzigen Dormitorium bestanden, einem Schlafsaal, der mit Heu ausgelegt gewesen war. Später hatte man das große Dormitorium durch Vorhänge oder Holzwände in einzelne Bettstellen unterteilt, und heute gab es dort viele kleine Einzelzimmer. Allerdings war gerade mal ein Drittel davon belegt. Im Nordflügel befand sich das Refektorium des Klosters, ein großer Speisesaal, wo es meist Suppe und Breispeisen für die zahnlosen Patienten gab. Außerdem lagen im Nordflügel ein paar kleine Zimmer, doch nur eines davon war bewohnt: von Lukas. Und dort wurde nun offensichtlich auch der alte Priester einquartiert. Komisch, dachte Lukas, denn normalerweise lagen die Patienten im Hospiz. In diesem Moment rief ihn eine Schwester und trug ihm auf, Bettwäsche zu holen.

Als Lukas mit der weißen Baumwollwäsche in der Hand an die Tür klopfte und eintrat, sah ihn der alte Mann an. Er trug eine weiße Tunika und darüber einen schwarzen Kapuzenmantel. Das Gesicht hatte nichts Freundliches an sich, die Mundwinkel waren nach unten gezogen, die schmalen, aufgesprungenen Lippen waren fast nicht zu sehen, und die Wangen, fahl und faltig, erinnerten an die hängenden Lefzen einer Bulldogge. Wenn er jetzt noch die schwarze Kapuze aufsetzt, sieht er aus wie der Sensenmann, dachte Lukas.

»Jetzt steh da nicht dumm herum, Junge, gib schon her.« Die Nonne riss ihm die Bettwäsche aus der Hand und machte sich daran, das Bett zu beziehen. »Was ist denn? Los, geh an die Arbeit. Abmarsch.«

Lukas verließ das Zimmer des Neuankömmlings, ging zurück zu seinem Eimer und dem Feudel, tauchte den Mob in das schmutzige Wasser und wischte weiter von links nach rechts, von rechts nach links. Ein klein wenig freute er sich, dass er nun nicht mehr allein war, sondern einen Nachbarn bekommen hatte.

20

Sam musste in dem riesigen Polizeipräsidium eine ganze Weile nach seinem neuen Büro suchen. Als er es endlich fand, starrte er ungläubig in das kleine Verlies, das man ihm als vorläufiges Büro angeboten hatte. Kaum zu glauben, dass in einem so modernen Neubau überhaupt noch ein solcher Raum existierte, als wäre er seit dem Zweiten Weltkrieg nicht mehr renoviert worden. Eine nackte Birne hing von der niedrigen Decke, an den grauen Wänden standen alte Holzregale mit vergilbten Akten und in der Mitte ein runder Holztisch sowie vier Stühle. Die Luft roch verstaubt, sodass Sam die Tür erst gar nicht schloss und zuerst auf das kleine Fenster zusteuerte, um es zu öffnen und so den miefigen Geruch aus seinem neuen Büro zu vertreiben.

»Das ist ja das reinste Luxusbüro. Ein richtiger Hammer. Sind Sie Sam O'Connor?«

Sam drehte sich um und sah in die wachen grauen Augen eines jungen Mannes, den er auf Ende zwanzig schätzte.

»Ja, der bin ich.«

»Ich heiße Juri Pompetzki. Ich soll für Sie den Reiseführer spielen.« Er streckte die Hand aus und schüttelte Sams Rechte mit einem kräftigen Händedruck.

»Sind Sie Russe?«

»Mutter aus Sibirien, Vater Deutscher. Und Sie? Sind Sie Amerikaner?«

Sam musste lachen und ließ sich auf einen der unbequemen Stühle fallen, die ihn an alte Schulzeiten erinnerten. Es war das erste Mal, dass er mit einem Halbrussen zusammenarbeitete. »Mutter Deutsche, Vater Amerikaner.«

»Das verspricht doch eine interessante Zusammenarbeit zu werden.« Juri hängte seine braune Lederjacke über eine Stuhllehne, krempelte die Ärmel seines rot karierten Holzfällerhemds nach oben und entblößte dabei seine durchtrainierten Unterarme. Dann zupfte er an seinem schwarzen Schulterhalfter herum, das ihm das Hemd straff nach hinten gezogen hatte und setzte sich ebenfalls.

Sam schob einen kleinen Stapel Akten zu ihm hinüber, klopfte mit der Hand darauf und sagte: »Hier, machen Sie sich gleich mal mit den Fakten vertraut. Ich hole mir einen Kaffee. Wollen Sie auch einen?«

Juri hatte bereits die erste Akte geöffnet und sah sich sichtbar angeekelt die Fotos von der verbrannten Leiche in Hamburg an.

»Möchten Sie auch einen Kaffee?«, fragte Sam noch einmal.

»Nein danke. Trinke nur Kakao.«

Sam musste innerlich über Juris erschrockenes Gesicht lachen. Offensichtlich hatte man ihm einen Milchbubi in einem Rambokörper ins Nest gesetzt.

»Sie sind noch nicht so lange dabei, oder?«, fragte Sam beiläufig im Hinausgehen.

»Seit zwei Jahren, aber das hier ist schon derb.«

Sam nickte wortlos und machte sich auf die Suche nach einem Kaffeeautomaten.

Auf dem Weg zurück in sein Verlies beschloss Sam, seinen neuen Assistenten erst einmal mit reichlich Aktenarbeit zu beschäftigen, damit er ungestört dem Pfarrer der Winterhuder Kirchengemeinde auf den Zahn fühlen konnte.

Am späten Nachmittag traf Sam an der Kirche des Heiligen Erlösers in Winterhude ein. Offenbar war es noch zu früh für den Gottesdienst, denn in der Kirche war kein Mensch zu sehen. Sam beschloss, zum Pfarrhaus zu gehen. Nachdem es in der Nacht getaut hatte, war am Morgen ein eisiger Wind über Hamburg gefegt und hatte die Pfützen in kleine Eisschollen verwandelt. Sam bewegte sich rutschend um die Kirche herum, bis er das Pfarrhaus erreicht hatte. Er drückte auf die kleine Messingklingel und wartete. Dann hörte er, wie über ihm im ersten Stock ein

Fenster geöffnet wurde und eine Männerstimme zu ihm herunterrief: »Was kann ich für Sie tun?«

»Ich würde gerne mit dem Pfarrer sprechen.«

»Bitte wenden Sie sich an das Sekretariat und vereinbaren Sie einen Termin, weil ich …«

»Ich heiße Sam O'Connor und bin von der Polizei. Ich denke, Sie sollten sich die Zeit nehmen«, sagte Sam kühl und bestimmt.

Das Fenster wurde geschlossen, dann hörte er im Inneren des Hauses schwere Schritte. Die Tür ging auf, und vor Sam stand der Pfarrer, zumindest war er ganz in Schwarz gekleidet und trug ein Kreuz um den Hals. Ein schlanker großer, dunkelhaariger Mann, der zu Sams Überraschung auffallend gut aussah. Sam schätzte ihn auf nicht älter als fünfunddreißig.

»Polizei?«, fragte der Pfarrer überrascht und blieb in der halb offenen Tür stehen.

»Darf ich reinkommen, oder wollen wir eine Wanderung durch den Garten machen?«

Der Geistliche trat zur Seite und forderte Sam mit einer Handbewegung auf, die kleine Treppe neben der Haustür nach oben zu gehen. Auf den ersten Stufen drehte sich Sam um und fragte: »Wie war noch Ihr Name?«

»Pater Dominik. Ich hatte mich Ihnen aber noch gar nicht vorgestellt«, antwortete der Pfarrer und folgte Sam nach oben.

Das Pfarrhaus war winzig klein. Im ersten Stock gab es einen etwa drei Quadratmeter großen Vorraum; dort standen ein alter Holztisch und zwei Stühle am Fenster. An einer der weißen Wände hing ein großer Jesus am Kreuz. Wieder einmal fragte sich Sam, warum die Menschen ein Kreuz anbeteten, an dem ein Toter hing.

»Setzen Sie sich doch.« Der Pfarrer zeigte auf einen der Holzstühle. Sam nahm Platz und holte dann aus seiner Tasche die kleine blaue Bibel.

»Gehört die Ihnen?«

Pater Dominik nahm das Buch in die Hand und öffnete es. »Warum fragen Sie? Hier steht doch, dass die Bibel unserer

Gemeinde gehört. Die Bibeln werden im Pfarrhaus aufbewahrt. Wir brauchen sie für die Bibelstunde und den Firmunterricht. Danach werden sie wieder eingesammelt.«

»Kontrollieren Sie, ob jeder seine Bibel abgibt?«

»Wer uns bestiehlt, bestiehlt auch Gott. Es ist Gottes Haus.«

»Na klar. Also kann jeder so eine Bibel mitnehmen, wenn er möchte?«

»Theoretisch ja.«

Sam hatte mit dieser Antwort gerechnet, also bohrte er weiter.

»Waren Sie vor Kurzem in Salzburg? Genauer gesagt: letzten Samstag?«

Pater Dominik sah Sam mit seinen stechend blaugrünen Augen fragend an. Er schien zu überlegen. Ein bisschen zu lange, um sich nur daran zu erinnern, ob er vor fünf Tagen einmal quer durch Deutschland gefahren war, fand Sam.

»Warum fragen Sie?«

»Ja oder nein?«

»Ja. War ich, glaube ich zumindest ... also, ich meine, was den Tag angeht, bin ich mir nicht so sicher. Da müsste ich in meinem Terminkalender nachsehen.«

»Darf ich fragen, warum Sie dort waren?«

Pater Dominik rutschte nervös auf seinem Stuhl hin und her. Er kratzte sich am Bein und faltete dann die Hände vor sich auf dem Tisch. »Ich habe dort eine Familie betreut und einen privaten Gottesdienst abgehalten.«

»Eine Familie betreut? Was heißt das?« Sam hob die rechte Augenbraue und beobachtete, wie sich der Pfarrer wand wie ein Regenwurm im Schnabel eines Vogels.

»Ich kenne die Familie schon lange. Sie haben eine ... wie soll ich sagen? ... eine kranke Tochter und baten mich, einen Gottesdienst abzuhalten.«

»Gibt es denn in Salzburg keine Pfarrer?«

»Das hat persönliche Gründe. Mehr möchte ich dazu nicht sagen.« Seine plötzliche Unsicherheit war verflogen, und der Pfarrer strahlte wieder Ruhe und Gelassenheit aus.

»Es wird Ihnen wohl nichts ausmachen, wenn Sie mir die Telefonnummer der Familie geben, damit ich das überprüfen kann, oder? Ich möchte Ihnen außerdem etwas zeigen.«

Sam holte die Fotos der Opfer nacheinander hervor und legte sie auf den Tisch. Er hatte nicht die Aufnahmen von ihren entstellten Leichen ausgewählt, sondern Fotos vor ihrem Tod, als sie noch in die Kamera lächeln konnten. Er beobachtete, wie die Augen des Pfarrers über die Gesichter wanderten. So entging ihm nicht, dass er leicht blinzelte, als er das Foto von Birgit Eschberger sah. Und Sam glaubte, dass er auch bei Irene Geiger einen Moment gezuckt hatte. »Und?«

Der Pfarrer stützte sich mit den Ellbogen auf den Tisch und rieb sich das Kinn. »Ich weiß nicht, aber diese Frau …«, er zeigte auf Frau Eschberger, »… sie kommt mir bekannt vor. Woher könnte ich sie wohl kennen?«

»Vielleicht von einem Ihrer Gottesdienste?«

»Na ja, ich muss gestehen, sie sieht aus wie jede andere Hausfrau in ihrem Alter und wie viele meiner Gemeindemitglieder. Dickes Gesicht mit Doppelkinn, etwas zu stark geschminkt. Schätze mal, sie ist um die sechzig.«

»Sie haben mir eine exakte Beschreibung des Fotos gegeben. Hausfrau war sie tatsächlich, aber sie war auch …«, Sam legte eine bewusste Pause ein, »… ein Medium. Sagt Ihnen das etwas?«

Aus Pater Dominiks Gesicht wich alle Farbe, und er stand plötzlich hektisch auf, um sich seine Soutane anzuziehen, die hinter der Tür an einem Haken hing.

»Tut mir leid, aber ich muss jetzt einen Gottesdienst halten. Wir können uns gerne später weiter unterhalten.«

Sam sah den Pfarrer, ohne etwas zu sagen, an, um ihm erstens zu zeigen, dass er mit der Unterbrechung überhaupt nicht einverstanden war, und um ihm zweitens das Gefühl zu geben, dass er noch lange nicht mit ihm fertig war.

Er folgte ihm die Treppe hinunter. Als sie beide unten angekommen waren, öffnete Pater Dominik die Verbindungstür und gelangte somit direkt in die Kirche, während Sam nach draußen ging und die Kirche durch den Haupteingang betrat. Dort setzte er sich links in die hinterste Reihe, auf den gleichen Platz, an dem er auch gestern gesessen hatte.

Pater Dominik ließ den Blick über seine Schäfchen wandern, um wieder einmal festzustellen, dass die Bänke nur spärlich gefüllt waren. Seitlich an der Wand lagen auf einem kleinen Tisch einige Bücher. Er gab einer Frau in der ersten Reihe ein Zeichen, und sie stand auf, um sie an die Gläubigen auf der rechten Seite der Kirche zu verteilen. Pater Dominik selbst ging durch die Reihen auf der linken Seite und verteilte dort die Büchlein. Als er bei Sam ankam, sagte er leise: »Auch für Sie ein *Gotteslob.*«

Sam öffnete das Buch und sah Notenzeichen und Verse. In diesem Augenblick ging die schwere Portaltür auf, und zusammen mit ein paar Schneeflocken, die auf dem kalten Steinboden sofort schmolzen und zu kleinen Wassertröpfchen wurden, schneite eine junge Frau herein. Sam und Pater Dominik sahen Lina zu, wie sie sich aus ihrem Schal wickelte. Sie strahlte den Pfarrer an und setzte sich direkt neben Sam, dem sofort ein zarter Honigduft in die Nase stieg.

»Schön, Sie zu sehen, Lina«, sagte der Pfarrer und reichte ihr ein Gesangbuch.

»Danke, Pater.« Was für phantastische Augen, dachte Lina und sah dem Pfarrer schmachtend nach. Sie seufzte und sah zu Sam, dem Linas Blick nicht entgangen war und der spöttisch seine rechte Augenbraue hob. Lina tat so, als hätte sie das nicht bemerkt, und sagte kess: »Na? Was verschlägt Sie denn heute hierher? Geben Sie ruhig zu, dass Sie mich wiedersehen wollten.« Sie sah Sam herausfordernd an. »Oder haben Sie plötzlich doch Gefallen an der Kirche gefunden?«

»So in etwa könnte man es sagen«, antwortete Sam ausweichend.

In diesem Moment erhob sich die Gemeinde. Auch Lina stand auf, nur Sam blieb provokativ sitzen. Pater Dominik begrüßte die Gläubigen und fuhr dann fort: »Gott, wir stehen vor dir, wie wir sind. Bei dir dürfen wir uns geborgen fühlen und müssen uns nicht verstellen. Herr, erbarme dich.«

Die Gläubigen fielen ein: »Herr, erbarme dich.«

Dann sprach wieder der Pfarrer: »Gott, erfülle unsere Herzen mit Licht, erfülle unser Herz mit Liebe. Zeige uns den richtigen Weg, gib uns Kraft zu verstehen, was unsere Feinde treibt, und gib uns Kraft, ihnen zu verzeihen. Herr, erbarme dich.«

Und wieder antwortete die Gemeinde: »Herr, erbarme dich.«

Ob auch Peter Weller und die anderen Angehörigen der Mordopfer so viel Verständnis aufbrachten und dem Mörder verziehen, bezweifelte Sam.

Die nächsten Minuten rauschten an ihm vorbei. Immer wieder stand die Gemeinde auf, sang oder rezitierte etwas. Sam hörte erst wieder zu, als Pater Dominik die Bibel öffnete und sagte: »Ich lese heute aus den Psalmen, Psalm 53, 2 und 4. Es gibt keinen, der Gutes tut.«

»Die Märchenstunde beginnt«, sagte Sam leise, aber offenbar doch laut genug, dass sich eine Frau vor ihm umdrehte und ihn strafend ansah.

Oben auf der Kanzel sprach Pater Dominik mit fester Stimme:

»Menschen, die sich einreden, Gott gibt es überhaupt nicht, leben an der Wirklichkeit vorbei. Der Herr schaut vom Himmel auf die Menschen. Er will sehen, wer einsichtig ist und nach seinem Willen handelt. Doch viele haben sich von ihm abgewandt.«

Sam dachte, wie recht der Pfarrer damit hatte, und hörte dann nicht mehr zu. Er hoffte, dass der Gottesdienst bald vorbei war und er sein Verhör fortsetzen konnte. Er war zwar katholisch getauft, aber in Deutschland sofort aus der Kirche ausgetreten, nachdem er festgestellt hatte, dass das Finanzamt nach Artikel 140 des Grundgesetzes Kirchensteuer von seinem Gehalt abzog. Normalerweise konnte er kein Gesetz mit seinem Artikel wiedergeben, aber in diesem Fall hatte er sich so aufgeregt, dass sich dieser Paragraph in sein Gehirn eingebrannt hatte. In Amerika erhielten die Kirchen keine staatliche Förderung und waren größtenteils auf Spenden angewiesen. Wer in die Kirche ging, gab einen Obolus. In Deutschland wurde man hingegen nicht einmal gefragt, ob man überhaupt den Dienst der Kirche in Anspruch nahm oder nehmen wollte; das Finanzamt zog die Steuer einfach ab.

Sam erhob sich leise; er wollte ein bisschen frische Luft schnappen und draußen auf das Ende der Märchenstunde warten.

Etwa eine Stunde später, nachdem Pater Dominik hinter dem letzten Kirchenbesucher, und zwar Lina, die Tür geschlossen hatte, setzte Sam sein Gespräch mit ihm in der Kirche fort.

»Wo waren wir stehen geblieben?«, fragte der Pfarrer.

»Ich hatte Sie gefragt, ob Ihnen das Wort ›Medium‹ etwas sagt. Die Frau hier auf dem Foto war ein Medium.« Sam hielt dem Pfarrer noch einmal das Foto von Birgit Eschberger vor die Nase.

»War? Ist sie das denn nicht mehr?«, fragte Pater Dominik zögerlich.

»Die Frau ist tot. Sie starb letzte Woche in Salzburg.«

Pater Dominik sah Sam fragend an. Entweder er stellt sich total dumm, oder er hat wirklich keine Ahnung, dachte Sam.

»Gott hab sie selig.« Der Pfarrer bekreuzigte sich. »Nun, um auf Ihre Frage zurückzukommen. Ein Medium kann Verbindung mit dem Jenseits aufnehmen. Meist sind es Engel, die Botschaften weitergeben, aber es können auch böse Geister sein. In der Bibel …«

»Der brennende Dornbusch, der zu Moses sprach, ist sogar mir bekannt«, unterbrach ihn Sam leicht genervt.

Pater Dominik aber sprach gelassen weiter: »Das war allerdings Gott persönlich, der in Form einer Flamme zu Moses sprach. Aber es gibt auch Zeugnisse von Engeln. Es wundert mich ehrlich gesagt, dass sich jemand wie Sie, der sich gegen den Glauben auflehnt, für Engel und Medien interessiert.«

Obwohl Sam mit keiner Silbe erwähnt hatte, dass er nicht an Gott glaubte, hatte ihn Pater Dominik offenbar durchschaut. Eins zu null für den Pfarrer, dachte Sam und antwortete: »Eigentlich möchte ich von Ihnen wissen, ob Sie diese Frau kennen. Oder schon mal gesehen haben?«

Wieder besah sich der Pfarrer das Bild, und Sam hatte den Eindruck, als wolle er Zeit gewinnen.

»Ich muss gestehen, dass ich kein gutes Gedächtnis für Gesichter habe, aber es kann sein, dass diese Frau bei dem privaten Gottesdienst in Salzburg dabei war. Fragen Sie doch einfach die Familie Ingelheim in Salzburg.«

»Deren Nummer wollten Sie mir ja sowieso geben«, meinte Sam.

Pater Dominik holte ein winziges, abgegriffenes Lederadressbuch aus seiner Hosentasche und blätterte darin. »Hm, sie ist nicht hier drin. Warum rufen Sie mich nicht morgen früh an, dann gebe ich Ihnen die Nummer? Ich denke, im Sekretariat wird sie irgendwo sein.«

Natürlich, dachte Sam, immer schön auf Zeit spielen.

»Die Frauen auf den anderen Fotos haben Sie nie gesehen?«, fragte er und suchte die Aufnahmen von den anderen drei Mordopfern aus der Tasche.

»Wie ich bereits sagte, mein Personengedächtnis ist nicht sehr gut.«

Sam nickte übertrieben verständnisvoll und machte damit deutlich, dass er dem Pfarrer kein Wort glaubte. Dann ging er langsam Richtung Ausgang, blieb im Mittelgang aber so plötzlich stehen, dass Pater Dominik, der ihm gefolgt war, beinahe in ihn hineingelaufen wäre. Als Sam sich umdrehte, stand der Pfarrer so dicht hinter ihm, dass er dessen Nasenhaare einzeln hätte zählen können.

»Sie hören wieder von mir.«

Als Sam die Kirche verlassen hatte, drehte Pater Dominik den Schlüssel im Schloss herum und stand einen Augenblick ruhig da. Er atmete langsam ein und aus. Er hoffte, dass der Polizist nicht so eine Art Inspektor Columbo war, der gleich wieder am Hintereingang erschien, weil er noch eine Frage hatte. Er löschte sämtliche Kerzen und eilte in seine Privaträume. Er musste sich erst einmal setzen. Natürlich hatte er auch die andere Frau auf dem Foto wiedererkannt. Sie war in Begleitung einer jungen Frau gewesen, die vor längerer Zeit öfter seinen Gottesdienst besucht hatte. Sie hatten kurz miteinander gesprochen. Es ging um Abtreibung. Sie hatte ihn und die Kirche verflucht. Wenn er das gegenüber dem Polizisten erwähnt hätte, wäre er wahrscheinlich gleich verhaftet worden. Er vertrieb den Gedanken an die Begegnung und ging in die Küche, um sich etwas zu essen zu machen.

Sam stand unterdessen noch eine Weile draußen vor der Kirche, ohne sich zu bewegen. Er fror erbärmlich, der eiskalte Wind zog seine Muskeln zusammen. Die Schneeflocken waren jetzt so dick, dass sie wie Papierschnipsel aussahen, die vom Himmel fielen. Er beobachtete, wie sie zu seinen Füßen eine weiße Schicht auf dem grauen Asphalt bildeten. Da entdeckte er zwischen den parkenden Autos in der kleinen Straße neben der Kirche einen Mercedes mit laufendem Motor, der kurz aufblinkte. Sam nickte zu dem Wagen hinüber und machte sich auf den Weg zu seinem eigenen Auto.

Im Mercedes saß ein Polizist. Denn Sam hatte, als er vorher den Gottesdienst verlassen hatte, Juri angerufen und ihn gebeten, die Kirche in Winterhude überwachen zu lassen. Er hatte das Gefühl, dass Pater Dominik irgendetwas mit den Morden zu tun hatte. Die Personenbeschreibung, die die Verkäuferin in Salzburg gegeben hatte – groß und dunkelhaarig –, würde auf ihn passen. Hatte die Frau nicht gesagt, dass die Kleidung irgendwie nicht zum Rucksack passte? Hatte sie vielleicht einen Pfarrer von hinten gesehen? Trugen die nicht oft dunkle Kleidung? Dann das Zucken in den Augen, als der Pater das Foto von Birgit Eschberger gesehen hatte, und die Bibeln, die bei zwei Opfern gefunden worden waren. Natürlich konnte sie der Mörder absichtlich dort gelassen haben, um den Verdacht auf jemanden aus der Gemeinde zu lenken. Das glaubte Sam jedoch nicht. Beweisen konnte er dem Pater noch nichts. Aber er war fest entschlossen, bald einen hieb- und stichfesten Beweis zu finden.

21

AMSTERDAM

In seiner Studentenzeit war Sam immer mal wieder mit seinem alten VW-Käfer nach Amsterdam gefahren, allerdings zum Vergnügen und nicht wie heute, um sich mit der Familie eines Mordopfers zu unterhalten. Nachdem er gestern von der Kirche in sein Büro im Hamburger Polizeipräsidium zurückgekehrt war, hatte er sofort einen Flug nach Amsterdam gebucht. Nun war er gespannt auf seinen niederländischen Kollegen, der ihn abholen wollte.

Van Houten stand am Ausgang der Ankunftshalle mit einem Schild, auf dem »Sam O'Connor« stand. Mit seinem grauen Anzug, dem hellblauen Hemd und dem dunkelgrauen, weiß gepunkteten Schlips sah er eher wie ein Staubsaugervertreter aus als wie ein hartgesottener Polizist, der sich tagaus, tagein mit abartigen Morden beschäftigte. Er war mindestens eins neunzig, und sein Bauch hatte die Ausmaße eines Medizinballs. Deshalb waren die unteren beiden Knöpfe des blauen Hemdes geöffnet oder gar nicht mehr vorhanden, zumindest bahnte sich dort ein weißes Feinrippunterhemd seinen Weg in die Freiheit. Sam musste sein Bild von einem mürrischen, missmutigen alten Holländer revidieren, denn van Houtens Gesicht war freundlich und hatte etwas Clowneskes an sich. Dazu trug vor allem die große rot geäderte Nase bei, die – wie Sam vermutete – auf jahrelangen Alkoholkonsum zurückzuführen war. Die gelbblond gelockten Haare standen etwas wirr vom Kopf ab, so als ob der Holländer gerade erst aufgestanden wäre.

»Sam O'Connor? Willkommen in Amsterdam. Ich bin Maarten van Houten, sagen Sie einfach Maarten«, stellte sich der Holländer in fließendem Deutsch mit einem leichten holländischen Akzent vor, der Sam schon am Telefon aufgefallen war. Seine Hand verschwand in der riesengroßen Pranke von van Houten, sodass er sich vorkam wie Jonathan Swifts Gulliver bei den Riesen.

»Ich dachte, wir bewegen uns auf die typisch holländische Art fort.« Sam war perplex, als der Holländer mit einem Schlüssel auf ein Fahrrad zuging, das an einem Laternenpfahl lehnte, und sich bückte, um das Fahrradschloss zu öffnen. »Sie setzen sich einfach auf den Gepäckträger.«

Sam wollte gerade empört protestieren, immerhin war der Amsterdamer Flughafen Schiphol einige Kilometer von der Innenstadt entfernt, als van Houten plötzlich lachte. Sam schüttelte grinsend den Kopf, als er merkte, dass der Holländer ihn auf den Arm genommen hatte. »Na, kommen Sie, mein Auto steht da drüben auf dem Parkplatz.«

Amsterdam war das Venedig des Nordens. Die ganze Stadt vermittelte etwas Gemütliches mit ihren mittelalterlichen Grachten, den vielen Brücken und den herrschaftlichen Kaufmannshäusern mit den unterschiedlich geformten Giebeln, die Sam immer ein wenig an bunte Legohäuser erinnerten. Wenn er früher als Student der Rechtspsychologie nach Amsterdam gekommen war, hatte er sich mehr für die Coffeeshops als für die Architektur interessiert. Das waren noch Zeiten, dachte Sam, als wir völlig *stoned* durch die Amsterdamer Straßen gewankt sind.

Da unterbrach van Houten seine Erinnerungen. »Den Freund von Catharina Kil konnte ich leider nicht erreichen. Die Mutter von Frau Kil hat mir erzählt, dass er sich selbst in eine Klinik eingewiesen hat. Armer Kerl, hat es nicht verkraftet, seine Freundin halb gespalten auf diesem Holzbock sitzen zu sehen. Aber Frau Kil erwartet uns bei sich zu Hause.«

Sam bedauerte, dass ein Gespräch mit Peter Weller, der den Tatort unmittelbar nach dem Mord betreten hatte, nicht möglich war. Manchmal waren solche Zeugen extrem wichtig, weil sie irgendetwas unbewusst wahrgenommen hatten, was den Beamten später als belanglos erschienen war. Schade war auch, dass Catharina Kils Loft wieder vermietet worden war und Sam somit ihre Wohnung nicht mehr besichtigen konnte. Aber so war das nun einmal, wenn man alte Fälle aufrollte. Die Zeit blieb nicht stehen.

Van Houten und Sam fuhren in eine malerische Straße, in der sich ein Grachtenhaus an das andere reihte und es zahlreiche Läden, Cafés und Kunstgalerien gab.

»Hier ist es. Catharina Kil hatte hier ihre Galerie, im Haus der Eltern. Eine ziemlich wohlhabende Familie: Er ist Bankier, sie Innenarchitektin. Waren ziemlich schockiert, als sie von den Vorlieben ihrer Tochter hörten«, sagte van Houten und parkte seinen Wagen vor dem schwarz gestrichenen dreistöckigen Grachtenhaus der Familie Kil. Sam sah hinauf zum Giebel des Hauses, zu dem Hebebalken, über den man einst nur mit Körperkraft die Waren in die Speicherräume gehievt hatte, weil die schmalen Treppenhäuser zu eng gewesen waren. Plötzlich hatte er den Eindruck, dass sich hinter einem der obersten Fenster etwas bewegte – oder war es nur das Spiegelbild der kahlen Äste des Baumes vor dem Haus, die sich im Wind hin und her bewegten?

Sie betraten das Haus durch eine schwarz-weiße Eingangstür und gingen eine steile, mit dunkelblauem Teppich ausgelegte Treppe hinauf, die in den oberen Wohnbereich führte. Dort wartete bereits eine elegant gekleidete Frau. Sie war das ältere Ebenbild ihrer Tochter. Die blonden Haare waren im Nacken zu einem strengen Dutt zusammengebunden, und ihre Augen hatten wie die ihrer Tochter die Farbe von Kornblumen. Sie war zierlich, beinahe zu dünn, fand Sam und betrachtete ihre hervorstehenden Schlüsselbeine, die sich unter dem Pullover deutlich abzeichneten. Der dezente orangebraune Lippenstift war auf ihren Kaschmirpullover abgestimmt. Sie zupfte sich eine Fussel von ihrer wollweißen Flanellhose und begrüßte die beiden Männer mit einem aufgesetzten Lächeln. Dann sagte sie etwas auf Niederländisch, besann sich aber und setzte in tadellosem Deutsch hinzu: »Guten Tag, die Herren.«

Das helle, großzügige Wohnzimmer war spärlich, aber teuer

eingerichtet. In der Ecke stand ein alter Kachelofen, daneben eine hellblaue Sitzecke im Louis-XV-Stil mit goldener Umrandung und auf der anderen Seite eine barocke, ebenfalls hellblaue Ottomane. An den Wänden hingen Ölgemälde in goldenen Rahmen, die Sam, auch wenn er als Kunstmuffel den oder die Maler nicht kannte, als wertvoll einstufte. »Bitte setzen Sie sich doch.« Frau Kil wies auf das Louis-XV-Sofa und setzte sich selbst auf einen der Stühle.

»Frau Kil, das ist Sam O'Connor, Sachverständiger der Mordkommission München. Er ist auf mehrere Fälle gestoßen, die vielleicht in einem Zusammenhang mit dem Mord an Ihrer Tochter stehen. Ich hoffe, es macht Ihnen nichts aus, wenn er Ihnen ein paar Fragen stellt«, erklärte van Houten und rückte sein Sakko zurecht, das ihn im Sitzen einzuengen schien.

»Ich dachte, das Ganze hatte etwas mit diesen ... na ja, Sie wissen schon, zu tun.«

»Sadomasospielen?«

Frau Kil zuckte bei dem Wort sichtlich zusammen. »Wie auch immer Sie das nennen«, entgegnete sie knapp und sah dabei aus dem Fenster.

Im Gegensatz zu seinem holländischen Kollegen versuchte Sam, etwas feinfühliger an die Sache heranzugehen. »Frau Kil, ich bin sicher, dass Ihre Tochter mit diesen Praktiken nichts zu tun hatte.«

Frau Kil wandte sich vom Fenster ab und sah Sam mit großen Augen an. Dann fing sie plötzlich an zu weinen, aber der kurze Augenblick des Sich-gehen-Lassens war so schnell vorüber, wie er gekommen war, und nur wenige Sekunden später saß sie wieder kerzengerade und gefasst auf ihrem Stuhl.

»Frau Kil, als Sie die Wohnung Ihrer Tochter ausgeräumt haben, haben Sie da irgendetwas gefunden, was untypisch für Catharina war? Eine Bibel vielleicht, die ihr nicht gehörte?«

»Nein.« Frau Kil schüttelte nachdenklich den Kopf.

»Vielleicht irgendwelche merkwürdigen Bilderkarten?« Sam bemühte sich, nicht zu hoffnungsvoll zu klingen.

»Nein, aber etwas anderes, da Sie die Bibel erwähnen. Es lag zwischen den Büchern in ihrem Regal.« Sie stand auf und ging aus dem Zimmer.

Sam sah van Houten an, der sich gerade am Bauch kratzte und dabei sein Hemd aus der Hose zog, sodass ein weißer behaarter Bauch zum Vorschein kam. Dann fummelte er an seinem Handy herum. Der Fall schien ihn überhaupt nicht zu interessieren. Sam hörte, wie Frau Kils Schritte sich wieder dem Wohnzimmer näherten.

Sie reichte Sam ein zusammengefaltetes DIN-A4-Blatt und setzte sich auf ihren Stuhl.

Es war ein auf Englisch geschriebener Brief an die Kongregation für die Glaubenslehre in Rom. Er war nicht unterzeichnet. Der Verfasser erinnerte daran, dass laut einer Instruktion der Kongregation von 1917 katholische Geistliche keine spiritistischen Sitzungen besuchen durften, und riet, diesbezüglich die Kirche des Heiligen Erlösers in Hamburg-Winterhude zu überprüfen.

Sam traute seinen Augen nicht. Der Brief war auf den 9. August 2007 datiert, er war also eine Woche vor dem Mord an Catharina Kil am 16. des Monats geschrieben worden.

»War Ihre Tochter ein Medium, oder hatte sie etwas mit Esoterik zu tun?«

»Nein, um Gottes willen. Mit so etwas hatte sie gar nichts zu tun. Ich kann mir auch nicht vorstellen, dass sie so einen Brief geschrieben hat. Wir sind zwar katholisch, aber nur auf dem Papier.« Ein kleines Lächeln huschte über ihr maskenhaftes Gesicht.

»Könnte ihr damaliger Freund dahinterstecken?«

»Peter? Nein, ganz bestimmt nicht.«

»Macht es Ihnen etwas aus, wenn ich den Brief an mich nehme?«, fragte Sam.

»Nein, keinesfalls.«

Sam erhob sich vom Sofa. »Sagen Sie, wohnt jemand oben auf dem Dachboden oder in den Speicherräumen?«

»Ja, meine andere Tochter, Sybill. Wir haben oben ausgebaut. Warum?«

»Wäre es möglich, dass ich mich mit ihr kurz unterhalten könnte?«

»Wenn sie da ist. Warum nicht? Ich gebe ihr Bescheid, dass sie herunterkommen soll.«

»Wenn es Ihnen nichts ausmacht, würde ich gerne oben mit ihr reden«, sagte Sam freundlich, aber bestimmt.

»Wenn Sie möchten ...« Ganz recht war ihr das nicht, wie Sam aus ihrer leicht pikierten Stimme heraushören konnte. Sie ging in die Diele, drückte eine Nummer auf dem Haustelefon und sagte etwas auf Niederländisch. Als sie zurückkam, verabschiedete er sich von Frau Kil, sagte van Houten, er solle schon einmal zum Wagen vorgehen, und stieg die engen Treppen zu den Speicherräumen hinauf.

Sybill war jünger als Catharina, vielleicht siebzehn oder achtzehn Jahre, und sah vollkommen anders aus. Sie war robuster gebaut, hatte dunkelbraune kurze Haare, einen Ring in der Nase und trug ein bis zu den Fußknöcheln reichendes, sehr weites Gewand. Sie stand in der Tür und sah Sam herausfordernd an. Anders als ihre Mutter sprach sie kein Deutsch – oder wollte es nicht sprechen –, sondern sagte auf Englisch: »Ich habe Sie schon unten auf der Straße gesehen.«

»Tatsächlich? Kann ich reinkommen?«, erwiderte Sam ebenfalls auf Englisch.

Sie ging zur Seite und gab den Blick frei auf den ausgebauten Speicher. Er bestand aus einem großen Raum, ausgelegt mit einem weißen Veloursteppich. Ganz hinten stand ein Bett, in der Mitte ein Bistrotisch mit zwei Korbstühlen vor einer kleinen Einbauküche, und vor dem Fenster, das zur Straße ging, lagen große bunte Kissen um einen Tisch herum. Sybill setzte sich im Schneidersitz auf eines der großen Kissen und beobachtete Sam, der in einem Korbstuhl Platz nahm.

»Ich bin hier wegen des Mordes an deiner Schwester«, sagte er so beiläufig wie möglich, sah sich noch einmal im Zimmer um und dann Sybill direkt in die Augen. Er bemerkte für eine Sekunde ein kurzes Flackern darin, was er nur schwer deuten konnte. Riss er alte Wunden auf, oder war Sybill plötzlich unsicher geworden?

»Hattest du ein gutes Verhältnis zu ihr?«

»Catha war ganz anders als ich. Sie war zwar Künstlerin, aber sie hat nicht um der Kunst willen gemalt, sondern sie wollte Geld damit verdienen. Sie kam eher nach meiner Mutter, die interessiert sich auch nur für Geld. Sie hatte andere Freunde, andere Ansichten, eine andere Denkweise als ich. Umso überraschter war ich, als ihre Sexpraktiken herauskamen.«

Sam hörte aus ihren Worten einen gewissen Groll. Er vermutete, dass Sybill das schwarze Schaf der Familie war.

»Weißt du von dem Brief, den deine Mutter bei ihr gefunden hat?«

Wieder zuckte ein Lid unmerklich. »Sie hat so etwas erwähnt, ja.« Sybill setzte sich auf, schob sich zwei Kissen in den Rücken und nahm eine ablehnende Haltung ein, indem sie die Arme vor der Brust verschränkte.

»Und kannst du mir mehr darüber sagen?«

»Warum sollte ich?«

»Vielleicht, weil du selbst an spiritistischen Sitzungen teilnimmst?« Um den heißen Brei zu reden hat bei der kleinen Göre keinen Sinn, dachte Sam.

»Das ist doch lächerlich«, antwortete Sybill verächtlich.

Sam atmete tief aus. So ganz überzeugend klang das nicht für ihn. Er musste sich etwas anderes einfallen lassen.

»Na ja, ich bin hier, weil ich vermute, dass deine Schwester nichts mit Sadomaso zu tun hatte, sondern von jemandem umgebracht worden ist, der was gegen Leute hat, die spiritistische Sitzungen abhalten.«

Obwohl er sie nicht direkt ansah, sondern zum Fenster guckte, beobachtete er Sybill aus den Augenwinkeln ganz genau. Etwas arbeitete in ihrem Kopf, das konnte er deutlich sehen.

»Damit habe ich nichts zu tun«, sagte sie bockig und stand

auf, was so viel wie ein Rausschmiss war. Sie stellte sich an die Tür und zeigte auf ihre Uhr. »Ich muss gleich los. Wäre schön, wenn Sie jetzt gehen würden.«

»Kein Problem. Wenn dir noch was einfällt, ruf mich an.«

Er ließ seine Visitenkarte auf dem kleinen Tisch zurück und ging zu Sybill, blieb direkt vor ihr stehen und sah ihr in die Augen. Sie wich nicht zurück, sondern hielt seinem Blick stand.

»Ich kann mir vorstellen, dass man schlecht schläft, wenn man etwas verschweigt, was vielleicht zur Aufklärung eines bestialischen Mordes beiträgt. Noch dazu, wenn es der Mord an der eigenen Schwester ist«, sagte er leise. »Schönen Tag noch.« Sam schloss die Tür hinter sich und stieg vorsichtig die steilen Treppen hinunter.

Als er auf die Straße trat, stand van Houten an den Wagen gelehnt und verzehrte gerade genüsslich ein Hotdog.

Sam war nicht ganz zufrieden mit seinem Besuch bei den Kils, aber immerhin gab es einen weiteren Beweis. Der Brief wies auf die Kirche, sogar eine bestimmte Kirche hin und auf einen Vertreter Gottes, der verbotene Dinge tat. Das hieß: Pater Dominik war der Schlüssel zu den Fällen. Er holte noch einmal den Brief hervor. Wer hatte ihn geschrieben? Catharina Kil, die ihre Schwester davon abhalten wollte, spiritistischen Sitzungen beizuwohnen? Hatte sie es zum Schutz ihrer Schwester getan und war dafür getötet worden? Aber was wusste eine Künstlerin in Amsterdam von einer katholischen Kirche in Hamburg?

Fest stand, dass er mit Sybill Kil noch nicht fertig war. Sie wusste irgendetwas. Doch es war nur eine Frage der Zeit, dann würde er erfahren, was ihr Geheimnis war. Ein Blick nach oben zeigte ihm, dass sie ihn aus dem oberen Giebelfenster beobachtete, und er war sich sicher, dass es nicht lange dauern würde, bis er einen Anruf von ihr erhalten würde.

1995

Lukas schob den alten, halbseitig gelähmten Mann im Rollstuhl durch den Klostergarten. Es war Sommeranfang, die stattlichen Bäume überragten mit ihren saftig grünen Baumkronen den Dachfirst des Hospizes. Die Blumen am Rand der Wege waren sorgsam ausgewählt worden, die weißen Stiefmütterchen bildeten einen schönen Kontrast zu den dunkellila Gladiolen. Die große Rasenfläche in der Mitte des Gartens war umrandet von Büschen, die zu spitzen Kegeln zurechtgestutzt worden waren und wie Zwergenhüte in den Himmel ragten. Lukas kannte inzwischen jeden Strauch, jeden Busch, jeden Baum und jede Dorne an den Rosensträuchern. Er wusste, welche Blume zuerst blühte und welche als letzte verwelkte, wenn es Herbst wurde.

Pater Paul war für ihn in den letzten Jahren zu einem Ersatzvater geworden, und dafür war Lukas mehr als dankbar. Jeden Tag nach der Schule besuchte er den alten Mann in seinem Zimmer, aß mit ihm dort gemeinsam zu Mittag und schob ihn anschließend bei Regen und bei Sonnenschein durch die Klosteranlage. Abends las er ihm aus der Bibel oder anderen Büchern vor.

Wie jeden Nachmittag blieb Lukas einen Augenblick bei den dunkelroten Rosenbüschen stehen, weil sie Pater Paul so gefielen. »Mein Junge«, sagte der alte Priester, »ich habe dir in den letzten Jahren sehr viel beigebracht. Über eines haben wir noch nicht gesprochen.« Der linke Fuß des alten Mannes begann zu zittern, und die Decke rutschte zur Seite. Lukas ging um den Stuhl herum und deckte ihn wieder richtig zu, als der Pater seine gesunde Hand auf Lukas' Schulter legte.

»Du kommst jetzt in das Alter, in dem sich das andere Geschlecht für dich interessieren könnte. Denke immer daran, die Liebe ist trügerisch. Sie ist wie eine Rose, die dich zunächst mit ihrer vollkommenen Schönheit verzaubert, aber unter die-

ser purpurnen Vollendung erwarten dich nichts als spitze Dornen.«

»Ich möchte ein Diener Gottes werden.«

Pater Paul lächelte. »Das wirst du auch, mein Junge.« Das war es zwar, was er hören wollte, aber er musste seinem Schüler noch einige Lektionen erteilen, damit dieser sein Werk weiterführen konnte. Er hatte, das wusste er, nicht mehr viel Zeit. Sein Herz war nicht mehr das stärkste. Außerdem war er der letzte Überlebende.

»Was weißt du über den Teufel, Lukas?«

Lukas schob den Rollstuhl weiter und dachte nach, was ihm alles zum Teufel einfiel.

»Er ist ein gefallener Engel, der sich gegen Gott aufgelehnt hat. Er steht für die Lügen und personifiziert das Böse.«

Pater Paul nickte zustimmend. »Und er trägt viele Namen. Satanas, Behemoth, Beliar, Luzifer, Beelzebub und Dämon, um nur ein paar zu nennen. Schieb mich dort neben die Bank, und gib mir einen Schluck zu trinken.«

Lukas tat, wie ihm geheißen, stellte den Rollstuhl neben die steinerne Bank, sicherte ihn, damit er nicht wegrollen konnte, und holte aus einer Baumwolltasche eine Thermoskanne und einen Becher hervor. Dann goss er dem alten Mann Kräutertee in den blauen Plastikbecher und setzte sich neben den Rollstuhl auf die kalte Bank. Beim Trinken kleckerte Pater Paul die Hälfte des Tees auf die Decke, doch Lukas säuberte sie schnell mit einem kleinen Handtuch.

»Die Kräfte des Bösen sind am Werk, Lukas. Die Gesellschaft hat sich von Gott abgewandt. Es gibt keine Moral und keine Ethik mehr. Der Untergang naht. Vor einigen Jahrhunderten hat die Kirche drastische Maßnahmen ergriffen, um die Ungläubigen zu bekehren oder sogar zu vernichten. Und glaube mir, da hatte man noch Respekt und Achtung vor uns Kirchendienern. Doch es gibt noch heute einige wenige, die die damaligen Methoden gutheißen. Und sie sind sich einig, dass der Anfang allen Übels das Weib ist.«

Lukas, der die ganze Zeit seine braunen Lederschuhe fixiert hatte, an deren Seiten sich bereits die Sohlen vom Leder lösten, sah Pater Paul in die Augen. Das eine Auge war milchig blau und blind, das andere dafür umso klarer und so strahlend blau wie ein Bergsee. Und genau dieses Auge blickte ihn jetzt scharf an. Lukas dachte an Schwester Augustina, die ihn immer herumkommandierte, und an seine Mutter. Er musste dem Pater recht geben. Sie war schuld an allem. Sie hatte dafür gesorgt, dass er hier saß, dass man ihn ausgeschlossen, ja verdammt hatte. Er nickte, ohne es zu merken. Ja, der Anfang allen Übels war das Weib.

22

HAMBURG
Das kleine spanische Restaurant im Hamburger Szeneviertel St. Georg war um diese Zeit brechend voll, und Lina bewegte sich wie eine Schlange durch das schlauchartige Restaurant, um die Gäste zu bedienen. Als sie vor zehn Jahren mit ihrer Mutter aus Spanien nach Deutschland gekommen war, hatte das Viertel gerade eine Verwandlung durchgemacht. Die kleinen Handwerksbetriebe waren nach und nach Straßencafés, Boutiquen, Antiquariaten und Restaurants gewichen. Die Nutten und Drogendealer waren weiter Richtung Hauptbahnhof gewandert, und Künstler, Intellektuelle und Homosexuelle zogen in die restaurierten Altbauten mit ihren klassizistischen Stilelementen, dem Stuck und den Ornamenten.

Linas Mutter war eine ausgezeichnete Köchin, und so eröffneten sie ein kleines Restaurant, das bald ein Geheimtipp war – auch wegen der grandiosen Flamenco-Einlagen am Samstagabend.

»*Lina, preparate*«, Consuela sah auf die Uhr, »*ya son a las diez.*«

»*Sí, Mama*… ich weiß, dass es schon zehn Uhr ist, aber es kommt auch nicht auf fünf Minuten mehr oder weniger an.« Lina ging aus der Küche in einen der hinteren Lagerräume, um sich umzuziehen. Sie hatte inzwischen mehrere Outfits für ihre Auftritte, aber ihr Lieblingskostüm war ein roter langer Volantrock mit einer weißen Wickelbluse. Sie drehte sich vor dem Spiegel einmal nach links und einmal nach rechts, hob die Arme über den Kopf, ließ die Hände kreisen und kickte mit dem Fuß den Rock nach hinten. Dann klatschte sie zweimal in die Hände, steckte sich eine künstliche rote Lilie seitlich in die offenen schwarzen Haare und ging wieder zu ihrer Mutter.

»Ach, wenn dein Vater dich so sehen könnte, er wäre stolz auf seine kleine *muñeca.*«

»*Sí, Mama.*«

»Hast du heute gebetet, Lina?«

»*Sí, Mama*, jeden Tag bete ich.«

»*Muy bien, muñeca.*«

Consuela ging durch die Schwingtür aus der Küche hinter die Bar und legte eine CD in den CD-Spieler. Sie drehte die Lautstärke etwas höher, und dann ertönten auch schon die ersten spanischen Gitarrenklänge aus den Lautsprechern, und eine rauchige Stimme begann zu singen: »*Tarata tran tran tran, tiriti tran tran tran tran, me sentí tan confundido, compañerita de mi vida... que yo puedo subir las paredes para llegar a tu puerta...* – Ich bin so durcheinander, Liebe meines Lebens, dass ich die Wände hochgehen könnte, nur um an deine Tür zu kommen...«

Dann trat Lina auf. Die Gäste, die mit dem Rücken zu ihr saßen, drehten sich um und hörten auf zu essen. Lina wirbelte ihren feuerroten Rock herum und überließ sich ganz der Musik und dem Tanz. Sie nahm nur noch die Umrisse der Leute wahr, denn sie tanzte nicht nur mit den Füßen, sondern mit dem Herzen. Mit dem Herzen ihres Vaters.

Die kleine Lina war und blieb die einzige Tochter von Consuela und Diego Ospina Lopez und war der größte Stolz ihres Vaters. Doch war das Glück der Familie von Anfang an getrübt: Lina hatte einen schweren Herzfehler und musste schon wenige Tage nach ihrer Geburt operiert werden. Danach schien alles gut zu werden, doch als sie acht war, war erneut eine Operation nötig. Die Ärzte räumten ihr keine großen Überlebenschancen ein, doch Lina war willensstark, und es ging ihr von Tag zu Tag besser. Mit vierzehn aber wurde Linas Herz immer schwächer, und die Ärzte lehnten eine weitere Operation ab. Nur ein Spenderherz konnte Linas Leben retten. Aber man fand kein passendes.

Linas Vater war verzweifelt. Er verbrachte eine Nacht betend in der Kathedrale von Santiago de Compostela, und am nächsten Tag stand sein Entschluss fest. Er flog mit Frau und Tochter in seine Heimatstadt Medellín nach Kolumbien und fuhr dort mit der kranken Lina auf direktem Wege in die Klinik San Vicente, in der ein alter Freund von ihm als Chirurg arbeitete.

An ihrem fünfzehnten Geburtstag wachte Lina auf der Intensivstation auf. Ihre Mutter saß weinend neben ihrem Bett und reichte ihr schluchzend die Geburtstagskarte, auf der stand: »Alles Gute zum 15. Geburtstag, mein Kleines. Mit jedem Schlag Deines Herzens bin ich bei Dir. Dein Papa«.

Die Musik hörte auf, und Lina blieb hoch erhobenen Hauptes stehen. Die Gäste klatschten und riefen nach einer Zugabe, und Lina tanzte weiter. Sie ging von Tisch zu Tisch und stand plötzlich vor einem bekannten Gesicht. Sie tanzte eine Minute nur für ihn, mit stolzem, durchgedrücktem Rücken, die Hände bewegten sich wie Taubenflügel über ihr, und ihr Herz klopfte nur für ihn. Er war fasziniert von ihrer Grazie und Anmut.

»Darf ich?« Als die Musik verstummte, hörte Lina auf zu tanzen und zog einen Stuhl vom Tisch, um sich zu setzen.

»Aber bitte. Ich wusste gar nicht ... ich meine, das Hotel hat mir dieses Restaurant empfohlen und ...« Sam war verunsichert. Als Letztes hatte er das Mädchen aus der Kirche hier erwartet. Wahrscheinlich dachte sie jetzt, dass er sie verfolgte, dass er so eine Art Stalker war.

»Darf ich Sie zu einem Glas Wein einladen?«

Lina nickte, holte sich von der Bar ein sauberes Weinglas und setzte sich wieder an Sams Tisch.

»Warum wohnen Sie in einem Hotel? Ist Ihre Wohnung abgebrannt, oder hat Ihre Frau Sie vor die Tür gesetzt?«

Sam grinste, während er an seinem Weinglas nippte. »Sehe ich so aus, als wäre ich verheiratet?«

»Na ja, in Ihrem Alter ist man verheiratet oder war es zumindest schon einmal.«

»So, so. Ich wohne eigentlich in München und bin nur aus beruflichen Gründen zurzeit in Hamburg.« Sam schob sich die letzte Tapa, ein getoastetes Weißbrot mit Knoblauch, Olivenöl und Tomaten, in den Mund.

»Wie ein Vertreter sehen Sie nicht gerade aus. Sie wirken irgendwie verloren, wie jemand, der auf der Suche nach etwas ist. Gehen Sie deshalb in die Kirche? Um Ihren Glauben wiederzufinden?«

Sam lachte. »Nein, aber in einem gewissen Sinne haben Sie recht. Ich bin auf der Suche nach jemandem.«

»Einer Frau?« Lina war neugierig und wollte jetzt endgültig wissen, ob der rätselhafte Mann, der ihr in den letzten Tagen immer wieder über den Weg gelaufen war, liiert war.

»Mann oder Frau, das weiß keiner so genau«, war die Antwort von Sam, doch Lina ließ nicht locker.

»Warum machen Sie so ein Geheimnis daraus?«

»Erzählen Sie mir lieber etwas von sich. Arbeiten Sie hier?«, lenkte Sam ab.

»Ich helfe meiner Mutter beim Bedienen und tanze jeden Samstag hier. Ansonsten arbeite ich bei einem Orthopäden und in einer Therapiepraxis. Ich wohne allein, bin *nicht* verheiratet und habe auch *keinen* Freund. Hm... was wollen Sie noch wissen?«

»Wie hoch die Rechnung ist.« Sam nahm den letzten Schluck aus seinem Weinglas und sah auf die Uhr. »Es ist spät.«

»Okay.« Lina wollte ihre Enttäuschung über das abrupte Ende ihrer Unterhaltung nicht zeigen, doch ganz verbergen konnte sie nicht, dass sein Verhalten sie vor den Kopf stieß. Sie gab dem Kellner ein Zeichen und erhob sich. »Ich wünsche Ihnen eine gute Nacht, Sam.« Und damit ging sie in den hinteren Teil des Restaurants und verschwand in der Küche.

Sie schlüpfte aus dem Rock und der weißen Bluse und zog sich ihre Jeans und den roten Wollpullover über. Sie war enttäuscht. Es wurmte sie, dass dieser Sam so kühl war, und je kühler er war, desto mehr schien sie sich für ihn zu interessieren. Immer das alte Katz-und-Maus-Spiel, dachte Lina. Sie musste sich eine andere Strategie für diesen Mann überlegen. Doch als sie durch die Schwingtür wieder ins Restaurant trat, war der Tisch, an dem Sam gesessen hatte, bereits leer.

23

Am nächsten Morgen rief ihn Professor Klein an. Sam hatte nicht so schnell mit diesem Anruf gerechnet und sich eingestehen müssen, dass er sehr ungelegen kam. Lily war laut dem Arzt wieder gesellschaftstauglich, und Sam hatte ein Versprechen gegeben. Ihm war nichts anderes übrig geblieben, als einen Flug nach München zu buchen, seine Schwester aus der Klinik abzuholen und wieder nach Hamburg zu fliegen. Lily würde, bis der Fall geklärt war, im Zimmer neben ihm im Hotel wohnen. Zwar überkamen ihn immer wieder Ängste, beschlichen ihn Zweifel, ob er das Richtige getan hatte, doch hätte er Lily nicht allein in der Münchner Wohnung lassen können.

Er lehnte sich gegen die Fensterbank und sah Lily zu, wie sie die Schatulle mit ihren Buntstiften öffnete und die durcheinandergeratenen Stifte farblich sortierte. Wieder einmal dachte er, wie ähnlich sie ihrer Mutter war. Zum Glück jedoch nur äußerlich.

Roswitha war in jungen Jahren eine Schönheit gewesen. Dunkelbraune schulterlange Haare, große braune Augen mit einem bernsteinfarbenen Kranz um die Pupillen, eine kleine Nase, volle Lippen und ein ebenmäßiger rosiger Teint – damit hatte sie seinem Vater den Kopf verdreht und später vielen anderen. Als er sie das letzte Mal gesehen hatte, war sie trotz ihres Alters immer noch eine verdammt attraktive Frau. Doch der Schein trog, denn seine Mutter war eine der egoistischsten und hintertriebensten Personen, die Sam kannte. Eines Tages war sie Hals über Kopf mit ihren Kindern nach Deutschland gezogen – angeblich, weil sie die tägliche Angst nicht mehr ertragen konnte, ob ihr Mann nach Hause kam oder ob seine Kollegen vor der Tür standen und ihr erklärten, dass er bei einem Einsatz erschossen worden war. Doch es dauerte keine Woche, bis sie den beiden Kindern ihren neuen Liebhaber vorstellte. Allerdings waren Roswithas wechselhafte Launen schwer zu ertragen, und dafür war nicht nur bei ihrem ersten Lover die Liebe nicht groß genug. So gaben sich die Männer die Klinke in die Hand, bis sie eines Tages einen wohlhabenden Filmproduzenten kennenlernte, bei dem sie sich zusammenriss und der sie ertrug. Er wollte sie ganz für sich allein. Lily war damals erst sieben Jahre alt, deshalb zog sie mit ihrer Mutter in seine großzügige Villa, aber für Sam war auf einmal kein Platz mehr in Roswithas Leben. Mit siebzehn wohnte er bereits allein und war fortan nur noch ein gelegentlicher Gast bei ihr und ihrem Geliebten.

Bald schon heiratete Roswitha ihren Filmproduzenten. Danach gondelten sie in der Weltgeschichte herum, besuchten Filmsets und Drehorte, während Lily zu Freunden kam oder mit einem Kindermädchen zu Hause blieb. Mit zwölf war Lily rebellisch und frühreif, ließ sich nichts mehr sagen und hing die meiste Zeit mit ihren neuen Freunden herum, wie sie gelangweilte Kinder aus reichen Häusern. Als sie dreizehn war, rauchte sie bereits eine ganze Schachtel Zigaretten täglich und hatte sämtliche Drogen ausprobiert, von Hasch bis LSD, das ganze Programm. Mit fünfzehn schmiss sie die Schule und zog bei einem zwanzig Jahre älteren Fotografen ein, der eine Vorliebe für junge Mädchen hatte. Sams Mutter war das nur recht, sie ließ Lilys Zimmer in einen begehbaren Kleiderschrank umbauen, in dem endlich genug Platz war für ihre zahlreichen Schuhe, Handtaschen und Kleider.

Von alldem bekam Sam nicht mehr viel mit. Er wusste seit der Schulzeit, dass er Polizist werden wollte. Eine Art Protest, um seiner Mutter eins auszuwischen und um sie an seinen Vater zu erinnern, den sie verlassen hatte. Er begann in Würzburg zu studieren und verlor in dieser Zeit Lily aus den Augen, der Kontakt zu seiner Mutter riss vollkommen ab. Das letzte Mal hatte er vor zehn Jahren mit ihr telefoniert, als sie ihm sagte, dass sein Vater bei einem Einsatz erschossen worden war. Inzwischen hatte sie sich von ihrem Filmproduzenten getrennt und interessierte sich plötzlich wieder für ihre vergessenen Kinder. Doch für Sam kam das zu spät, und so flog er mit Lily allein nach New York zur Beerdigung ihres Vaters. Schon damals wirkte Lily verloren, sie war dünn und blass. Sie schob es auf eine längere Erkältung, und Sam glaubte ihr, wollte ihr glauben, um sich nicht mit einer unbequemen Wahrheit auseinandersetzen zu müssen. Er war gerade Anfang dreißig, hatte die ersten spektakulären Mordfälle aufgedeckt und sich in Polizeikreisen einen Namen gemacht. Nach der Beerdigung hatten Sam und Lily nur sporadisch Kontakt, bis Lily eines Tages vor drei Jahren vor seiner Tür stand und ihn bat, bei ihm einziehen zu dürfen. Sam nahm sie auf, finanzierte ihr eine Grafikschule, half ihr, ihr Leben auf die Reihe zu bekommen. Doch war es, wie er heute wusste, damals schon zu spät gewesen, der jahrelange Drogenkonsum hatte seinen Tribut gefordert und die Gesundheit seiner kleinen Schwester ruiniert.

Lily riss ihn aus seinen Gedanken, indem sie, wie so oft, völlig unvermittelt eine ihrer tiefsinnigen Fragen stellte. »Sammy, hast du mal darüber nachgedacht, dass doch alles im Leben einen Sinn hat?«

»Wie meinst du das?«

»Alles, was man macht oder gemacht hat, ergibt irgendwann einen Sinn, auch wenn man es vielleicht erst nach Jahren erkennen kann. Es ist wie eine lange, nicht enden wollende Mathematikaufgabe: Am Ende gibt es immer ein logisches Ergebnis.«

«Wie was zum Beispiel? Spielst du auf den Tod an? Ist es der, der am Ende steht?« Lily redete gerne über den Tod. Über Umwege kam sie letztendlich immer wieder auf dieses Thema zu sprechen. »Es muss nicht immer der Tod am Ende stehen, aber manchmal auch der. Ja.« »Ich weiß nicht, Lily. Mir fällt es schwer, das zu glauben. Ich sehe keinen Sinn darin, dass jemand Kinder und Frauen tötet oder überhaupt Menschen umbringt.«

»Und doch hat es irgendwo einen Sinn, Sammy. Glaub mir.«

Sam hatte keine Lust, an ihrem ersten gemeinsamen Tag mit seiner Schwester über Sinn und Unsinn von Verbrechen zu sprechen. »Lily, was hältst du davon, wenn wir uns vom Chinesen was zu essen holen? Oder willst du lieber Sushi? Ich muss allerdings vorher noch was erledigen, aber du kannst gerne mitkommen, wenn du willst.«

»Bring was vom Chinesen mit. Ich bleib lieber hier, wenn es dir recht ist.«

»Okay.« Er gab Lily einen Kuss auf die Stirn und verließ ihr Zimmer. Er ging kurz in sein Zimmer, zog den schwarzen Ledermantel an, setzte sich die Mütze auf und verließ das Hotel, um seinem neuen Freund, Pater Dominik, noch einmal einen Besuch abzustatten.

Offenbar war gerade eine Bibelstunde oder etwas Ähnliches vorüber, denn einige Leute kamen aus dem Pfarrhaus, als Sam dort eintraf. Da bin ich ja genau richtig gekommen, dachte er und betrat das Haus. In einem kleinen Raum im Erdgeschoss sammelte Pater Dominik gerade Bibeln ein. Er sah auf und begrüßte Sam.

»Ich habe Sie schon vorgestern erwartet oder zumindest einen Anruf von Ihnen. Wollten Sie nicht die Nummer von der Familie aus Salzburg haben?«

»Ich dachte, ich hole sie mir persönlich bei Ihnen ab und nutze die Gelegenheit, Ihnen noch etwas zu zeigen.« Sam holte aus seiner Mantelinnentasche den Brief aus Amsterdam und reichte ihn dem Pfarrer. Pater Dominik las die Zeilen, dann schluckte er. »Woher haben Sie das?«

»Wir haben ihn bei einem Mordopfer in Amsterdam gefunden.«

Pater Dominik setzte sich auf einen Stuhl und faltete die Hände im Schoß, als wolle er beten.

»Na schön, was soll ich sagen ...« Er sah Sam in die Augen.

»Die Wahrheit? Der Brief belastet Sie, Sie haben eindeutig ein Motiv, die Frau zu töten, die ihn geschrieben hat.«

»Aber ich wusste doch nicht einmal, dass dieser Brief überhaupt existiert.«

»Waren Sie im August letzten Jahres in Amsterdam?« Sam starrte Pater Dominik so intensiv an, als wollte er ihm mit den Augen ein Loch in die Stirn brennen.

»Ich war letztes Jahr in Amsterdam. Meine Güte … ja. Ich verstehe das alles nicht! Ich dachte, es ginge um einen Mord in Salzburg. Jetzt wollen Sie mir einen Mord in Amsterdam anhängen. Wahrscheinlich halten Sie mich für einen Serienkiller!«

Genau das tue ich, dachte Sam, ich halte dich für einen fanatischen Serienkiller.

»Und waren Sie zufällig letztes Jahr auch in Rom? Genauer gesagt, am 14. Oktober? Denn an diesem Tag wurde auch dort eine Frau ermordet. Ehrlich gesagt, würde es mich nicht wundern, wenn Sie am 14. Oktober in Rom einen Ihrer, wie nannten Sie es noch, privaten Gottesdienste abgehalten hätten.«

»Ich weiß nicht, ich muss in meinem Terminkalender nachsehen.« Pater Dominik blickte betreten zu Boden. »Ich versichere Ihnen, dass ich mit diesen Morden nichts zu tun habe. Bei Gott, ich schwöre es.«

»Finden Sie es nicht seltsam, dass drei Frauen in Rom, Salzburg und Amsterdam auf bestialische Weise umgebracht wurden, als Sie gerade in der jeweiligen Stadt waren? Und es gibt noch einen vierten Fall, Irene Geiger aus Hamburg. An dem Tag, als sie ermordet wurde, ging sie in eine Kirche. Merkwürdig, denn eigentlich war sie nicht gläubig und ging sonst nie in die Kirche.« Sams Ton wurde jetzt schärfer. »Erklären Sie mir mal eines: Was sind das für spiritistische Sitzungen? Was machen Sie da? Sind das schwarze Messen, bei denen jemand geopfert wird?«

Pater Dominik erwiderte empört: »Wir sprechen mit hohen Geistern oder mit Jesus Christus.«

Sam sah den Pfarrer an, als hätte er eine Schraube locker. Jetzt macht er einen auf verrückt, dachte er. Dann würde man ihn in eine Anstalt bringen und nicht ins Gefängnis, und nach ein paar Jahren wäre er, plötzlich genesen, wieder ein freier Mann. Sam wurde wütend. Er schlug mit der flachen Hand auf die Lehne eines Stuhls und brüllte: »Wollen Sie mich verarschen, Mann?«

Pater Dominik zuckte zusammen. Man hörte ja immer wieder von Polizisten, die im Dienst ausrasteten. »Sie reden mit einem Diener Gottes, also zügeln Sie Ihre Zunge.«

»Ach, lecken Sie mich doch am Arsch. Das ist doch alles eine Farce, Ihr ganzer Verein!« Sam schleuderte dem Pater seinen ganzen Hass auf die Kirche entgegen. »Priester, die anderen die Sünden erlassen, so eine Scheiße! Die beten zehnmal das Vaterunser und klauen, töten und betrügen dann weiter, weil sie am Sonntag ja wieder im Beichtstuhl hocken und ihnen alles verziehen wird. Ein Papst, der auf einem goldenen Thron sitzt, in einem goldenen Bett schläft und wahrscheinlich auch noch von goldenen Tellern isst, während am anderen Ende der Welt Kinder verhungern. Hören Sie doch auf, das stinkt doch alles zum Himmel, dieses fromme Getue.«

Pater Dominik hatte sich geduldig Sams Hasstirade angehört und dabei keine Miene verzogen. Jetzt sagte er ruhig: »Ich kann verstehen, dass Sie das aufregt. Genau deshalb mache ich diese Sitzungen. Ich lade Sie gerne ein, damit Sie sehen ...«

»Erst einmal lade ich Sie ein. Und zwar für morgen Vormittag um zehn ins Polizeipräsidium in Alsterdorf. Und seien Sie pünktlich, sonst hole ich Sie persönlich mit einer Eskorte ab. Ach, und vergessen Sie nicht, Ihren Terminkalender mitzubringen.«

Mit diesen Worten verließ Sam das Pfarrhaus, ging auf die parkenden Autos auf der anderen Straßenseite zu und blieb vor einem Mercedes stehen. Das Seitenfenster wurde heruntergelassen, und eine Hand streckte sich ihm entgegen. »Schön, Sie kennenzulernen, Herr O'Connor. Viel von Ihnen gehört. Mein Name ist Pohl, Werner Pohl, und das ist mein Kollege Thomas Braun.«

»Unser Mann kommt langsam ins Schwitzen, behalten Sie ihn gut im Auge.«

»Machen wir.«

Sam ging Richtung Hauptstraße, ohne zu bemerken, dass jemand das Gespräch zwischen den Beamten und ihm genau beobachtet hatte. Sam hatte jetzt Hunger und dachte nur noch an den Chinesen und Rindfleisch à la Szechuan.

24

Doktor Ritters monatlicher Tag der offenen Tür fand seit einem Jahr in einem Konferenzraum im Hotel Intercontinental statt, da die Praxisräume dafür zu klein waren. Der Raum war fensterlos und mit einem grau melierten Teppich ausgelegt, der durch seine Farbe praktischerweise jeglichen Dreck schluckte. Im vorderen Teil des Raumes standen ein Stuhl und eine Liege. Davor waren ungefähr hundertfünfzig Stühle in zehn Reihen angeordnet. Ein Drittel davon war bereits besetzt, und zu Linas Erstaunen kamen noch mehr Leute herein.

Doktor Ritter schloss das Mikrofon an, drehte ein paar Regler an einem Lautsprecher und sagte: »Eins, zwei, drei ... eins, zwei, drei.« Das Mikro übersteuerte und gab grässliche Geräusche von sich, sodass der eine oder andere einen gequälten Laut von sich gab. Schließlich hatte er die richtige Einstellung gefunden und sah zufrieden zu, wie der Saal sich füllte. Lina setzte sich an den Rand der ersten Reihe, drehte sich um und betrachtete die Menschen hinter sich, um zu sehen, ob sie jemanden kannte. Aber es war kein bekanntes Gesicht dabei. Nachdem er noch ein paar Minuten gewartet hatte, nahm Doktor Ritter das Mikrofon und sagte: »Dürfte ich Sie bitten, die Tür zu schließen?«

Eine Frau in der letzten Reihe kam seinem Wunsch nach. Daraufhin begann Doktor Ritter zu sprechen: »Ich möchte mich kurz vorstellen. Mein Name ist Doktor Ralf Ritter, und ich habe eine Praxis für Hypnosetherapie in der Hamburger Innenstadt. Ich verteile später noch einen Flyer, auf dem Sie mehr über mich erfahren können.« Er machte eine kurze Pause und zog seine Wolljacke aus, die er über den Stuhl legte. »Kommen wir zur Hypnose. Was ist Hypnose? Doktor Braid, ein Arzt aus England, erfand den Begriff Hypnotismus, abgeleitet vom griechischen Wort *hypnos*, was Schlaf bedeutet. Aber so ganz richtig ist dieser Begriff nicht. Viele denken, sie wären unter Hypnose bewusstlos, schlafen, bekommen nichts mit oder werden zu willenlosen Objekten. Dem ist nicht so. Sie verlieren in keinem Moment die Kontrolle über sich. Durch die Hypnose wird lediglich ein Zustand zwischen Wachsein und Schlaf erreicht. Man nennt diesen Zustand Trance. Ein besonders konzentrierter, suprabewusster Zustand, in dem man in der Lage ist, seinen Körper sogar von innen zu betrachten. Ich hatte Patienten, die Krankheiten sahen, die nicht einmal ein Arzt erkannt hatte. Wenn Sie dazu irgendwelche Fragen haben, scheuen Sie sich nicht, sie zu stellen.«

Er lächelte in die Runde. Da sich niemand meldete, fuhr er fort.

»Die Geschichte der Hypnose ist ein Auf und Ab. In Kriegen wurde sie zum Beispiel bei Amputationen und Operationen eingesetzt, wenn keine Narkosemittel vorhanden waren, und man beobachtete immer wieder eine schnelle Abheilung der Wunden und eine rasche Genesung der Patienten. Erst durch Freud geriet die Hypnose in Vergessenheit – ein großer Rückschritt. Freud hatte eine Patientin, die an mehreren Phobien litt. In Trance durchwanderte sie ihre vorherigen Leben, war mal Mann, mal Frau. Freud diagnostizierte eine multiple Persönlichkeitsstörung, und die Frau kam in eine psychiatrische Anstalt. Erst vor etwa fünfzehn Jahren erlebte die Hypnose ein Comeback, und das ist das Verdienst eines hoch angesehenen amerikanischen Psychologen und Mediziners. Doktor Brian Weiss, Chefarzt einer psychiatrischen Abteilung in einer amerikanischen Klinik, hatte mit konventionellen psychotherapeutischen Methoden Hunderte von Menschen behandelt. Doch dann hatte er eine Patientin, bei der sämtliche klassischen Therapien versagten. Doktor Weiss versetzte sie versuchsweise in Hypnose, und sie wurde von ihren Ängsten geheilt. Nach dieser Behandlung musste Doktor Brian Weiss sein Weltbild komplett ändern. Er hat ein Buch darüber geschrieben. Vielleicht kennt der eine oder andere es.«

Er hielt ein kleines Taschenbuch in die Höhe und reichte es einem Herrn in der ersten Reihe zum Weitergeben. »Es heißt *Die zahlreichen Leben der Seele*.«

Doktor Ritter trank einen Schluck Wasser aus einer kleinen Flasche und stellte sie neben dem Stuhl ab.

»Ich habe in meiner Praxis so einige Überraschungen erlebt. Unter anderem habe ich festgestellt, dass jeder Mensch Lasten, Ängste und Frustrationen aus vergangenen Leben mitnehmen kann, dass Menschen sich wiedersehen, wiederfinden, weil sie etwas nicht gelöst haben. Wir können sie alle wiedertreffen, die Schwester, den Onkel, den Vater, die Stiefmutter oder auch einen Freund. Uns verbindet ein unsichtbares Band mit den Menschen, die wir geliebt, gehasst, betrogen haben, ja sogar mit den Menschen, die durch unsere Schuld gestorben sind. Und glauben Sie mir eines, für alles bezahlen wir. Vielleicht nicht gleich, aber irgendwann in einem späteren Leben.«

Doktor Ritter blickte nachdenklich in die Runde, machte eine längere Pause und sprach dann in sanftem Ton weiter.

»Ich hatte immer Angst vor dem Tod. Heute weiß ich, dass wir nur den Körper verlassen, dass der Geist dort hingeht, woher er gekommen ist. Dort, wo Ruhe, Frieden und Liebe herrschen und wo kein dickes Bankkonto, kein Schmuck, keine schicken Kleider, kein großes Auto mehr zählen.«

Doktor Ritter gab Lina einen Stapel kleiner weißer Zettel, damit sie sie verteilte. »Wer sich heute in Hypnose versetzen lassen will, weil er Angst vor Spinnen, seiner Schwiegermutter, vorm Fliegen oder etwas anderem hat, der schreibt bitte seinen Namen und warum er sich hypnotisieren lassen will, auf einen Zettel und gibt ihn meiner Assistentin. Wir machen eine kurze Pause, und dann sehen wir uns in zehn Minuten wieder.«

Den meisten war es wohl peinlich, sich vor so vielen Leuten hypnotisieren zu lassen, denn nur wenige nahmen einen Zettel entgegen. Lina dachte im Stillen, dass auch sie sich nicht vor Publikum in Hypnose versetzen lassen würde. Man weinte oder schrie vielleicht oder erzählte peinliche Dinge. Nachdem sie die Blätter bis zur letzten Reihe verteilt hatte, ging sie wieder nach vorne, um die ausgefüllten Zettel einzusammeln und sie Doktor Ritter zu geben. Es waren etwa zehn Blätter. Doktor Ritter zog eines heraus und las vor: »Frau Morgenstern.« Er sah fragend ins Publikum, und eine Frau, etwa Mitte vierzig, erhob sich und kam nach vorne. Sie hatte kurze braune Haare, war schlank und trug einen schwarzen Anzug mit einer weißen Bluse. Insgesamt eine gepflegte Erscheinung. Doktor Ritter begrüßte sie, und sie setzte sich auf die Liege.

»Frau Morgenstern, möchten Sie sich uns kurz vorstellen?«

»Ich bin Ärztin, Dermatologin. Ich bin siebenundvierzig und lebe allein.«

»Was bedrückt Sie?«

»Ich habe Angst vor der Einsamkeit. Außerdem kann ich schwer Gefühle zeigen und finde mich selbst nicht sehr liebenswert.« Dann sagte sie etwas leiser: »Mit Männern habe ich auch so meine Probleme.«

Doktor Ritter setzte sich auf einen Stuhl neben Frau Morgenstern und sagte: »Ich denke, wir werden die Gründe dafür finden. Legen Sie sich bitte zurück, entspannen Sie sich, und folgen Sie mit Ihren Augen den Bewegungen meiner Hand.«

Im Publikum reckten ein paar die Hälse, um besser sehen zu können, während Doktor Ritter seine Hand vor den Augen der Frau kreisen ließ.

Nach etwa dreißig Sekunden wurden ihre Augenlider schwer, und der Psychologe tippte ihr mit dem Finger auf die Stirn. Die Frau lag ruhig und entspannt da, ihre Augen waren fest geschlossen.

»Suchen Sie in Ihrem jetzigen oder in einem anderen Leben den Grund für Ihre Angst vor der Einsamkeit. Suchen Sie, und wenn Sie da sind, erzählen Sie mir, wo Sie sind.«

Frau Morgensterns Augenlider flatterten leicht, dann sprach sie mit junger mädchenhafter Stimme: »Ich sitze unter einer Brücke. Ich angle, aber ich habe keine Angel, und es gibt auch nichts zu fischen, weil da kein Wasser ist. Ich bin allein. Ich würde so gerne mit jemandem reden, aber ich bin allein.«

»Wie heißen Sie?«

»Nicolin.«

»Wie alt bist du, Nicolin?«

»Fünfzehn.«

»Kannst du sehen, in welcher Stadt du lebst?«

»In Marseille.«

»Nicolin, bist du glücklich?«

»Ja. Ich habe eine Freundin. Sie heißt Claudia, aber keiner außer mir kann sie sehen.«

»Wo sind deine Eltern?«

»Ich bin wütend auf meine Eltern. Mein Vater säuft die ganze Zeit, und meine Mutter ist eine Nutte. Sie bringt die Männer mit nach Hause. Ich muss zusehen, wie sie ihnen die Schwänze lutscht.«

Ein Raunen ging durch das Publikum bei diesen ordinären Worten, die so gar nicht zu einer gebildeten Ärztin passten. Doktor Ritter verstand hingegen, dass in diesem Zustand nicht die jetzige Frau Morgenstern, sondern ein fünfzehnjähriges Mädchen aus einer anderen Zeit und einem anderen Bildungsstand sprach.

»Wo ist dein Vater?«

»Er liegt auf dem Boden. Ist ständig besoffen.«

»Kannst du dich beschreiben?«

Frau Morgenstern zögerte. Im Saal war es mucksmäuschenstill. Kein Räuspern, kein Atmen, kein Hüsteln war zu hören.

»O je, ich bin so hässlich. Diese Haare ... es sieht aus, als hätte ich einen Ballen Stroh auf dem Kopf. Ich bin dürr, habe keine Titten und keinen Arsch. Deshalb kriege ich auch keinen Mann ab. Aber das ist nicht so schlimm.«

Doktor Ritter sah ins Publikum. Er erinnerte Lina in diesem Augenblick ein bisschen an einen Zauberer, der immer wieder den Blickkontakt mit den erstaunten Zuschauern sucht. Neben ihr saß eine Frau, die vornübergebeugt und mit halb offenem Mund gebannt das Schauspiel verfolgte. Wenn Lina es nicht besser gewusst hätte, wenn sie nicht schon einige Sitzungen miterlebt hätte, hätte sie vielleicht gedacht, das Ganze sei ein abgekartetes Spiel und Frau Morgensterns Auftritt sei mit Doktor Ritter abgesprochen.

»Die Augen sind das Tor zur Seele, schau deinem Vater in die Augen, kennst du ihn aus deinem jetzigen Leben?«

»Er hat sie ständig zu, weil er pennt, wenn er besoffen ist.«

Ein Lachen löste die spürbare Spannung im Publikum etwas.

»Nein, ich kenne ihn nicht«, sagte Frau Morgenstern dann.

»Und deine Mutter?«

Wieder dauerte es eine Weile, bis die Frau auf der Liege antwortete. »Ja. Sie ist meine Schwester im jetzigen Leben.« Dann fing sie an zu weinen.

»Wie ist das Verhältnis zu deiner Schwester im jetzigen Leben?«

»Nicht gut. Wir haben uns seit Jahren nicht mehr gesehen. Wir haben uns nie gut verstanden.«

»Versuche, deinen Groll und deine Wut aus deinem Herzen zu nehmen. Versuche, deinen Eltern zu verzeihen.«

»Ich bin nicht mehr böse. Auf niemanden.«

»Gut. Dann geh an das Ende dieses Lebens. Was passiert?«

»Ich bin nicht mehr zu Hause, meine Mutter hat mich vor die Tür gesetzt. Ich bin am Meer. Meine Lippen sind ausgetrocknet. Ich bin dürr, ich wollte nichts mehr essen. Es widerte mich an. Ich bin nackt und allein. Niemand ist bei mir. Die Wellen umspülen mich, und meine Haare sind dreckig und voller Sand. Das Meer nimmt mich einfach mit.« Es war, als würde Frau Morgenstern oder besser Nicolin nach Luft schnappen – wie eine Ertrinkende.

Lina traten Tränen in die Augen, weil sie sich dieses arme, verlorene Wesen gut vorstellen konnte. Ein Bild voller Traurigkeit. Sie hörte Doktor Ritter sagen: »Nicolin, sieh dir das von oben an, wie in einem Film, und erzähl mir, was sich zugetragen hat, bevor du im Meer warst.«

Erst war es still, dann schrie Frau Morgenstern plötzlich auf.

»Sie vergewaltigen mich, spreizen mir die Beine, halten mich fest ... ich habe keine Kraft mehr. Es ist dunkel. Sand und Meer. Es riecht nach Salz.«

»Du musst den Männern verzeihen, damit du deinen Frieden findest.«

»Das kann ich nicht«, sagte Frau Morgenstern weinend.

»Es ist vorbei. Es geht um dich, lass das hinter dir, und verzeih diesen armen Kreaturen.«

Nach einer längeren Pause kam es zögerlich: »Ja, ich verzeihe ihnen.« Frau Morgensterns Gesicht war jetzt wieder entspannt, dann lächelte sie und sagte leise: »Ich fliege. Das Licht ... es ist so schön, so voller Liebe und Frieden.«

Doktor Ritter nickte. Er sah ins Publikum, sah in ungläubige Gesichter, in zufriedene Gesichter und in fragende Gesichter. Dann sagte er: »Die Seele vergisst nichts, deshalb ist es wichtig, dass Sie vor Ihrem Tod für sich selbst Frieden schließen mit anderen. Egal, was sie Ihnen angetan haben. Erst dann findet Ihre Seele den Frieden, die Liebe und das Licht. Sonst wird Ihre Seele immer auf der Suche sein.«

Als Frau Morgenstern aus der Hypnose erwachte, blickte sie sich um und wirkte gelöst. Doktor Ritter fragte sie: »Wie fühlen Sie sich, Frau Morgenstern?«

»Ich fühle mich sehr gut. Danke.«

Und das Publikum klatschte wie nach einem Theaterstück.

1995

Früher hatte er sich, wenn er nachts aufgewacht war, aus dem Zimmer geschlichen und war zu den Ruinen gegangen, um den Sternenhimmel zu betrachten. Später geisterte er nachts durch das Kloster. So entdeckte er eines Nachts hinter einer Tür eine Treppe, die in ein Kellergewölbe führte. Es war riesig, mehrere Gänge öffneten sich sternförmig in unterschiedliche Richtungen, und es gab an die zwanzig verschlossene Holztüren. Offenbar war das gesamte Kloster unterkellert. Manche Gänge waren einfach zugemauert, und Lukas hätte nur zu gerne gewusst, was sich dahinter verbarg, aber da das nicht ging, begnügte er sich mit dem, was er so sah.

Aus der Klostergärtnerei klaute er sich am nächsten Tag festen Draht und bastelte sich eine Art Dietrich. Damit brach er die Schlösser an den Türen auf. Anfangs tat er sich ziemlich schwer, aber in der dritten Nacht hatte er den Dreh raus. Die Türen öffneten sich beinahe wie von selbst, es war ein bisschen wie damals zu Hause, als er am Adventskalender ein Türchen nach dem anderen geöffnet hatte. Und wie damals, wenn manche Türchen bereits leer waren, weil er die Schokolade schon gegessen hatte, herrschte auch hier hinter einigen Türen gähnende Leere. Hinter anderen fand er Gerümpel, alte Stühle und Tische, halb leere Farbeimer, aber auch eine restaurationsbedürftige Madonna, Holzkreuze und geschnitzte Porträtbüsten, die wohl einst das Kloster geschmückt hatten. Hinter einer weiteren Tür fand er eine niedrige Halle voller Bücher. Im vorderen Teil lagen alte Bibeln in einfachen Holzregalen. Es mussten Hunderte sein, schätzte Lukas. Dahinter lagen andere, teils in Leder gebundene Bücher, darunter Messbücher, Heiligenbiografien, Bußbücher, Lehrbücher und Bücher von Philosophen. Er hatte einen Schatz gefunden. Nacht für Nacht stieg er von nun an in den Keller und las. Später brachte er Pater Paul einige der Bücher mit und las ihm vor.

So auch an diesem Abend. Doch als Lukas sein Buch gerade aufschlagen wollte, rollte der alte Priester in seinem Rollstuhl zu seinem Schrank, holte ein Buch hervor und gab es Lukas.

»Ich habe dir neulich erzählt, dass der Anfang allen Übels das Weib ist, erinnerst du dich noch?«

»Ja, Pater Paul, ich erinnere mich noch.«

»Gut. Das Weib ist die Feindin der Freundschaft, sie ist voller Neid und Missgunst. Woraus schuf Gott die Frau?«

»Aus der Rippe Adams.«

»Aus einer gekrümmten Brustrippe entstand sie, und was kann daraus entstehen? Nichts anderes als ein unvollkommenes Tier.«

»Sind Nonnen auch unvollkommene Tiere?«, fragte Lukas.

»Sie bemühen sich, vollkommen zu sein, weil sie sich mit Gott vereint haben und ihm dienen. Aber einige von ihnen sind ungehorsam, geben sich der Fleischeslust hin. Denke immer daran: Das Wort femina *kommt von* fe *und* minus – fe *von* fides, *dem Glauben, und* minus *von weniger.* Femina *heißt übersetzt: die weniger Glauben hat. Und der Nichtglaube ist die Grundlage des Bösen und der Hexerei. Das Weib hat sich schon im Paradies vom Teufel verführen lassen, und es lässt sich auch noch heute von ihm lenken. Der Mensch kann nicht zwei Herren dienen. Entweder man dient Gott oder dem Teufel.«*

In der Nacht lag Lukas lange wach und las in dem Buch, dass Pater Paul ihm gegeben hatte. Im Malleus Maleficarum, *dem Hexenhammer.*

25

Als Sam am nächsten Morgen das Polizeipräsidium betrat, klingelte sein Handy. Es war Sybill. Ihre Stimme klang belegt, und Sam überlegte, ob sie eine Erkältung hatte oder ob sie geweint hatte.

»Mr. O'Connor«, begann sie auf Englisch, »ich rufe an, weil ich Ihnen noch etwas sagen wollte.«

Anscheinend hat mein brüsker Abgang doch Eindruck bei der Göre gemacht, dachte Sam und sagte: »Ich bin ganz Ohr, Sybill.«

»Wie soll ich sagen, meine Schwester und ich ... also, Catha hat sich mir gegenüber immer überlegen gefühlt. Ich wollte ihr zeigen, dass nicht nur ihre Freunde etwas Besonderes sind, und deshalb habe ich sie zu einem Treffen mitgenommen.«

»Was für ein Treffen war das?«

In der Leitung klickte es, und Sam dachte schon, dass Sybill aufgelegt hätte, doch dann sprach sie zögernd weiter.

»Na ja, wir haben uns einmal im Monat getroffen, um mit ... um mit Geistern zu reden.«

»So etwas wie eine spiritistische Sitzung also?«

»Ja, woher wissen Sie das?«

»Nicht wichtig. Erzähl weiter.«

Es entstand eine kleine Pause, dann fuhr sie fort:

»Catha ist nach einer Viertelstunde gegangen. Sie fand es abartig, was wir da machten. Wir haben uns gestritten, und danach habe ich sie nicht wiedergesehen, bis ... bis man sie ...«

»Okay. War das alles, was du mir sagen wolltest?«

»Nein. Dieser Brief, den Mama bei Catha gefunden hat ... also das Datum ... das war der Tag, an dem ich sie mitgenommen habe zu der Sitzung.«

»War bei der Sitzung ein Pfarrer dabei?«, fragte Sam rasch. Aber so weit ging ihre Auskunftsfreude dann doch nicht.

»Warum fragen Sie das?«, entgegnete sie in scharfem Ton.

»Es ist wichtig, Sybill.«

»Das reicht ja wohl, was ich Ihnen erzählt habe«, sagte sie harsch, dann legte sie auf.

Das Gespräch brachte ihn zwar ein wenig weiter, doch offensichtlich schützte Sybill jemanden, und zwar mit großer Sicherheit Pater Dominik. Warum? Vermutlich hing es mit dieser Instruktion der Kongregation für die Glaubenslehre zusammen, die es katholischen Geistlichen verbot, spiritistische Sitzungen zu besuchen und abzuhalten. Pater Dominik würde exkommuniziert werden, wenn an die Öffentlichkeit kam, dass er Séancen veranstaltete.

Sam fügte die kleinen Bausteinchen zusammen, die er bisher hatte, und war überzeugt, dass Catharina Kil zum falschen Zeitpunkt am falschen Ort gewesen war. Und das war ihr zum Verhängnis geworden.

Als Sam sein Büro betrat, stellte er überrascht fest, dass Juri ziemlich gut organisiert war. Er hatte auf die linke Seite des kleinen Zimmers trotz der Enge eine Tafel gestellt und daran in chronologischer Reihenfolge Daten und Fotos gehängt. Über den abscheulichen Aufnahmen der Leichen lächelten Sam die vier Opfer von den Fotos entgegen, die noch zu ihren Lebzeiten aufgenommen worden waren.

Was trieb diesen Täter an? Eines konnte er ausschließen: Nichts wies auf eine sexuelle Motivation hin. Die Frauen waren nicht vergewaltigt worden, es gab keine Spermaspuren an den Tatorten. Rein theoretisch wäre es natürlich möglich gewesen, dass es dem Täter beim Foltern kam und er alles in der Hose behielt, doch das glaubte Sam nicht. Eine zentrale Frage war auch, warum er ausgerechnet diese vier Frauen ermordet hatte. Hatte er sich die Opfer gezielt ausgesucht? Standen sie in einer Beziehung zu ihm, hasste er sie, oder wollte er sich an ihnen rächen? Und was hatte der Pfarrer damit zu tun? Sam war so in Gedanken versunken, dass er nicht bemerkte, wie Juri den Raum betrat.

»Ich dachte, es verschafft uns einen besseren Überblick.«

Sam fuhr herum und seufzte erleichtert, als er Juri sah.

»Gute Arbeit«, lobte er.

»Was steht heute auf dem Programm?«

»Ein Verhör mit einem Tatverdächtigen in …«, Sam sah auf die Uhr, »… fünf Minuten.«

Er hatte kaum den Satz beendet, als eine Beamtin mit Pater Dominik in der offenen Tür erschien. Fünf Minuten vor der Zeit ist des Königs Höflichkeit, dachte Sam und begrüßte ihn freundlich.

»Setzen Sie sich schon mal, ich komme gleich wieder.« Sam deutete auf einen Stuhl, der der Tafel mit den brutalen Fotos direkt gegenüberstand, und ließ den Pfarrer einfach stehen.

Als er mit zwei Tassen Kaffee und einem Kakao zurückkam, saß Pater Dominik mit leichenblassem Gesicht da, den Blick starr auf die Fotos gerichtet. Sam setzte sich ihm gegenüber und holte seine Notizen aus seiner Manteltasche. Juri blieb an der Tür stehen.

»Dann fangen wir mal an. Wo waren Sie am 12. Februar 2006?«

Pater Dominik blätterte in seinem Terminkalender desselbigen Jahres.

»Das war ein Sonntag. Ich hatte eine Sitzung mit einer Gruppe von Leuten in der Kirche.«

»Eine spiritistische Sitzung?«

»Ja. Sie ging ungefähr bis neun Uhr abends. Alle meine Sitzungen dauern etwa so lange. Natürlich gibt es auch Ausnahmen. Und dann war ich in meiner Wohnung.«

»Gibt es Zeugen, dass Sie Ihre Wohnung nicht mehr verlassen haben?«

»Nein.«

»Wo waren Sie in der Nacht vom 13. auf den 14. Oktober 2007?«

Der Pater schlug das zweite Buch auf und blätterte sich vor bis zum gefragten Datum. »In Rom.«

Sam nickte zufrieden und sagte: «Wieder wegen einer spiritistischen Sitzung, nehme ich an.«

»Ja, aber auch weil ich mir ein medial veranlagtes Kind ansehen sollte.«

»Und danach?«

»War ich in meinem Hotel. Und nein, es gibt keine Zeugen, dass ich das Hotel nicht mehr verlassen habe.«

»Und wo waren Sie am 9. und 16. August 2007?«, fragte Sam und machte sich Notizen auf einen Zettel. Pater Dominik schlug direkt den entsprechenden Tag in seinem Kalender auf und antwortete jetzt leiser mit einem verzweifelten Blick zu Sam:

»Am 16. August war ich in Hamburg. Und eine Woche davor, am 9. August, war ich in Amsterdam. Ebenfalls zu einer Sitzung.«

Die Séance, von der ihm Sybill eben erzählt hatte, hatte am 9. stattgefunden; am 16. war Catharina Kil ermordet worden. Sam sah Pater Dominik fragend an und zog dann den Kalender zu sich. Am 16. sah er einen Eintrag mit der Abkürzung »AMST«.

»Hier steht aber, dass Sie in Amsterdam waren.«

»Ja, eigentlich wollte ich auch dort hinfahren. Aber ich bin krank geworden und deshalb in Hamburg geblieben.«

»Und das wissen Sie noch, obwohl das gut ein halbes Jahr her ist?«

Sams Augenbraue hob sich, und er blickte den Pfarrer ungläubig an, als wollte er ihn fragen, ob er nicht eine bessere Ausrede hätte.

»Ja, weil die halbe Gemeinde damals krank war: Magen-Darm-Grippe. Ich musste den Termin in Amsterdam absagen.«

Nach ein paar weiteren Fragen stand fest: Pater Dominik hatte für keinen der Morde ein Alibi. Und auch als Birgit Eschberger ermordet worden war, war er in Salzburg gewesen und hatte den Abend nach der Sitzung allein im Hotel verbracht.

Sam dachte nach. Dann fragte er: »Wie lange planen Sie solche Sitzungen und die damit verbundenen Reisen im Voraus? Und wer weiß davon?«

»Meistens sind es spontane Reisen. Meine Sekretärin weiß

davon.« Pater Dominik hielt inne. »Na ja, eigentlich alle, die mit der Gemeinde zu tun haben. Messdiener, Ministranten, Leute, die ins Büro kommen und Termine machen für Hochzeiten oder Taufen. Wir haben einen großen Kalender mit meinem Terminplan, der hängt an der Wand im Büro.«

Sam war begeistert. So wie jeder Zugang zu den Bibeln hatte, konnte jeder, der es wissen wollte, herausfinden, wann der Pfarrer wohin fuhr.

»Sagen Sie, haben Sie ein Auto, oder wie reisen Sie?«

»Ich fahre mit dem Zug.«

»Immer?«

»Immer.«

Sam nickte nachdenklich. »Haben Sie Feinde, Pater? Gibt es jemanden, der will, dass Sie aus der Kirche ausgeschlossen werden?«

Pater Dominik schüttelte den Kopf und sah wieder zu den Fotos an der Tafel.

»Sie sollten eine Zeitreise ins späte Mittelalter machen.«

Sam sah vom Pfarrer zu den Fotos und wieder zurück.

»Ins Mittelalter?«

»Ja. Diese Foltermethoden stammen aus dem späten Mittelalter. Die Wasserprobe.« Er zeigte auf Birgit Eschbergers Leiche in der Badewanne.

»Allerdings wurde die Wasserprobe in einem Teich oder einem Fluss durchgeführt, nicht in einer Wanne. Sie sollte zeigen, ob eine Frau eine Hexe war. Schwamm sie in dieser unmöglichen Haltung, war sie eine Hexe und wurde zum Tode verurteilt; ertrank sie, war sie unschuldig, aber das half ihr ja dann auch nicht mehr viel.«

»Das ist interessant … Aber mittelalterliche Foltermethoden im 21. Jahrhundert?«

»Ich sage ja nur, was mir dazu einfällt«, erwiderte der Pater und zuckte mit den Achseln.

Sam lehnte sich nach vorne und stützte sein Kinn auf seine Faust. Er sah zu Juri, der mit einem Finger kreisende Bewegungen an seiner Stirn machte, wohl um anzudeuten, dass der Pfarrer eine Schraube locker hatte.

Sam strich sich nachdenklich über das Kinn. »Was passiert bei Ihren Sitzungen eigentlich genau, Pater Dominik?«

Der Pfarrer atmete tief ein. Sam bemerkte, wie ungern er darüber sprach, und sah ihn stumm an.

»Wissen Sie, das ist etwas komplexer«, meinte Pater Dominik schließlich ausweichend.

»Wir haben Zeit.«

»Na schön … In den Sitzungen sprechen wir mit hohen Geistern unter Gottes Führung. Sie erklären uns vieles und belehren uns. So kann man den Glauben wiederfinden, denn kein logisch denkender Mensch kann an eine unbefleckte Empfängnis glauben. Das ist biologisch gar nicht möglich. Nun, wir fragen, und die Geister antworten.«

»Und? Heißt das, Maria war keine Jungfrau?«

»Richtig, eines von vielen Irrtümern in der Bibel, die die Geister richtiggestellt haben. Leider kann ich so was nicht veröffentlichen, weil Marias Jungfräulichkeit ein wichtiges Element im katholischen Glauben ist.«

Der Pater sah Sam an, als versuche er, seine Gedanken zu lesen. Doch Sam war wie eine undurchdringliche Wand.

Nach einer kurzen Pause wechselte er das Thema. »Ich frage Sie jetzt noch einmal: Kennen Sie diese Frauen?« Er stand auf und tippte mit seinen Fingern auf die Fotos der Opfer an der Tafel. Dieses Mal nickte der Pfarrer unmerklich. Er zeigte auf Birgit Eschberger.

»An diese Frau kann ich mich gut erinnern. Sie war ziemlich dick und laut und stand vor der Sitzung unten an der Tür mit einer ebenfalls sehr korpulenten Frau. Ich glaube, sie hatte kurze rötliche Haare.« Sam hatte Frau Anneliese vor Augen und konnte sich jetzt einen Reim auf die ganze Geheimnistuerei machen.

Pater Dominik fuhr fort: »Ja, ich bin mir ziemlich sicher, dass sie an meiner Sitzung teilgenommen hat. Ihre Freundin ist vorher wieder gegangen. Na ja, und die anderen …«

Pater Dominik sah die Fotos noch einmal genau an. »An sie kann ich mich wirklich nicht erinnern …«

Es war, als suchte er nach Bildern in der Vergangenheit, doch sie schienen nicht aufzutauchen, und so schüttelte er nur seinen Kopf und sagte: »Nein, beim besten Willen nicht, die Gesichter sagen mir nichts. Wenn sie als Medien in meinen Sitzungen gewesen wären, vielleicht ja, aber wenn sie nur so dabei waren … an den Sitzungen nehmen manchmal zehn oder mehr Leute teil, um zu beten oder das Medium mit ihren Kräften zu unterstützen. Ich kann mich nicht an alle erinnern. Tut mir leid.«

»Eine Frage noch: Was würde passieren, wenn herauskommt, dass Sie diese Sitzungen machen?«

»In Artikel 2116 im Katechismus heißt es, dass alle Formen der Wahrsagerei zu verwerfen sind, weil dies ›der mit liebender Ehrfurcht erfüllten Hochachtung, die wir allein Gott schulden‹, widerspricht, so der Katechismus wörtlich.«

»Das heißt?«

»Es ist eine Sünde. Und ich würde exkommuniziert werden.«

»Wenn es eine Sünde ist, warum machen Sie es dann? Sie sind doch ein Kirchendiener, sollten Sie nicht ein Vorbild sein und ohne Sünden durch die Welt gehen?«

Der Pfarrer sah zu Juri, zu dem kleinen Fenster und dann wieder zu Sam.

»Ich habe damit angefangen, weil Gläserrücken und Ouija- oder Hexenbretter, sprich: die Kommunikation mit Geistern, eine große Faszination auf viele Leute ausüben, besonders auf junge Leute. Es ist der Reiz des Mystischen, Unerklärlichen, Unheimlichen. Nur leider können ›Spiele‹ wie diese unter falscher Führung schlimme Folgen haben. Es ist wie mit einem Virus. Wen befällt der Virus zuerst?«

Sam fühlte sich ein bisschen wie in der Schule, doch er gab gehorsam die Antwort: »Leute, die angeschlagen sind, die ein schwaches Immunsystem haben.«

»Und ähnlich verhält es sich auch beim Geisterbeschwören. Willensschwache Menschen, kranke Menschen oder Menschen, die Drogen nehmen, werden schnell Opfer von bösen Geistern, die dann ihre Seele in Besitz nehmen. Sie stürzen sie in tiefe seelische Krisen, die zu schweren Psychosen und Angstzuständen führen können.«

Sam drückte den Rücken durch und fuhr sich mit beiden Händen durch die Haare, dann atmete er tief ein. War das auch mit Lily geschehen? Hatte sie vielleicht heimlich spiritistischen Sitzungen beigewohnt? So ein Schwachsinn, schalt er sich selbst, jetzt fängst du auch noch an, diesen Humbug zu glauben. Entschlossen stand er auf und stützte die Hände auf den Tisch. »Ich denke, das war's erst einmal, Pater.«

Der Pfarrer nickte erleichtert, kramte einen kleinen Zettel aus seiner Tasche und legte ihn auf den Tisch. Sam konnte darauf den Namen Ingelheim und eine Telefonnummer erkennen. Die Nummer, die er eigentlich gestern schon abholen wollte und es vergessen hatte. Dann stand Pater Dominik langsam auf und ging zur Tür, an der Juri immer noch wie eine Bulldogge stand.

Dort blieb er stehen und drehte sich zu Sam. »Eines geht mir immer wieder durch den Kopf. Dieser Brief. Ich habe keine Einladung für eine Anhörung bekommen.«

»Ja, das ist in der Tat seltsam«, meinte Sam und setzte hinzu: »Ach Pater, es versteht sich wohl von selbst, dass Sie die Stadt nicht verlassen und uns jederzeit für weitere Fragen zur Verfügung stehen.«

Der Pfarrer nickte resigniert, bevor er sich umdrehte und den Raum verließ. Juri und Sam sahen ihm nach, wie er mit seiner schwarzen Soutane und in gebeugter Haltung wie ein Schatten den schlecht beleuchteten Gang entlangging.

»Ein Priester als Geisterbeschwörer. Danach würde sich die Presse die Finger lecken, vor allem weil es so gut zu Skandalen um pädophile Priester passt«, sagte Juri nachdenklich.

»Bisher gab es nur einen kleinen Artikel über die Fälle in einer bayerischen Zeitung. Vom Pater war da aber nicht die Rede. Solange kein weiterer Mord passiert, ermitteln wir weiter wie bisher und lassen nichts nach außen dringen.«

»Glaubst du, dass er der Mörder ist, Sam?« Sie duzten sich inzwischen.

»Was hast du denn für einen Eindruck?«

»Er hat ein Motiv, zumindest bei dem Opfer in Amsterdam. Er war zu allen Zeitpunkten der Morde in den jeweiligen Städten. Und er hat kein Alibi. Eigentlich spricht alles gegen ihn.«

Sam strich sich wieder nachdenklich über sein Kinn und drehte sich langsam zur Tafel, als könnten ihm die Opfer eine Antwort geben.

»Bis auf mein Gefühl. Mich macht der 16. August stutzig. Nehmen wir mal an, Pater Dominik hat geplant, an diesem Tag nach Amsterdam zu fahren. So stand es zumindest in seinem Kalender. Er wird tatsächlich krank und verreist nicht. Aber der Mörder denkt, er fährt. Nachdem er die erste Spur mit dem Brief gelegt hat, bringt er eine Woche später Catharina Kil um, weil er ja denkt, Pater Dominik wäre auch in der Stadt.«

Juri war inzwischen neben Sam vor die Tafel getreten, die Hände tief in den Hosentaschen vergraben und die Augen konzentriert zusammengekniffen. Sam sah seinen Partner an und stellte fest, dass er sich mit dem jungen Burschen wohlfühlte. Juri war aufmerksam und auf eine angenehme Art zurückhaltend. Das gefiel ihm.

»Aber wie kommt er, also der Mörder, nach Amsterdam?«

»Das erste Mal folgt er dem Pfarrer auf Schritt und Tritt, fährt wie er mit dem Zug und mietet sich vielleicht vor Ort ein Auto. Beim zweiten Mal fährt er mit einem eigenen Wagen, deshalb merkt er nicht, dass der Pater überhaupt nicht nach Amsterdam abgereist ist. Gut, oder?« Sam grinste über seinen genialen Gedankengang.

»Ja, klingt irgendwie logisch …«, sagte Juri zögernd.

»Du willst doch nicht meine Logik anzweifeln, Juri?«, fragte Sam mahnend und lachte. Dann sah er wieder auf die Tafel. »Die Frage ist nur, wie und wann sucht er sich seine Opfer aus. Beim Fall in Salzburg wissen wir jetzt, dass das Opfer bei der Sitzung anwesend war. Vielleicht ist er ihr danach von dort gefolgt und hat sie in ihrer Wohnung überrascht. Oder sie hat ihn reingelassen, weil sie dachte, es sei ein Kunde, und zack, das war's.«

»Dann hätte er aber einen Termin gehabt, oder nicht?«, warf Juri ein.

»Stimmt. Wenn er ein Kunde war, muss er einen Termin ausgemacht haben. Frau Hochmut sagte, dass sie eigentlich mit ihrer Freundin zum Essen verabredet gewesen wäre, Birgit Eschberger aber kurzfristig abgesagt hätte. Das heißt, der Termin wurde spontan vereinbart, und das wiederum bedeutet, dass der Täter vielleicht auch bei der Sitzung war und Frau Eschberger davor angesprochen hat. Und wenn das der Fall war…« Sam schlug mit der flachen Hand auf den Tisch. »…Dann hat ihn Frau Hochmut eventuell gesehen.« Sam blätterte in seinem Notizblock nach Anneliese Hochmuts Nummer. Doch er erreichte die Salzburgerin nicht persönlich, hinterließ deshalb seinen Namen und seine Nummer auf dem Anrufbeantworter und bat um einen Rückruf.

26

»Gehen Sie schon mal in Behandlungsraum zwei, Frau Yelen.« Lina sah der verschleierten Frau nach und rieb sich die Schläfen. Heute war kein guter Tag: Sie hatte nicht nur Kopfschmerzen, sondern auch, wie so oft, eine Blasenentzündung. Es war erst drei Uhr nachmittags, dennoch brannte überall in der Praxis Licht, weil es draußen schon fast dunkel war.

Cecilia rauschte heran. »Lina, druck mir mal die letzte Woche aus. Ich muss die Rechnungen schreiben.« Wieder kein »bitte«, dachte Lina, druckte die gewünschten Daten aus und legte sie anschließend auf den Tresen. Cecilia verdrehte zickig die Augen und zog, mit ihrem Rosshintern von rechts nach links wackelnd, von dannen.

Ein Moment Ruhe. Lina biss in ihr Sandwich, das sie seit zwei Stunden zu essen versuchte, als plötzlich Herr Lange vor ihr stand. »Oh, hm … Entschuldigen Sie … Herr Lange, haben Sie heute überhaupt einen Termin?«, fragte Lina kauend.

»Ja, ich glaube schon.« Er linste über den Tresen, um einen Blick in den Terminkalender zu werfen.

Lina ging die lange Namensliste mit dem Finger durch und nickte. »Tatsächlich. Dann nehmen Sie doch bitte einen Moment im Wartezimmer Platz.« Sie holte seine Patientenakte aus der Schublade.

»Meinen Sie, Sie schaffen das heute mit der Spritze?«

»Ich versuche es noch einmal.« Herr Lange setzte sich ins Wartezimmer und griff nach einer Zeitschrift. Er warf Lina noch einen kurzen Blick zu und begann zu lesen. Lina sah in seine Akte: Konstantin Lange, dreißig Jahre alt, ledig. Ob er wohl eine Freundin hatte? Lina war von Natur aus neugierig, manchmal zu neugierig. Sie biss abermals in ihr Sandwich und überlegte, ob sie auch einmal eine Rückführung bei Doktor Ritter machen sollte. Zu gerne hätte sie gewusst, was sie in ihrem früheren Leben gewesen war und welche Personen von damals auch heute eine Rolle in ihrem Leben spielten. Ob sie wohl auch Sam aus einem früheren Leben kannte?

Sie hatte ihn, seitdem sie sich im Restaurant ihrer Mutter gesehen hatten, nicht mehr getroffen. Aber sie hatte von ihm geträumt – letzte Nacht. Sie stand in der Dusche und wusch sich die Haare, als sie plötzlich spürte, dass jemand hinter ihr stand. Sie drehte sich um, und da stand Sam, zumindest glaubte sie, dass er es war. Sein Gesicht war nur schemenhaft zu erkennen. Er war nackt, betrachtete sie und trat dann, ohne ein Wort zu sagen, auf sie zu. Er drehte sie um, schmiegte sich an ihren Rücken und begann sie zu streicheln. Ein zartes Streicheln, alleine die Vorstellung ließ ihr eine Gänsehaut über den Rücken laufen. Sie konnte seine Hände immer noch auf ihrer Haut fühlen.

Ein schrilles Telefonklingeln riss sie aus ihren Gedanken. Lina hob ab und sah dabei auf die Uhr am Computer. Zwei Stunden noch, dann konnte sie endlich nach Hause gehen. Besser gesagt, in die Kirche. Denn sie wollte heute ein persönliches Gespräch mit Pater Dominik führen.

Als Lina die Kirche betrat, hielt der Pfarrer gerade die Abendmesse. Bevor sie sich setzte, ging sie an das Becken mit dem Weihwasser, benetzte ihre Finger und bekreuzigte sich. »Lieber Gott, wasche mich rein von meinen Sünden und Fehlern. Ich bitte um Verzeihung.«

Pater Dominik stand vor dem Ambo und las aus dem Lektionar, dem liturgischen Buch. Er sah kurz auf, als Lina sich hinsetzte und ihm zulächelte. Sie konnte der Messe heute nicht richtig folgen und überlegte die ganze Zeit, wie sie Pater Dominik ihr Problem schildern sollte. Sie hatte mit ihrer Mutter darüber gesprochen, und die hatte ihr geraten, sich an den Pater zu wenden. Immerhin kannte er sie schon seit fünf Jahren, praktisch seitdem er die Gemeinde übernommen hatte.

Endlich war die Messe zu Ende. Lina wartete, bis die Gläubigen die Kirche verlassen hatten, und ging dann in Richtung Altar.

»Lina, was kann ich für Sie tun?«, fragte Pater Dominik sanft und sah sie besorgt an. »Ist etwas passiert?«

Lina sah in seine eigenartigen Augen, die sie so vertrauensvoll anblickten. Sieht er alle Menschen so an oder nur mich, fragte sie sich und antwortete: »Nein. Und Ja. Kann ich unter vier Augen mit Ihnen sprechen?«

»Natürlich, Lina. Lassen Sie mich nur noch schnell die Kirche abschließen.«

Was er wohl von mir denkt, fragte sie sich und setzte sich auf eine Bank in der ersten Reihe. Als er abgesperrt hatte, nahm Pater Dominik neben ihr Platz.

»Also, wie soll ich anfangen?«

»Am besten am Anfang.« Er lächelte, Lina lächelte zurück und sah auf ihre pinkfarbenen Turnschuhe.

»Als ich ungefähr acht Jahre alt war, haben meine Eltern nachts ab und zu ein helles Licht in meinem Zimmer gesehen. Es schien unter der Tür hindurch. Sie dachten, ich würde spielen, aber als sie in mein Zimmer kamen, schlief ich und streichelte mir selbst über die Wange.«

Lina hob den Blick, sah Pater Dominik in die Augen und suchte nach Zweifel, Empörung oder Unverständnis darin, doch sie fand nichts dergleichen. Stattdessen ermunterte er sie mit einem Lächeln weiterzusprechen.

»Nachts spürte ich, wie jemand über mein Bett lief und sich über mich beugte. Manchmal war sogar ein Abdruck neben mir auf der Matratze, als würde dort jemand sitzen. Es kam sogar vor, dass mir von unsichtbaren Händen die Kehle zugedrückt wurde. Wenn ich um Hilfe schrie, versuchte mein Vater, zu mir ins Zimmer zu kommen, aber sie ließen ihn nicht rein. Es war, als ob ihn eine unsichtbare Wand davon abhielte.«

Sie dachte mit Schrecken an diese Nächte zurück und schüttelte sich, als könnte sie auch die Erinnerungen damit abschütteln.

Der Pfarrer hatte seine Hände im Schoß gefaltet und hörte Lina ruhig zu.

»Eines Nachts träumte ich von meiner Großmutter. Sie warnte mich und sagte, ich solle nicht mehr in meinem Bett schlafen.« Lina erinnerte sich genau, wie ihre Großmutter sie im Traum auf den Schoß gezogen, ihren kleinen Kopf in beide Hände genommen und eindringlich auf sie eingeredet hatte. Als sie morgens aufgewacht war, hatte sie den Geruch von Veilchen in der Nase gehabt, den Geruch ihrer Großmutter, als wäre sie tatsächlich bei ihr im Zimmer gewesen.

»Na ja, ich habe trotzdem weiter in dem Bett geschlafen. Es war ja nur ein Traum, dachte ich zumindest. Aber von da an bekam ich jeden Abend heftige Fieberschübe, und meine Mutter holte regelmäßig den Notarzt. Meine Eltern waren verrückt vor Sorge, weil ich ja eh schon ein schwaches Herz hatte, was dadurch noch mehr strapaziert wurde. Und obendrein waren die Ärzte noch ratlos.«

Pater Dominik sah sie voller Mitleid an, und Lina drehte sich zu ihm, indem sie ein Bein angewinkelt auf die Bank legte. Dann sah sie ihm fest in die Augen.

»Mein Vater ging jeden Abend in die Kathedrale und betete. Und dann brachten sie mich zu einem Mann. Er reinigte mich. Und sagte so etwas wie: ›Gutes bleibe, Schlechtes gehe‹. Währenddessen hatte ich das Gefühl, als würde sich etwas meiner Seele entreißen. Ich fiel in Ohnmacht und blieb für eine Zeit ohne Bewusstsein. Als ich wieder zu mir kam, ging es mir richtig gut.«

Pater Dominik nahm ihre eiskalte Hand in seine beiden Hände, und Lina spürte, wie ihr warm wurde.

»Er hat mir das hier gegeben.« Sie holte mit der anderen Hand eine Kette unter ihrem Pullover hervor, an der zwei Kreuze hingen, eines im Nacken, das andere ruhte auf ihrer Brust. »Das hintere Kreuz soll mich vor bösen Blicken schützen. Und es wirkt. Zumindest hatte ich lange Ruhe. Doch ich sehe im Traum den Tod von Verwandten oder Freunden. Und nach ein paar Tagen sterben sie dann wirklich.«

Der Pfarrer zog die Stirn kraus, und Lina lachte nervös. »Keine Sorge, von Ihnen habe ich noch nicht geträumt.« Dann fuhr sie fort: »Jedenfalls habe ich seit ungefähr zwei Jahren das Gefühl, dass da wieder etwas ist.«

»Wie meinen Sie das?«, fragte Pater Dominik plötzlich besorgt.

»In der Praxis sehe ich Schatten, ich weiß, dass da jemand oder sogar mehrere sind. Und es riecht nicht gut.« Lina sah ihn ängstlich an. War es richtig, dass sie das einem Geistlichen erzählte? Doch der Pfarrer murmelte nur leise »keine guten Geister« und schaute sorgenvoll ins Nichts.

Lina sah den Pfarrer verdutzt an. »Sie kennen sich damit aus?«

»O ja, damit kenne ich mich aus«, antwortete er abwesend. Dann fing er sich und sagte: »Lina, warum kommen Sie nicht am nächsten Sonntag wieder? Dann reden wir ausführlich darüber.«

»Okay. Das ist also alles keine Sünde?«

»Nein, das ist es nicht. Sie haben eine Gabe geschenkt bekommen. Jetzt müssen Sie nur noch lernen, sie richtig einzusetzen.«

Der Pfarrer stand auf und legte seine Hand auf Linas Rücken. »Kommen Sie, ich begleite Sie noch ein Stück nach Hause. Diese Ecke hier ist doch recht dunkel um diese Uhrzeit.«

Plötzlich klopfte jemand energisch an das Portal. Pater Dominik sah auf die Uhr: halb acht. Eigentlich hatte er keine Lust, jetzt noch mit einem seiner Schäfchen zu sprechen.

»Pater Dominik?!«, hörten sie dumpf jemanden von draußen rufen. Der Pater atmete hörbar aus und ging zum Portal.

Er drehte den Schlüssel im Schloss, öffnete die Tür aber nur einen Spaltbreit, um zu zeigen, dass er keinen Besuch mehr wünschte.

»Sagen Sie, Pater, sind bei Ihren Sitzungen auch Männer dabei?«, platzte Sam heraus. »Sie haben zu viel *Columbo* gesehen. Hat das nicht bis morgen Zeit?«

»Nein, hat es nicht. Und eigentlich sollten Sie froh sein, dass ich frage, denn es würde Sie entlasten, wenn in Salzburg ein Mann dabei gewesen wäre«, sagte Sam jetzt leicht gereizt.

»Na schön.« Pater Dominik ließ Sam eintreten, verschloss aber sogleich die Tür wieder hinter ihm.

Sam war überrascht, Lina in der ersten Reihe sitzen zu sehen. Er erinnerte sich an den Glanz in ihren Augen, als sie den Pfarrer im Gottesdienst angesehen hatte. Wenn Pater Dominik schon mit seinen spiritistischen Sitzungen sündigt, nimmt er es vielleicht auch mit dem Zölibat nicht so ernst, dachte Sam. Doch er verwarf den Gedanken sofort und lächelte Lina kurz zu. Dann nahm er seine schwarze Mütze ab und sah den Pater fragend an.

»Natürlich sind ab und an auch Männer dabei. Warum?«

»War in Salzburg ein Mann dabei?«

Der Pater dachte angestrengt nach. »Ich kann es Ihnen nicht genau sagen. Warum rufen Sie nicht bei der Familie Ingelheim an? Vielleicht erinnern die sich noch.«

»Ist Ihnen jemand draußen vor dem Haus aufgefallen? Vielleicht ein anderer Geistlicher?«

Der Pfarrer schüttelte resigniert den Kopf. »Nein, ich denke nicht. Aber ich bin mir wirklich nicht sicher.«

»Gut. Danke. Das war's auch schon.« Sam nickte Lina zu und war schon wieder verschwunden.

Vor einer Stunde hatte er endlich Frau Hochmut erreicht und sie eine halbe Stunde angefleht, ihr zu sagen, was an jenem Abend passiert war. Er hatte ihr erzählt, dass er von den spiritistischen Sitzungen wusste, und endlich hatte sie ihr Geheimnis, was längst keines mehr war, ausgeplaudert. Sie erzählte, dass Birgit Eschberger ihr Treffen verschoben hatte, weil sich kurzfristig ein Kunde angekündigt hatte. Jemand von außerhalb. Außerdem fiel Frau Hochmut, als Sam ihr die Worte förmlich in den Mund legte, ein, dass sie aus den Augenwinkeln gesehen hatte, wie jemand in einem dunklen Anzug vor der Sitzung im Hauseingang gestanden hatte. Der Pater? Das konnte sie nicht genau sagen. Sie wusste nur: Es war ein großer Mann gewesen, mit einer guten Figur und dunklen Haaren. Das zumindest würde, genau wie die Beschreibung der Verkäuferin, auf den Pfarrer passen.

1995

Als er aus der Schule kam, erwartete ihn bereits Schwester Augustina an der Tür in der Eingangshalle. Sie war größer als er, etwa eins achtzig, ihr hagerer Körper steckte in der grauen Tracht, ihre großen Hände hatte sie in der Tasche einer weißen Schürze vergraben. Wie immer hatte sie kein Lächeln für ihn übrig und schob ihn vor sich her in ihr Büro.

»Setz dich, Lukas. Ich muss mit dir über etwas reden.« Weiter kam sie nicht, denn in diesem Moment stürzte Schwester Johanna herein, die Augen angstgeweitet. Mit einem Zittern in der Stimme sagte sie: »Der Patient auf 301 … ich glaube, er hat einen Infarkt.«

Schwester Augustina lief hinaus auf den Flur und ließ Lukas allein zurück. Er hörte noch, wie Schwester Johanna weinerlich sagte: »Ich habe den Katheter gezogen, und dann ist es passiert.« Dann verhallten die eiligen Schritte der beiden Schwestern auf dem Gang.

Lukas sah sich in Schwester Augustinas Büro um. Der Raum war genauso spartanisch eingerichtet wie alle anderen Zimmer im Kloster. Ein Schrank, ein Regal und ein Schreibtisch, hinter dem das obligatorische Kreuz hing. Eine sehr schlichte Jesusfigur: Das Kreuz war aus Holz, die Figur aus Porzellan, und der Stoff, den Jesus um die Hüften trug, war blau-golden. Lukas' Blick wanderte über den Schreibtisch, auf dem eine Bibel und ein paar ungeöffnete Briefe lagen. Von wem die Schwester Oberin wohl Post bekam? Lukas stand auf, drehte sich sicherheitshalber zur Tür um und sah die Briefe durch. Der oberste war vom Bischofsamt, darunter lagen Briefe an Patienten, doch einer davon erregte seine Aufmerksamkeit. Der Absender war eine Elisabeth Patt. Patt? Lukas kannte den Namen, wusste aber nicht, woher. Plötzlich hörte er Schritte. Sollte er den Brief einstecken oder ihn wieder zurück zu den anderen legen? Eine

Schwester erschien in der Tür und sagte Lukas, dass sich Schwester Augustina im Hospiz um den Notfall kümmere und sich später mit ihm unterhalten werde. Lukas nickte und ging zu seinem Zimmer, den linken Arm fest an den Körper gepresst. Erst als er die Tür hinter sich geschlossen hatte, entspannte er sich und holte den Brief von Elisabeth Patt hervor.

27

Den Morgen wollte Sam mit seiner Schwester Lily verbringen. Er hatte ein schlechtes Gewissen, dass er sie in den letzten beiden Tagen so lange allein gelassen hatte, aber er durfte die Ermittlungen nicht vernachlässigen. Seine Arbeit hatte nun mal Priorität, und beim nächsten Gespräch mit Peter Brenner musste er etwas mehr haben als nur einen Verdacht.

Nach dem Frühstück sah sich Sam in Lilys Zimmer ihre Zeichnungen an. Sie hatte in den letzten beiden Tagen viel gemalt, um sich die Zeit im Hotel zu vertreiben. Sam ging den Block durch und sah ein schwarzes Gesicht nach dem anderen. Schwarze halbe Gesichter, schwarze große Augen, schwarze aufgerissene Münder. Sam war irritiert, und ihm wurde plötzlich heiß und kalt zur gleichen Zeit. Es war kein einziges farbenfrohes Bild dabei. Hatte Lily ihre Medikamente genommen? Bekam sie etwa einen Rückfall? Er ging unter dem Vorwand, sich die Hände waschen zu wollen, in ihr Badezimmer, schloss die Tür hinter sich und durchsuchte vorsichtig ihr Reisenecessaire, bis er eine angebrochene Packung Tabletten fand. Er zählte sie und rechnete nach. Es kam hin, sie schien ihre Medikamente jeden Tag zu nehmen. Er atmete erleichtert aus. Dann wusch er sich die Hände und plätscherte dabei demonstrativ laut mit dem Wasser.

Als er aus dem Bad kam, fragte Lily ihn: »Sammy, glaubst du, dass es nach dem Tod irgendwie weitergeht?«

Wieder dieses Thema, dachte Sam. Der Tod, der Lily stets zu beschäftigen schien. Sie konnte stundenlang über Friedhöfe gehen und sich die Grabsteine mit den Geburts- und Todesdaten ansehen. Und sie war fest davon überzeugt, dass es eine Bedeutung hatte, wenn jemand am gleichen Tag starb, an dem er geboren worden war. Sam dagegen machte sich weniger Gedanken über den Tod und glaubte, anders als seine Schwester, nicht an Wiedergeburt oder etwas Ähnliches. Er sagte nüchtern: »Ich glaube, danach ist alles vorbei, Lily. Der Tod ist das Ende.«

»Ich glaube, es ist erst der Anfang, Sammy«, entgegnete Lily müde.

Seitdem er den Pfarrer verhört hatte, schwirrte Sam eine Frage im Kopf herum, wie eine Fliege, die in einem Glas gefangen war und den Weg nach draußen suchte.

»Lily ... ich würde dich gerne etwas fragen.«

Lily lag zusammengerollt auf dem Bett und hatte die Augen geschlossen. »Hm?«

»Hast du mal bei einer spiritistischen Sitzung mitgemacht, also ... mit Geistern gesprochen oder es versucht?«

Lily öffnete leicht die Augen, sah Sam einen Augenblick an und schloss sie wieder.

»Können wir später darüber reden, Sammy?« Lily war kaum noch zu hören, so leise sprach sie.

»Ja, klar«, erwiderte Sam und bemühte sich, nicht allzu enttäuscht zu klingen.

»Ich bin so müde, ich glaube, ich schlaf noch ein Stündchen«, murmelte sie in das Kissen..

Es war, als hätte man bei Lily den Stecker herausgezogen. Erst war sie munter, fast aufgedreht, und von einer Minute auf die andere baute sie ab und schlief plötzlich ein. Sam glaubte, dass das von den starken Tabletten kam, die Lily gegen ihre Psychosen nahm. Ob sie sie wohl wirklich den Rest ihres Lebens nehmen musste, wie Professor Klein gesagt hatte? In seinem tiefsten Inneren zweifelte Sam noch immer an der Diagnose des Arztes, dass Lily unheilbar krank war. Aber vielleicht sträubte er sich auch nur einmal wieder, etwas zu akzeptieren, was er nicht ändern konnte. Er fegte die unangenehmen Gedanken beiseite und fragte betont munter: »Wollen wir heute Abend nicht mal essen gehen?« Vielleicht würde es Lily ganz guttun, mal aus dem Hotelzimmer zu kommen und unter Leute zu gehen.

Schläfrig erwiderte Lily: »Ich fühle mich zurzeit nicht so wohl unter Menschen, bitte versteh das, Sammy. Aber das soll dich nicht abhalten, essen zu gehen. Und wenn was ist, ich hab ja deine Handynummer.«

»Na schön, Schwesterchen, ich fahre schnell ins Präsidium, check die Lage und bin bald wieder da, okay?«

Lily antwortete mit einem Lächeln, ohne die Augen zu öffnen. Wie immer küsste Sam sie zum Abschied auf die Stirn und schloss dann leise die Tür hinter sich. Noch auf dem Flur wählte er die Nummer von Professor Klein, erreichte aber nur dessen Mailbox. Als er auflegte, stellte er fest, dass er, während er telefoniert hatte, einen Anruf von Juri verpasst hatte. Auf dem Weg ins Präsidium versuchte Sam, ihn zu erreichen, doch nun sprang auch bei seinem neuen Assistenten nur die Mailbox an. Es schien irgendwie nicht sein Tag zu sein.

Als Sam das Büro betrat, schaltete er das Licht an, denn in seine kleine Kammer drang nur spärlich Tageslicht. Er zog gerade seinen Ledermantel aus, als sein Handy klingelte. »Ja. Sam O'Connor hier.«

»Ich hab vorher schon versucht, dich zu erreichen, aber da war besetzt. Ich bin schon auf dem Weg zu dir. Ich hab vielleicht was gefunden, was uns weiterbringt. Bis gleich«, tönte Juris aufgeregte Stimme an sein Ohr.

»Okay«, sagte Sam, »da bin ich ja mal gespannt.« Dann legte er auf und ging zu dem kleinen Heizofen, den man ihm gnädigerweise zur Verfügung gestellt hatte. Er drehte ihn voll auf. Sparen war ja gut, aber nicht auf seine Kosten.

Wenige Minuten später war Juri bei ihm.

»Ich habe in ViCLAS mal nach Kirchen, verschwundenen Frauen und Bränden gesucht. Brände gab es an die Tausend, hier ist die Liste.«

»Ja, die habe ich auch schon, aber die ist so lang, dass ich gar nicht weiß, ob es Sinn macht, sie systematisch durchzusehen.«

»Aber guck mal hier, wenn man ›Kirche‹ und ›verschwundene Frauen‹ eingibt, spuckt der Rechner das hier aus.«

Sam sah sich den Computerausdruck an, zog die Augenbraue hoch und sagte: »Das ist ja interessant.«

28

GÜNTERSTAL

Sam hatte einen leichten Schlaf. Das gleichmäßige Rattern des Zuges ließ ihn zwar immer wieder einnicken, aber nicht für lange Zeit. Und wenn er schlief, träumte er wirr von Lily. In seinem letzten Traum wurde ihr Gesicht plötzlich schwarz, so wie die Gesichter auf ihren Bildern, und verzog sich zu einer Fratze. Sam schreckte auf und rieb sich die Augen. Hatte er ein schlechtes Gewissen, weil er Lily wieder allein gelassen hatte? Doch sie war gestern Nachmittag wieder völlig normal gewesen. Sie hatten gemeinsam eine riesige Pizza vertilgt, sich im Fernsehen über Mister Bean amüsiert, und dann war er gegen elf Uhr abends zum Dammtor gefahren, wo er sich mit Juri getroffen hatte und in den Nachtzug Richtung Freiburg gestiegen war. Der junge Mann schlief jetzt unter ihm und schnarchte selig vor sich hin.

Um sechs Uhr morgens kamen sie in Freiburg an, mieteten sich ein Auto und fuhren die Schauinslandstraße Richtung Süden nach Günterstal.

»Wen willst du eigentlich fragen? Das ist fünfzehn oder zwanzig Jahre her, Sam.«

»Den Bürgermeister? Den Bäcker? Den Tischler? Irgendeinen Handwerker. Die leben meistens seit Jahrzehnten im Dorf und wissen über alles und jeden Bescheid.«

Nach einer Stunde erreichten sie Günterstal und fuhren langsam die Hauptstraße entlang. Und tatsächlich: Dort war eine Bäckerei. Über der Eingangstür hing ein relativ altes Schild, sodass Sam Hoffnung schöpfte. Als Sam und Juri den Laden betraten, klingelte eine Glocke über der Tür. Hinter der Theke stand ein junger Mann mit einer Bäckersmütze auf dem Kopf und kippte gerade frische Brötchen von einem Blech in einen Korb.

»Guten Morgen, die Herren, was darf's denn sein?«

»Guten Morgen. Wir wollen nichts kaufen, ich habe nur eine Frage an Sie. Wie lange sind Sie schon hier? Ich meine, wie lange gibt es diese Bäckerei schon?«, fragte Sam.

»Vierzig Jahre ungefähr. Warum?«

»Ich hätte da ein paar Fragen zu den Frauen, die hier Ende der Achtzigerjahre, Anfang der Neunzigerjahre verschwunden sind.«

»Da kann ich Ihnen nicht weiterhelfen. Ich war damals ja noch ein Kind. Aber meine Mutter, die weiß das sicher noch«, antwortete der Bäcker und rief nach hinten: »Mutti, komm doch mal nach vorn!«

Kurz darauf schob eine kleine dicke Frau einen Vorhang zur Seite und erschien hinter der Theke. Sie hatte einen geblümten Kittel mit einer weißen Schürze an, ihre grauen Haare waren hinten zu einem Dutt zusammengesteckt, und sie streckte ihre mehlbestäubten Hände wie Tentakel von sich. »Was gibt's denn, Junge?«

»Hier sind zwei Herren, die ein paar Fragen haben zu den Frauen, die damals verschwunden sind.«

»Sind Sie von der Polizei, oder was? Na, kommen Sie mit.« Sie ging nach hinten, und Sam und Juri folgten ihr.

Hinter dem Verkaufsraum öffnete sich ein schmaler Gang. Nach links ging es in die Backstube, rechts lagen offenbar die Wohnräume der Bäckersfamilie. Die Bäckerin öffnete eine Tür, und sie betraten eine holzgetäfelte Küche. In der Ecke auf einer Holzbank saß ein alter Mann in einer dunkelblauen Strickjacke und einem weißen Hemd. Er trank Kaffee und aß ein Brötchen, das er immer wieder in den Kaffee tunkte und tropfend in den Mund schob. Die dicke Bäckerin zeigte auf zwei Holzstühle, auf denen rot karierte Kissen lagen.

»Setzen Sie sich, meine Herren. Wollen Sie einen Kaffee und ein Weckli?«, fragte sie und setzte hinzu: »Ein Brötchen, meine ich?«

Sam und Juri sahen auf den alten Mann, dem der Kaffee vom Kinn tropfte, und lehnten dankend ab. Die Frau setzte sich neben den Mann auf die Bank und sah die beiden Männer an. »Na, wie kann ich Ihnen denn helfen?«

»Vor fünfzehn bis zwanzig Jahren gab es hier ein paar ungeklärte Fälle. Frauen verschwanden und tauchten nie wieder auf. Wir würden gerne mehr darüber erfahren«, erklärte Sam, während Juri ein kleines Aufnahmegerät auf den Tisch stellte und auf »Aufnahme« drückte.

»Ich hoffe, es macht Ihnen nichts aus?«, fragte er.

»Nein, überhaupt nicht. Ja, das war so eine Sache damals, gell, Vater?«

»Was?« Der alte Mann sah auf und kleckerte Kaffee auf die Tischdecke aus Plastik.

»Pass doch auf!«

Sie erhob sich und holte einen Lappen aus der Spüle, während Juri und Sam genervte Blicke austauschten. Ob sie hier etwas erfahren würden?

»Also, wie war das damals? Ich glaub, es waren an die acht Frauen, die nach und nach verschwanden. Einfach so. Sie waren wie vom Erdboden verschluckt. Keiner hat mir das geglaubt, aber ich hab damals schon gesagt, dass das Kloster was damit zu tun hat, gell, Vater?«

»Was?« Der alte Mann blickte kurz auf und schüttelte dann den Kopf.

»Wie kommen Sie darauf?«, fragte Sam.

»Na, die Erste, die Riemer Susanne, die hat ihren Mann betrogen. Und dann war sie weg. Die Polizei hat natürlich ihren Mann verhaftet. Aber ich glaub nicht, dass er es war. Das war ein ganz ein Lieber, der Riemer. Die Zweite – war das schon die Tochter vom Maier oder … nein, das war dieses Flittchen, wie hieß die nur? Die hat jedenfalls abgetrieben, eine richtige Hure war das. Hat sich mit dem ganzen Dorf vergnügt. Dann kam die Tochter vom Maier. Die wollte sich scheiden lassen. Und dann war auch sie weg.«

»Und was hat das mit dem Kloster zu tun?«

»Der Prior aus dem Kloster hat bei uns den Gottesdienst

gehalten und die Beichte abgenommen. Die Leute hier schwätzen viel, wissen Sie, so ist das in einem kleinen Dorf. Und es hieß, dass die Frauen immer kurz nach der Beichte verschwunden sind.«

Juri und Sam sahen sich an.

»Wo ist denn das Kloster?«, fragte Juri.

»Das gibt's nicht mehr. Nachdem der Prior krank geworden war – der hatte einen Infarkt oder Schlaganfall, glaub ich –, haben sie das Kloster zugemacht. Waren ja auch nur noch ein paar Mönche drin, zehn vielleicht. Alles alte Männer. Ich sag Ihnen was ...«, die Bäckerin beugte sich vor, als würde sie ein großes Geheimnis preisgeben, »... im Hof, da hat man eine Feuerstelle gefunden. Wer weiß, was die da gemacht haben? Vielleicht haben sie die Frauen ja verbrannt? Das war schon eine komische Gesellschaft, die Mönche, gell, Vater?«

»Können Sie sich noch an den Namen des Priors erinnern?« Sam tippte ungeduldig mit den Fingern auf dem Tisch herum, als die Bäckerin nachdachte.

»Vater, weißt du noch den Namen von dem alten Prior?«

»Was?« Der alte Mann schrak zusammen, stieß gegen seine Tasse und kleckerte wieder Kaffee auf die Plastikdecke.

»Meine Güte, pass doch auf!« Wieder erhob sich die Bäckerin und ging an die Spüle, um erneut den Lappen zu holen. Dabei murmelte sie vor sich hin. »Pater ... Pater Peter? Nein ... Pater ... Pater Paul! Ja, so hieß er!«

Sie wischte den Kaffee von der Decke, spülte den Lappen aus und hängte ihn fein säuberlich gefaltet über den Wasserhahn.

»Wo wurde er denn hingebracht?«

»Na, ins Krankenhaus, wohin denn sonst?«

»Schon klar, aber wissen Sie noch, in welches Krankenhaus?«

»Nach Freiburg wahrscheinlich, gell, Vater?«

Der Alte hatte sich gerade wieder ein Stück von dem kaffeegetränkten Brötchen in den Mund gesteckt und gab nur einen Grunzlaut von sich, während die Bäckerin den Kopf schüttelte. »Pass auf, dass du nicht wieder kleckerst.«

Draußen vor der Bäckerei standen Sam und Juri und sahen sich an.

»Und nun?«, fragte Juri.

»Fahren wir zum Bürgermeister. Der weiß vielleicht noch mehr über die Mönche«, sagte Sam. Auf einer Tafel am Ortseingang hatte er den Namen des Mannes gelesen und dass er bereits seit Anfang der Achtzigerjahre im Amt war. Sie fuhren zum Rathaus.

Nachdem sie einer misstrauischen Sekretärin ihre Ausweise gezeigt hatten, wurden sie zum Bürgermeister vorgelassen. Lothar Kramer saß gerade beim Frühstück. Er hatte ein graues Toupet auf dem Kopf, das ihn zu jucken schien, denn er kratzte sich unaufhörlich hinter dem Ohr. Auf dem Tisch lag eine Zeitung, daneben standen ein Teller mit einem halb aufgegessenen Brötchen, eine Tasse Tee und ein Glas Wasser. Der Bürgermeister war allerdings nicht ganz so gesprächig wie die Bäckersfrau, ja, er wirkte sogar ziemlich abweisend, als die beiden ihn zu den verschwundenen Frauen befragten.

»Ja, ich erinnere mich dunkel an die Geschichte. Vielleicht wenden Sie sich besser an die Polizei? Ich meine, die haben den Fall ja schließlich untersucht.«

»Ist eine der verschwundenen Frauen jemals wieder aufgetaucht?«, fragte Juri, als hätte er Herrn Kramer nicht gehört.

»Nein, nicht dass ich wüsste.«

»Gab es keine Vermutungen, keine Verdächtigen, ich meine, außer dem Ehemann der ersten Frau?«, fragte Sam und schielte auf das Brötchen, aus dem zwischen zwei Salatblättern gekochter Schinken herauslugte und ihm das Wasser im Mund zusammenlaufen ließ. Inzwischen hatte er doch Hunger.

»Nein. Nichts«, antwortete der Bürgermeister und biss, als hätte er Sams Gedanken gelesen, voller Genuss in sein Brötchen.

»Was war mit dem Prior vom Kloster oder den anderen Mönchen?«

»Ach ja, da gab es damals diese Gerüchte, dass die was damit zu tun hätten. Völliger Schwachsinn, wenn Sie mich fragen. Das waren alles herzensgute alte Männer, sie kümmerten sich um die Seelsorge in den Nachbardörfern und nahmen die Beichte ab. Nachdem der Prior einen Schlaganfall oder so was hatte, schloss man das Kloster. Er kam, glaube ich, in ein Hospiz, die anderen Mönche gingen in andere Klöster.«

»Welchem Orden gehörte das Kloster an?«

»Das waren Dominikaner, soviel ich weiß.« Der Bürgermeister trank einen Schluck Wasser und stopfte sich den Rest seines Brötchens in den Mund.

»Wir haben gehört, dass es im Hof des Klosters eine Art Feuerstelle gegeben hat. Was meinen Sie: Könnten die Frauen dort verbrannt worden sein?«, fragte Sam. Das, was ihnen die Bäckerin erzählt hatte, war vielleicht nicht nur Dorfklatsch.

Der Bürgermeister sah Sam über den Rand seines Glases an und setzte es langsam ab. »Sie wollen mir doch nicht erzählen, dass die Mönche die verschwundenen Frauen verbrannt haben, sie vielleicht sogar bei einer schwarzen Messe geopfert haben? Also, ich bitte Sie, meine Herren, wir sind doch hier nicht in Hollywood.« Er schüttelte ungläubig den Kopf, sah von einem zum anderen und sagte dann: »Leider muss ich jetzt los. Sechzig Jahre Kaninchenzüchterverein, eine große Feier, Sie verstehen. Tut mir leid ...« Der Bürgermeister war nicht sehr überzeugend. Ganz offensichtlich bedauerte er es kein bisschen, dass er keine Zeit mehr hatte für die wirren Geschichten der beiden Polizisten.

Sam erhob sich langsam von seinem Stuhl. »Kein Problem, wir sind schon weg. Hat man denn damals die Feuerstelle untersucht?«, machte er noch einmal einen Anlauf.

»Meine Herren, das ist doch absurd!« Bürgermeister Kramer war jetzt mehr als empört. Juri und Sam verabschiedeten sich eilig und waren schon aus der Tür.

Eine halbe Stunde später standen die beiden vor dem ehemaligen Kloster. Es war umgeben von einem verwilderten Garten. Daneben lag ein Friedhof. Der perfekte Ort, um jemanden zu vergraben, schoss es Sam durch den Kopf.

Sam und Juri sahen sich an und dachten offenbar das Gleiche. Wie kamen sie in das Kloster hinein? Juri ging zu einem Fenster im Erdgeschoss, zog kurzerhand seine Jacke aus, wickelte sie sich um den Arm und schlug das Fenster ein. Keine fünf Sekunden später standen die beiden im Klostergebäude. Sam schlug Juri auf die Schulter und grinste.

»Na, dann wollen wir uns mal umsehen. Vielleicht finden wir ja irgendetwas, das uns weiterhilft.«

»Was erwartest du? Acht Frauenskelette oder ihre sprechenden Geister?«, fragte Juri sarkastisch. Sam sah ihn lediglich missbilligend von der Seite an und zog seine Augenbraue hoch.

Sie liefen durch die verlassenen Gänge, durch die vor wenigen Jahren noch die Mönche mit ihrem weißen Habit und ihren schwarzen Mänteln gegangen waren. Sie sahen in Zimmer mit vergilbten Wänden und einfachen Betonfußböden. Nur ein paar alte Bettgestelle wiesen darauf hin, dass hier vor nicht allzu langer Zeit Menschen geschlafen hatten. In einem Raum lagen eine Decke und ein paar Zeitungen auf dem Boden. Vielleicht das Nachtlager eines Landstreichers? Schließlich gelangten sie in den kopfsteingepflasterten Innenhof. Nichts wies hier noch auf eine Feuerstelle hin. Regen und Wind hatten den Beweis, wenn es überhaupt einen gegeben hatte, längst weggewaschen.

29

HAMBURG

In Hamburg hatte es sich mal wieder so richtig eingeregnet. Der Schnee war verschwunden, dafür goss es wie aus Eimern. Der Himmel war grau, ebenso wie die Straßen und Häuser. Alles schien ineinander überzugehen. Dazu wehte ein kalter Nordostwind, der bis unter die Haut ging. Sam und Juri waren noch am gleichen Tag zurück nach Hamburg gefahren und dort direkt vom Bahnhof zum Polizeipräsidium, um telefonisch ein paar Dinge zu klären.

Gemeinsam saßen sie unter der nackten Glühbirne in ihrem Büro, und während Juri das Aufnahmegerät abhörte, telefonierte Sam mit dem Bischofsamt in Freiburg, wo er einen freundlichen Sekretär erreichte. Dieser teilte ihm mit, dass man die Mönche aus dem Kloster in Günterstal auf mehrere Einrichtungen in ganz Deutschland verteilt habe. Wo genau sie untergebracht worden waren, könne er herausfinden, allerdings würde das einige Zeit in Anspruch nehmen. Über den ehemaligen Prior war der Mann jedoch im Bilde. Er war in ein Hospiz in der Nähe gebracht worden, weil er nach seinem Schlaganfall auf tägliche Pflege angewiesen war. Sam ließ sich die Nummer des Hospizes geben und wollte gerade wählen, als sein Handy klingelte. Er hörte zu, ohne ein Wort zu sagen. Dann legte er auf und steckte zitternd das Handy in seine Tasche. Er gab Juri ein paar Instruktionen, legte ihm die Nummer der Familie Ingelheim in Salzburg hin und eilte davon.

Er hatte gewusst, dass es ein Fehler gewesen war, sie mit nach Hamburg zu nehmen. Die ganze Fahrt über machte er sich bittere Vorwürfe.

Als Sam im Hotel ankam, sah ihn die Dame an der Rezeption eisig an, als wäre er ein Verbrecher. Sie rief den Manager, der Sam in den dritten Stock zu Lilys Zimmer begleitete.

»Es tut mir sehr leid, aber wir mussten heute Nacht die Polizei rufen. Als sie sie gesehen haben, haben sie Ihre Schwester direkt nach Ochsenzoll gebracht.«

»Ochsenzoll?«

»Na ja, in die Klapsmühle.«

Der Mann war nicht besonders taktvoll. Leichter Ärger stieg in Sam auf, als der Manager die Tür öffnete und Sam schlagartig das ganze Ausmaß des Vorfalls bewusst wurde.

»Sie werden verstehen, dass wir die Renovierung des Zimmers auf Ihre Rechnung setzen müssen«, sagte der Manager.

Von den Wänden starrten Sam verzerrte schwarze Fratzen an. Direkt über das Bett hatte Lily ein großes schwarzes Auge gemalt. In ihrer Vorstellung hatte es sie wahrscheinlich beobachtet.

»Wahrscheinlich war ihr Block voll«, meinte Sam trocken und begutachtete weitere Schäden im Zimmer.

»Finden Sie das etwa komisch?« Der Hotelmanager war sichtlich entrüstet und blieb dicht hinter Sam.

Auf dem Bett lag nur noch die nackte Matratze, auf der Teile eines Sternes zu erkennen waren, den Lily mit schwarzer Kohle gemalt hatte. Um das Bett herum standen etwa zwanzig weiße Kerzen. Wusste der Himmel, woher sie die hatte, aber einige davon waren umgefallen und wohl die Ursache für die großen Brandlöcher im Teppich. Offenbar hatte der Rauch die Sprinkleranlage ausgelöst, die den Teppich unter Wasser gesetzt hatte. Oder das Wasser kam aus der Badewanne, überlegte Sam, der inzwischen ins Bad gegangen war und sah, dass die Wanne bis zum Rand gefüllt war. Die gesamte Bettwäsche lag darin, und dunkle Haarsträhnen schwammen auf der Wasseroberfläche. Das Waschbecken war ebenfalls voller Haare, am Rand lag ein rosa Damenrasierer, daneben stand eine offene Dose Rasierschaum. Duschgel, Shampoo und Conditioner waren auf dem Boden ausgeschüttet worden und hatten die Fliesen in eine schmierige, glitschige Oberfläche verwandelt.

Beim Anblick der abgeschnittenen Haare bekam Sam eine Gänsehaut.

Der Hotelmanager folgte Sams Blick und sagte verächtlich: »Als man sie fand, saß sie nackt und kahl in der Ecke des Zimmers und wippte hin und her. Ich möchte ja nichts sagen, aber hätten Sie uns nicht vorher darüber informieren können, dass Ihre Schwester … na ja … krank ist?«

Sam ging nicht darauf ein und fragte: »Wohin, sagten Sie noch, hat man sie gebracht?«

»Nach Ochsenzoll.«

In der geschlossenen Abteilung in Ochsenzoll wollte man ihn nicht zu Lily lassen. Er durfte nur durch ein Fenster in der Tür in ihr Zimmer sehen. Dort lag sie auf dem Bett, wie ein gefällter Baum, festgebunden mit einem Gurt und offenbar ruhig gestellt mit Medikamenten. Es zerbrach ihm schier das Herz. Doktor Willfurth, der zuständige Arzt, klopfte ihm väterlich auf die Schulter. »Es ist nicht das erste Mal, stimmt's?«

Sam wischte sich mit dem Handrücken eine Träne ab und drehte sich zu dem Arzt um, den er erst jetzt richtig wahrnahm. Er war relativ jung, höchstens vierzig, war etwa so groß wie Sam, hatte kurz geschnittenes braunes Haar und unauffällige graublaue Augen. Er hatte ein Klemmbrett unter dem Arm und betrachtete seine neue Patientin sorgenvoll durch das Fenster.

»Ich hätte da noch ein paar Fragen an Sie. Kommen Sie, wir gehen in mein Büro.«

Sam nickte stumm und sah an dem Arzt vorbei. Hinter Doktor Willfurth schlurfte eine Patientin den Gang entlang. Ihr Mund bewegte sich, als würde sie mit jemandem reden. Wie Sam diese Kliniken hasste.

Als sie in Doktor Willfurths Zimmer angekommen waren, bot der Arzt Sam einen Platz vor dem Schreibtisch an. »Erzählen Sie mir vom letzten Mal.«

Sam schilderte, wie er Lily vor gut zwei Monaten aus Thailand geholt hatte. Er ermittelte gerade in einem Fall in Frankfurt, als ihn ein Freund von Lily aus Thailand anrief und ihm erzählte, dass seine Schwester in einer psychiatrischen Klinik sei.

Lily war im Sommer 2007 zusammen mit Freunden nach Thailand geflogen. Sie hatte die Grafikschule in München geschmissen und sich entschieden, erst einmal eine Auszeit zu nehmen. Sie besuchten Tempel und Klöster, machten Wanderungen, genossen die Sonne und die Freundlichkeit der Thai. Lily schrieb begeisterte Postkarten an ihren Bruder. Alles schien in Ordnung. Dann erreichten sie eine kleine Insel, und dort begann es. Lily kaufte wahllos Schmuck, Schuhe und Klamotten, die sie anschließend verschenkte. Müll wie Plastikbecher, Steine, Papier, Draht, alles, was sie auf der Straße fand, sammelte sie und legte es auf die Veranda ihres Bungalows. Lilys Freunde sorgten sich langsam um sie. Dann begann Lily, mit Geistern zu reden und in klatschnassen Kleidern durch die Straßen zu gehen, und die Thai, die sich sehr vor Geistern fürchteten, liefen in Todesangst vor der seltsamen Europäerin davon. Lilys Freunde fuhren mit ihr in die nächste größere Stadt und brachten sie zu einem Arzt.

Als würde er neben sich stehen, hörte sich Sam selbst reden, und zum ersten Mal wurde ihm bewusst, was er da sagte. »Dann begann Lily mit Geistern zu reden ...«

»Wie ging es weiter?«, unterbrach Doktor Willfurth seine Gedanken.

Sam überlegte einen Augenblick und nahm dann den Faden wieder auf: »Auf dem Flughafen in Bangkok hat sich dann alles etwas zugespitzt. Sie hat sich alle fünf Minuten umgezogen. Tuch an, Tuch aus, Hose an, Hose aus, Pulli an, Pulli aus. Dann hat sie sich mitten in der Abfertigungshalle auf den Fußboden gelegt und geschlafen. Kurz vor dem Start habe ich ihr Valium in den Saft getan, das mir der Arzt in der Klinik gegeben hatte. Da war sie erst einmal ruhig. Leider wurde sie nach fünf Stunden Flug wieder wach und wollte rauchen. Ich habe ihr die Zigaretten weggenommen. Da ist sie total ausgerastet. Hat ihre Tasche auf den Boden geworfen, geflucht, gegen den Vordersitz getreten, bis ich sie an den Stuhl gebunden habe und sie mich nur noch wüst beschimpfte. Sie können sich ja denken, wie die anderen Passagiere uns angestarrt haben.«

»Ein angenehmer Flug also.« Der Arzt sah Sam voller Mitleid an.

»So kann man es ausdrücken.« Sam schluckte. »Am Flughafen in München wurden wir von der Polizei erwartet. Da ich aber selbst Polizist bin, war es mir gestattet worden, sie selbst in die Klinik nach Semmerling zu bringen. Dort kam sie zur Ruhe. Ihr Arzt war ganz begeistert von ihren Fortschritten und hat mir vor ein paar Tagen erlaubt, sie aus der Klinik abzuholen.«

»Und warum sind Sie jetzt in Hamburg?«

»Ich arbeite gerade an einem Fall. Der Hauptverdächtige lebt hier in Hamburg. Und ich konnte Lily ja schlecht allein in München lassen.«

Sam sah mit leerem Blick vor sich hin. Er hatte es total vermasselt. Warum war er nur so naiv gewesen und hatte geglaubt, dass wieder alles von selbst in Ordnung kommen würde?

»Machen Sie sich keine Vorwürfe. Damit konnte keiner rechnen. Keiner von uns kann in ihren Kopf hineinsehen. Und solche plötzlichen Rückfälle sind nicht ungewöhnlich. Wir behalten sie erst einmal hier. Hier in der Klinik ist sie unter ständiger Beobachtung, sie wird sich in diesem Zustand nichts antun können. Und in ein paar Tagen sieht alles vielleicht schon wieder ganz anders aus.«

Sam nickte wortlos. Dann verabschiedete er sich und trat auf den Gang hinaus. Dort geisterte noch immer die Patientin von vorher herum. Plötzlich drehte sie wie eine aufgezogene Puppe mit einem Ruck ihren Kopf zu Sam, sah ihm direkt in die Augen und öffnete den Mund zu einem lautlosen Schrei. Sam wich zurück und stolperte rückwärts gegen die Wand. Er hatte das Gefühl, in eine Fratze aus einem Horrorfilm zu schauen.

Die Beine angewinkelt, die Arme schlaff neben den Körper gelegt und den Kopf nach hinten an die Wand gelehnt, saß Sam etwas später in seinem Hotelzimmer auf dem Bett und beobachtete, wie die Regentropfen am Fenster herunterrollten. Manche Tropfen vereinten sich mit anderen. Dann wurden die Rinnsale dicker und schneller, jagten anderen nach, bis sie zusammen mit den anderen Tropfen die Pfütze auf dem Fenstersims erreichten. Ein besonders dicker Tropfen klatschte an die Scheibe, rann herunter und verschwand ebenfalls in der Pfütze. Im Nichts. Nichts war mehr übrig, dachte Sam trostlos. Sein Vater war tot, seine Mutter existierte für ihn nicht mehr, und Lily war in der Klapsmühle. Dieses Mal wohl für immer. Und Freunde? Freunde hatte er früher, an der Uni, gehabt. Doch dann fing er an zu arbeiten, stieg auf, und auf einmal hatte er nur noch Feinde und Neider um sich herum, und die sogenannten Freunde wurden immer weniger. Doch, einen Freund hatte er. Noch. Sam wählte die Nummer in der Schweiz und hoffte, dass er mit Argault reden konnte. Vielleicht besiegte er den Krebs doch, und sie würden wieder wie früher stundenlang Opern hören. Alles sollte sein wie früher. Als sich nach dem zehnten Klingeln keiner meldete, legte er auf.

Auf seinem Nachttisch lagen sein iPod und ein zusammengefalteter Zettel, den er sich im Büro schnell noch in die Tasche gesteckt hatte. Sam wählte die Nummer darauf, und schon nach dem zweiten Klingeln meldete sich eine Frauenstimme: »Hospiz zum Weg ins Licht, Schwester Angela.«

Sam stellte sich kurz vor und fragte nach Pater Paul. Doch Schwester Angela war erst seit etwa drei Jahren im Hospiz und konnte ihm keine Auskunft geben. Zumindest gab es dort heute keinen Pater Paul, das konnte sie ihm versichern. Sie bat ihn, später noch einmal anzurufen, wenn Schwester Maria Dienst hatte, sie sei seit Jahrzehnten im Hospiz und könne ihm sicherlich weiterhelfen.

Sam legte auf, stöpselte sich die Kopfhörer seines iPod in die Ohren und ließ sich von Plácido Domingo in die Welt der Oper entführen. Nur einen Moment, dachte Sam. Nichts denken, nichts fühlen. Doch um an nichts zu denken, hätte man ihn wohl bewusstlos schlagen müssen. Er konnte einfach nicht abschalten. Nach der ersten Arie zog er die Ohrstöpsel wieder aus den Ohren und ging ins Bad. Als er sich gerade Wasser ins Gesicht spritzte, klopfte es.

Sam trocknete sich schnell ab und öffnete die Tür. Vor ihm stand Juri mit einer großen braunen Tüte auf dem Arm.

»Abendessen! Dachte, du hast vielleicht Hunger.« Er schwenkte die Tüte vor Sams Gesicht und trat ein. »Nachdem du so fluchtartig das Büro verlassen hast, dachte ich, ich sehe mal nach dir. Ach ja, für morgen haben wir einen Termin bei einem Geschichtsprofessor. Der kann uns sicher was über Folter und diese Wasserprobe erzählen. Und dann hat noch mal der Typ aus dem Bischofsamt in Freiburg angerufen und mir erzählt, dass zwei von den Mönchen noch am Leben sind.«

Sam sah ihn erwartungsvoll an.

»Freu dich nicht zu früh. Der eine hat Alzheimer, und der andere liegt im Sterben.« Juri öffnete die weißen Styroporbehälter und reichte Sam eine weiße Plastikgabel. Der unverkennbare Duft von chinesischem Essen zog durch das kleine Zimmer.

»Hast du schon in dem Hospiz angerufen?«, fragte ihn Juri mit vollem Mund.

»Ja, aber ohne Erfolg. Ich versuche es später noch einmal. Hast du die Familie Ingelheim in Salzburg erreicht?«

»Ja. Frau Ingelheim war erst nicht sehr gesprächig. Erst als ich ihr versicherte, dass wir über die spiritistische Sitzung in ihrem Haus im Bilde seien, bestätigte sie, dass Pater Dominik der einzige Mann gewesen ist. Der Rest waren alles Frauen.« Juri schob sich eine weitere Gabel mit Reis und Schweinefleisch in den Mund und fragte etwas undeutlich: »Was war denn vorhin los?«

Sam sah kurz auf und zögerte. Dann erzählte er von Argault und dem Krebs, ohne Juri dabei anzusehen. Er log nicht gerne, aber er wollte einem Arbeitskollegen keine so persönlichen Dinge erzählen. Ganz abgesehen davon, wusste man nie, ob die Geschichte mit Lily nicht irgendwie gegen ihn verwendet werden konnte.

Nach dem Essen wählte Sam noch einmal die Nummer von dem Hospiz. Dieses Mal hatte er mehr Glück, denn nun hatte er Schwester Maria am Apparat.

»Wie kann ich Ihnen behilflich sein?«, fragte sie mit leiser Stimme, nachdem Sam sich vorgestellt hatte.

»Ich hätte gerne ein paar Informationen über Pater Paul.«

»Ach, guter Mann, der ist doch schon lange tot. Er ist vor zwölf oder dreizehn Jahren gestorben.«

Sam sah zu Juri hinüber und zeigte mit dem Daumen nach unten. Noch eine Sackgasse. Aber hatten sie tatsächlich erwartet, dass ein alter Mann, der bereits einen Schlaganfall gehabt hatte, nach so vielen Jahren noch am Leben war?

»Wie ist er denn gestorben?«

»Hm ... Lassen Sie mich kurz nachdenken ... er bekam einen Herzanfall. Wir konnten ihm nicht mehr helfen.«

»Und wann genau war das?«

»Oh, das weiß ich nicht auswendig. Warten Sie einen Moment, ich sehe in den Akten nach.« Er hörte, wie sie den Hörer zur Seite legte und sich ihre Schritte entfernten. Nach einer Weile kam sie zurück.

»Hören Sie? Pater Paul ist in der Nacht vom 10. auf den 11. Oktober 1995 gestorben.«

»Wie lange war er bei Ihnen im Hospiz?«

»Ungefähr fünf Jahre. Er kam 1990. Eine lange Zeit, wenn man bedenkt, wie kurz viele andere hier sind, bis sie heim zu Gott gehen.«

»In der Tat. Ist in der Zeit, in der er bei Ihnen war, irgendetwas Ungewöhnliches passiert? Ist vielleicht eine Frau verschwunden?«

»Also, hören Sie mal! Was unterstellen Sie da einem Mann Gottes! Ganz abgesehen davon, konnte er sich kaum bewegen. Er saß im Rollstuhl.«

»Vielen Dank, Schwester Maria, Sie waren mir eine große Hilfe.« Sam legte auf.

Am anderen Ende der Leitung stand die Nonne noch einen Moment nachdenklich am Telefon, bevor auch sie auflegte. Ihr war gerade eingefallen, dass damals tatsächlich etwas Ungewöhnliches passiert war. Aber vielleicht war das gar nicht wichtig, und der Polizist hatte ja auch nur nach Pater Paul gefragt.

1995

»Der Junge ist des Teufels, Pater Paul. Es werden schreckliche Dinge geschehen.«

»Was reden Sie denn da, Schwester Augustina?«

Lukas blieb hinter der Tür stehen und achtete darauf, dass er nicht in den Lichtstrahl trat, der aus dem Inneren des Zimmers auf den Flur fiel.

»Ich habe es gesehen.«

»Was haben Sie gesehen? Sie hören sich ja an wie eine Wahrsagerin auf dem Jahrmarkt.«

»Glauben Sie mir, Pater, ich habe schon öfter solche Vorahnungen gehabt.«

»Ach, das ist doch Unsinn!«

»Er trägt eine schwere Bürde aus ver…«, mehr konnte Lukas nicht verstehen, weil die Schwester die letzten Worte nur noch sehr leise sprach. Plötzlich herrschte Stille. Offenbar war Lukas zu dicht an die Tür getreten, sodass sie sich leicht bewegt hatte. Dann hörte er Schritte, die sich der Tür näherten. Lukas schlich auf Zehenspitzen in sein Zimmer und warf sich schnell aufs Bett, als hätte er dort schon die ganze Zeit gelegen. Doch niemand kam, und so legte er sich auf den Rücken und sah an die Decke.

Was meinte die Schwester damit, dass sie Vorahnungen hatte? Hatte sie einen Pakt mit dem Teufel geschlossen, um in die Zukunft zu sehen? Um seine Zukunft zu sehen? Lukas' blaugrüne Augen verengten sich zu kleinen Schlitzen. Es wurde Zeit. Wenn sie es so wollte, passierten eben schreckliche Dinge. Noch heute Nacht, dachte Lukas, und eine Welle unbändigen Hasses überkam ihn. Ein Hass, der sich in den letzten Jahren der Demütigung und Nichtbeachtung in ihm aufgestaut hatte. Sie hatte ihn die Drecksarbeit machen lassen, ihn jahrelang putzen und die Alten durch den Garten schieben lassen, ihn als billige Arbeitskraft ausgenutzt. Ja, Pater Paul hatte recht, der Anfang allen

Übels war das Weib, und er war hier, um zumindest diesem Weib eine Lehre zu erteilen. Er war ein Engel auf Erden, und dieses Weib verdiente eine gerechte Strafe.

In der Nacht hörte man aus dem Dormitorium im Südflügel gellende Schreie. Hellrote Flammen leckten wie gierige Teufelszungen an den Wänden und verschlangen alles. Die Schwestern standen verschreckt draußen vor dem Gebäude. Nur eine fehlte. Als die Feuerwehr die Flammen gelöscht hatte, fand man in der Zelle von Schwester Augustina lediglich einen schwarzen, verkohlten Körper, die Arme gen Himmel gestreckt, als hätte sie in den letzten Sekunden vor ihrem schrecklichen Tod noch zu Gott gebetet.

Man ging davon aus, dass eine Kerze Schwester Augustinas Matratze in Brand gesetzt und dass das Feuer sie im Schlaf überrascht hatte. Merkwürdigerweise war jedoch nur die eine Hälfte ihres Zimmers verbrannt, der Rest war wie durch ein Wunder verschont geblieben. Dort waren nur die Wände rußgeschwärzt, und in einer Ecke fand man etwas, was jeglicher Logik entbehrte. Deshalb verloren die Schwestern kein Wort mehr darüber.

30

In der Nacht wachte Sam immer wieder auf. Der Regen trommelte gegen das Fenster, es klang wie der Applaus eines unsichtbaren Publikums. In seinem letzten Albtraum sah Sam die Frau aus der Klinik vor sich, ihre verzerrte Fratze mit dem weit aufgerissenen Mund, und er fuhr schweißnass hoch. Die Leuchtziffern seiner Armbanduhr zeigten auf fünf. Eigentlich zu früh zum Aufstehen, aber auf weitere Albträume konnte er verzichten. Er knipste die Nachttischlampe an, stand auf und nahm die Liste vom Tisch, die er schon seit Tagen durchgehen wollte. Die Liste der tausend Brände, wie er sie nannte.

Um acht hatte er gerade mal die Hälfte geschafft. Doch keiner der Fälle hatte seine Aufmerksamkeit erregt. Er ließ sich ein Bad ein, um sich zu entspannen und um seine Gedanken für das kommende Gespräch mit dem Geschichtsprofessor zu sammeln.

Sam und Juri waren etwas früher als verabredet an der Uni und setzten sich in Hörsaal »Phil B« in die letzte Reihe. Professor Erwin Patzold beendete gerade seine Vorlesung.

»In der nächsten Sitzung reden wir über die religiösen Bewegungen im Mittelalter.«

Er schloss sein Skript, und an die hundert Studenten klopften auf ihre Tische, erhoben sich dann von den Sitzen und fingen an zu reden. Innerhalb von Sekunden stieg der Geräuschpegel so an, dass man sein eigenes Wort nicht mehr verstand. Die beiden Polizisten standen ebenfalls auf und gingen gegen den Strom der Studenten die Treppen nach unten zum Professor.

Professor Erwin Patzold war ein relativ attraktiver, durchtrainierter Mann um die fünfzig mit vollem grauen Haar. Seine Lesebrille hatte er wie eine Sonnenbrille nach oben auf den Kopf geschoben. Er war leger gekleidet, trug ein schwarzes Hemd, das er bis zu den Ellbogen hochgekrempelt hatte, eine dunkelgrüne

Cargohose und hellbraune Halbschuhe. Er packte gerade seine Bücher in eine mehrfach geflickte Lederaktentasche. Wahrscheinlich ein Überbleibsel aus seiner eigenen Studentenzeit, dachte Sam.

»Ah, die Herren von der Polizei! Lassen Sie uns in mein Büro gehen. Da können wir ungestört reden.«

Im Büro des Professors, einem kleinen, schlecht belüfteten und nach altem Papier riechenden Raum, setzten sich die drei an einen runden Konferenztisch. Sam breitete die Fotos der Opfer vor Professor Patzold aus.

»An was erinnert Sie das?«, fragte Sam. Er war gespannt. Waren das wirklich mittelalterliche Foltermethoden, wie Pater Dominik behauptet hatte?

Professor Patzold nahm die Brille vom Kopf und setzte sie sich auf die Nase. Dann betrachtete er eingehend die Fotos, ohne ein Wort zu sagen oder eine Miene zu verziehen. Schließlich sah er die beiden Polizisten an. »Sie wollen meine ehrliche Meinung?«

Juri und Sam nickten.

»Das erinnert mich an die Ketzer- und Hexenprozesse, die Inquisition. An die Folter als Verhörmittel. Das hier zum Beispiel…«, er zeigte auf Catharina Kil, »…das ist ein spanischer Bock. Ein dreikantiges Holz, auf das man die angebliche Hexe setzte. Die schweren Gewichte an den Füßen dienten dazu, den Körper zu beschweren, damit die messerscharfe Klinge sich in den Körper bohren konnte. Man ließ das Opfer stundenlang darauf sitzen. Das andere ist eine Wasserprobe. Die Quetschungen an den Unterschenkeln stammen vermutlich von einem spanischen Stiefel oder Beinschrauben, und das Verbrennen diente der Reinigung. Gereinigt und geläutert, so glaubte man, konnte die Seele in das Himmelreich eingehen.«

»Was war mit Enthauptungen?«, fragte Sam.

»Verbrennen, Enthaupten, Hängen – das alles waren Todesstrafen. Die Strafe war jedoch erst vollzogen, wenn der Schuldige komplett ausgelöscht war, wenn seine Asche in alle Winde verstreut war.«

Komplett ausgelöscht hat der Mörder keines seiner Opfer, überlegte Sam und sagte laut: »Das bedeutet im Klartext, dass er keine Strafe zu Ende geführt hat. Verstehe ich das richtig, Professor?«

»Ja, so würde ich es sehen. Es scheint, als würde Ihr Mann noch experimentieren.«

Sam dachte an die Feuerstelle im Dominikanerkloster in Günterstal.

»Sagen Sie, hatten die Dominikaner etwas mit der Inquisition oder dergleichen zu tun?«

»Allerdings. Der Dominikanerorden wurde 1214 vom heiligen Dominikus gegründet. Man nannte sie auch die Schwarzen Brüder, weil sie schwarze Kutten trugen. 1216 wurde der Orden offiziell vom Papst anerkannt, was bedeutete, dass sie befugt waren, ihre Lehre zu verkünden und die Beichte abzunehmen. Während der Inquisition wüteten sie in ganz Europa, töteten Hexen und Ketzer. Nun hießen sie *domini canes*, Hunde des Herrn. Ich glaube, das sagt alles.«

Sam kratzte sich am Hinterkopf. Er fragte sich, ob die Mönche in Günterstal die Inquisition hatten aufleben lassen und im Hof des Klosters sündige Frauen hingerichtet hatten. Doch selbst wenn dem so war, war keiner der Mönche von damals noch am Leben oder in der Lage, nun wieder zu töten.

»Die Opfer, die Sie hier sehen, hatten alle etwas mit Esoterik, mit spiritistischen Sitzungen zu tun. Können Sie uns dazu etwas sagen?«, warf Juri ein und suchte Sams Blick, der ihm bestätigend zunickte, um ihm zu zeigen, dass er damit einverstanden war, wenn sich sein Assistent in die Befragung einschaltete.

»›Gegen einen, der sich an Totenbeschwörer und Wahrsager wendet und sich mit ihnen abgibt, richte ich mein Angesicht und merze ihn aus seinem Volk aus. Männer oder Frauen, in denen ein Toten- oder ein Wahrsagegeist ist, sollen mit dem Tod bestraft werden. Man soll sie steinigen, ihr Blut soll auf sie kommen.‹ Das steht schon in der Bibel, im Buch Levitikus, um genau zu sein. Das heißt, in den Augen der Kirche hatten alle, die sich mit

Wahrsagerei, Nekromantie oder Astrologie beschäftigten, einen Pakt mit dem Teufel geschlossen, dienten nicht Gott und damit nicht der Kirche. Das war ein Todesurteil.«

Sam und Juri sahen sich fassungslos an, was den Professor anspornte weiterzureden.

»Hexen und Zauberer und alle, die man dafür hielt, wurden in ganz Europa verfolgt. Tausende starben, meist Frauen. Verantwortlich dafür war vor allem der Dominikaner Heinrich Kramer. Er hatte den *Hexenhammer* geschrieben, eine Art Leitfaden für Hexenprozesse und Folter. Kramer war selbst Inquisitor und prahlte damit, zweihundert Hexen hingerichtet zu haben.«

»Das ist doch krank«, sagte Juri kopfschüttelnd.

»Ja, heute kann man kaum noch nachvollziehen, wie Menschen anderen im Namen Gottes so etwas antun konnten, aber damals war das eben anders.«

Damals waren viele Dinge anders, dachte Sam, aber wir leben heute, im 21. Jahrhundert. Es war unmöglich, dass jemand die Hexenprozesse aufleben ließ und den Richter über Leben und Tod spielte. Und doch schien es genau so zu sein.

»War es üblich, den Hexen die Haare abzuschneiden?«, fragte Sam und dachte an die Tatorte in Salzburg und Rom.

»Hm ...«, der Professor schüttelte langsam den Kopf, »... das kann ich Ihnen auf Anhieb nicht beantworten. Das muss ich nachlesen. Aber rufen Sie mich morgen früh an, dann habe ich vielleicht die Antwort.«

Sam machte sich eine Notiz und stellte schon seine nächste Frage: »Was sagen Ihnen Salz, Wachs und Kräuter? Haben sie irgendeine Rolle gespielt bei der Folter oder der Hinrichtung?«

Professor Patzold überlegte eine Weile und sagte dann: »Dazu kann ich Ihnen leider auch nichts sagen.«

Sam hatte die Ellbogen auf den Tisch gestützt und ließ nun seinen Kopf resigniert auf seine Hände sinken.

»Ihr Mann scheint ein wahrer Spezialist für Foltermethoden zu sein«, meinte der Professor trocken.

Ohne den Kopf von seinen Händen zu heben, fragte Sam:

»Haben Sie eine Idee, wo wir diesen Spezialisten finden könnten?«

»Ich fürchte, das ist Ihre Aufgabe. So, ich muss jetzt leider los. Mein Hauptseminar fängt gleich an.«

Professor Patzold verabschiedete sich mit einem festen Händedruck. Als Sam und Juri die Tür zu seinem Büro hinter sich schlossen, waren sie froh, den stickigen Raum endlich verlassen zu haben.

Im Auto wirkte Sam ziemlich niedergeschlagen. Juri versuchte, ihn aufzumuntern: »Hey, wie wär's, wenn wir heute Abend was zusammen unternehmen? Auf die Piste gehen und ein bisschen Spaß haben?«

Sam, der aus dem Fenster gesehen hatte und in Gedanken bei seiner Schwester war, schüttelte den Kopf. »Darauf habe ich, ehrlich gesagt, gerade nicht so große Lust. Ein andermal gerne.«

Sie fuhren durch den Stadtpark. Im Sommer ist es hier sicherlich schön, dachte Sam. Hier und da waren Frauen mit Kinderwagen zu sehen und ein paar Jogger, die meisten dick eingepackt und mit Wollmützen auf dem Kopf.

»Sag mal, du bist nicht verheiratet, und eine Freundin hast du auch nicht, oder? Drückt's dich nicht manchmal? Ich meine ...«, fragte Juri etwas unbeholfen.

»Na klar, aber wenn du nicht gerade in den Puff gehen willst, gehört dazu immer noch etwas mehr. Reden, ein paar Mal essen oder ins Kino gehen. Das ist zeitaufwendig und mir im Augenblick einfach zu anstrengend«, antwortete Sam und sah wieder aus dem Fenster.

Würde er überhaupt jemals Zeit für eine Beziehung haben? Konnte oder wollte er sich tatsächlich auf einen anderen Menschen einlassen, vielleicht sogar sein ganzes Leben mit ihm verbringen? Er glaubte nicht. Aber er wusste auch, dass das Schicksal oft verschlungene Wege ging und so einige Überraschungen bereithielt. Was heute noch zählte, war morgen schon wieder unwichtig.

31

Sam hatte sich letztendlich doch davon überzeugen lassen, dass es spannender war, abends mit Juri um die Häuser zu ziehen, als allein in seinem Hotelzimmer vor sich hin zu grübeln. Nun standen Juri und er in einer Menschenschlange vor dem italienischen Restaurant »Palladin«. Vor ihnen warteten zwei junge Frauen, beide in engen Hosen und hochhackigen Stiefeln. Juris Blick ging abschätzend von einem Hintern zum anderen, wie Sam amüsiert feststellte.

»Sag mal, was ist denn das für ein Laden? Warum muss man hier anstehen? Gibt's in Hamburg sogar vor den Restaurants Türsteher?«, fragte Sam.

»Lass dich überraschen«, meinte Juri grinsend.

In diesem Moment erschien jemand in der Tür. »Bitte zuerst die *signori*«, sagte ein kleiner Italiener mit starkem Akzent, und schon lösten sich etwa zwanzig Männer aus der Schlange und bewegten sich langsam in Richtung Eingang.

Als Sam das Restaurant betrat, fiel ihm auf, dass alles rot war. Rote Wände, rote Lampenschirme, rote Kerzen, rote Tischdecken und rote Servietten, sogar die Kellner trugen rote Schürzen und rote Krawatten. Auf den Tischen standen jeweils eine Flasche Rotwein und vier Gläser, zwei für Wein, zwei für Wasser.

Ein dunkelhaariger Italiener in weißem Hemd und Jeans begrüßte seine männlichen Gäste mit einem Kopfnicken und sorgte dafür, dass sich jeder allein an einen Tisch setzte. Dann rieb er sich die Hände und sagte mit tiefer Stimme: »Guten Abend, meine Herren. Es freut mich, dass Sie so zahlreich zu unserem zehnten Speed-Dating erschienen sind. Heute Abend werden Sie vielleicht Ihre Traumfrau kennenlernen. Die Regeln sind ganz einfach. Sie haben für jede *signora* fünf Minuten Zeit, und am Schluss können Sie sich bei einem Essen oder einem Glas *vino* näher kennenlernen.«

Drei Kellner begannen, die Weinflaschen auf den Tischen zu öffnen und den Gästen einzuschenken.

Sam, der vor Juri an einem Tisch saß, drehte sich um und warf seinem Kollegen einen Blick zu, der so viel wie »Na warte!« bedeutete. Juri grinste jedoch nur und nahm einen kräftigen Schluck Wein.

»Was soll ich denn in den fünf Minuten machen?«, fragte Sam leicht genervt.

»Nur zuhören. Du wirst dich amüsieren, glaub mir. Du musst dich nur auf die Frauen einstellen, Sam.«

Wie sollte er sich ausgerechnet heute auf andere Frauen einstellen? Am Tag nach Lilys Zusammenbruch? Er ärgerte sich jetzt, dass er mitgekommen war.

Juri dagegen war voller Vorfreude. Bisher hatte er kein Speed-Dating verpasst und war jedes Mal in Begleitung nach Hause gegangen. Zwar entpuppte sich manche *signora*, die abends bei Kerzenschein aussah wie zwanzig, morgens im Bett als faltige Vierzigjährige. Aber wie hieß es so schön: Nachts sind alle Katzen grau. Und außerdem wusste er inzwischen, wie er seine Eroberungen schnell wieder loswerden konnte. Er sah nach dem Aufwachen panisch auf die Uhr und rief: »Scheiße, meine Frau kommt gleich von der Nachtschicht!« Das funktionierte immer, und dann konnte er allein seine heiße Schokolade zum Frühstück trinken.

Die Tür ging auf, und mit der kalten Luft strömten warme Frauenkörper in das Restaurant. Ein Kellner hielt ihnen eine Box entgegen, aus der sie herzförmige Lose mit einer Nummer zogen – der Nummer des Tisches, an den sie sich als Erstes setzen sollten. Nach wenigen Minuten hatte jede ihren Platz und einen Mann gefunden. Stimmen erfüllten den Raum. Das Geplapper geht los, dachte Sam missmutig.

Sam hatte als Erstes eine junge Frau vor sich. Sie war etwa fünfundzwanzig Jahre alt, und ihre Haare standen in Regenbogenfarben in alle Richtungen vom Kopf ab. Ihre Augen waren blau geschminkt, und sie trug einen Nasenring. Sie war

Friseurin, wollte sich nun aber zur Kosmetikerin ausbilden lassen. Zu seinem Glück sprach sie wie ein Wasserfall, sodass Sam nur nicken musste. Er war heilfroh, als das Glöckchen ertönte, alle Damen sich erhoben und einen Tisch weiter wanderten.

Seine nächste Gesprächspartnerin war angeblich Mitte vierzig, sah aber aus wie Mitte fünfzig. Sie hatte blond gefärbte Haare, und ihr Dekolleté war auffallend üppig. Vermutlich, dachte Sam, das Werk eines geschickten Chirurgen. Allerdings war sie geschmackvoll gekleidet, trug eine schicke weiße Bluse, eine schwarze Hose und hohe schwarze Stiefel. Sie hatte eine Boutique in Eppendorf, die jedoch momentan aufgrund der wirtschaftlichen Situation nicht gut lief. Sie trank in den fünf Minuten ein ganzes Glas Wein und ließ Sam nicht zu Wort kommen. Aufgebracht erzählte sie von ihrem Exmann, der eines Tages festgestellt hatte, dass er schwul war, und sie wegen eines Mannes hatte sitzen lassen. Das Glöckchen ertönte, und Sam überlegte, ob er unauffällig verschwinden konnte. Amüsant war dieser Abend jedenfalls nicht.

Sam drehte sich um. Der Ausgang schien eine Meile von seinem Tisch entfernt zu sein, und um ihn zu erreichen, müsste er den ganzen Laden durchqueren. Das wäre wohl nur in einem roten Anzug möglich, der Tarnfarbe des Restaurants, dachte Sam. Aber vielleicht gab es bei den Toiletten einen Hinterausgang? Er entschied sich, noch zwei Frauen abzuwarten und dann die Flucht anzutreten. Juri zeigte mit dem Daumen nach oben und zwinkerte Sam zu, der schnell einen kräftigen Schluck Wein nahm und sich für die nächste Plapperattacke wappnete.

Doch als er über den Rand seines Glases blickte, sah er in zwei schöne braune Augen, die wie bei einer ägyptischen Königin mit schwarzem Eyeliner betont waren. Die langen seidigen Haare rahmten ihr schmales Gesicht ein, und an ihren Ohren hingen zwei große silberne Kreolen, die im Kerzenschein blitzten. Sie lächelte, und Sam wurde das erste Mal bewusst, wie schön ihr Mund war. Dann schüttelte er unmerklich den Kopf. Es war kaum zu glauben! Diese Stadt hatte fast 1,8 Millionen Einwohner, und doch lief er ihr immer wieder über den Weg.

»Tja, so trifft man sich wieder«, sagte Lina betont lässig, doch ihr Herz hüpfte vor Freude, als sie sah, wer an diesem Tisch saß.

Vor einer guten Stunde war sie noch im Schlafanzug gewesen, als eine Freundin an ihrer Tür Sturm geklingelt und sie überredet hatte mitzukommen. Lina war jede Abwechslung in ihrem eintönigen Praxisleben recht, und so hatte sie sich wieder angezogen, geschminkt und war mit ihrer Freundin hierhergefahren. Eigentlich bezweifelte sie, dass sie bei so einer Veranstaltung dem Mann ihrer Träume begegnen würde, doch das sah nun ganz anders aus. Langsam glaubte sie, es war Schicksal, dass sie den seltsamen Mann aus der Kirche überall traf.

»Ich denke, ich brauche nicht viel über mich zu erzählen. Sie wissen ja schon alles. Sie wissen, wo ich arbeite, wo ich tanze, in welche Kirche ich gehe … Jetzt sind Sie dran. Also, ich bin ganz Ohr!« Lina sah Sam keck an und wartete. Sie hatte fünf Minuten, um aus diesem Mister Geheimnisvoll etwas herauszukitzeln.

Sam hatte sich inzwischen von der Überraschung erholt. Er hasste es, etwas von sich preisgeben zu müssen. Je weniger Menschen über ihn Bescheid wussten, desto besser. Damit blieb er unangreifbar. Außerdem war es sicherlich keine gute Idee, dieser eifrigen Kirchgängerin zu erzählen, warum er in Hamburg war und was er über Pater Dominik herausgefunden hatte.

»Ich habe den ganzen Tag gearbeitet und sollte eigentlich schon im Bett liegen …« Er sah auf die Uhr.

»… und Sie sind schwul.« Sams rechte Augenbraue hob sich, und er sah Lina überrascht an.

»Gut aussehende Männer sind meistens, na ja, sagen wir, oft schwul. Aber macht ja nichts. Ich frage mich nur, was Sie dann hier wollen.«

»Ich bin nicht schwul«, verteidigte sich Sam.

»Nein? Na, dann bin ich wohl nicht Ihr Typ. Schade eigentlich.« Lina sah sich um und ließ ihren Blick von Tisch zu Tisch wandern. »Aber vielleicht die da drüben? Blond, schlank, lange Beine. Eine richtige Barbiepuppe«, sagte sie leicht zickig, um ihn zu provozieren, ihn aus der Reserve zu locken.

Wie sehr du dich irrst, dachte Sam. Auf blonde Frauen stand er überhaupt nicht. Lina war schon genau sein Typ. Doch war sie sicherlich keine Frau für eine Nacht. Und er war im Moment nun einmal nicht bereit, sich zu öffnen, sich auf eine Beziehung einzulassen.

Den Rest der Zeit schwiegen sie sich an. Dann klingelte das Glöckchen, Lina stand auf und setzte sich an den nächsten Tisch. An Juris Tisch. Sam drehte sich um und sah, wie Juri große Augen bekam und ein charmantes Lächeln aufsetzte. Sam atmete tief durch. Es passte ihm gar nicht, dass Lina jetzt am Tisch seines Kollegen saß und mit ihm sprach, vielleicht sogar flirtete.

»Hey, Mister, hier bin ich.« Eine Stimme drang an sein Ohr, und Sam drehte sich wieder um. Dieses Mal saß eine zarte Brünette mit Pagenschnitt und Sommersprossen vor ihm. Sie hatte eine schwarze Hornbrille auf der Nase und trug eine hochgeschlossene Bluse, die nur erahnen ließ, was sich darunter befand. Etwas prüde, dachte Sam. Ob sie wohl Bibliothekarin war? Jedenfalls sah sie so aus.

»Also, ich steh nicht so auf diese Faselei hier. Du bist ganz schön heiß, erinnerst mich ein bisschen an einen amerikanischen Cop aus einer Krimiserie. Also, was ist? Wenn du bumsen willst, brauchst du nicht lange suchen. Ich bin auch nur deswegen hier.«

Ein lahmes »So?« war das Einzige, was Sam herausbrachte. Er war perplex über dieses direkte Angebot von einer Frau, die er erst seit wenigen Sekunden kannte. Nicht, dass er nicht schon One-Night-Stands gehabt hätte, aber vorher hatte es immer eine Art Jagd gegeben. Man hatte Blicke ausgetauscht, die eindeutiges Interesse gezeigt hatten. Das hier war ihm einfach zu billig.

»Ah, verstehe, du bist noch Jungfrau«, meinte die Frau lachend.

»Wie bitte?« Sam griff nach seinem Glas und leerte es in einem Zug.

»Na ja, nicht in diesem Sinne. Ich bin von Anfang an dabei, und da fällt Frischfleisch wie du eben auf. Der hinter dir zum Beispiel ist wie ich jedes Mal da. Das ist ein kleiner Perverser, der liebt die harte Tour...« Sam drehte sich um und sah wieder in das grinsende Gesicht von Juri.

»Ist ein Bulle. Schleppt jedes Mal eine ab. Und heute Abend wird's wahrscheinlich die, die jetzt an seinem Tisch sitzt. Die ist genau sein Typ. Aber zurück zu uns. Wie sieht's aus mit uns beiden?«

»Ja, warum nicht? Aber lass mich erst mal sehen, was sonst noch auf dem Markt ist.« Sam grinste verschwörerisch, und die Frau lachte wieder.

»Ich merke, du hast verstanden, wie das hier läuft.«

Jetzt würde Sam doch noch bis zum Ende ausharren müssen, um zu sehen, mit wem Juri nach Hause ging und ob er wirklich Lina abschleppen würde.

Nach über zwei Stunden war der ganze Zauber vorbei, und die Pärchen, die sich gefunden hatten, trafen sich an der Bar oder setzten sich zusammen an einen Tisch. Sam hatte anderthalb Flaschen Wein getrunken und fühlte sich mehr als nur leicht beflügelt. Er erhob sich vorsichtig und ging den Schildern nach, die zur Toilette führten, um seine Blase zu entleeren. Als er wieder ins Restaurant zurückkehrte, winkte Juri ihm zu. Neben ihm am Tisch saßen zwei Frauen – eine davon war Lina – und lauschten ihm gebannt. Sam konnte sich gut vorstellen, was Juri da erzählte, und als er näher kam, wurden seine Ahnungen bestätigt. Juri tischte Räuber-und-Gendarm-Geschichten auf, die jeglicher Realität entbehrten.

Sam setzte sich neben Lina und wurde keine zwei Sekunden später von ihrer Freundin in Beschlag genommen, die nicht halb so attraktiv war wie sie und die Sam detailliert von den boshaften Racheaktionen ihres Noch-Ehemannes berichtete. Bereits nach zehn Minuten nickte er nur noch müde und gab zustimmende Laute von sich. Und nach weiteren zwei Stunden fiel Sam von zu viel Wein beinahe vom Stuhl. Endlich hörte Juri auf zu reden und bot den beiden Damen an, sie nach Hause zu fahren. Die vier brachen auf, und als Sam in den Wagen stieg, roch er, wie angenehm Lina duftete. Sie saß direkt hinter ihm und flüsterte ihrer Freundin etwas zu, was Sam nicht verstehen konnte. Er ärgerte sich, dass er so viel getrunken hatte und nicht mehr in der Lage war, etwas Witziges oder Geistreiches zu sagen oder sich dagegen zu wehren, als Juri verkündete, dass er erst Sam nach Hause bringen würde und dann die Damen. Sam schloss die Augen und ließ alles mit sich geschehen.

Sie waren gerade auf den Mittelweg gebogen, als plötzlich Blaulicht hinter ihnen aufleuchtete. Juri hielt an. Zwei Beamte stiegen aus dem Streifenwagen und kamen zur Fahrerseite. Juri kurbelte das Fenster herunter und grinste die Polizisten an.

»Schönen guten Abend, Fahrzeugkontrolle. Fahrzeugpapiere und Führerschein bitte.« Einer der Polizisten schnupperte ins Wageninnere. »Oh, das riecht aber sehr nach Party. Steigen Sie doch mal bitte aus.«

Juri stieg aus und stellte sich mit verschränkten Armen vor den Beamten. Währenddessen hielt sich der zweite Polizist im Hintergrund, notierte Juris Autokennzeichen und hantierte an seinem Funkgerät herum.

»Tja, mein Freund, das sieht schlecht aus. Wir messen jetzt erst mal Ihren Pegel. Aber ich weiß jetzt schon, was dabei rauskommen wird. Und das heißt: mindestens ein Jahr Lappen weg, Idiotentest und, und, und …«, sagte der erste Beamte und schüttelte dabei bedauernd den Kopf.

Da sagte sein Kollege plötzlich: »Hey, Boris, komm doch mal kurz.«

Doch Boris Sommer war in seinem Element. Er hatte mal wieder eine Rechnung in der Spielhalle zu begleichen, und ihm fehlten noch zweihundert Euro. Und die standen nun direkt vor ihm.

»Wie viel haben wir denn getrunken?«, fragte er.

»Reichlich, Herr Kollege«, sagte Juri und grinste immer noch.

»Nicht frech werden, mein Freund. Passen Sie auf, wir können das auch anders regeln. Spart Ihnen viel Lauferei und eine Menge Geld.«

Thomas Stein stand jetzt neben Boris Sommer und war ziemlich nervös. »Ich muss dir was zeigen«, sagte er eindringlich. Trotz der Kälte standen ihm Schweißperlen auf der Stirn. Doch Sommer sah ihn nicht einmal an und erwiderte genervt: »Gleich, Mann.«

Juri dagegen war jetzt aufmerksam geworden. War der kleine Streifenbulle etwa bestechlich?

Inzwischen war auch Sam aus dem Wagen gestiegen und stand nun wankend am Auto. »Hey, was ist denn?«, lallte er.

»Gleich erledigt, Sam. Steig wieder ein«, beruhigte Juri ihn und sagte zu dem Beamten: »Ach, so meinen Sie das! Wie viel kostet es denn, wenn Sie uns weiterfahren lassen?«

Der zweite Polizist stand jetzt am Einsatzwagen und rief mit Verzweiflung in der Stimme: »Boris!«

»Gleich, verdammt!«, rief dieser zurück und sagte zu Juri gewandt: »Dreihundert Euro.«

Da zog Juri seinen Dienstausweis und hielt ihn Sommer direkt unter die Nase. Thomas Stein stieß einen leisen Fluch aus und setzte sich zitternd in den Wagen. Er hatte per Funk das Kennzeichen überprüft und gleich gemerkt, dass das Auto einem Kripobeamten gehörte, aber Sommer hatte ja nicht auf ihn hören wollen.

»Kann man das unter Kollegen nicht anders regeln? Und Sie haben ja nun wirklich etwas zu viel getrunken«, sagte Sommer jetzt kleinlaut.

»Was denken Sie: Wem glaubt man wohl eher? Einem kleinen Streifenpolizisten oder einem Kriminalbeamten? Sie beide geben mir jetzt Ihre Dienstausweise, bringen den Wagen zu Ihrer Dienststelle, und ab morgen können Sie sich einen neuen Job suchen. Bestechlichkeit im Amt ist, wie Sie sicher wissen, kein Pappenstiel.« Dann ließ sich Juri die Ausweise der beiden Beamten geben, stieg wieder in den Wagen und fuhr Sam zu seinem Hotel, das keine zwei Minuten von der Schicksalsstelle der beiden Beamten, die mit diesem Zusammentreffen ihrer Karriere ein Ende gesetzt hatten, entfernt war.

Bevor Sam aus dem Wagen stieg, drehte er sich noch einmal zu Lina um. Zu gerne hätte er verhindert, dass sie heute Nacht mit Juri ins Bett stieg. Doch die beiden hatten sich schon im Restaurant blendend verstanden, und wenn Lina unbedingt wollte, konnte er sie kaum davon abhalten.

Er sah in ihre Augen, doch er konnte nichts darin lesen. Sam stieg aus, schlug die Tür zu und hob die Hand zum Abschied. Er sah noch, wie Juri ihm zuzwinkerte und mit seiner Beute weiterfuhr. Sam blickte den roten Rücklichtern nach, bis sie verschwunden waren. Inzwischen war der Regen in Schneeregen übergegangen, und Sam liefen die eisigen Tropfen perlend übers Gesicht. Du bist ein Vollidiot, dachte er plötzlich wieder nüchtern, ein richtiger Vollidiot.

32

Sam wachte am nächsten Morgen auf und fühlte sich, als hätte man ihn auf einer Streckbank stundenlang gefoltert. Irgendetwas klingelte. Sam kam nur langsam zu sich. Das war sein Handy, nur – wo war es? Er tastete mit geschlossenen Augen über den Nachttisch, fand es und hielt es sich ans Ohr.

Mit einem Schlag war er hellwach. Es war Claudette, die ihm sagte, dass es Phillippe plötzlich schlechter gehe und er Sam gerne sehen würde. Auch das noch. Ihm wurde übel. Sam legte auf, stürzte ins Bad und übergab sich in die Kloschüssel. Danach kauerte er zitternd auf dem Badezimmerteppich. Er hatte Angst. Angst, in jeder Hinsicht zu versagen. Hinzu kam das Gefühl totaler Hilflosigkeit. Er war machtlos, sowohl gegen die Krankheit von Lily als auch gegen den Krebs, der ihm seinen letzten Freund nehmen wollte. Sam erhob sich langsam vom Teppich und stieg in die Dusche. Heißes Wasser prasselte auf ihn herab, und für einen Moment fühlte er sich etwas besser.

Als er im Präsidium ankam, saß Juri schon im Büro und arbeitete sich durch die Liste der tausend Brände. Ganz schön fleißig, dass er an einem Samstag sogar vor seinem Chef da war, dachte Sam. Er setzte sich mit seinem Kaffee ihm gegenüber und überlegte, ob er fragen sollte, wie Juris Nacht gewesen war. Aber das war gar nicht nötig, denn Juri fing ohne große Umschweife an zu erzählen:

»Mensch, das war eine Nacht! Hätte nicht gedacht, dass die Maus so ein Knaller im Bett ist. Bin kaum zum Schlafen gekommen. Hammer, sag ich dir.«

Sie war also tatsächlich mit ihm nach Hause gegangen, schoss es Sam durch den Kopf. Er hatte sich geirrt. Sie war doch so einfach zu haben. Er wusste nicht, was er sagen sollte.

»Hey, stimmt was nicht? Sag bloß, *du* wolltest die Kleine vögeln?«, fragte Juri betroffen.

»Ach, Quatsch. Ich dachte nur, dass ich noch den Professor anrufen muss«, sagte Sam offenbar nicht sehr überzeugend, denn Juri sah ihn skeptisch an, bevor er sich wieder seiner Liste widmete.

Sam suchte die Privatnummer des Professors heraus und wählte. Professor Patzold war nach dem zweiten Klingeln am Telefon. Sam schaltete den Lautsprecher an, damit Juri mithören konnte. Erst war nur lautes Papierrascheln zu vernehmen, dann die Stimme des Professors: »Ja, hier ist es. Hören Sie: Die Verurteilten wurden entkleidet, anschließend entfernte man sämtliche Haare, um sicherzugehen, dass sie kein Teufelsmal hatten oder irgendwelche Amulette trugen, die sie vor dem Tod hätten retten können.« Wieder raschelte es, offenbar blätterte der Professor in einem Buch. »So, dann zu Ihrem Salz. Es ist ein heiliger Brauch, wie das Besprengen mit Weihwasser …«

Weihwasser! Sam fiel die halb volle Wasserflasche am Tatort in Amsterdam ein, an der nur die Speichelreste des Opfers gefunden worden waren. Er hatte sie Weihwasser trinken lassen.

Währenddessen fuhr Professor Patzold fort: »Geheiligtes Salz, geweihte Kerzen und Zweige wurden dazu benutzt, um die Macht der Dämonen zu schwächen, den Teufel zu vertreiben. Das ist Teil eines Exorzismus.«

Das klang logisch, und Sam und Juri nickten sich zu.

»Und dann habe ich da noch eine Idee. Sie haben mich doch gefragt, wo man Ihren Spezialisten finden könnte. Das ganze Jahr über gibt es historische Feste in Deutschland, meistens allerdings im Sommer. Wir nennen sie Zeitreisen. Nächstes Wochenende findet in Burghausen in Oberbayern ein mittelalterliches Fest statt, direkt in der Burg. Ich bin Mitglied des Organisationskomitees. Wissen Sie, uns geht es darum, Leute aus ganz Deutschland oder anderen europäischen Ländern mit gleichen Interessen zu vereinen. Wir tun immer unser Bestes, die Feste so originalgetreu wie möglich zu veranstalten. Ich kann mir vorstellen, dass Ihr Mann das eine oder andere an diesen Festen gefallen könnte.«

»Wie was zum Beispiel, Professor?«

»Ich denke da weniger an die Minnesänger. Eher an Folterwerkzeuge, Folterkammern ... Es war nur so eine Idee.«

»Danke für den Tipp, Professor.«

Sam legte auf, strich sich über sein Kinn und bemerkte dabei, dass er ziemlich schlecht rasiert war. Wieder gingen seine Gedanken zum gestrigen Abend zurück. Am liebsten hätte er jede Einzelheit aus Juri herausgepresst, aber er wollte sich nicht lächerlich machen. Entschlossen sagte er stattdessen: »Okay, du hast es ja gehört. Nächste Woche nehmen wir an einem Burgfest teil. Du besorgst uns zwei Kostüme.«

»Wo soll ich die denn herzaubern?«

»Aus dem Theaterfundus oder einem Kostümverleih.«

Juri nickte.

»Was macht die Liste mit den Bränden?«, fragte Sam streng. Er würde von nun an andere Saiten aufziehen und deutlich machen, wer hier der Chef war.

»Bisher nichts, was interessant wäre.«

»Wo sind eigentlich die Personaldaten von Pater Dominik?

Die wolltest du doch schon längst anfordern. Nur weil wir abends mal was zusammen unternehmen, heißt das noch lange nicht, dass du mir hier auf der Nase herumtanzen kannst!«

Juri sah erschrocken auf. »Kümmere mich gleich drum.« Mit diesen Worten verschwand er aus dem Büro.

1995

Nachdem sich die Aufregung im Flügel der Schwestern gelegt hatte, lag Lukas noch lange wach. Plötzlich hörte er aus dem Zimmer von Pater Paul seltsame Geräusche. Er stand auf und klopfte leise an die Tür des Priesters, erhielt aber keine Antwort. Zurück in seinem Bett, legte er sein Ohr an die Wand und lauschte, aber nun war alles still. Totenstill.

Am nächsten Morgen wurde er von aufgeregten Stimmen geweckt. Er zog sich eine Hose und ein Hemd über und trat auf den Gang hinaus.

Die Tür zu Pater Pauls Zimmer stand weit offen. Er sah zwei Schwestern aus dem Zimmer kommen, die eine schob eine Bahre vor sich her, auf der ein zugedeckter Körper lag, die andere einen Wagen mit dreckiger Bettwäsche.

Lukas sah in das leere Zimmer, auf das leere Bett, und sein Herz zog sich zusammen. Dann brach er auf dem Boden zusammen und weinte lautlos in sich hinein. Wieder hatte man ihn verlassen, wieder war er allein. Nun hatte er keinen mehr, der ihn tröstete, der sich um ihn kümmerte. Sein letzter Verbündeter war tot. Verzweifelt fasste er einen Entschluss. Er war alt genug. Niemand konnte ihn zurückhalten.

Er packte die Hinterlassenschaften von Pater Paul, seine eigenen Habseligkeiten und den kleinen Pinguin in eine Tasche und verließ das Kloster. Keiner achtete auf ihn. Er wandte sich in Richtung Norden. Dorthin, woher der Brief gekommen war, den er gut versteckt hatte zwischen den Seiten des Buches, das Pater Paul ihm gegeben hatte.

33

In der Küche herrschte Chaos. Ein Koch war krank, und trotzdem mussten jetzt gleichzeitig fünfzehn Hauptspeisen fertig werden. Linas Mutter standen die Schweißperlen auf der Stirn, während sie den Muschelsud in einen Topf goss. Lina schnitt Gemüse klein, ansonsten war sie in der Küche nicht zu gebrauchen. Das letzte Mal hatte sie den Sud für die Fischsuppe in den Ausguss gekippt und die Gräten im Sieb aufgefangen. Sie hasste es zu kochen. In Gedanken erlebte sie den gestrigen Abend noch einmal. Erst die große Freude, Sam wiederzusehen, dann die Enttäuschung, weil er nach wie vor unnahbar war und sich überhaupt nicht für sie interessierte. Zumindest wusste sie jetzt, dass Sam Polizist war. Juri war eine richtige Plappertasche. Er hatte sogar von der Sondereinheit erzählt und dass sie hinter einem Frauenmörder her waren. Lina fand das alles sehr beeindruckend, und Sam war für sie jetzt noch interessanter als zuvor. Von weit her hörte sie ihren Namen. »Lina, Lina, *por favor. ¿Qué estás haciendo?*«

Mist, sie hatte sich in den Finger geschnitten, und das Blut tropfte zwischen die klein geschnittenen Bohnen. Ihre Mutter war wütend und schob sie beiseite. »*Dónde estás con tu mente, hija!*«

Ja, ihre Gedanken waren zumindest nicht hier in der Küche. »Tut mir leid, Mama.«

»Na, geh schon, mach dich fertig.«

Lina sah über die Schwingtür ins Restaurant, in der Hoffnung, er sei wie letzte Woche hier. Aber alle Tische waren besetzt, und an keinem saß Sam. Lina ging nach hinten, um sich umzuziehen. Sie war heute so gar nicht in der Stimmung zu tanzen.

Sie trug heute einen dunkelblau und weiß gepunkteten Rock mit einer weißen Volantbluse, und als die Musik einsetzte, stand Lina im Restaurant und ließ Schuhe und Kastagnetten klappern.

Wie immer tanzte sie zwei Tänze, bekam tosenden Beifall und ging dann wieder nach hinten. Alles fällt mir heute schwer, dachte sie.

Sie zog sich rasch um und half dann ihrer Mutter, so gut sie konnte. Gegen halb eins verließen die letzten Gäste das Restaurant. Beim Aufräumen fragte Linas Mutter: »Warst du eigentlich bei Pater Dominik?«

»Ja, und ich habe morgen ein Date mit ihm.«

»Lina! Das ist respektlos.«

»Ach, Mama, nimm doch nicht immer alles so ernst.« Lina nahm ihre einen Kopf kleinere Mutter in den Arm und lachte. Consuela roch wie immer nach Essen, ihre Haut, ihr Haar und ihre Kleider, alles duftete danach. Ihre ehemals weiße Schürze erinnerte mit ihrem undefinierbaren Muster aus Gemüse-, Fleisch- und Fischflecken an ein abstraktes Kunstwerk.

»Wenn du das nächste Mal mit ihm sprichst, solltest du ihm auch von deiner Großmutter erzählen. Sie war etwas Besonderes.«

Lina setzte sich auf einen Stuhl und sah ihre Mutter fragend an. »Inwiefern besonders?«

»Deine Großmutter hatte Fähigkeiten, hellseherische Fähigkeiten. Sie hat mir immer gesagt, dass du das von ihr geerbt hast. Die Probleme, die wir mit dir hatten, als du klein warst, hatten damit zu tun. Ich hatte gehofft, dass du verschont bleibst, nachdem wir bei diesem Heiler waren, aber es schlummert in dir, und es wird Zeit, dass du dich dem stellst. *¡Por Dios!*«, rief sie, den Blick nach oben gerichtet.

»Warum ist es denn so schlimm, solche Fähigkeiten zu haben?«, fragte Lina erschrocken.

»Ach, Lina, wenn man es nicht richtig anstellt, kann man schwachsinnig werden. Es gibt Menschen, die sich sogar umbringen. Du wirst dich verändern, wenn es sich erst einmal voll entfaltet. Deine Großmutter war eine starke Frau. Ich hoffe, das bist du auch.« Linas Mutter bekreuzigte sich, schlug ihre rauen Hände vors Gesicht und weinte.

»Mama, es wird schon alles gut werden. Ich habe doch Pater Dominik. Und die Kirche. Und außerdem ist Papa immer bei mir.«

Doch anders als sonst beruhigte die Erinnerung an ihren Mann Consuela nicht, sondern löste einen weiteren Weinkrampf aus.

34

AM GENFER SEE

Sam hatte am frühen Nachmittag sein Büro in Hamburg verlassen und kam am Abend in der Villa am Genfer See an. Claudette erwartete ihn bereits, um ihn auf das vorzubereiten, was er schon ahnte. Wie immer war sie perfekt gekleidet. Das dunkelblaue Kostüm ließ sie sehr zart aussehen. Sie trug eine weiße Perlenkette, Perlenohrringe und dazu passend ein Armband, das ihr beinahe über das Handgelenk rutschte, so dünn war sie geworden. Trotz des Make-ups konnte Sam ihre dunklen Augenringe erkennen. Kein Wunder, dachte er. Wenn es für ihn schon schwer war, Argault zu verlieren, musste es für seine Frau fast unerträglich sein. Die beiden hatten sich vor über dreißig Jahren kennengelernt und seitdem eine Bilderbuchehe geführt. Da hatte der Topf seinen Deckel gefunden – etwas, was Sam vermutlich nicht mehr gelingen würde.

Claudette saß ihm in einem safranfarbenen Lehnstuhl gegenüber, die Beine übereinandergeschlagen, die Hände im Schoß gefaltet. An der gebrochenen Stimme hörte er, dass es ihr nicht leichtfiel, ihm zu sagen, wie schlecht es um ihren Mann stand. »Es geht ihm miserabel. Der Arzt meint, dass es jeden Tag zu Ende gehen kann. Er wollte dich unbedingt noch einmal sehen. Er hat dich immer geliebt wie einen Sohn. Du weißt ja, wie sehr Phillippe darunter gelitten hat, dass wir selbst keine Kinder hatten.«

»Ich weiß.« Sam schluckte und blickte auf das Muster des blaugrauen Perserteppichs.

Claudette erhob sich und nahm ihn bei der Hand. »Komm, ich bring dich zu ihm. Er weiß noch nicht, dass du hier bist.«

Sie gingen die geschwungene Treppe nach oben und folgten den persischen Läufern den Gang entlang. Links und rechts hingen alte Ölgemälde mit Landschaftsszenen, die für Sams Geschmack etwas düster waren, die aber zu der Einrichtung passten. Claudette blieb an einer Tür stehen und klopfte zaghaft, bevor sie eintrat und Sam bedeutete zu warten. Nach wenigen Augenblicken erschien sie wieder und sagte: »Komm rein.«

Claudette zog sich leise zurück. Sam ging zum Bett, setzte sich auf die Kante und nahm die Hand seines Freundes. Sie war kalt. Argaults Haut, sonst gebräunt und faltig, sah weiß und glatt, fast durchsichtig wie die Haut eines Engels aus. Sam senkte den Kopf und konnte die Tränen nicht mehr zurückhalten.

In diesem Moment öffnete Argault die Augen. »Junge, wer wird denn da Tränen vergießen? Jeder von uns muss mal Abschied nehmen. Ich hätte mir nur lieber eine verirrte Kugel gewünscht als so eine Scheißkrankheit.« Argault lachte leise. »He, hat's dir die Sprache verschlagen?«

Sam versuchte zu lächeln. Dann wischte er sich mit beiden Händen über das Gesicht.

»Weißt du«, setzte Argault an, »ich hatte ein gutes Leben. Hatte einen interessanten Beruf, in den letzten Jahren sogar einen Sohn, auch wenn's nicht das eigen Fleisch und Blut war, und eine Frau, eine wunderbare Frau, die mich geliebt hat und mir immer zur Seite stand. Aber das weißt du ja alles. Erzähl mir lieber, was draußen passiert. Wie kommst du mit deinem Fall voran?«

»Es läuft.« Sam putzte sich die Nase und wusste, dass sich Argault mit dieser Antwort nicht zufriedengeben würde.

»Es läuft. Mehr hast du nicht zu sagen? Wie sieht das Profil aus?«, hakte Argault nach.

»Ich würde sagen, wir haben es mit einem Mann zwischen fünfundzwanzig und fünfunddreißig zu tun. Gute körperliche Verfassung. Ich tippe fast, dass er aus Hamburg kommt oder zumindest dort wohnt, alleinstehend, ohne festen Beruf und mobil ist. Er könnte geerbt haben, oder er lebt mit einem Familienangehörigen unter einem Dach. Überdurchschnittlich intelligent. Kennt sich hervorragend mit Hexenprozessen und Folter aus und tötet Frauen, die mit Wahrsagerei zu tun haben, wie man früher Hexen umgebracht hat. Er foltert sie, versucht, sie von Dämonen zu befreien. Allerdings hat er es bis jetzt noch nie bis zum Ende durchgezogen, denn dann müsste er seine Opfer verbrennen, bis nichts mehr von ihnen übrig ist. Keine sexuellen Absichten. Ich denke, er lebt keusch, bescheiden und unauffällig. Ein gefährlicher religiöser Psychopath also, vielleicht sogar ein Mönch. Oder einer von denen, bei denen sich nachher alle wundern, weil er doch immer so freundlich und zuvorkommend war.«

»Den schlimmsten Serienmördern kann man nicht ansehen, wozu sie fähig sind. Man sollte freundliche und fürsorgliche Menschen nie automatisch als ungefährlich einstufen, aber das wissen wir beide ja nur zu gut. Denk nur an den Pädophilen damals in Frankreich. Aber erzähl weiter.«

»Vielleicht gibt es eine Verbindung zu einem dominikanischen Kloster bei Freiburg. Dort verschwanden in den Achtzigern acht Frauen spurlos, und zwar, nachdem der Prior ihnen die Beichte abgenommen hatte. Ich glaube, dass er und seine Brüder die Seelen der Frauen auf ganz andere Weise retten wollten und sie im Innenhof des Klosters auf einem Scheiterhaufen verbrannt haben. Aber ich habe keine Beweise, und ich weiß auch noch nicht, wie das mit den aktuellen Fällen zusammenhängt. Na ja, und dann gibt es noch eine Verbindung zu einem katholischen Priester in Hamburg, der spiritistische Sitzungen abhält. Aus dem Kreis der Leute, die an den Sitzungen teilnehmen, scheint er sich seine Opfer herauszupicken.«

Ohne es zu merken, war Sam aufgestanden und während seines Berichts auf und ab gegangen.

»Ich bin stolz auf dich, Sam. Du bist ja ganz schön weit gekommen seit unserem letzten Treffen. Ich gebe dir noch einen Monat, allerhöchstens, dann hast du den Kerl. Versetz dich in seine Situation. Was würdest du als Nächstes tun?«

»Töten«, entfuhr es Sam, und er war erschrocken über das Wort, das ihm so leicht über die Lippen kam. Aber er wusste, dass er recht hatte. Es würde nicht mehr lange dauern, bis sie die nächste Leiche fanden.

Sam verbrachte den Sonntag am Genfer See. Er kochte mit Claudette Argaults Lieblingsessen Coq au Vin, brachte es ihm ans Bett, hörte mit ihm Puccinis *Turandot* und blieb bei ihm sitzen, bis er eingeschlafen war.

35

HAMBURG

Lina war froh, als sie die Tür von Doktor Ritters Praxis hinter sich zuzog. Der Arbeitstag bei dem Hypnosetherapeuten war zwar wieder äußerst spannend gewesen, trotzdem konnte sie es kaum erwarten, zu Pater Dominik zu kommen. Sie hatte vor lauter Nervosität ein Kribbeln in der Bauchgegend.

Es war schon dunkel, und der Weg von der Bushaltestelle zur Kirche führte durch eine einsame Straße. Lina schlang sich ihren Schal fester um die Schultern. Bei jedem Schritt knirschte das Streusalz unter ihren Schuhen, als würde sie Kartoffelchips zertreten. Plötzlich drehte sie sich um. Hatte sie nicht gerade etwas gehört? Es war nicht das erste Mal, dass sie dieses Gefühl hatte, doch immer wenn sie sich umdrehte, war keine Menschenseele zu sehen. Sie ging schneller, bog um eine Ecke und lief auf einmal in etwas Weiches. Ein Mann stand vor ihr und hielt sie an den Armen fest. »Hoppla, junge Dame! Immer schön langsam«, sagte er lachend.

Lina entschuldigte sich und ging weiter. Glücklicherweise erreichte sie nach wenigen Metern die Kirche. Die Abendmesse war gerade zu Ende, und die letzten Gottesdienstbesucher kamen aus der Kirche.

Lina ging hinein, setzte sich auf eine Bank und wartete. Pater Dominik war nirgendwo zu sehen. Vielleicht war er in der Sakristei? Sie ging am Altar vorbei und klopfte an die Tür, die zur

Sakristei führte. Sie war verschlossen. Hatte sie sich vielleicht im Tag geirrt? Sie ging zu der kleinen Seitentür hinter dem Altar und wollte gerade auch dort klopfen, als sie von einer blonden Frau geöffnet wurde. Sie lächelte Lina an und sagte freundlich: »Du musst Lina sein. Ich heiße Christina. Ich helfe dem Pater ab und zu im Büro.«

Die Frau ließ sie ein, und Lina betrat den kleinen Vorraum, von dem aus eine steile Treppe nach oben in die Privaträume des Pfarrers führte. In einem Raum zu ihrer Rechten saßen ein paar Leute auf Stühlen im Kreis. Pater Dominik kam den beiden entgegen, begrüßte Lina freundlich und bat sie, Platz zu nehmen.

Lina setzte sich und sah sich um. Drei Jugendliche, zwei Mädchen und ein Junge zwischen fünfzehn und siebzehn Jahren, saßen an der Wand links von ihr. Sie lümmelten auf ihren Stühlen und wirkten gelangweilt, als hätten sie hier nichts verloren. Der Junge kaute an seinen Fingernägeln und spuckte sie auf den Boden. Direkt links neben Lina saß eine Frau um die vierzig. Sie hatte braun gelockte, schulterlange Haare, war dezent geschminkt, trug eine Brille und schlichte schwarze Kleidung. Auf Linas rechter Seite saß noch eine weitere Frau, sie war das krasse Gegenteil der anderen. Ungepflegte Erscheinung, die Haare strohig und schlecht gefärbt mit einem leichten Grünstich. Die Fingernägel abgebrochen, und die Kleidung war verschlissen. Ihr gegenüber saß eine junge Frau, etwa so alt wie Lina selbst.

Christina und Pater Dominik setzten sich nun ebenfalls. Der Pfarrer sah lächelnd in die kleine Runde.

»Ich möchte kurz etwas sagen, bevor wir beginnen. Wir haben uns heute hier versammelt, um wie immer Antworten auf unsere Fragen zu bekommen. Daneben hat mich eine Mutter gebeten, ihrer Tochter und deren Freunden zu zeigen, was für Folgen eine spiritistische Sitzung haben kann, wenn man sie aus reiner Neugierde abhält. Ich hoffe auf die guten Geister, die wir rufen werden. Für diejenigen, die das erste Mal dabei sind: Das ist Isabella, unser Medium. Durch sie wird, sofern er es möchte, ein hoher Geist sprechen und uns Fragen beantworten.«

Isabella war die junge Frau in Linas Alter. Sie hatte ihre blonden Haare zu einem Zopf gebunden, war dünn und hatte eine blasse Haut, die am Kiefer so durchscheinend war, dass man dort ein Geflecht von feinen blauen Äderchen sah.

In diesem Moment ging die Tür auf, und ein weiterer Gast kam herein: ein junger Mann, etwa Mitte dreißig. Er setzte sich neben die Frau mit den gelockten Haaren. Er hatte hellbraunes Haar, das sich am Hinterkopf schon lichtete, war groß und schlacksig und trug eine rostbraune Cordhose, ein gestreiftes Hemd und darüber einen braunen Strickpullover. Er schlug die Beine übereinander und setzte sich kerzengerade hin.

Lina war der Mann auf den ersten Blick unsympathisch. Er hatte etwas Überhebliches an sich und machte den Eindruck, als würde er nicht allzu viel von dieser Runde halten. Sie sah zu Pater Dominik, der jetzt anfing, das Vaterunser zu beten. Bis auf die drei Jugendlichen fielen alle ein. Als das Gebet beendet war, sackte Isabella plötzlich in sich zusammen. Lina sprang auf, wollte sich ihrer annehmen, doch Pater Dominik hob die Hand, als Zeichen dafür, dass alles in Ordnung war. Im gleichen Moment richtete sich das Medium auch schon wieder auf. Die Augen geschlossen, saß sie wieder gerade auf ihrem Stuhl. Dann begann sie mit sanfter weicher Stimme zu sprechen. Monoton und ohne lauter oder leiser zu werden, wie eine Feder, die sacht zu Boden schwebt. »Ihr Lieben, Gott ist mit euch.«

»Erlaubst du uns heute, ein paar Fragen zu stellen?«, fragte Pater Dominik.

»Du weißt, dass ihr alle Antworten in euren Herzen tragt.«

Pater Dominik machte eine Geste in die Runde, um die Teilnehmer aufzufordern, eine Frage zu stellen. Doch bevor jemand etwas sagen konnte, sprach das Medium wieder: »Aber ich fühle Angst, und Angst zerstört. Du hast zwei Schutzengel, Lina. Die meisten haben nur einen. Verschließe dich nicht. Du bist selbst ein Medium. Aber die Geister werden nicht durch dich sprechen, sondern sie werden dich ihre Antworten schreiben lassen.«

Lina war überrascht, dass sie angesprochen wurde, ohne laut eine Frage gestellt zu haben. Plötzlich sah sie hinter Pater Dominik Schatten, doch war sie offenbar die Einzige, denn keiner der anderen reagierte auf die Gestalten.

»Hab keine Angst. Du hast die Fähigkeit zu sehen, deshalb suchen die Geister dich heim. In der Praxis, wo du arbeitest, gibt es viele erdgebundene Geister, Geister, die denken, sie wären noch mit ihrem ehemaligen Körper verbunden. Du musst nur lernen zu unterscheiden, mit welchen Geistern du es zu tun hast. Du bist in der Vergangenheit oft von niederen Geistern heimgesucht worden. Wir haben es zugelassen. Wir wollten dich prüfen. Du bist auf dem richtigen Weg, Lina. Alles hat seine Ordnung. Was du jetzt nicht verstehst, wirst du später verstehen. Bete zu Gott, und du wirst lernen.«

Die junge Frau saß unbeweglich da und hatte die Augen immer noch geschlossen. Der Geist hatte die Frage beantwortet, die Lina vorgehabt hatte zu stellen. Sie war noch ganz ergriffen, als die Frau mit den grünstichigen Haaren fragte: »Kann man durch Karten und Astrologie die Zukunft vorhersagen?«

»Die Karten haben keine Bedeutung, genauso wenig wie die Astrologie. Die Sterne, die ihr seht, existieren schon seit langer Zeit nicht mehr. Sie sind nur noch eine Erinnerung. Du fragst nach Zeit, aber Zeit und Raum existieren nicht. Lass dich nicht davon leiten.«

Als Nächster meldete sich der Nägel kauende Junge zu Wort: »Wenn es einen Gott gibt, warum gibt es dann so viele Naturkatastrophen und Kriege auf der Welt?« Er grinste arrogant und war sichtlich davon überzeugt, eine besonders clevere Frage gestellt zu haben. Um Bestätigung heischend, sah er seine Freunde an, doch sie erwiderten seinen Blick nicht. Sein Grinsen verschwand, und er kaute weiter auf seinen Nägeln, während die sanfte Stimme des Mediums den Raum erfüllte.

»Die Erde ist aus den Fugen geraten. Es gibt zurzeit keinen Ort auf dieser Welt, der keine offenen Wunden trägt, der nicht zu bedauern ist und über den man nicht einen Fluss von Tränen vergießen könnte. Der Mensch hat die Katastrophe ausgelöst, nicht Gott. Ihr Menschen führt Kriege und füllt eure Herzen nur mit Hass. Hass ist Dunkelheit, nicht Licht. Gott ist das Licht, und ihr seid ein Teil von ihm, aber wenn ihr eure Herzen mit Hass füllt, weicht das Licht. Der Hass schadet allem, der Natur, euren Nachbarn, euren Familien, euch selbst. Und euer Hass hat keine Grenzen. In diesem Moment bist du selbst voller Hass, weil du heute hier bist. Dabei solltest du froh sein, denn ihr habt ein Spiel mit dem Jenseits gespielt, um eure irdische Zukunft zu erfahren. Niedere Geister haben sich einen Spaß mit euch erlaubt, denn es ist uns nicht erlaubt, euch zu sagen, wie die Zukunft aussieht. Die niederen Geister nehmen Besitz von eurem Geist und quälen euch mit Albträumen.«

Die beiden Mädchen blickten betreten zu Boden.

»Ihr könnt sogar körperlich geschwächt werden, dass die Folge Krankheit oder sogar der Tod ist, wenn ihr die falschen Geister ruft. Also seid dankbar und lernt«, sprach der Geist aus der jungen Frau.

»Was ist der wahre Glaube?«, fragte der Mann, den Lina so unsympathisch fand und der immer noch so gerade saß, als hätte er einen Stock verschluckt.

»Wahrer Glaube ist, den Menschen zu zeigen, dass es einen Gott gibt, der nicht reich ist. Unser Gott hat sich bescheiden gezeigt und hat sich nicht in edle Kleider gehüllt. Wahrer Glaube trägt keine Diamantringe, keine Krone und kein goldenes Zepter. Wahrer Glaube macht keine Unterschiede zwischen Reichen und Armen. Wahrer Glaube zeigt keinen Hochmut. Ein wahrer Vertreter Gottes zeigt sich bescheiden, erfährt am eigenen Leib, was Hunger ist. Wahrer Glaube steht nicht für Prunk, Pracht und Pomp, wie er leider auch von vielen Geistlichen praktiziert wird.«

Der Mann sah das Medium skeptisch an. Offensichtlich war er nicht ganz einverstanden mit der Antwort. »Tauge ich denn als Diener Gottes?«, fragte er weiter. Lina war überrascht. Sie konnte nicht glauben, dass der Mann ein Priester war.

»Es gibt nur wenige, die auserwählt sind, aber viele meinen, auserwählt zu sein. Finde es selbst heraus.«

Dann trat Stille ein. Nach einer Pause sagte das Medium: »Gott segne euch.«

Isabella sackte plötzlich in sich zusammen, doch wie vorhin richtete sie sich gleich darauf wieder auf. Sie öffnete die Augen, und Pater Dominik gab ihr etwas zu trinken. Dann stand er auf. Er sah müde und erschöpft aus. Die Temperatur im Raum war deutlich gesunken. Lina fror plötzlich. Ihre Hände und Füße waren so kalt, als hätte sie sie unter eisiges Wasser gehalten. Während sich die Runde auflöste, die Teilnehmer sich langsam anzogen und das Pfarrhaus verließen, winkte Pater Dominik Lina zu sich.

»Lina, haben Sie irgendwelche Fragen zu dem heutigen Abend? Ich denke, es war sehr eindeutig, fanden Sie nicht?«

Lina nickte, aber sie war immer noch unsicher. »Was soll ich denn jetzt machen?«

»Das bleibt Ihnen überlassen. Beten Sie und Sie werden verstehen.«

Als Lina sich umdrehte, waren die anderen bereits gegangen. Lina zog ebenfalls ihren Mantel an, setzte sich ihre Mütze auf und verabschiedete sich von Pater Dominik. Dann trat sie ihren Heimweg durch die Dunkelheit an. Aber sie hatte keine Angst. Endlich ergab alles, ihre Krankheiten, die schaurigen Erlebnisse in ihrer Kindheit, einen Sinn. Und Lina spürte, dass der heutige Tag erst der Anfang war.

36

Die zwei Beamten saßen in ihrem Auto vor dem Pfarrhaus, doch sie waren so vertieft in ihr Kartenspiel, dass er unbemerkt an ihnen vorbeischlüpfen und zum Fenster schleichen konnte. So sah er diesmal genau, in wen der Dämon gefahren war. Viele saßen mit dem Rücken zu ihm, aber ihr konnte er direkt ins

Gesicht sehen. Danach stand er verschmolzen mit der Dunkelheit ein Weilchen hinter der großen Kastanie im Garten der Kirche und schlich dann, kurz bevor die Ketzer das Haus verließen, wie eine schwarze Katze zu seinem Wagen.

Im Rückspiegel sah er, wie die junge Frau sich in ihren Fiat Panda setzte. Sie startete den Motor und verließ die Parkbucht. Heute würde er das Weib, aus dem der Dämon schon mehrmals gesprochen hatte, töten. Er zitterte vor Erregung. Er brauchte sich nicht zu beeilen, er wusste, wohin sie fahren würde. Er war ihr schon einmal gefolgt zu ihrer Wohnung draußen im Moor.

Hoffentlich würde er diesmal sein Werk beenden können. Bisher hatte er die Weiber, die mit dem Teufel einen Pakt geschlossen hatten, zwar getötet, ganz ausgelöscht hatte er jedoch keine. Immer war irgendetwas schiefgelaufen. Er dachte an Amsterdam, wo ihm der größte Fehler unterlaufen war. Der dämonische Geist hatte bis zum Schluss alles geleugnet. Und dann war der Mann gekommen, und er hatte fliehen und dabei sogar seine persönlichen Dinge zurücklassen müssen. Nun würde ihre Seele in der ewigen Dunkelheit keine Ruhe finden. In Rom hatte er zwar den perfekten Ort gewählt, den Campo dei Fiori, auf dem schon früher, als der Glaube noch etwas zählte auf dieser Welt, Hexen verbrannt worden waren. Aber ihr Pakt mit dem Teufel war zu stark gewesen, die Hexe hatte den Regen beschworen, der das Feuer gelöscht hatte. Auch ihre Seele würde in der ewigen Verdammnis leben. Und die Hexe in Salzburg war einfach zu fett gewesen, um sie in den Wald zu tragen und dort zu verbrennen. So hatte er ihr den Kopf abgetrennt, denn dort wohnte der Dämon, und ihn im Wald vergraben.

Dieses Mal musste er es perfekt machen. Er sah, wie sie parkte und zu Fuß in den kleinen Weg zu den Schrebergartenhäuschen beim Eppendorfer Moor ging. Auch er parkte seinen Wagen in der Hauptstraße, holte seine schwarze Tasche aus dem Kofferraum und schulterte sie. Er sah nach links und rechts, konnte aber niemanden entdecken. An einem so ungemütlichen Abend saßen alle vor dem Fernseher. Sehr gut. Er überquerte die Straße und bog in den vom Regen aufgeweichten Weg ein. Schnell hatte er Nummer 1149 erreicht und spähte zu den anderen Häuschen hinüber. Jetzt im Winter waren die meisten verlassen. Überall war es dunkel, nur in einem Häuschen brannte Licht, doch das lag ein gutes Stück weiter in Richtung Moor. Wer auch immer dort wohnte, würde sie nicht schreien hören.

Er war schon einmal hier gewesen, um alles zu erkunden und um dieses Mal keinen Fehler zu machen. Er sprang über den niedrigen Gartenzaun und sah ins Innere des Häuschens. Sie saß auf dem Sofa und sah fern, vollkommen ahnungslos. Er beobachtete sie. Dann holte er aus seiner Tasche ein Tuch, in das er das geweihte Salz, die Kräuter und das Wachs gewickelt hatte, und band es sich um den Hals. Es würde den Dämon davon abhalten, in ihn einzudringen. Dann nahm er seine Tasche und klopfte an die Tür. Er hörte, wie sie aufstand, zur Tür kam und dahinter stehen blieb.

»Wer ist da?«

Als würde diese Frage ihn daran hindern, ins Haus zu kommen. Er grinste. »Ein Nachbar. Wir haben kein Wasser, und ich wollte fragen ...« Er brauchte den Satz nicht mal zu beenden, als die Tür schon einen Spaltbreit geöffnet wurde. Das reichte ihm. Er stieß die Tür auf. Mit entsetztem Gesicht wich sie vor ihm zurück.

»Was soll das?«

Er ging auf sie zu. Isabella versuchte, an ihm vorbei zur Tür zu kommen. Doch er hielt sie an ihrem Zopf fest und riss sie auf den Boden. Sie schrie auf und wollte sich aus seinem Griff befreien, doch sie hatte keine Chance.

»Ausziehen«, befahl er ruhig.

Isabella schüttelte den Kopf. »Auf keinen Fall.«

Bisher hatten sich alle, zitternd vor Angst, bereitwillig ausgezogen. Doch diese hier fing an zu schreien. Ohne lange zu überlegen, schlug er ihr mit voller Wucht auf die Halsschlagader, sodass sie zusammensackte. War er zu heftig gewesen? Er musste vorsichtiger sein, nicht dass in diesem Zustand der

Dämon in ihren zarten Körper fuhr, so wie eben im Pfarrhaus. Er würde nicht viel Zeit haben, bis sie wieder zu sich kam, deshalb riss er ihre Bluse auf und zog ihr das Unterhemd über den Kopf. Hastig zerrte er auch die restlichen Kleider von ihrem Leib. Dann drehte er sie um, suchte auf ihrem weißen Körper ein Teufelsmal. Als er keines fand, legte er sie mit dem Gesicht nach oben auf den Tisch. Er band ihr die Arme unter dem Tisch zusammen, spreizte ihre Beine und holte dann sein Werkzeug heraus: Rasiermesser, Schere, Nadel, Faden und Skalpell. Er hatte sich für alle ein eigenes Szenarium ausgedacht. Nur ihr Ende war dasselbe. Er war stolz auf seine grenzenlose Phantasie. Er zog sich einen Stuhl heran und setzte sich zwischen ihre gespreizten Beine. Erst nähte er ihr die Harnröhre zu, dann den After. Er war gerade damit fertig geworden, als sie stöhnend aus der Bewusstlosigkeit erwachte. Er beugte sich über sie und zischte ihr zu: »Wenn du schreist, töte ich dich auf der Stelle.«

Sie nickte ängstlich und versuchte, ihren Kopf zu heben, um an sich herunterzusehen, doch er hielt ihren Kopf fest und begann, mit der Schere ihre blonden Haare abzuschneiden. Dann griff er zur Rasierklinge und schabte grob die restlichen Haare von ihrem Kopf. Sie wimmerte, wenn er ihren fast kahlen Schädel ritzte. Dann trat er einen Schritt zurück: Sie war nun nackt und kahl, bereit für den Prozess.

»Bist du katholisch?«

Isabella brachte nur ein gequältes »Ja« hervor.

»Glaubst du an Gott?«

»Ja.«

»Wie heißt der Dämon, mit dem du in Verbindung stehst?«

»Was für ein Dämon?«, keuchte Isabella.

»Nenn mir den Namen!« Er holte einen Trichter und eine Flasche Wasser aus seiner Tasche und flößte ihr das Wasser ein.

Isabella spuckte und hustete. Wasser lief auf den Tisch und bildete eine Lache.

»Ich verstehe nicht, was Sie wollen?«, brachte sie gequält hervor.

»Wie oft hast du an diesen teuflischen Zusammenkünften teilgenommen?«

»Teuflische Zusammenkünfte?«, fragte sie irritiert.

Wieder presste er ihr den Trichter in den Mund und schüttete Wasser hinein. Ein Gurgeln drang aus Isabellas Kehle. Sie schüttelte den Kopf hin und her, um dem Wasser zu entkommen, doch er war unerbittlich. Es gab kein Entrinnen. Sie schluckte. Nur undeutlich vernahm sie die Worte ihres Peinigers.

»Gibst du zu, schuldig zu sein?«

Sie schüttelte den Kopf.

»Hast du dich körperlich mit dem Teufel vereint?«

Isabellas Bauch war inzwischen aufgebläht. Doch wieder und wieder zwang er sie zu trinken.

»Gibst du zu, dich der Ketzerei schuldig gemacht zu haben?«

Sie versuchte, den Kopf zu schütteln. Er rammte ihr den Trichter in den Mund und goss weiter Wasser hinein.

Isabella merkte, wie etwas in ihr riss. Ihr Bauch? Dann wurde es dunkel um sie.

Er schlang ein Seil um den nackten Körper und schleifte die Hexe nach draußen ins Moor, wo er sie an einen einzelnen Baum auf einer kleinen Lichtung band. Er sammelte dünne Äste, stapelte sie um die bewusstlose junge Frau herum und entzündete dann den Scheiterhaufen. Erst stiegen nur weiße Rauchwolken empor, das Holz war nass und fing schlecht Feuer. Dann endlich leckten die ersten Flammen den nackten Körper, und bald brannte das Weib lichterloh. Er beobachtete zufrieden sein Werk und wartete.

In den frühen Morgenstunden war der Körper entgegen seiner Erwartung immer noch nicht ganz verbrannt. Das konnte nur eines bedeuten. Der Dämon war zu stark für ihn. Er sah sich um, er konnte unmöglich noch länger hierbleiben. Bald würden die ersten Hundebesitzer und Jogger kommen. Er sprach leise ein Gebet und verließ missmutig das Moor.

Er hatte versagt. Jetzt gab es nur noch eine Lösung. Er würde den Herrn der Dämonen auslöschen müssen.

37

In den Nachmittagsstunden ging die Vermisstenmeldung ein. Isabellas Arbeitgeber hatte die Polizei verständigt, nachdem die junge Frau weder zur Arbeit erschienen noch an ihr Handy gegangen war. Eine Stunde nach seinem Anruf waren alle Hamburger Polizeistationen benachrichtigt.

Juri hatte am Vormittag die Kostüme aufgetrieben, und Sam war gerade bei der Anprobe und stand als Edelmann verkleidet in seinem Büro, als es an der Tür klopfte. Eine junge Beamtin kam herein, gab Juri die Vermisstenmeldung und grinste bei Sams Anblick übers ganze Gesicht. Juri überflog das Blatt und reichte es Sam. Dieser hatte die Hamburger Polizei darum gebeten, ihm sämtliche Meldungen über vermisste Frauen zwischen zwanzig und sechzig Jahren sofort weiterzuleiten. Rein intuitiv hatte er auch Frauen einbezogen, die jünger als die bisherigen Mordopfer waren. Schließlich gab es sicherlich auch Frauen, die unter dreißig waren und die sich mit Esoterik und Wahrsagerei beschäftigten.

Normalerweise wurde die Polizei erst vierundzwanzig Stunden, nachdem eine Person verschwunden war, aktiv, doch Sam reagierte sofort. Er zog sein Kostüm aus und machte sich mit Juri auf den Weg zu dem Schrebergarten im Eppendorfer Moor. Die junge Frau lebte übergangsweise, nachdem sie sich von ihrem Freund getrennt hatte, im Gartenhäuschen ihrer Eltern.

Vom Auto aus rief Sam bei ihrem Chef an, der ein Reisebüro in Harvestehude hatte. Er konnte jedoch nur sagen, dass seine Sekretärin Isabella Longi sehr pflichtbewusst sei und dass es nicht zu ihr passe, einfach so nicht zur Arbeit zu kommen und sich nicht zu melden. Deshalb habe er bei der Polizei angerufen. Sie arbeite oft länger als seine anderen Angestellten, gestern sei sie erst gegen halb acht gegangen. Ob sie in die Kirche ging, Karten legte oder sonst einen Bezug zu Esoterik hatte, konnte er nicht sagen. Sie sei sehr verschlossen und rede wenig über sich, meinte er. Es war also unklar, ob Isabella Longi ein potenzielles Opfer war.

Trotzdem hatte es Sam eilig, zu dem Häuschen zu kommen. Er hätte nicht erklären können, warum er sich für den Fall interessierte. Vielleicht war es das Moor, das ihn aufhorchen ließ, und Juris Erklärung, dass das Eppendorfer Moor ein Naturschutzgebiet sei, mit anderen Worten: ein perfekter Tatort. Als sie ankamen und er die kleinen, unbewohnten Häuschen der Schrebergartensiedlung sah, hatte Sam ein komisches Gefühl in der Magengegend.

Schnell fanden Sam und Juri Nummer 1149, und bevor sie an die Tür des Gartenhäuschens klopften, sahen sie durchs Fenster. Als Sam die Wasserpfütze auf dem Tisch und die abgeschnittenen Haare auf dem Boden entdeckte, war eines sofort klar: Der Mörder, Sam nannte ihn insgeheim inzwischen den Inquisitor, hatte wieder zugeschlagen. Nach einer kurzen Durchsuchung des Zweizimmerhäuschens war klar, dass der Mörder Isabella Longi verschleppt haben musste. Juri forderte Verstärkung an, und Sam ging vor das Häuschen, um nachzudenken. Plötzlich sah er Schleifspuren, die von der Tür zum Weg führten. Etwas Schweres war hier entlanggezogen worden, so viel stand fest.

Sam folgte der Spur, die nach einer Weile den Weg verließ und mitten durchs Gelände führte. Er lief jetzt schneller. Vielleicht lebte sie noch? Er hetzte über platt getretenes, braunes Gras, bis er eine kleine Lichtung erreichte. Dann sah er den Baum mit der verbrannten Leiche.

Juri war Sam gefolgt und stand jetzt hinter ihm.

»Ich habe gelesen, dass eine vollständige Leichenverbrennung nur bei konstant hohen Temperaturen um 1000 Grad Celsius über einen Zeitraum von ein bis zwei Stunden in einem Krematorium erreicht werden kann.« Er starrte auf den gekrümmten Körper. Dann sah er auf das Foto in seiner Hand, das sie zusammen mit der Vermisstenmeldung bekommen hatten. Eine Schwarz-Weiß-Kopie nur, aber er erkannte eine hübsche junge Frau, die in die Kamera lächelte.

»Das wusste ich nicht. Folglich wird er nie sein Werk vollenden können. Muss er nicht die Asche in alle Winde verstreuen, um die Seele zu retten?«

»Na ja, eines ist klar, er wird es weiter versuchen.« Er gab Sam das Foto und verließ den Tatort. Sam betrachtete das Foto und fragte sich, was die junge Frau, die noch ihr ganzes Leben vor sich gehabt hätte, vor ihrem Tod für Torturen hatte ausstehen müssen.

In diesem Moment klingelte sein Handy. Er sah auf das Display. Das hatte ihm gerade noch gefehlt: ein Anruf von Peter Brenner.

»O'Connor?«, dröhnte es durch die Leitung.

»Ja, Herr Brenner, am Apparat.«

»Ich werde Sie von dem Fall abziehen, wenn ich noch einmal höre, dass Sie am Genfer See rumturnen, statt diesem Kerl ein für alle Mal das Handwerk zu legen!«

»Er hat schon wieder zugeschlagen. Jetzt haben wir ihn.«

»Das ging aber schnell! Sie haben ihn schon verhaftet?«

»Nicht direkt, aber es ist nur noch eine Frage der Zeit.«

»Wollen Sie mich auf den Arm nehmen, O'Connor?«

»Das würde ich mir nie erlauben, Herr Brenner. Ich bin gerade am Tatort, ich melde mich später noch einmal.«

Sam klappte sein Handy zu. Unbändige Wut stieg in ihm auf. »Am Genfer See rumturnen«, das war wirklich der Gipfel. Solange er an diesem Fall arbeitete, würde Brenner ihn bevormunden, ihn kontrollieren und ihm die Marschrichtung vorgeben.

Sam atmete tief durch, er durfte sich von solchen Gesprächen nicht aus der Fassung bringen lassen. Immerhin hatte er recht gehabt mit seiner Vermutung, dass der Mörder bald wieder zuschlagen würde. Und vielleicht hatte er auch recht damit, dass der Inquisitor aus Hamburg war, dass er hier lebte, direkt vor seiner Nase. War es doch Pater Dominik? Hatte Juri eigentlich inzwischen die verdammten Personaldaten des Pfarrers vom Einwohnermeldeamt angefordert?

38

Lina war frühmorgens beim Zahnarzt gewesen und kam deshalb ein bisschen später zu Doktor Ritter in die Praxis. Sie klopfte leise an die Tür zum Behandlungszimmer, und als niemand antwortete, öffnete sie sie vorsichtig und sah, dass Doktor Ritter neben einem Patienten in seinem Ledersessel saß. Der Patient – Lina erkannte Herrn Lange, den Mann mit der Panik vor Spritzen – lag auf dem Sofa und regte sich nicht. Sie schloss die Tür wieder und setzte sich im Vorzimmer hinter den Schreibtisch. Aus dem Zimmer drang kein Laut. Wahrscheinlich machte Doktor Ritter eine spezielle Entspannungstherapie mit Herrn Lange, da Hypnose für diesen Patienten nicht infrage kam, wie sie wusste.

Sie hatte nichts zu tun und musste warten, bis die Sitzung beendet war. Lina dachte an die gestrige Séance und daran, dass auch sie ein Medium war. Ob die Geister wohl mit ihr sprechen würden? Sie nahm sich ein Blatt Papier und einen Stift und fing an, Kreise auf das Blatt zu malen. Dabei klimperten die Anhänger an ihrem Armband. Plötzlich hatte sie das Gefühl, als ob ihre Hand geführt würde. Ohne dass sie es wollte, bewegte sich der Stift in ihrer Hand über das Papier und schrieb: »Hallo, Lina, wir sind es.«

Es klappte! Aufgeregt fragte Lina in Gedanken: »Wer ist da?«

Die Antwort erschien sofort: »Hab keine Angst, wir sind hier, um dir zu helfen und um dich zu schützen.« Dann malte der Stift eine Blume und Herzen.

Lina lächelte und spürte eine wohlige Wärme in sich aufsteigen, wie ein leichtes Streicheln auf ihrer Haut. Sie war glücklich. Sie wusste, dass dies ihre Schutzengel waren. Ihre Gedanken wanderten zu Sam, wie so oft in letzter Zeit. Sie dachte morgens beim Aufwachen als Erstes an ihn und abends beim Einschlafen als Letztes. Ja, sogar nachts war er bei ihr. Wenn sie in ihren

Träumen mit ihm zusammen war, blickte er sie mit seinen traurigen braunen Augen an, und sie tröstete ihn.

Ihre Schutzengel hatten ihre Gedanken wieder gelesen, denn nun schrieb ihre Hand: »Er ist ein guter Mann, aber ihn quälen viele Sorgen. Er will niemanden damit belästigen, deshalb lässt er dich nicht in sein Leben.«

»Was für Sorgen hat er denn?«, dachte Lina.

»Er sorgt sich um seine Schwester, aber es wird bald zu Ende sein.« Plötzlich änderte sich die Schrift, und in einer neuen Zeile erschienen die Worte: »Meine Prinzessin, du bist in Gefahr. Bete um Schutz.« Lina bekam eine Gänsehaut. Sie kannte die Handschrift nur zu gut. Laut fragte sie: »Papa?«

»Frau Lopez?« Doktor Ritter stand vor ihr und sah sie irritiert an. Hinter ihm stand Herr Lange.

»Oh, tut mir leid, ich war völlig in Gedanken.« Lina lief rot an, zerknüllte das Blatt Papier und warf es in den Papierkorb.

»Geben Sie Herrn Lange bitte einen neuen Termin für die nächste Woche.«

»Aber natürlich«, erwiderte sie und blätterte im Kalender, während Doktor Ritter wieder in sein Sprechzimmer ging.

»Hm ... nächste Woche sieht es schlecht aus. Aber was ist mit diesem Freitag um zehn Uhr, Herr Lange?«

»Ja, das ist gut.«

»Soll ich es Ihnen aufschreiben?«

»Nein. Das kann ich mir schon merken.«

Herr Lange schlüpfte in seine Jacke und sagte im Hinausgehen: »Bis Freitag dann.«

Lina beugte sich über den Kalender, um Herrn Langes Termin einzutragen, als plötzlich wieder Doktor Ritter vor ihr stand. Sie zuckte zusammen.

»Geht es Ihnen gut? Sie sehen so blass aus, Frau Lopez.«

»Nein, alles in Ordnung, Doktor Ritter.«

Lina stand auf, ging an ihm vorbei zur Küche und fragte: »Wie lief es denn mit Herrn Lange?« »Ein schwerer Fall. Ich werde ein paar Sitzungen mit ihm brauchen. Er war kaum in der Lage, sich zu entspannen, was ja eine der wichtigsten Voraussetzungen für das Gelingen einer Angsttherapie ist. Bedauerlicherweise hält er gar nichts von Hypnose. Das würde die Sache sicherlich vereinfachen. So muss ich mit ihm den beschwerlicheren Weg gehen.«

Lina trocknete ein paar Tassen ab und stellte sie zurück in den Schrank. »Sie konnten also noch nicht feststellen, warum er diese Spritzenphobie hat?«

»Es gibt viele Menschen, die Angst vor Spritzen haben. Das ist ganz natürlich. Wer lässt sich schon gerne ins Fleisch stechen? Und wenn man so verspannt ist wie dieser Mann, tut ja schon die kleinste Berührung weh.« Doktor Ritter zuckte mit den Schultern. »Na, vielleicht kommen wir in der nächsten Sitzung weiter. Die Angst entsteht im Kopf, und deshalb kann sie auch nur dort überwunden werden. Er muss eben begreifen, dass die Spritze nicht gefährlich ist, sondern ihm hilft.«

Da ging die Praxistür auf, und zwei Frauen kamen herein.

Eine der beiden rief: »Doktor Ritter, ich wollte nur mal kurz vorbeischauen und Ihnen danken!« Ihre Stimme überschlug sich beinahe, so aufgekratzt war sie.

Lina bemerkte, wie Doktor Ritter die zwei Frauen ratlos ansah und sie offenbar nicht einordnen konnte. Sie kam ihm zur Hilfe: »Guten Tag, Frau Morgenstern. Sie waren bei der Hypnosesitzung im Hotel, nicht wahr?«

Doktor Ritter zwinkerte Lina dankbar für ihre Hilfestellung zu.

Aus Frau Morgenstern sprudelte es währenddessen nur so heraus: »Ja, und das ist meine Schwester. Seit der Sitzung sind wir uns wieder nähergekommen. Es ist ja schon verrückt, wenn man bedenkt, was man alles für unerklärliche Lasten mit sich herumträgt, manche ein ganzes Leben lang, ohne zu verstehen, warum. Ich bin Ihnen so dankbar, Doktor Ritter, dass Sie mir geholfen haben. Wir haben Ihnen das hier mitgebracht.«

Sie überreichte Doktor Ritter feierlich einen Korb, aus dem

eine Champagnerflasche ragte. Lina sah außerdem Käse, Nudeln und einen Serrano-Schinken zwischen weiteren Delikatessen. Doktor Ritter nahm den Korb unbeholfen in Empfang und stellte ihn auf Linas Schreibtisch. »Es freut mich immer, wenn eine Therapiesitzung auf Anhieb so erfolgreich ist«, sagte er hölzern.

Die beiden Frauen sahen sich lachend an und verabschiedeten sich. So schnell, wie sie gekommen waren, verschwanden sie auch wieder.

Es wurde wieder still in der Praxis. Auf einmal fiel Lina auf, wie wenig sie diese Stille mochte. Die Praxis ist irgendwie tot, dachte sie. Doktor Ritter war immer zurückhaltend und gefasst, nie brachte er ein Lachen über die Lippen, selbst eben nicht, als sich die beiden Schwestern so überschwänglich bei ihm bedankt hatten. Dann dachte sie an die Patienten, die während der Hypnose mehrmals ihren Tod aus vorherigen Leben erlebten. Plötzlich fand Lina das alles irgendwie unheimlich.

Doktor Ritter schloss die Tür des Therapiezimmers hinter sich und ließ Lina allein mit dem Korb auf dem Schreibtisch zurück.

39

»Kennen Sie diese Frau?« Sam hielt Pater Dominik das Foto von Isabella Longi unter die Nase. Der Pfarrer wurde erst rot, dann weiß. »Sagen Sie nicht, dass ihr etwas zugestoßen ist«, flüsterte er fast unhörbar.

»Was denken Sie?«

Der Pfarrer stöhnte leise auf und ließ sich auf die vorderste Bank sinken. Im hinteren Teil der Kirche saßen zwei ältere Damen. Sie hatten gebetet, doch nun tauschten sie irritierte Blicke. Sam bemerkte sie und sagte zum Pater: »Am besten, wir gehen ins Pfarrhaus.«

Pater Dominik nickte, stand auf und öffnete die Tür hinter dem Altar. Die drei Männer betraten das Pfarrhaus, gingen die steile Treppe nach oben und setzten sich dort an den Tisch.

»Wir haben ihre Überreste heute Nachmittag im Eppendorfer Moor gefunden. Sie wurde verbrannt«, nahm Sam den Faden wieder auf. »Pater, erzählen Sie uns endlich, was Sie wissen! Es ist doch offensichtlich, dass, wenn Sie nicht der Mörder sind, es jemand auf Sie abgesehen hat. Wer könnte das sein?«

Pater Dominik saß vornübergebeugt auf dem Stuhl und verbarg sein Gesicht in beiden Händen. Dann richtete er sich langsam auf. Seine Stimme war immer noch nur ein Flüstern.

»Ich weiß es nicht.«

»Vielleicht jemand aus Ihrer Gruppe? Ist bei Ihren komischen Geistersitzungen mal jemand zu Schaden gekommen?«

Pater Dominik schüttelte den Kopf und sagte bestimmt: »Nein. Das ist überhaupt nicht möglich.«

»Wieso nicht?«, fragte Sam. »Es gibt doch einige Fälle, bei denen Menschen gestorben sind, diese Deutsche in den Siebzigerjahren zum Beispiel. Ich habe sogar einmal einen Film darüber gesehen.«

»Sie meinen Anneliese Michel? Sie ist aber nach einem Exorzismus gestorben, nicht nach einer Séance. Sie haben recht, bei einem Exorzismus kann tatsächlich einiges schiefgehen. Ich habe an einigen Austreibungen teilgenommen, die sehr zweifelhaft waren. Deshalb habe ich mich dagegen entschieden, selbst Exorzismen zu praktizieren. Eigentlich bin ich ausgebildeter Exorzist, aber es ist eine Gratwanderung, zwischen dämonischer Besessenheit und Geisteskrankheit zu unterscheiden. Deshalb habe ich mich entschlossen, nur den einfachen Exorzismus zu praktizieren.«

»Den einfachen Exorzismus? Nennen Sie so Ihre Sitzungen?«, fragte Juri und schüttelte ungläubig den Kopf..

Der Priester lächelte. »Nein, das ist ein Teil des Taufritus. Während der Taufe wird der Täufling von der Erbsünde und seinem Anstifter, also dem Teufel, befreit.«

»Entschuldigen Sie bitte, habe ich das eben richtig verstanden? Sie wurden zum Exorzisten ausgebildet? Und das erzählen Sie jetzt erst?«, sagte Sam fassungslos.

»Sie haben mich nie danach gefragt.«

»Na, ich bitte Sie, wer kommt denn auf die Idee, dass es heute noch Exorzisten gibt.«

»Wussten Sie nicht, dass die katholische Kirche bis heute ganz regulär Exorzisten ausbildet? Papst Benedikt will dreitausend neue Teufelsaustreiber ausbilden lassen, sogar Frauen.«

Sam schwieg einen Moment verblüfft und sagte dann: »Als Exorzist kennen Sie sich ja sicherlich auch mit dem geheiligten Salz, den geweihten Kerzen und Kräutern aus, nicht wahr?«

»Ja, warum?«

»Weil wir das an allen Tatorten gefunden haben«, sagte Sam scharf. Wieder fragte er sich, ob der Inquisitor nicht direkt vor ihm saß und ihn zum Narren hielt. Dann dachte er an die junge Frau, von der nur ein wenig Asche übrig geblieben war, und fragte den Pater: »Wie haben Sie Isabella Longi kennengelernt?«

»Vor etwa zwei Jahren kam sie zu mir zur Beichte. Auf einmal sprach sie lateinisch mit mir. Sie sagte mir, dass sie mir dabei helfen wolle, meine Zweifel am katholischen Glauben zu überwinden. Ich hatte niemals mit irgendjemandem über meine inneren Konflikte geredet. Als sie aus dem Beichtstuhl trat, fragte ich sie, wo sie Latein gelernt habe. Sie war ganz erstaunt. Sie konnte kein Wort Latein, und sie konnte sich an unser Gespräch nicht erinnern, nur an ihre Beichte.«

»War sie gestern hier?«

»Ja. Wir hatten gestern Abend eine Sitzung. Isabella war das Medium. Ich wollte gestern ein anderes Medium an die Séancen heranführen und ein paar Jugendliche warnen, die auf eigene Faust mit einem Ouija-Brett Geister gerufen haben. Ich habe Ihnen ja schon einmal erklärt, dass das fatale Folgen für den menschlichen Geist haben kann.«

»Ja, ich erinnere mich.« Sam stand auf und lief wie ein Tiger im Käfig auf und ab. Er dachte an seine Schwester, die nach wie vor apathisch in der Klinik lag. Er hatte gestern vom Genfer See aus mit Doktor Willfurth gesprochen, der ihm gesagt hatte, dass Lilys Zustand unverändert war. Sam fragte sich wieder einmal, ob Lily deshalb so krank war, weil sie wie die Jugendlichen, von denen der Pater sprach, auf eigene Faust Geister gerufen hatte, die sich fürchterlich an ihr gerächt hatten. Doch das war absurd, dieser ganze Geisterquatsch! Es wurde Zeit, dass er den Fall löste. Energisch sagte Sam: »Ich möchte die Namen von allen haben, die in den letzten zwei Jahren an Ihren Sitzungen teilgenommen haben.«

»Das ist unmöglich. Manchmal kommen Leute, die ich gar nicht kenne, vor allem wenn ich Sitzungen in anderen Städten abhalte. Hier in Hamburg gibt es ein paar, die immer wieder kommen, deren Namen kann ich Ihnen natürlich geben.«

»Warum fahren Sie überhaupt in andere Städte, um dort Sitzungen abzuhalten?«

»Ich werde gerufen, wenn man bei spiritistischen Sitzungen Gottes Unterstützung braucht. In Amsterdam zum Beispiel hatten einige junge Leute Gläserrücken gemacht. Danach wurde einer der jungen Männer nachts von dämonischen Gestalten heimgesucht. Er hatte das Gefühl, dass ihm im Schlaf jemand über das Gesicht leckte. Ich bin mit Isabella hingefahren, um die hohen Geister um Hilfe zu bitten. So ist das auch in anderen Fällen.«

»Hier, schreiben Sie bitte auf, wer gestern alles dabei war.« Sam hielt dem Pater einen Zettel und einen Stift hin. Pater Dominik schrieb die Namen der Reihe nach auf und gab Sam den Zettel zurück. Dieser überflog die Liste, und dann weiteten sich seine Augen.

»Was hat Lina Lopez denn hier gemacht?«

»Sie ist auch ein Medium. Sie wusste es nur bis gestern nicht.«

Sams Knie wurden weich, als ihm plötzlich klar wurde, in welcher Gefahr sich Lina gestern befunden hatte. Sie passte genau ins Schema des Mörders, und vielleicht war es nur ein Zufall, dass Isabella und nicht sie gestern ermordet worden war.

Sam wandte sich an Pater Dominik: »Ab sofort halten Sie keine Sitzungen mehr ab, fahren nirgendwo mehr hin und verhalten sich unauffällig, haben Sie das verstanden? Keine Sitzungen mehr, sonst nehme ich Sie fest und packe Sie in U-Haft.« Sam war immer lauter geworden, die letzten Worte schrie er dem Priester fast entgegen, sodass dieser erschrocken zusammenfuhr.

Im Wagen saß Sam stumm neben Juri und dachte nach. Fragen prasselten wie ein Steinschlag auf ihn herab. War Pater Dominik einfach nur ein guter Schauspieler? Führte er sie alle an der Nase herum? Oder war der Pater einfach nur verrückt und wusste gar nicht, was er tat? Wie war das noch? Retteten Exorzisten nicht auch die Seelen vor dämonischen Geistern? Sams Gedanken überschlugen sich.

»Juri, was ist mit den Personaldaten des Paters? Ich muss alles über ihn wissen: Wann wurde er geboren, wo ist er aufgewachsen, hat er Geschwister? Alles, hörst du?«, sagte er mit Nachdruck zu Juri.

»Willst du auch wissen, was er nachts träumt?«

»Ich sagte doch: alles.«

Sie fuhren schweigend weiter. Dann meinte Juri: »Sag mal, dass diese Lina auch bei der Geistersitzung war, scheint dich ja ganz schön geschockt zu haben.«

»Wie kommst du denn darauf?«

»Ach, komm, das merkt doch ein Blinder, dass sie dir gefällt«, grinste Juri.

»Na ja, schlecht sieht sie nicht aus. Und wie ist sie so im Bett?«, fragte Sam betont cool.

Juri sah ihn entgeistert an. »Woher soll ich denn das wissen?«

»Na, du warst doch nach diesem Speed-Dating mit ihr im Bett.«

»Doch nicht mit ihr! Mit ihrer Freundin.«

Sam fuhr sich über sein Kinn. Ob das stimmte? Aber warum sollte Juri lügen? Als könnte er seine Gedanken lesen, rief Juri lachend: »Ehrlich! Ich schwör's!«

Sam lächelte. Also hatte er sich doch nicht in ihr getäuscht.

Nach wenigen Minuten kamen sie an seinem Hotel an. Er stieg

aus. Inzwischen war es dunkel geworden. Er sah an der beleuchteten Fassade des Hotels hinauf. Zum ersten Mal bemerkte er die Stuckfriese über den Fenstern. Es waren dämonische Fratzen. Sie schienen über ihn zu lachen.

40

Als Sam aufwachte, schien die Sonne durch einen Spalt zwischen den Gardinen und hinterließ auf seinem Bett einen Streifen Licht, der immer schmaler wurde und schließlich vor der Badezimmertür endete. Er setzte sich auf die Bettkante und beobachtete die Staubpartikelchen, die in dem Lichtstrahl tanzten und die erst dort, im Licht, sichtbar wurden. Auch er wollte heute Licht ins Dunkel bringen, in die Seele seiner Schwester. Er war gestern Abend erst spät eingeschlafen, lange hatte er darüber nachgedacht, ob seine Idee wirklich gut war.

Eine halbe Stunde später stand er in der Kirche, und weitere zehn Minuten später saß Pater Dominik neben ihm im Auto. Sam erzählte ihm während der Fahrt von seiner Schwester, und der Priester hörte aufmerksam zu.

»Was meinen Sie? Ist sie von einem Dämon besessen?«, fragte Sam. Er klammerte sich jetzt daran, dass diese Geistergeschichten stimmten. Wenn es bedeutete, dass der Pater seiner Schwester helfen konnte, glaubte er gerne an Dämonen, Geister und Teufel.

»Wissen Sie, woher das Wort stammt?«

»Sicherlich aus dem Griechischen.«

»Ja, *daimon* heißt Geist oder ›das Schicksal des Menschen beeinflussend‹. Es wird abgeleitet von *daimonion,* das ist die mahnende göttliche Stimme, das Gewissen, das uns jederzeit begleitet. Sokrates zum Beispiel sagte, dass sein *daimonion* eine innere Stimme sei, die ihn davon abhalte, etwas Unrechtes zu tun. In der griechischen Antike verband man *daimon* also noch nicht mit negativen Vorstellungen, das war erst im Mittelalter der Fall. Aus Geist wurde nun unter dem Einfluss des Christentums ein böser Geist, der die Menschen in Angst und Schrecken versetzte. Goethe zum Beispiel sagte, dass der Dämon der Charakter eines Menschen sei. Aber zurück zu Ihrer Schwester. Ich glaube nicht, dass es ein Dämon ist, sondern dass bei einer spiritistischen Sitzung eine verlorene Seele in sie eingedrungen ist.«

»Eine verlorene Seele?«, wiederholte Sam und sah den Priester von der Seite an. Wieder war er hin- und hergerissen. Jetzt also auch noch umherirrende Seelen.

»Eine verlorene Seele ist eine Seele, die den Weg ins Licht nicht findet oder im Dunkeln verharrt, weil sie ein Unrecht begangen hat«, erklärte der Pater.

»Sie wollen mir sagen, dass in meiner Schwester die Seele eines Kriminellen lebt?«, fragte Sam skeptisch.

»Nein, kein Unrecht in diesem Sinn. Denken Sie zum Beispiel an die Seele eines Selbstmörders. Das ist eine schwere Sünde und …«

Wie immer bei den Themen Sünde und Kirche konnte sich Sam kaum beherrschen. »Ja, in den Augen der Kirche vielleicht«, sagte er scharf.

»Keiner hat das Recht, in den Plan Gottes einzugreifen und einem von Gott gegebenen Leben ein Ende zu setzen, auch wenn es sein eigenes ist.«

Sam begann, sich aufzuregen. »Wer sagt denn, dass es nicht zum Plan Gottes gehört, wenn sich jemand das Leben nimmt? Muss denn jeder eines natürlichen Todes sterben? Gehört es zum Plan Gottes, dass alte Leute in ihrer eigenen Scheiße in irgendwelchen Heimen dahinvegetieren? Oder dass ein schwer Krebskranker, der keine Chance auf Heilung mehr hat, monate-, vielleicht jahrelang furchtbare Schmerzen hat und leidet?«

»Sie vergessen eines: Wir leben hier in der Hölle, nicht im himmlischen Paradies. Das alles ist Teil unserer Strafe, die wir auf Erden verbüßen. Manche leben besser in der Hölle, manche schlechter. Ich denke, Sie haben es ganz gut getroffen, oder?«

Inzwischen waren sie auf das Klinikgelände gefahren, und

Sam suchte nach einem Parkplatz. Langsam beruhigte er sich wieder. Wenigstens mit den letzten Worten hatte der Pater recht. Ja, er hatte es ganz gut getroffen, auch wenn er sich im Moment um Argault und seine Schwester sorgte. Aber er musste keinen Krieg erleben, nicht hungern, nichts entbehren. Er war gesund und wusste, was Recht und Unrecht war. Er trug keine Last mit sich, hatte niemanden verletzt oder gar getötet. Er brauchte keine Gebote, und er brauchte nicht zu beichten, weil er gar nicht erst sündigte. Die Beichte war für Sam die Förderung krimineller Handlungen.

Schweigend gingen sie nebeneinanderher zur geschlossenen Abteilung. Als sie die Anmeldung erreichten, bat Sam die Krankenschwester, Doktor Willfurth zu rufen. Doch noch bevor die junge Frau zum Hörer greifen konnte, öffnete sich hinter ihr die Tür, und der Arzt kam mit wehendem Kittel und bestürzter Miene auf Sam und den Pater zu. Er sah verwirrt von Sam zu Pater Dominik und wieder zu Sam.

»Woher wussten Sie …? Wir hatten Sie doch noch gar nicht verständigt.«

Sam wurde kreidebleich. Eine schreckliche Ahnung stieg in ihm auf. Doktor Willfurth sagte etwas zu ihm, doch seine Stimme drang nur undeutlich an sein Ohr, sie schien von weit her zu kommen, und Sam verstand nur Bruchstücke.

»Sie gefunden … mit ihrem Nachthemd … erdrosselt … es tut mir sehr leid.«

Sam fühlte eine Hand auf seiner Schulter, dann hörte er sich selbst sagen: »Ich will sie sehen.«

Hatten sie ihm nicht versprochen, dass Lily hier in guten Händen sei? Wie hatte das passieren können? Sam verstand das alles nicht. Natürlich hatte er gewusst, dass Lily suizidgefährdet war, das hatte ihm schon Professor Klein in München gesagt. Aber brachte man die Patienten nicht genau deshalb in die Klinik? Um sie vor sich selbst zu schützen? Die Fragen rauschten durch seinen Kopf. Wie im Traum nahm er wahr, dass sie durch einen langen weißen Flur gingen. An den Wänden hingen Bilder in bunten, fröhlichen Farben, wie in einem Kindergarten. Im Vorbeigehen sah er eine Sonne und Blumen. Offenbar hängten sie diese Bilder in jeder Anstalt auf, um zu zeigen, wie aktiv die Patienten waren.

Der Gang schien kein Ende zu nehmen. Auf dem hellgrauen Linoleumbelag quietschten die Gummisohlen der drei Männer. Das Geräusch erinnerte Sam an die Perkussion-Band Stomp, die er zusammen mit Lily in München gesehen hatte. Die Band hatte mit verschiedenen Haushaltsgegenständen, auf Kochtöpfen und Mülltonnen, mit Streichholzschachteln, Stäben und Besen rhythmische Geräusche erzeugt. Eine phantastische Show, die Lily und Sam begeistert hatte. Oft hatten sie danach, wenn sie kochten, auf einmal angefangen, mit Kochlöffeln, Pfannen, dem Salzfass und allem, was ihnen sonst noch in die Finger kam, auf den Küchentisch oder die Anrichte zu schlagen. Sam lächelte und begann mit den Fingern zu schnipsen. Ssst, schnipp, sst, sst, schnipp …

Pater Dominik und der Arzt blieben stehen und sahen ihn an. »Alles in Ordnung, Herr O'Connor?«, fragte Doktor Willfurth besorgt.

Sam fuhr wie ertappt zusammen. Wahrscheinlich werde ich jetzt verrückt, und Lilys Dämon kommt zu mir, der Arme ist ja jetzt quasi obdachlos, dachte er sarkastisch.

Nach wenigen Metern erreichten sie Lilys Zimmer. Doktor Willfurth öffnete die Tür und ließ zuerst den Priester und Sam eintreten, bevor er ihnen folgte. Pater Dominik und der Arzt hielten sich im Hintergrund, während Sam zum Bett ging, in dem seine Schwester lag. Selbst jetzt, kahl und mager, wie sie war, sah sie wunderschön aus. Sam beugte sich über sie und gab ihr einen Kuss auf die Stirn. So hatte er sich immer von seiner kleinen Schwester verabschiedet, und so wollte er sich auch an diesem Morgen von ihr verabschieden – für immer. Als er sich aufrichtete und einen Schritt zurücktrat, kämpfte er gegen die Tränen. Er zwang sich, seine Schwester wie eine Fremde zu betrachten, als ob er an einen Tatort gerufen worden wäre und dort irgendeine Tote gefunden hätte. Sie hatte sich aufgehängt, hatte der Arzt gesagt. Und tatsächlich, er entdeckte nun den roten breiten Striemen an ihrem Hals, die punktförmigen Stauungsblutungen um die Augen, die durch die Strangulation entstanden waren.

Dann hörte er, wie Pater Dominik ein Gebet sprach.

»Sie hat nicht an Gott geglaubt«, sagte Sam scharf. Mit einem Schlag verlor er die professionelle Distanz, mit der er sich einige Augenblicke lang wie mit einem Schutzmantel umgeben hatte.

»Ich bete trotzdem für sie, wenn Sie erlauben.«

Sam wandte sich an den Arzt. Über das Gemurmel des Priesters hinweg fragte er: »Hatten Sie nicht gesagt, dass sie rund um die Uhr überwacht wird? Mit Kameras?«

»Ja, wurde sie auch. Die Nachtschwester, die die Monitore überwacht, war jedoch in einem anderen Zimmer, als Ihre Schwester ...«

»War sie denn nicht am Bett angegurtet wie vor ein paar Tagen, als ich hier war?«

»Sie hatte uns gebeten ... nun, sie konnte so nicht schlafen ...«

Sam schüttelte genervt den Kopf. »Und Sie haben nur eine Nachtschwester für den ganzen Komplex?«

»Hören Sie, Herr O'Connor, ich weiß, wie sehr Sie das trifft. Aber suchen Sie die Schuld nicht bei uns. Ihre Schwester war suizidgefährdet. Das wird Ihnen auch mein Kollege in München gesagt haben.«

»Ach, und deshalb haben Sie sie losgebunden, um zu sehen, was passiert? Spielen Sie gerne russisches Roulette mit Ihren Patienten?« Sams Augen verengten sich vor Wut zu kleinen Schlitzen.

Pater Dominik war inzwischen an das Bett der Toten herangetreten und schlug ein Kreuz über ihrer Stirn. Wütend wandte sich Sam an ihn: »Und Sie? Von Ihrem Herumgefuchtel hat sie auch nichts mehr. Und ganz abgesehen davon, sagten Sie nicht, dass Selbstmord eine Sünde ist? Aber vielleicht war es ja auch ihr

Dämon, der sie in den Tod getrieben hat, dann war es gar kein Selbstmord, sondern Mord!«

Doktor Willfurth sah verwirrt von einem zum anderen und versuchte, Sam zu beruhigen. Doch Sam wollte nichts mehr hören. Er verließ den Raum, knallte die Tür hinter sich zu und stand dann atemlos, wie nach einem Marathonlauf, auf dem Gang. Erschöpft lehnte er sich gegen die Wand. Und dann sah er sie. Die Patientin, die ihm schon beim letzten Mal aufgefallen war, schlich auch heute über die Gänge. Wieder bewegte sich ihr Mund unaufhörlich. Erst jetzt bemerkte Sam, warum sie so unheimlich aussah. Sie war kahl. Da drehte die Frau ihm den Kopf zu und sah Sam an. Noch nie hatte er in so tote Augen gesehen.

41

Sam saß geistesabwesend in seinem kleinen Büro. Er war direkt von der Klinik ins Präsidium gefahren. Er hatte gehofft, dass ihn die Arbeit ablenken würde, doch nun saß er über den Akten und Fotos und sah nichts. In seinem Kopf war nichts als Leere.

»Sam? Sam?« Jemand rief seinen Namen, aber die Stimme drang wie durch eine dicke Wand zu ihm. Er wollte nicht darauf reagieren, wollte dort bleiben, wo er gerade war. In dem schwarzen Nichts, wo es keine Gedanken, keine Menschen, keine Emotionen gab.

»Sam? Hey, was ist denn los mit dir?«

Sam sah auf. Vor ihm stand Juri und sah ihn besorgt an. Er hatte zwei Tassen in der Hand, und Kaffeegeruch stieg Sam in die Nase.

»Meine Schwester ist heute Nacht gestorben«, sagte er so nüchtern, als spräche er darüber, dass seine Schwester sich ein Paar neue Schuhe gekauft hatte.

Juri stellte Sam eine Tasse hin und ließ sich erschüttert auf einen Stuhl fallen. »Du hast mir nie erzählt, dass du eine Schwester hast.«

»Ich habe nicht gerne über sie geredet. Vielleicht weil ich Polizist bin und schon von Berufs wegen alles unter Kontrolle haben will. Na ja, meine Schwester hatte ich nicht unter Kontrolle. Sie ist ausgetickt und hat die letzten Monate in der Klapse verbracht.«

Juri sah ihn betreten an. »Das tut mir leid … ich …«

»Tja, kann man nun nichts mehr machen«, unterbrach ihn Sam. Er hatte keine Lust, mit Juri über Lily zu reden. Er ärgerte sich fast schon, dass er ihm überhaupt gesagt hatte, dass sie tot war. Er setzte die Kaffeetasse an und trank. Der Kaffee war so heiß, dass er sich die Zunge verbrannte. Er fluchte leise und stellte die Tasse mit Schwung ab, sodass Kaffee auf eines der Fotos schwappte. Es zeigte Gianna Lorenzos Leiche an dem Laternenpfahl. Ihr Kopf war nach unten gekippt. Sam angelte hastig nach einem Taschentuch und versuchte, damit den Kaffee aufzusaugen. Plötzlich hielt er inne. Da war etwas, was er übersehen hatte. Aber was? Wie eine Blase, die aus dem Wasser stieg und kurz vor der Oberfläche platzte, war ein Gedanke in ihm aufgestiegen – und wieder verschwunden. Er konnte ihn nicht festhalten, so kurz hatte der Geistesblitz ihn gestreift.

»Gibt es was Neues? Hast du die Daten vom Pater? Und hast du mit den beiden Beamten gesprochen, die vorgestern Abend die Kirche überwacht haben? Die müssen doch was gesehen haben«, sagte Sam, aufgezogen wie ein Kinderspielzeug. Er hatte Juri gestern noch einige Telefonate erledigen lassen, während er selbst mit den Eltern von Isabella Longi gesprochen hatte.

»Eins nach dem anderen. Bist du dir sicher, dass du heute überhaupt arbeiten willst? Wäre es nicht besser, du gehst ins Hotel und …«

Sam schüttelte den Kopf. »Das überlass mal besser mir, was ich heute mache und was nicht«, sagte er abweisend. Er nahm erneut einen Schluck aus seiner Kaffeetasse, diesmal allerdings vorsichtiger.

Juri zuckte die Schultern, holte seinen Notizblock hervor und berichtete.

»Also, vom Einwohnermeldeamt habe ich noch nichts gehört. Das Bischofsamt hat mir aber gesagt, wo er getauft wurde, und so habe ich mit dem Pfarrer in seinem Geburtsort gesprochen. Er konnte mir ein bisschen was erzählen. Pater Dominik wuchs in Stuttgart auf, besser gesagt in Echterdingen, einem kleinen Kaff in der Nähe. Die Familie lebte sehr zurückgezogen, sagte der Pfarrer. Der Vater kaufte um 1970 das Haus, eine ehemalige Kapelle, und baute sie zu einem Wohnhaus um. Zu den Kindern konnte er wenig sagen. Es gab wohl noch eine Schwester, die jedoch als Kind bei einem Unfall ums Leben gekommen ist. Die Mutter beging später Selbstmord. Der Sohn verließ irgendwann das Haus und ging in ein Kloster. Der Vater hat danach nie mehr über seine Kinder geredet. Das war's auch schon.«

»Du sagtest, die Schwester kam bei einem Unfall ums Leben. Was war das für ein Unfall?«

»Sie ertrank mit vier Jahren in der Badewanne. Es gab eine Anklage wegen Aufsichtsverletzung. Wurde aber eingestellt.«

»Was ist mit dem Vater?«

»Er war Versicherungsvertreter. Hat nach dem Tod der Frau nie wieder geheiratet und irgendwann angefangen zu saufen. Kann man dem armen Kerl auch nicht verdenken. Vor etwa drei Jahren starb er an Leberzirrhose.«

»Super. Das ist so gut wie nichts. Wir haben niemanden, den wir über unseren heiligen Dominik ausfragen können. Vielleicht sollten wir ihn doch verhaften. Er ist unser einziger Tatverdächtiger. Und er ist Exorzist. Außerdem passt er ins Profil. Mitte dreißig, kräftig, lebt keusch und unauffällig in seinem Gemeindehaus. Keiner würde vermuten, dass er zu so etwas fähig ist«, sagte Sam und betrachtete abermals das Foto aus Rom. Plötzlich fühlte er sich kraftlos. Sein Kopf schien eine Tonne zu wiegen, und er massierte sich den Nacken, um die Verspannungen loszuwerden.

»Ja, vielleicht. Unser Überwachungsteam vor der Kirche hat übrigens nur die Leute rein- und rausgehen sehen, die wir schon auf der Liste haben, wobei die Señorita Lopez durch den Haupt-, der Rest durch den Hintereingang gegangen ist«, beendete Juri seinen Bericht. »Ich habe für heute Vormittag alle zum Interview hierherbestellt.«

Er sah auf die Uhr. »Der Erste müsste gleich da sein.«

Eine gute halbe Stunde später erschienen die drei Jugendlichen. Sie saßen nebeneinander wie die Hühner auf der Stange und gaben nur knappe Antworten. Ebenso uninteressant waren die Aussagen von Christina Stefter, der Sekretärin des Paters, und von zwei Frauen, die schon mehrfach an den Sitzungen des Pfarrers teilgenommen hatten. Sie bestätigten lediglich das, was Pater Dominik bereits gesagt hatte.

Als Lina hereinkam, bemerkte Sam trotz seiner Trauer, wie hübsch sie heute aussah. Sie trug eine enge Jeans, Turnschuhe und einen roten Rollkragenpullover, der ihre olivfarbene Haut und ihre glänzenden schwarzen Haare, die sie zu einem Zopf zusammengebunden hatte, besonders gut zur Geltung brachte. Er überließ Juri die Befragung und beobachtete Lina über seine ineinander verhakten Finger hinweg.

»Sam, hast du noch eine Frage?«

»Ja.« Eigentlich hatte Sam gar nicht zugehört, und er hatte auch keine Frage mehr. Er wollte Lina nur noch etwas länger ansehen und ihren Duft in sich aufnehmen, ihn irgendwo in seinem Gehirn abspeichern. Seit sie den Raum betreten hatte, war die Luft in dem sonst muffigen Büro erfüllt von ihrem Honiggeruch, den er bereits in der Kirche, während des Speed-Datings und danach im Wagen wahrgenommen hatte. Ihr Duft tröstete ihn ein bisschen.

Juri und Lina sahen ihn erwartungsvoll an. Was hatte Pater Dominik gesagt? Sie war ein Medium? Ob sie wohl seine Gedanken lesen konnte?

»Ach, jetzt habe ich die Frage vergessen. War wohl nicht so wichtig«, sagte er lahm.

»Na, dann kann ich jetzt gehen, oder?« Lina sah Sam mit ihren schönen Augen an und wartete auf eine Antwort.

»Ja, Sie können gehen.«

Lina erhob sich langsam, zog sich ihren Mantel an und reichte Sam ihre Hand. Seine Hand war kalt, eiskalt, und sie verspürte den Drang, sie zu wärmen, sie nicht mehr loszulassen. Heute wirkte Sam noch unnahbarer als sonst. Er hatte sie kaum beachtet und das ganze Verhör seinem Kollegen überlassen. Sie lächelte ihn zum Abschied an und hoffte, er würde wenigstens darauf reagieren. Doch sein Gesicht blieb starr. Sie wandte sich enttäuscht ab und verließ den Raum.

Sam sah ihr nach und fragte dann: »War's das jetzt? Oder steht noch jemand auf der Liste?«

»Ja, einer noch, ein Pfarrer.«

»Ein Pfarrer?«, fragte Sam überrascht. War er gestern so erschrocken über Linas Namen auf der Liste von Pater Dominik, dass ihm nicht aufgefallen war, dass auch ein Geistlicher an der Sitzung teilgenommen hatte? Er schüttelte missbilligend den Kopf. Er wurde langsam nachlässig.

Wenig später saß Roland Wohlhagen kerzengerade, die Beine übereinandergeschlagen und die Hände im Schoß gefaltet, vor den beiden Polizisten. Groß und schlacksig. Würde ein Zeuge so eine Figur als normal groß bezeichnen, wie es die Verkäuferin in Salzburg vor Birgit Eschbergers Haus getan hatte? Eher nicht, dachte er. »Wo waren Sie vorgestern Abend, Herr Pfarrer?«, begann er das Verhör.

»Ich war bei Pater Dominik.«

»Und danach?«

»Bin ich nach Hause gefahren.«

»Und das ist wo, wenn ich fragen darf?«

»In meiner Pfarrei in Hummelsbüttel.«

»Zeugen?«

»Nein. Wie auch? Ich habe schließlich keine Ehefrau, die zu Hause auf mich wartet.«

»Ja, richtig. Aber vielleicht hat Sie ja jemand besucht? Ihre Haushälterin? Oder ein hübscher kleiner Ministrant?«, fragte Sam.

»Worauf wollen Sie hinaus?« Roland Wohlhagen war empört.

Juri kratzte sich am Kopf. Das Gespräch nahm eine merkwürdige Wendung, fand er.

»Es gibt doch genug Priester, die sich an kleinen Jungs vergreifen. Sie wären nicht der Einzige. Ist nicht deshalb auch Aids ziemlich verbreitet unter euch Schwarzröcken? Und abgesehen davon: Wenn Sie es sich vorgestern Abend von einem Ihrer Ministranten haben besorgen lassen, haben Sie immerhin ein Alibi und …«

»Das ist doch unerhört!« Der Pfarrer unterbrach Sam fassungslos. Er erhob sich und machte Anstalten, den Raum zu verlassen.

»Setzen Sie sich wieder!«, sagte Sam barsch.

»Warum waren Sie bei der Sitzung von Pater Dominik?«

»Aus Interesse.« Der Pfarrer sah Sam verächtlich an.

»Was halten Sie von Teufelsaustreibungen?«

»Was soll das nun wieder?«

»Antworten Sie!«

»Ich bin kein Exorzist, wenn Sie das meinen.«

Die Wangen des Pfarrers waren rot vor Wut. Unglaublich, wie man hier mit ihm umsprang.

Sams Blick war auf den Boden gerichtet. Er strich sich mit beiden Händen sein Haar zurück und begriff plötzlich, dass er seine ganze Wut an diesem Mann ausgelassen hatte. An ihm und nicht an Doktor Willfurth oder der unfähigen Nachtschwester. Er schämte sich. Auf einmal war er furchtbar müde. Juri sah ihn von der Seite an und erkannte, wie erschöpft und verzweifelt sein Chef war.

»Gehen Sie!«, sagte Sam leise.

»Was?«

»Ich sagte: Gehen Sie.«

Der Pfarrer stand zögernd auf und ging zur Tür. Dort drehte er sich noch einmal um und sagte: »Das wird ein Nachspiel haben!«

»Was hast du dir denn dabei gedacht?«, fragte Juri, sobald

Roland Wohlhagen die Tür hinter sich geschlossen hatte. Er sah Sam ratlos an.

»Ich wollte ihn nur ein bisschen aus der Reserve locken.«

»Indem du ihm unterstellst, seine Ministranten zu missbrauchen? Was hat das denn mit unserem Mörder zu tun?«

»Gar nichts. Ich wollte ... ich hatte eben Lust, ihm eine Lektion zu erteilen, diesem arroganten Sack.«

»Schon klar.« Juris Stirn legte sich in Falten, dann meinte er: »Vielleicht gehst du doch besser ins Hotel? Nimmst dir frei, ruhst dich ein wenig aus? Ich halte hier die Stellung.«

»Ja, ist vielleicht besser«, meinte Sam und zog sich langsam seinen Mantel an. Dann öffnete er die Tür, trat auf den Gang hinaus und ging Richtung Ausgang, langsam wie ein alter Mann.

42

Ein Sturm war in der Nacht über Hamburg hinweggefegt, hatte Ziegel von den Dächern gerissen und Bäume entwurzelt. In die Oberleitung der U-Bahn war ein Baum gekracht, die Strecke war gesperrt, wie Lina der Lautsprecherdurchsage an ihrer Haltestelle entnommen hatte. Also war sie auf den Bus ausgewichen, doch auch hier ging nichts vorwärts. Überall lagen Äste auf den Straßen und blockierten den Verkehr. Quer über den Mittelweg lag eine dicke Eiche, sodass der Bus in Richtung Innenstadt die Straße nicht passieren konnte.

Lina sah auf die Uhr. Mist, sie kam zu spät in die Praxis. Das würde Doktor Ritter mit Sicherheit nicht gefallen. Sie beobachtete, wie sich Arbeiter mit einer Kettensäge an dem Baum zu schaffen machten.

Ihre Gedanken waren wieder bei Sam. Er hatte am Dienstag kein Wort gesagt und sie nur unbeteiligt angesehen. Deutlicher konnte er wohl kaum zeigen, dass er kein Interesse an ihr hatte. Na ja, wenn sie ehrlich war, hatte er das auch die letzten Male, die sie sich gesehen hatten, getan. Sie sah traurig aus dem Fenster. Dann fiel ihr ein, dass sie gar nicht gefragt hatte, warum man sie aufs Präsidium bestellt hatte. Sam musste irgendeine Verbindung sehen zwischen seinem Fall und Pater Dominik. Das war wahrscheinlich auch der Grund, warum er öfter in der Kirche aufgetaucht war. Hatte Juri nicht etwas von einer Sondereinheit und einem Frauenmörder erzählt? Aber was hatte der Pater damit zu tun?

»Hallo, Frau Lopez!«

Lina drehte sich um. Direkt hinter ihr saß Herr Lange.

»Ich wusste erst nicht, ob Sie es sind, aber Ihr Armband hat Sie verraten.« Er lächelte sie an.

Lina sah auf ihr Handgelenk und schüttelte es. Sogleich klimperten die silbernen Anhänger.

»Das beruhigt mich ja, dass Sie auch zu spät sind. Damit konnte ja niemand rechnen.« Sie zeigte auf den Baum, der inzwischen zersägt auf einem kleinen Lastfahrzeug lag. In diesem Moment fuhr endlich der Bus an.

»Wohnen Sie hier in der Gegend?«, fragte Lina, während sie wieder auf die Uhr sah. Fünfzehn Minuten Verspätung, die konnte sie nicht aufholen, auch wenn sie von der Busstation zur Praxis rannte.

»Ja. Und Sie?«

»Ich wohne auch nicht weit. Eigentlich nehme ich sonst die U-Bahn, aber das ging ja heute nicht.«

Lina spürte den Atem von Herrn Lange in ihrem Nacken und dachte, dass er sich ruhig wieder nach hinten lehnen könnte. Als hätte er ihre Gedanken gelesen, hörte sie seine Jacke hinter sich rascheln, und sein Atem verschwand.

Als Lina die Tür zu Doktor Ritters Therapiezimmer öffnete, saß der Therapeut an seinem Schreibtisch und sah sie kühl an. Er hasste Verspätungen.

Lina entschuldigte sich, schob dann Herrn Lange ins Zimmer und meinte charmant: »Aber ich habe gleich Ihren ersten

Patienten mitgebracht!« Während sich Herr Lange auf der Liege ausstreckte, ging sie aus dem Zimmer und verschwand in die Küche, um Doktor Ritter einen Kaffee zu machen.

Als sie wenig später leise mit dem Kaffee zurückkam, sprach Doktor Ritter in ruhigem Ton auf Herrn Lange ein.

»So ist es gut, entspannen Sie sich, Herr Lange, denken Sie an eine bunte Blumenwiese, hohes Gras ... die warmen Sonnenstrahlen streicheln über Ihren Kopf, Ihr Gesicht und wandern hinunter zu Ihrem Nacken. Alle Verspannungen lösen sich, wie kleine Schmetterlinge, die in alle Himmelsrichtungen davonfliegen, und Sie fühlen sich frei. Frei von aller Last ...«

Lina stellte die Tasse Kaffee auf dem kleinen Beistelltischchen ab.

Doktor Ritter zwinkerte ihr zu und legte seinen Zeigefinger auf die Lippen. Dann sprach er mit sonorer Stimme weiter: »Jetzt atmen Sie tief ein, füllen die Lungen mit Sauerstoff und halten die Luft an. Zählen Sie bis eins.«

Lina traute ihren Ohren nicht. Hatte Herr Lange nicht ausdrücklich gesagt, dass er nicht hypnotisiert werden wollte? Hatte er nun doch plötzlich seine Meinung geändert?

Herr Lange atmete tief durch. Seine Augen rollten unter den Lidern hin und her, als sähe er einen Film mit schnell geschnittenen Bildern.

»Gehen Sie zu dem Leben zurück, in dem die Probleme mit Ihrer Mutter das erste Mal auftraten. Was sehen Sie?«

»Ein Haus ... eine Art Hof mit Stallungen ...«

»Wie heißen Sie?«

»Ich weiß nicht.«

»Gehen Sie zu einem Zeitpunkt, an dem man Sie ruft, Sie beim Namen nennt.«

Nach einer kleinen Pause sagte Herr Lange: »Ich heiße Wilhelm.«

»Wilhelm, können Sie erkennen, in welchem Jahr Sie leben?«

»Eins ... sechs ... acht ... zwei.« Die Zahlen kamen langsam und stockend über Herrn Langes Lippen, als lese er sie irgendwo ab, könne die Ziffern aber nicht genau erkennen.

»1682, im 17. Jahrhundert also. Wissen Sie, in welchem Land Sie sich befinden?«

»In Deutschland.«

»Sehen Sie an sich herunter. Was haben Sie an?«

»Ein Hemd, darüber eine Weste. Außerdem Strümpfe, Lederschuhe und eine Hose, die am Knie endet.«

»Sind Sie reich?«

»Nein, nicht richtig reich, aber es geht uns gut. Wir haben Bedienstete. Sie schreit mich wieder an.«

»Wer?«

»Meine Frau.«

»Warum? Was sagt sie?«

»Sie wird dafür sorgen, dass ich dafür bezahle.«

»Wofür sollen Sie bezahlen?«

Herr Lange lächelte jetzt. »Ich liebe sie. Sie ist so zart, und sie trägt mein Kind in sich.«

»Ihre Frau?«

»Nein, meine Geliebte. Luise. Eine unserer Bediensteten. Ein wunderschönes Mädchen. Sie hat lange schwarze Haare und ein wunderbares Lächeln.«

»Gehen Sie ein bisschen weiter in diesem Leben. Was passiert noch?«

Herr Lange verzog das Gesicht. Eine Träne rann ihm aus einem Auge.

»Was sehen Sie?«

»Ich stehe vor meiner Geliebten. Sie sieht mir in die Augen ... Ich habe eine Fackel in meiner Hand. Meine Frau steht neben mir. Dann zünde ich das Reisig an. Sie schreit, und dann fällt etwas zwischen ihren Beinen in das Feuer ... es ... es ist mein Kind. Es brennt. Sie brennt.«

Einen Augenblick war es still. Selbst Doktor Ritter wirkte etwas erschüttert, fing sich aber wieder und machte sich rasch Notizen. Lina saß hinter dem Schreibtisch und lauschte gebannt.

Unglaublich, was der spröde Herr Lange in seinem früheren Leben erlitten hatte.

»Sie sagen, sie ist eine Hexe. Sie hat mich verhext. Und Hexen müssen verbrannt werden«, sagte Herr Lange tonlos.

»Gehen Sie an das Ende dieses Lebens.«

Herr Lange sprach jetzt wie ein alter Greis. Seine Stimme war brüchig und leise. »Ich liege auf dem Bett. Ich habe Schmerzen. Aber sie ruft keinen Arzt. Sie hasst mich, hat mir nie verziehen.«

»Wie alt sind Sie?«

»Sehr alt. Mir ist kalt, schrecklich kalt.« Herr Lange bebte, als zittere er vor Kälte.

»Haben Sie jemanden erkannt, der Sie auch in diesem Leben begleitet?«

»Meine Frau ... sie ist meine Mutter. Und dann erkenne ich noch ...«

In diesem Moment hörte Lina, wie sich draußen die Eingangstür öffnete: Die nächste Patientin war schon da. Lina erhob sich schnell. Sie eilte aus dem Raum und schloss sachte die Tür hinter sich. Draußen stand bereits Frau Hüsche und hängte gerade ihren Mantel an die Garderobe. Lina erinnerte sich, dass sie jahrelang unter Rückenschmerzen gelitten hatte. Kein Arzt hatte ihr helfen können. Heute kam sie zu ihrer dritten Sitzung, und die Schmerzen waren fast weg.

Frau Hüsche holte eine Tafel Schokolade aus ihrer Tasche und gab sie Lina.

»Frau Hüsche, das ist doch nicht nötig.«

Frau Hüsche winkte ab. »Ich werde sowieso zu dick, Kind.«

»Doktor Ritter ist gleich fertig. Wir haben heute etwas später angefangen. Tut mir leid.«

»Das macht doch nichts.«

Plötzlich öffnete sich die Tür zum Sprechzimmer, und Herr Lange kam heraus. Er sah Lina ernst an, ohne sie wie sonst freundlich anzulächeln. Sicher ist er wütend auf mich, weil er jetzt doch hypnotisiert wurde, dachte Lina. Sie fühlte sich wie eine Verräterin. Herr Lange schlüpfte langsam erst in den einen und dann in den anderen Ärmel seines Mantels und ließ Lina dabei nicht aus den Augen.

»Herr Lange, soll ich ... wollen Sie einen weiteren Termin oder ...«, begann Lina unsicher.

»Ich rufe an.«

»Okay, kein Problem«, sagte Lina betont fröhlich und öffnete ihm die Tür. »Auf Wiedersehen, Herr Lange.«

Herr Lange blieb noch einen Augenblick im Türrahmen stehen, sah Lina an und ging dann zum Fahrstuhl. Lina schloss schnell die Tür und wollte dann ins Therapiezimmer gehen. Doch als sie sich umdrehte, stand plötzlich Doktor Ritter vor ihr und sah sie stumm an. Lina wäre vor Schreck fast das Herz stehen geblieben. Nach ein paar Sekunden hatte sie sich wieder beruhigt, schlüpfte an ihm vorbei und sagte vorwurfsvoll: »Ich dachte, Herr Lange wollte nicht hypnotisiert werden. Ich meine, wenn der Patient das nicht will, dann ...«

»Ja, Sie haben recht«, unterbrach Doktor Ritter sie. »Ich hätte es vielleicht nicht tun sollen. Aber ich habe keine andere Möglichkeit gesehen, ihm zu helfen.« Dann drehte er sich um und ging in sein Therapiezimmer.

43

Als Lina am Abend aus dem Restaurant ihrer Mutter kam, stand plötzlich Sam vor ihr. Er hatte drei schreckliche Tage hinter sich. Am Dienstagnachmittag hatte er sich in seinem Hotelzimmer mit einer Flasche Whiskey, den er sich zuvor in einem Supermarkt gekauft hatte, systematisch betrunken. Am nächsten Morgen war er mit einem dicken Kopf aufgewacht und hatte bei Peter Brenner angerufen, um sich für drei Tage beurlauben zu lassen. Dann war er einige Stunden durch die Stadt geirrt. Abends war er in einer Bar gelandet und dort versackt. Irgendwann in der Nacht hatte man ihm ein Taxi gerufen und ihn ins Hotel gebracht. Den nächsten Tag hatte er mit dröhnendem Schädel in seinem Zimmer verbracht. Und heute war die Beerdigung seiner Schwester gewesen. Doktor Willfurth hatte alles arrangiert, und Sam hatte sich nicht dagegen gewehrt. Auch nicht dagegen, dass Pater Dominik salbungsvolle Worte am Grab seiner Schwester gesprochen hatte. Heute Abend wollte er sich nicht wieder betrinken.

Er hatte den Mantelkragen hochgeschlagen, um sich vor dem kalten Ostwind zu schützen. Das Licht, das aus dem Inneren des Restaurants auf die Straße fiel, beleuchtete nur seine traurigen Augen. Lina vergaß alles um sich herum. Das sich laut streitende schwule Pärchen vor dem Restaurant, die Frauenstimme über ihr, die keifte, dass das Pack sich verziehen solle, die dröhnend laute Musik aus der Kneipe an der Ecke und dass sich zwanzig Meter weiter ein Betrunkener übergab. Wie sagte ihre Mutter immer? Ein lebhaftes Viertel.

Lina sah an Sams Augen, dass er lächelte. Ohne ein Wort zu sagen, ging sie zu ihm und hakte sich bei ihm unter. Beide gingen wie selbstverständlich zu seinem Wagen. Lina war es gleichgültig, wohin er fuhr – Hauptsache, sie war bei ihm. Sie sah ihn von der Seite an und genoss das Kribbeln in ihrem Bauch.

»Zu dir oder zu mir?«, fragte Sam, und Lina antwortete genauso knapp: »Zu mir.«

Als Lina ihr Apartment aufschloss und das Licht einschalten wollte, hielt Sam ihre Hand fest und schloss die Tür leise. Sie konnte nur seine Umrisse sehen. Er nahm ihre kalten Hände in seine und küsste sanft die Innenflächen bis zu den Handgelenken. Überrascht stellte sie fest, wie weich die Innenflächen seiner Hände waren, und malte sich aus, wie sie diese Hände gleich am ganzen Körper spüren würde. Sie schloss die Augen und überließ sich ganz Sam, der ihren Mantel aufknöpfte und ihn auf den Boden fallen ließ. Er zog ihr den Pullover langsam über den Kopf und fuhr mit seinen Händen über ihren Rücken. Dann endlich suchten seine Lippen ihren Mund. Wie lange hatte sie auf diesen Augenblick gewartet! Er küsste sie erst zart, und nachdem sich ihre Zungen vorsichtig berührt hatten, wild und leidenschaftlich. Dann löste sich Lina von Sam und schob ihn langsam zum Bett. Sie wollte nicht, dass alles zu schnell vorbei war, dass dieser magische Moment so schnell verpuffte.

Sie streifte seinen Ledermantel ab und streichelte über seinen muskulösen Oberkörper. Dann knöpfte sie sein Hemd auf, strich über die nackte Haut, küsste seinen Hals und die Halsschlagader, die hervortrat, wenn er sprach, und die sie schon damals in der Kirche so männlich gefunden hatte. Sie küsste ihn auf den Mund und drückte ihn aufs Bett herunter.

Sam genoss jeden Augenblick. Zum ersten Mal seit Tagen fühlte er sich wieder lebendig. Er zog Lina den BH aus und streichelte über ihren Rücken, die schmalen Schultern und ihre zarte weiche Haut. Er sog den Honigduft ihres Haares und ihrer Haut ein und ließ seinen Mund über die feinen Härchen an ihrem Hals streichen, bis er sie schließlich auf den Rücken drehte und ihre Brüste küsste.

Es war eine lange Nacht. Immer wieder vereinten sie sich, atemlos und schweißnass, als wäre es das letzte Mal, als hätten sie Angst, sie könnten sich nie wiedersehen. Irgendwann in den frühen Morgenstunden schliefen sie erschöpft und eng umschlungen ein.

Sam erwachte und drehte sich langsam um. Lina lag neben ihm, kahl geschoren, ihr Schädel von tiefen Wunden übersät. Ihre Augen waren weit geöffnet und starrten ins Leere. Sie ist tot, dachte er entsetzt. Er setzte sich hektisch auf. Wie konnte das passieren? Er hatte doch die ganze Zeit neben ihr gelegen! In weiter Ferne hörte er jemanden stammeln: »Nein, nein …«

Er schreckte auf – und verstand. Er hatte selbst gesprochen und war davon wach geworden. Neben ihm lag Lina. Ihr Atem ging ruhig und gleichmäßig. Er blieb noch einen Moment liegen, dann sah er auf die Uhr. Verdammt, schon halb sieben. In einer Stunde war er mit Juri verabredet, sie fuhren heute auf dieses Burgfest in Bayern. Er erhob sich leise aus dem Bett, zog sich an und schrieb schnell etwas auf die Rückseite eines Zettels, den er in seiner Manteltasche gefunden hatte. Bevor er ging, drehte er sich noch einmal um und betrachtete Linas gebräunten Rücken und ihre langen schwarzen Haare, die sich wie ein Wasserfall über das Kissen ergossen.

Als Lina wenig später wach wurde, musste sie sich nicht umdrehen, um zu wissen, dass Sam nicht mehr da war. Sie spürte, dass die andere Seite ihres Bettes leer war. Sie setzte sich auf. Auf dem Nachttisch lag ein kleiner Zettel. Lina streckte die Hand aus und las: »Ich ruf dich an.« Sie legte ihn auf das Kissen. Mit der Hand strich sie über die Seite, auf der Sam gelegen hatte, und beugte sich darüber, um den restlichen Geruch aufzusaugen, der dort noch von ihm hing. Dieses Mal war es anders, das fühlte sie, sie würde nichts bereuen. Sie hoffte, dass sie für ihn kein One-Night-Stand war.

Wie will er mich überhaupt anrufen, er hat ja gar nicht meine Nummer, schoss es ihr plötzlich durch den Kopf. Sie hatten nicht einmal ihre Handynummern ausgetauscht. So ist das also, dachte sie enttäuscht. Dann fiel ihr ein, dass ihre Nummer ja im Vernehmungsprotokoll stand. Dort hatte sie alles angeben müssen: ihren Geburtstag, ihre Adresse, ihre Telefonnummer.

Sie sah noch einmal auf den Zettel. Ich ruf dich an. Phantastisch, nun würde sie den ganzen Tag an nichts anderes mehr denken können und sehnsüchtig darauf warten, dass ihr Handy ein Lebenszeichen von sich gab. Wie immer, wenn sie bis über beide Ohren verliebt war, fühlte sie sich ein bisschen, als hätte sie einen schweren Schock erlitten. Wie in einem katatonischen Zustand konnte sie keinen klaren Gedanken fassen, nichts Vernünftiges tun.

Sie stand auf, legte die CD von Inara George ein und lauschte einen Augenblick dem Lied. »*Fools in love … Is there anything more pathetic. Everything you do, everywhere you go now, everything you touch, everything you feel … you do it for your baby love.*«

Sie ging summend unter die Dusche, legte das Handy in Reichweite und stellte den Klingelton auf die höchste Lautstärke. Als sie die Haare gerade voller Schaum hatte, hörte sie die Türklingel. Ihr Herz setzte fast aus vor Freude. Er war noch einmal zurückgekommen! Sie sprang mit nassen Haaren aus der Dusche, wickelte sich ein Handtuch um und öffnete die Tür.

44

Sam war auf dem Weg zu seinem Hotel, um vor der Fahrt noch schnell zu duschen und sich zu rasieren. Noch im Treppenhaus hatte er sein Handy eingeschaltet und festgestellt, dass er mehrere Anrufe in Abwesenheit – alle von Juri – und eine SMS – ebenfalls von Juri – erhalten hatte. Er las die SMS: »Ruf mich sofort an. Megawichtig! LG, Juri« Als er aus dem Haus trat, sah er zu seiner Überraschung strahlend blauen Himmel, was hier, so viel hatte er in Hamburg schon gelernt, zur Kategorie »höchst selten« zählte. Bisher hatte er nur Schnee, Schneesturm, kalte Ostwinde und viel, viel Regen erlebt, und er gestand sich ein, dass er München Hamburg allemal vorzog.

Es wäre ein schöner Tag gewesen, um mit Lina einen Spaziergang an der Elbe oder Alster zu machen. Schade, dass er stattdessen seine Zeitreise antreten musste. Zum ersten Mal seit Tagen fühlte er sich entspannt, die Nacht mit Lina hatte ihn ein wenig den Tod von Lily vergessen lassen. Lina war so leidenschaftlich gewesen, ihre Berührungen so intensiv, dass er sich jetzt schon nach ihrer Haut, ihrem Duft und ihren Händen sehnte. Sie hatte etwas in seinem Herzen geöffnet, was allzu lange verschlossen gewesen war. Er konnte sich kaum noch daran erinnern, wann er das letzte Mal so empfunden hatte.

Natürlich hatte er auch Lily geliebt, und es hatte ihm lange Zeit genügt, nur für sie da zu sein. Als sie zu ihm gezogen war, hatte er sein Leben, vor allem sein Liebesleben, hintangestellt. Keine seiner Beziehungen hatte länger als drei Monate gehalten.

Es war einfach kein Platz in seinem Herzen gewesen. Er hatte alles wiedergutmachen wollen, was ihre Mutter in Lilys Kindheit verpfuscht hatte. Aber nach Lilys Rückkehr aus Thailand hatte sich sehr viel geändert. An die Stelle der Bruderliebe war etwas anderes getreten, was er nicht genau hatte definieren können. Er war immer unzufriedener geworden, hatte ständig ein schlechtes Gewissen gehabt, wenn er nicht bei ihr gewesen war, sie nicht in der Klinik besucht hatte. Mit der Zeit war er außerdem immer ängstlicher geworden. Er hatte befürchtet, dass Lilys Zustand unkontrollierbar werden würde. Sein Gefühl hatte ihn nicht getrogen.

Eigentlich hatte er seit Wochen gewusst, dass es so nicht weitergehen konnte, dass ihn das Pendeln zwischen Büro und Klinik an den Rand seiner Kräfte brachte. Zum ersten Mal seit Lilys Tod empfand er eine gewisse Erleichterung, auch wenn er sich bei diesem Gedanken zuerst schämte. Doch als er noch einmal über die letzte Zeit nachdachte, gestand er sich ein, dass Lilys Tod für sie beide eine Erlösung war.

Wieder dachte er an Lina. Sie hatte sich leise und zaghaft in sein Herz geschlichen. Er roch an seinen Händen, noch immer haftete eine Spur ihres Duftes an ihnen. Dann atmete er tief durch und wählte die Nummer von Juri, um zu hören, was so megawichtig war.

»Ich habe gestern den ganzen Abend versucht, dich anzurufen. Wo warst du?«, platzte Juri los, ohne ihm einen Guten Morgen zu wünschen.

»Guten Morgen«, erwiderte Sam.

»Guten Morgen, wo bist du jetzt?« Juris Stimme klang aufgeregt.

»Auf dem Weg in mein Hotel.«

Es entstand eine kurze Pause. Offensichtlich fragte sich Juri, wo sein Chef die Nacht verbracht hatte, wenn er ganz offensichtlich nicht im Hotel gewesen war. Doch verkniff er sich die Frage und sagte nur: »Okay, dann hole ich dich dort ab und erzähl dir dann, was ich gefunden habe.«

Als Sam das Hotel erreichte, saß Juri auf einer kleinen Mauer, die den Eingangsbereich des Hotels umschloss, und hielt sein Gesicht in die wärmende Sonne. Als er Sam entdeckte, sprang er auf. »Du wirst nicht glauben, was ich gefunden habe. Hier, sieh dir das an!« Juri entfaltete die Liste der tausend Brände und zeigte auf einen mit rotem Leuchtstift eingekreisten Eintrag.

»›10.10.1995: Brand im Hospiz zum Weg ins Licht, Opfer: Schwester Augustina.‹ Na, was sagst du? Komischer Zufall, oder?«

»Ja«, sagte Sam langsam, »das ist wirklich komisch.«

Sam starrte auf das Datum. War das nicht derselbe Tag, an dem auch dieser Pater Paul aus dem Dominikanerkloster gestorben war?

Er ordnete seine Gedanken. Das Hospiz befand sich in der Nähe von Karlsruhe. Vielleicht sollte er vor ihrem Ausflug ins Mittelalter dort vorbeifahren? Das hätte auch den Vorteil, dass sie dann getrennt fahren würden. Sam war auf so langen Strecken lieber allein, dann konnte er ungehindert seinen Gedanken nachhängen, die Musik hören, die er wollte, und musste keine Unterhaltung führen.

»Juri, ich fahre vor dem Burgfest in das Hospiz und statte den Schwestern einen Besuch ab. Wir treffen uns in Burghausen.«

Juri nickte, ging zu seinem Auto, öffnete den Kofferraum, holte ein Bündel Kleider heraus und reichte es Sam.

»Wir sehen uns dann auf der Burg, edler Herr«, sagte er, stieg ins Auto und fuhr los, während Sam eiligst auf sein Zimmer ging. In seinem Notizblock fand er den gesuchten Eintrag. Ja, das Datum war dasselbe. Der 10.10.1995. Mit Sicherheit war das kein Zufall. Was das zu bedeuten hatte, würde er hoffentlich in ein paar Stunden erfahren.

45

SPIELBERG

Am Nachmittag erreichte Sam das Kloster in Spielberg. Es dämmerte bereits, und am Eingang leuchtete eine kleine gusseiserne Lampe. Eine Glocke hing links über der Tür, und als Sam keinen Klingelknopf finden konnte, zog er an der Glocke. Ihr Läuten durchbrach die friedhofsähnliche Stille. Ein kleines Fenster in der Tür öffnete sich, und ein Paar dunkler Augen unter einer weißen Haube linste hindurch.

»Ich hatte heute Mittag angerufen, wegen des Brandes im Jahr 1995.«

Wortlos wurde das Fensterchen wieder geschlossen, ein Riegel beiseitegeschoben, dann stand eine Nonne vor ihm. Hinter ihr sah Sam einen marmornen Gang, von dem mehrere Türen abgingen. Die Schwester ging ihm gerade mal bis zur Brust. Sie war noch jung und wäre vielleicht hübsch gewesen, in normaler Kleidung und ohne die unförmigen weißen Schuhe mit Gummisohle. Sam fragte sich, warum alle meinten, Gott nur mit Biederkeit und Hässlichkeit dienen zu können. Er folgte Gottes Zwerg in ein Büro und setzte sich auf einen alten Holzstuhl vor dem Schreibtisch.

»Schwester Maria kommt gleich«, sagte die Nonne leise und verschwand.

Wenig später saß er Schwester Maria gegenüber. Ihre Augen wurden von einer braunen Hornbrille stark vergrößert und erinnerten ihn an riesige Kuhaugen. Sam überlegte, ob das ein Zeichen von Kurz- oder Weitsichtigkeit war, kam aber zu keinem Ergebnis. Trotz ihres Alters, Sam schätzte sie auf Mitte sechzig, war ihre Haut glatt und faltenlos.

»Wie kann ich Ihnen heute helfen, Herr O'Connor?«, fragte sie sanft.

»1995 gab es einen Brand in Ihrem Kloster, bei dem eine

der Schwestern umkam. Können Sie mir mehr darüber erzählen?«

Die Schwester nahm ihre Brille ab und rieb sich den Nasenrücken. Ihre Augen hatten jetzt Normalgröße, wie Sam beruhigt feststellte.

»Es war eine furchtbare Nacht. Wir wurden durch den Rauch wach, der uns die Sicht und den Atem nahm. Ich weiß es noch, als wäre es gestern geschehen. Wir liefen den Gang hinunter, vom Dormitorium in die Kirche. Was für ein Glück, dass es ihn noch gab! Früher waren die Schwestern so nachts zum Beten in die Kirche gegangen, heute wird er so gut wie nicht mehr benutzt. Auf jeden Fall konnten wir uns alle retten, bis auf Schwester Augustina. Sie kam in den Flammen um. Wir fanden später ihren verkohlten Körper, es war entsetzlich.« Sie bekreuzigte sich.

»Und in der gleichen Nacht starb doch auch Pater Paul, nicht wahr?«, fragte Sam.

»Ja, an einem Herzinfarkt. Wir fanden ihn erst morgens tot in seinem Bett, aber das habe ich Ihnen ja schon gesagt.«

»Weiß man, wie der Brand entstanden ist?«

»Nun, man vermutete durch Kerzen. Aber ich sag Ihnen, der Teufel hatte da seine Hände im Spiel. Als wir wegen Pater Paul telefoniert haben, habe ich es nicht erwähnt, weil ich es nicht für wichtig hielt…« Sie sprach jetzt leiser, als hätte sie Angst, dass jemand mithören könnte. »Ich habe die ganzen Jahre kein Wort darüber verloren, aber es gab da etwas, was sehr eigenartig war.«

Die Schwester hatte Sams ganze Aufmerksamkeit. Er beugte sich leicht in seinem Stuhl vor, um sie besser zu hören und zur Not die Worte von ihren Lippen ablesen zu können.

»Nur die eine Hälfte des Zimmers war verbrannt, das war schon einmal seltsam, und dann lagen in der Ecke auf der anderen Seite abgeschnittene Haare.«

Sam traute seinen Ohren nicht. »Sagten Sie ›abgeschnittene Haare‹?«

»Ja, richtig. Wir haben uns damals gewundert. Warum hätte

sich Schwester Augustina nachts die Haare abschneiden sollen? Das ergibt doch gar keinen Sinn.«

»Nein, das ergibt keinen Sinn, Schwester«, sagte Sam und dachte genau das Gegenteil. Wie oft hatte er sich die Fotos der kahl geschorenen Mordopfer angesehen. Er überlegte und fragte dann: »Hatte Pater Paul mit irgendjemandem Kontakt, außer mit den Schwestern natürlich?«

»Dieser alte Mann, Gott hab ihn selig, war schon ein komischer Kauz. Wirklich viel zu tun hatte keine von uns mit ihm. Aber wir hatten einen Jungen hier, der sich ganz rührend um ihn kümmerte. Und Pater Paul war wie ein Vater zu ihm.«

»Einen Jungen?«

»Ja, er kam als Kind zu uns. Ich habe mich oft gefragt, warum. Aber das wusste nur Schwester Augustina. Sie hatte das damals in die Wege geleitet. Wissen Sie, als Sie mich neulich nach Pater Paul fragten und ich in den Akten nachsah, habe ich auch nach einer Akte über den Jungen gesucht. Aber es gibt nichts, gar nichts über ihn.«

»Ist es denn üblich, dass Sie hier auch Waisen aufnehmen? Ich dachte, das hier ist ein Hospiz für Alte und Kranke?«, fragte Sam.

»Er war kein Waise, seine Eltern, zumindest sein Vater, lebten noch. Ich erinnere mich noch an den Tag, als er hier eintraf. Ich stand am Fenster und habe gesehen, wie er ihn einfach hier abgesetzt hat. Kam mit dem Auto, ließ den Jungen aussteigen und fuhr wieder. Er hat ihn in den zehn Jahren nicht einmal besucht. Stellen Sie sich das mal vor.«

Sie machte eine lange Pause, sodass Sam schon die nächste Frage stellen wollte, doch dann sprach sie plötzlich weiter. »Wissen Sie, ich habe nie darüber gesprochen, aber ich hatte schon damals das Gefühl, dass Schwester Augustina und den Jungen irgendetwas verband. Auf der einen Seite kommandierte sie ihn herum und schimpfte ihn viel, auf der anderen Seite ließ sie ihn nie aus den Augen.«

»Wie meinen Sie das?«

Schwester Maria zuckte mit den Schultern und sah nach oben. »Gott verbindet die Menschen auf eigentümlichste Art und Weise. Und nur er allein kennt den wahren Grund.«

Sam nickte, als würde er verstehen, obwohl genau das Gegenteil der Fall war. Mit diesen religiösen Phrasen konnte er einfach nichts anfangen. »Was ist aus dem Jungen geworden?«

»Er verschwand an dem Morgen, als wir Pater Paul fanden. Er hat alle seine Sachen mitgenommen, sogar die zweite Kutte des Paters. Na ja, der alte Mann brauchte ja nur eine fürs Grab. Vielleicht wollte er ein Andenken? Er hat ja sehr an ihm gehangen.«

»Wie hieß der Junge?«, fragte Sam und merkte, dass seine Hände vor Aufregung schweißnass waren.

»Lukas hieß er. Als er hierherkam, war er nicht getauft, und so entschied Schwester Augustina, ihn taufen zu lassen. Sie dachte, dass so der Teufel von ihm fernbleiben würde.«

Sam sah die Schwester skeptisch an und fragte: »Und erinnern Sie sich noch an seinen Nachnamen?«

»Nein, tut mir leid, und ich sagte ja bereits, dass ich keine Papiere über ihn gefunden habe. Aber warten Sie ...«

Sie stand auf und ging zu einem Bücherregal hinter ihr. Sie fuhr mit der Hand über die vielen Buchrücken, hielt bei einem inne und legte den Kopf schief. Dann zog sie ein dickes ledergebundenes Buch, offenbar ein Fotoalbum, heraus und setzte sich damit wieder hinter den Schreibtisch. Sie blätterte darin und sagte dann: »Ach, hier haben wir es. Man kann kaum etwas erkennen. Es wurde, kurz nachdem er hierhergebracht worden war, aufgenommen.« Sie drehte das Album zu Sam.

Er hielt den Atem an. Auf dem Foto waren ungefähr fünfzehn Nonnen abgebildet. Sie standen in zwei Reihen vor dem Kloster. Am Rand war ein kleiner Junge zu sehen. Er war nur zur Hälfte abgebildet und war wohl nur versehentlich mit auf das Foto gekommen. Sam beugte sich tiefer über das Bild. Der Junge war vielleicht acht oder neun Jahre, hatte dunkle Haare und trug einen einfachen Wollpullover sowie eine lange Hose.

»Das hilft Ihnen wohl nicht viel. Man kann ihn kaum erkennen. Das Einzige, woran ich mich erinnern kann, sind seine Augen. Sie sahen merkwürdig aus. Ich glaube, sie waren verschieden.«

»Was meinen Sie damit?«

»Sie hatten unterschiedliche Farben. Ja, jetzt sehe ich es richtig vor mir: Ein Auge war blau, das andere grün.«

»Das ist tatsächlich selten. Schwester, wissen Sie noch, wie Schwester Augustina mit weltlichem Namen hieß? Denn ich gehe mal davon aus, dass Augustina ihr Ordensname war.«

Die Nonne schenkte Sam ein kleines Lächeln. »Ich kannte Schwester Augustina nur unter diesem Namen. Aber im Keller werden die Akten über die verstorbenen Nonnen aufbewahrt. Ich werde sie für Sie heraussuchen.«

»Das wäre sehr hilfreich. Danke.«

Sam sah wieder auf das Bild. »Kann ich das Foto mitnehmen? Ich schicke es Ihnen zurück, wenn wir eine Kopie davon gemacht haben, Schwester.«

»Ja, kein Problem.«

Sam trennte das Bild vorsichtig aus dem Album und steckte es ein. Dann fiel ihm noch etwas ein: »Sie sagten vorhin, dass Schwester Augustina hoffte, durch die Taufe den Teufel von ihm fernzuhalten. Was meinten Sie damit?«

Schwester Maria zögerte, als ringe sie mit sich, noch ein Geheimnis dieses Klosters preiszugeben.

»Sie hat sich immer bekreuzigt, wenn sie ihn gesehen hat. Vor allem, als er älter wurde. Eines Nachts habe ich gehört, wie sie in ihrem Zimmer gebetet hat, dass der Teufel ihn verschont. Sie war fest davon überzeugt, dass der Junge eine schwere Bürde mit sich trug und dass er eine schwarze Seele hatte.«

Sie zuckte mit den Schultern, als wolle sie sagen, dass sie das selbst nicht ganz verstanden hatte. Dann sagte sie: »Aber das sind alles alte Geschichten! Warum sind Sie so an Pater Paul, dem Jungen und Schwester Augustina interessiert?«

»Wir suchen einen Mörder, jemanden, der mit den Foltermethoden der Inquisition Frauen auf brutalste Weise umbringt.«

Sam hatte damit gerechnet, dass sie erschreckt zusammenfahren oder entsetzt ein Kreuz schlagen würde, aber nicht mit dem, was er jetzt zu hören bekam.

»Was heißt schon auf brutalste Weise? Seien Sie doch ehrlich: Was ist denn heute noch brutal? Die Medien, das Fernsehen und diese Videospiele, da sehen die Menschen doch nur Horror und Angst. Die Gewalt umgibt uns zu jeder Stunde, sodass es schon keinen mehr schockiert, wenn Kinder andere Kinder oder ihre Eltern töten, wenn Eltern ihre Kinder töten. Fast täglich hört man doch von Babys, die in der Tiefkühltruhe oder im Müll landen, weggeworfen wie Dreck. Und fast täglich sieht man erschossene Menschen oder von einer Bombe zerrissene Kinder im Fernsehen. Es berührt die Menschen nicht einmal mehr, weil täglich die Grenzen des Erträglichen überschritten werden. Ich sage Ihnen etwas: Die Gesellschaft hat keinen Respekt vor dem Leben. Die Menschheit ist auf der niedrigsten Stufe angekommen, sie ist verroht, sie hat den Glauben verloren. Ihr Mörder ist nur ein weiteres Produkt dieser gottlosen Zeit.«

»Sollte dieses Produkt, wie Sie es nennen, in Ihrem Kloster groß geworden sein, wäre das allerdings sehr bedenklich. Ein Haus Gottes, dem der Teufel entsprungen ist.«

Doch Schwester Maria ließ sich nicht einschüchtern.

»Der Teufel ist ein gefallener Engel, der sich Gott nicht unterwerfen wollte. Und doch gehört auch er zu Gottes Plan.«

Sam beschloss, mit der Nonne nicht weiter über Gott, seinen Plan oder den Teufel zu diskutieren. Er bedankte sich für ihre Hilfe und stand auf. Er war froh, als er im Auto saß und sich auf den Weg zu Juri nach Burghausen machte.

46

BURGHAUSEN

Als Sam morgens aus dem Gasthof auf die Straße trat, konnte er die Burg in ihrer vollen Pracht sehen. Der mittelalterliche Bau lag über dem Talkessel auf einem Granitkegel und war umgeben von hohen Bäumen, denen zu dieser Jahreszeit das Blätterwerk fehlte, um die Kahlheit der großen Steinquader zu bedecken. Weil die Sonne direkt dahinter stand, musste Sam die Augen mit der Hand abschirmen, um das alte Mauerwerk mit seinen Zinnen und dem hoch aufragenden Turm betrachten zu können.

Sam machte sich an den Aufstieg. Im Gasthof hatte er beim Frühstück eine Nachricht von Juri vorgefunden, dass dieser schon auf die Burg gegangen sei und sie sich dort treffen würden. Sam ging zügig und überholte eine ganze Gruppe in bäuerlicher Kleidung. Sie trugen Kittel, braune Leinenhosen und Bundschuhe aus dunklem Schweinsleder sowie mit Leinentüchern zugedeckte Körbe. Wahrscheinlich Lebensmittel, dachte Sam. Und tatsächlich guckte aus einem Korb ein Huhn heraus und pickte an dem Korbgeflecht herum. Als Nächstes kamen ihm zwei Frauen in Kleidern mit weiten Trompetenärmeln und üppigen Brokatborten entgegen. Die eine war ganz in Smaragdgrün gekleidet, die andere in Blau. Auf dem Kopf trugen beide weiße Schleier mit Perlenkronen. Ihnen folgte eine Gruppe junger Männer, die in Waffenröcken und mit Schwertern klirrend an Sam vorbeimarschierten. Offenbar nahm die ganze Stadt an dem mittelalterlichen Burgfest teil. Sam, der sich zuerst mit seinen roten Beinlingen – einer Art Strumpfhose – und einer äußerst knappen Ärmeljacke ziemlich albern vorgekommen war, war erleichtert.

Der Weg führte steil bergauf, vorbei an einer kleinen Kirche und ein paar Häusern, bis Sam schließlich zu einem vorgelagerten Hof kam, auf dem Stände aufgebaut waren. Hier konnte man Kerzen, Silberschmuck, Ledersachen und Keramiken kaufen. Ein gewölbter Torbogen führte ins Innere des Burghofes. Als Sam den Hof betrat, fühlte er sich um Jahrhunderte zurückversetzt. Staunend sah er sich um und entdeckte einen Schmied in einer braunen Schweinslederschürze, der mit einem Hammer die Klinge eines Schwertes bearbeitete, einen Töpfer, der einen Krug auf einer Tonscheibe formte, einen Sattler, einen Besenbinder, der einen Berg Schweineborsten und Pferdehaare vor sich hatte, und Kinder, die kreischend zwischen den Leuten herumliefen. Selbst sie waren kostümiert. Am anderen Ende des Hofes buhlten zwei Minnesänger um die Gunst eines Burgfräuleins, das aus einem der oberen Fenster herabsah. Ein singendes Duell, das durch schiefe Töne dominiert wurde.

Alles war so perfekt, dass es Sam nicht schwerfiel, sich in die dunkle Zeit des Mittelalters, in der Macht vor Recht galt, hineinzuversetzen. Plötzlich hörte Sam hinter sich Hufe klappern und wich gerade noch rechtzeitig zurück. Durch den Torbogen fuhr ein Pferdegespann mit einem großen Holzkäfig, in dem drei Frauen in weißen Leinenkitteln standen und sich an den Holzstäben festhielten, um nicht herumgeschleudert zu werden. Ihre Haare waren lang und verfilzt, ihre Gesichter schmutzig. Dem Gespann folgten ein paar Schwarze Brüder, wie Professor Patzold sie genannt hatte: dominikanische Mönche, die Kapuzen der schwarzen Kutten tief ins Gesicht gezogen. Eben wollte er auf eine Holzbank in einer Ecke zusteuern, um sich erst einmal einen Überblick über das bunte Treiben zu verschaffen, als ihm jemand auf die linke Schulter tippte. Sam drehte sich um und stand vor Professor Patzold, der in ein Magiergewand gehüllt war und ihn angrinste.

»Schön, Sie hier zu sehen, Herr O'Connor. Wie gefällt Ihnen unser mittelalterliches Schauspiel?«

»Es ist ohne Worte. Alles sieht so ... echt aus.«

»Das ist auch Sinn der Sache. Kommen Sie, ich mache eine kleine Führung mit Ihnen.«

Sie gingen weiter bergauf, wo der Rummel weniger wurde. Der Professor deutete auf einen Gebäudeteil links von ihnen.

»Das ist der Palas. Dort befindet sich der große Saal, in dem der Burgherr früher Recht sprach und hohe Würdenträger empfing, aber auch Festmahle ausrichtete. Hier wird später gesoffen, gefressen und gehurt, wie in alten Zeiten.« Der Professor lachte. »Dort drüben sehen Sie den Turm mit den Verliesen. Vor ein paar Jahren erst hat man dort eine Folterkammer entdeckt.« Sam nickte, für ihn war es schon Folter, über den Hof zu gehen und jeden Stein unter den dünnen Schnabelschuhen zu spüren.

»Kommen Sie, ich zeig Ihnen etwas. Das wird Ihnen gefallen!« Der Professor grinste über das ganze Gesicht. Dabei wurden seine Augen zu kleinen Schlitzen, und seine Augenbrauen zogen sich schräg nach oben. Wie der Teufel persönlich, dachte Sam und konzentrierte sich dann darauf, auf dem unebenen Boden nicht zu stolpern. Ein kleines Steinchen hatte sich in das Leder seines Schuhs gebohrt und drückte sich unangenehm in seine Fußsohle, sodass er kurz stehen blieb und den Übeltäter entfernte. Sam verfluchte Juri, dass er ihm nicht ein bequemeres Kostüm besorgt hatte, und sah neidvoll auf die festen Stiefel, die Professor Patzold unter seiner Zaubererkutte trug. Endlich erreichten sie den Turm, wo das Pferdegespann mit dem inzwischen leeren Käfig vor einer offenen, mit Eisen beschlagenen Tür wartete. Ein Wachtposten ließ die beiden Männer nach einem kurzen abschätzenden Blick passieren. Sie folgten der steil nach unten führenden Treppe mit ihren unregelmäßigen Stufen, und je weiter sie nach unten stiegen, desto feuchter wurde die Luft. Plötzlich tat sich ein großer hoher Raum vor ihnen auf. An den Wänden waren Bänke wie Tribünen aufgebaut, auf denen Zuschauer saßen. Ein Schrei und Peitschenschläge hallten von den Mauern wider. Sam sah nach oben, wo an schweren Eisenketten zwei Käfige hingen, in denen zwei der drei Frauen saßen, die er vorher in dem Holzkäfig gesehen hatte. Sie rüttelten an den Eisenstäben und jammerten. Ein Mönch stand direkt unter ihnen und rief einer mit scharfer Stimme zu: »Gesteh, dass du dich mit dem Teufel vereinigt hast, sündiges Weib!«

Sam sah sich um. Er traute seinen Augen nicht. Überall standen und lagen Folterwerkzeuge: ein Holzbock, ähnlich wie der, auf dem man Catharina Kil in Amsterdam gefunden hatte, und neben einer Feuerschale verschiedene Eisenzangen. Sam sah zu den Zuschauern, fast ausschließlich Männer, wie er feststellte, und dann zum Professor, der mit ihm zu einem Tisch ging, auf dem weitere Instrumentarien ausgestellt waren.

»Hier, das ist ein Brustreißer, damit hat man den Frauen die Brüste verletzt, manchmal sogar ausgerissen. Und das hier ist eine Kopfzwinge.«

Professor Patzold hielt einen eisernen Ring mit Dornen hoch.

»Er wurde dem Ketzer, der Hexe oder wem auch immer um den Kopf gelegt und zusammengeschraubt, sodass sich die Eisendornen in den Schädel bohrten.«

Der Professor schien mit den Instrumenten bestens vertraut zu sein und sprach über sie so heiter, als erläutere er Küchengerätschaften. Sam hoffte, dass der Mörder nicht über solche Instrumente verfügte und sie das nächste Mal einsetzte. Da hallte wieder ein Peitschenhieb durch den hohen Raum, gefolgt von lautem Geschrei. Sam zuckte zusammen.

»Entspannen Sie sich, Herr O'Connor. Das sind nur Tonbandaufnahmen, um den Zuschauern die Atmosphäre im Folterkeller nahezubringen.«

»Ich kann mir vorstellen, dass so mancher sich hier inspirieren lässt«, sagte Sam und betrachtete ein großes Holzrad.

Der Professor folgte seinem Blick und zögerte nicht, auch hier eine detaillierte Erklärung abzugeben.

»Ja, eine sehr wirkungsvolle Erfindung. Erst wurden die Knochen des Delinquenten zertrümmert, anschließend wurden seine Arme und Beine durch die Speichen geflochten. Dann ließ man ihn stehen. Der Tod trat erst nach Tagen ein. Die Leiche ließ man so lange auf dem Rad, bis sie endgültig verwest war. Zur Abschreckung, wissen Sie. Also Phantasie hatten sie damals, das muss man schon sagen.«

Sam hatte genug gesehen. Die Vorstellung, dass vor genau einer Woche Isabella Longi mit Instrumenten wie diesen gefoltert worden war, ließ in ihm leichte Übelkeit aufsteigen. Die Luft hier unten war außerdem stickig und warm und erschwerte ihm das Atmen. Schweißperlen rannen ihm kitzelnd die Schläfe herunter. Er wollte nur noch weg von hier.

Plötzlich fühlte er sich beobachtet. Er ließ seinen Blick über die Zuschauer wandern. In der hintersten Reihe saß ein Mönch in einer schwarzen Kutte und zog seine Kapuze tief nach unten, als er bemerkte, dass Sam zu ihm sah. Sam bekam eine Gänsehaut. Wenn nicht hier, wo dann fühlt sich der Mörder am wohlsten, dachte er. Er bewegte sich vorsichtig auf die hintere Bank zu und bahnte sich einen Weg über die Füße der Zuschauer zu dem Mönch. Dieser erhob sich plötzlich, sprang über die Lehne der Bank und lief Richtung Ausgang. Sam sprang ebenfalls über die Lehne und setzte ihm nach. Jetzt hatte er ihn gleich! Er nahm immer zwei Stufen auf einmal und kam schließlich völlig aus der Puste oben an. Dort blickte er in das grinsende Gesicht von Juri, der seine schwarze Kapuze nach hinten gezogen hatte.

»Sehr witzig«, sagte Sam und lehnte sich schwer atmend an die Mauer. Er musste dringend wieder Konditionstraining machen. Er fühlte sich wie ein alter Mann.

»Aber dein Instinkt funktioniert. Du hast gemerkt, dass ich dich die ganze Zeit beobachtet habe.«

»Wie lange bist du schon da?«

»Seit etwa zwei Stunden. Ich war schon lange vor dir wach, aber ich dachte, du bist gestern so spät angekommen, ich lass dich noch ein bisschen schlafen. Ich habe mir die Leute in diesem Perversenkeller da unten angesehen. Man hat das Gefühl, dass sich manche regelrecht aufgeilen.«

Immer noch außer Puste fragte Sam: »Warum hast du was ganz anderes an?«

»Hab ich nicht.«

Juri öffnete die schwarze Kutte. Darunter trug er ein ebenso farbenfrohes Kostüm wie Sam.

»Ich wollte nur mal sehen, ob du mich auch so erkennst«, meinte Juri grinsend.

Inzwischen war auch der Professor ins Freie getreten und begrüßte Juri freundlich.

»Mir ist da noch etwas eingefallen, was interessant sein könnte für Sie. Die Folterinstrumente dort unten sind natürlich nur Replikate. Die echten sind im Burgmuseum ausgestellt, dort drüben. Doch es fehlten immer mal wieder ein paar Replikate nach unseren mittelalterlichen Festen.«

»Und was genau?«, fragte Sam interessiert.

»Vor zwei Jahren verschwand ein sogenannter Befragungsstuhl. Ein mit spitzen Holzpflöcken gespickter Holzstuhl. Die Hexe wurde nackt auf den Stuhl gebunden, die Holzdornen bohrten sich in ihr Fleisch. Der Stuhl verschwand spurlos, genau wie ein paar Eisenfesseln und diverse andere Teile. Man fragt sich bis heute, wie jemand, ohne gesehen zu werden, diesen Stuhl hier rausschaffen konnte.«

Sam nickte nachdenklich. Das war zwar ein guter Hinweis, doch waren bisher an keinem der Tatorte ein Stuhl dieser Art oder Eisenfesseln aufgetaucht. Auf einmal zweifelte er an der ganzen Aktion. Warum waren sie hier? Sie hatten angenommen, dass der Mörder ein Historien-Fan sei. Doch selbst wenn er hier war, wie sollten sie ihn unter all den Leuten erkennen? Dass er am helllichten Tag Folterwerkzeuge aus der Folterkammer schleppte, war wohl eher nicht zu erwarten.

Als die drei langsam zu den Verkaufsbuden gingen, kreuzten drei junge Hofdamen ihren Weg.

»Seid gegrüßt, edle Herren«, sagte eine von ihnen lachend. Juri blieb sofort stehen und verabredete sich mit ihnen für den Abend zum großen Festschmaus im Palas.

Sam dachte an Lina. Gestern hatte er es nicht geschafft, sie anzurufen, und nun fiel ihm ein, dass er nicht einmal ihre Nummer hatte. Die stand zwar ordentlich getippt auf dem Vernehmungsprotokoll, doch das half ihm hier wenig. Er überlegte kurz, rief dann die Auskunft an und ließ sich mit dem Restaurant ihrer Mutter verbinden. Linas Mutter klang sehr nett und gab ihm, nachdem er erklärt hatte, dass er ein Freund ihrer Tochter sei, bereitwillig ihre Handynummer. Doch dann verließ ihn das Glück. Als er bei Lina anrief, teilte ihm eine automatische Stimme mit, dass der Gesprächspartner im Moment nicht erreichbar sei. Lina hatte das Handy also abgeschaltet. Er würde es später noch einmal versuchen.

Nachdem der Professor von einer Gruppe Ritter, offensichtlich ein paar seiner Studenten, aufgehalten worden war, erzählte Sam Juri von seinem Gespräch mit Schwester Maria. Dabei erinnerte er sich, was die Schwester über den Jungen und sein enges Verhältnis zu Pater Paul gesagt hatte: Pater Paul war wie ein Vater zu ihm. Hatte sich der alte Prior etwa einen Nachfolger herangezogen, ihm seine fixen Ideen von Sünde, Seelenheil und Hölle eingeimpft, ihn gelehrt, wie man Sünder und Ketzer tötete? So wie die Frauen, die einst in der Nähe seines Klosters verschwunden waren? Sam musste sich zügeln, das waren reine Spekulationen.

Ein zweites Detail seines Gesprächs mit Schwester Maria stieg in seinem Gedächtnis auf. Schwester Augustina und der rätselhafte Junge seien irgendwie verbunden gewesen, hatte sie gesagt. Aber wie? War Schwester Augustina vielleicht die Mutter des Jungen gewesen? Hatte sie sich einer unterdrückten Leidenschaft hingegeben, hatte sich verführen lassen und ein Kind bekommen, das sie stets an ihr gebrochenes Gelübde erinnerte? Hatte der Vater deshalb das Kind im Kloster abgeliefert, damit es in der Nähe seiner Mutter war? Vielleicht passte das ja alles zusammen: Der Junge war der Sohn der Schwester Oberin, fand das heraus und bestrafte sie, aufgehetzt von dem alten Priester. Die abgeschnittenen Haare der Nonne wiesen eindeutig auf den Mörder hin, mit dem er es heute, fast zwanzig Jahre später, zu tun hatte. Hatte der kleine Junge von dem Foto, der 1995 bereits ein Halbwüchsiger war, im Kloster seinen ersten Mord verübt? Sam versuchte sich zu erinnern, ob Pater Dominik verschiedenfarbige Augen hatte. Während er in Gedanken versunken im Burghof stand, bemerkte er nicht, dass er in diesem Moment von einem eigenartigen Augenpaar eindringlich beobachtet wurde.

47

HAMBURG

Lina lag gefesselt und geknebelt auf einer stinkenden Matratze, ohne Bezug und ohne Decke, und ihr war schrecklich kalt. Die Feuchtigkeit sickerte wie durch einen Schwamm in jede Pore und drang bis zu ihren Knochen. Ihre Haare fühlten sich komisch an, als würden sie zusammenkleben. Sie konnte sich kaum bewegen und sah nichts. Es war stockdunkel um sie herum. Wo war sie? Wie war sie überhaupt hierhergekommen? Und was war passiert? Sie dachte angestrengt nach. Sie hatte geduscht, dann hatte es an der Tür geklingelt. Sie hatte gedacht, Sam sei zurückgekommen und würde sie vielleicht mit frischen Brötchen überraschen. Aber es war nicht Sam gewesen, sondern ein Mann mit einer dunklen Mütze über dem Gesicht. Er hatte sie niedergeschlagen. Und dann? Sie wusste nichts mehr. Wo hatte er sie hingebracht? Und wie viel Zeit war seitdem vergangen? Fragen über Fragen, die sie nicht beantworten konnte. Sie versuchte, sich vom Bauch auf den Rücken zu drehen. Ein schwieriges Unterfangen, wie sich herausstellte, denn ihre Beine waren am Bettgestell festgebunden. Sie blieb also auf dem Bauch liegen und atmete den modrigen, leicht säuerlichen Geruch ein, den die Matratze verströmte. Sie roch nach menschlichen Ausdünstungen. Ich bin nicht die Erste, die hier auf diesem Bett liegt, schoss es ihr plötzlich durch den Kopf. Ein Gefühl der Panik überkam sie. Wie ein Rauschen in ihren Ohren hörte sie das Wort Gefahr. Wer hatte es zu ihr gesagt? Oder es ihr geschrieben? War sie nicht gewarnt worden? Aber wann? Und von wem? Dunkel fiel ihr die Praxis von Doktor Ritter ein. War er ihr Entführer? Ein Psychopath wie Hannibal Lecter in *Das Schweigen der Lämmer*?

In Gedanken flehte sie ihre Schutzengel an, zu ihr zu sprechen, sich zu zeigen und den Raum zu erhellen. Aber es passierte nichts. Keiner sprach zu ihr, und es wurde auch nicht Licht in ihrem Verlies. Inzwischen hatten sich ihre Augen an die Dunkelheit gewöhnt, und sie konnte einen Schatten in der Ecke ausmachen. Die Umrisse eines Stuhls. Aber sie sah keinen Tisch. Wozu stand da ein einzelner Stuhl? Vielleicht, weil man von der Ecke den ganzen Raum beobachten konnte? Aber dort saß keiner.

Wieder atmete sie den ekelhaften Geruch der Matratze ein. Ihr wurde schlecht. Sie durfte sich jetzt nicht übergeben, sonst würde sie an ihrem eigenen Erbrochenen ersticken, denn ihr Mund war ja mit einem Pflaster oder Klebeband zugeklebt. Sie schluckte die Übelkeit herunter und atmete langsam tief durch die Nase ein und aus. Immer wieder sagte sie sich, dass sie ruhig bleiben müsse. Sie schloss die Augen und versuchte zu schlafen. So konnte sie in eine andere Welt tauchen und dieser hier entfliehen. Und wenn sie aufwachte, war vielleicht alles nur ein böser Traum gewesen, und sie lag zu Hause in ihrem Bett.

48

BURGHAUSEN

Eine lange, bunt gekleidete Menschenschlange hatte sich vor dem Palas gebildet. Wer an dem mittelalterlichen Schlemmgelage teilnehmen wollte, musste dreißig Euro Eintritt zahlen. Juri reckte ständig den Hals, um seine drei Hofdamen zu entdecken, und Sam versuchte zum zwanzigsten Mal, Lina zu erreichen – wieder ohne Erfolg.

Endlich betraten sie den Palas. Eigentlich bestand er aus drei Stockwerken, doch nur der untere Teil war für das Fest zugänglich gemacht worden. Zuerst kamen sie in eine Vorhalle, ein Kreuzgewölbe, das scheinbar von einer einzigen Säule in der Mitte mit einem reich verzierten Kapitell getragen wurde. An den Wänden hingen Fackeln und tauchten den Raum, der lediglich zwei Erkerfenster besaß, in diffuses Licht. Am anderen Ende des Raumes führte eine dunkle Holztür in den Festsaal. Sam und Juri schoben sich mit der Masse darauf zu und erreichten schließlich die Halle. Dort standen an die dreißig schwere Holztische mit Bänken, an denen die Leute allmählich Platz nahmen. Auf den Tischen befanden sich bereits Teller, Becher aus Zink, Messer, Holzschüsseln mit Kartoffeln, Brotlaibe und Krüge mit Wein und Bier. Manche Gäste hatten sogar ganz stilecht ihre eigenen Trinkhörner mitgebracht, die sie neben die Teller legten.

Langsam füllten sich die Bänke. Sam und Juri entdeckten in dem Gedränge den Professor und die drei Hofdamen und setzten sich zu ihnen an den Tisch. Ihnen gegenüber saßen ein Mönch, ein Henker und ein Mann mit einer Narrenkappe. Kaum hatten sie Platz genommen, hörten sie vom anderen Ende des Saales eine tiefe Stimme: »Seid gegrüßt, edles Volk zu Burghausen!«

Sam sah auf. Am Kopfende einer langen Tafel stand ein grauhaariger Mann, über dessen glänzende Ritterrüstung ein offenbar mit Gold durchwebter Mantel fiel. Das ist wohl der Burgherr, dachte Sam.

»Holde Recken und Maiden, wir laden ein zum großen Gelage unseres mittelalterlichen Festes! Lasset euch die Gaumenfreuden schmecken und trinket auf die Gesundheit!«

An allen Tischen wurden Kelche, Krüge und Hörner gehoben, und der ganze Raum grölte: »Auf die Gesundheit!«

Und dann ging das große Fressen los. Die Krüge mit Wein und Bier wurden von Mann zu Mann gereicht, dann die Schalen mit Kartoffeln, und schließlich wurden auf großen Tabletts Spanferkel hereingetragen und in die Mitte der Tische gestellt.

»Gibt's hier keine Gabeln?«, fragte Juri irritiert und sah auf das einsame Messer neben seinem Teller.

Der Professor lachte. »Nein, edler Herr, wir essen nur mit den Fingern und den Messern. Wohl bekomm's!«

Das ließen Sam und Juri sich nicht zweimal sagen. Sie langten kräftig zu und hatten plötzlich vergessen, warum sie hier waren. Beide genossen dieses Gelage in vollen Zügen. Ein bisschen erinnerte es Sam an die Schlussszene bei *Asterix und Obelix*, wenn das ganze Dorf am Ende eines Abenteuers zusammen feiert. Während er sich ein Stück Fleisch in den Mund schob, betrachtete er die Leute, die mit ihnen am Tisch saßen. Vor allem dieser Henker schien ein komischer Kauz zu sein, er ließ ihn und Juri keinen Moment aus den Augen. Auf einmal hob er seinen Kelch und rief: »Auf die Gesundheit und die Liebe!« In kräftigen Zügen trank er seinen Becher leer und füllte gleich wieder nach. Sam prostete ihm zu und nahm einen kleinen Schluck von seinem Weinbecher.

Plötzlich lehnte sich der Mönch quer über den Tisch. Sam sah etwas Metallenes in seiner Hand aufblitzen, etwas, das viel größer war als die kleinen Messer, die auf den Tischen lagen. Er wich erschrocken zurück und fiel dabei beinahe von der Bank. Juri hatte die Bewegung aus dem Augenwinkel gesehen und reagierte sofort. Seine Hand schnellte nach vorne und schloss sich wie eine Schraubzwinge um den Arm des Mönches. Diesem fiel klappernd ein großes Messer aus der Hand. Empört sah der Mönch Juri an. »Was ist denn, man wird sich ja wohl noch ein Stück von dem Fleisch nehmen dürfen! Oder willst du das alles alleine essen?«

Auch die anderen blickten missbilligend zu Juri. Es herrschte Totenstille am Tisch. Der Professor lehnte sich zu ihm und Sam herüber und erklärte, dass es im Mittelalter durchaus üblich gewesen sei, zu einem Festmahl sein eigenes Messer mitzubringen, dann grinste er, spießte Sams Fleischstück auf und legte es sich auf den eigenen Teller. Sam wollte protestieren, sah aber, dass auch Juris Teller plötzlich leer war und der ungläubig auf sein Gegenüber starrte. Jeder am Tisch sah gespannt auf Sam und Juri, die sich als Grünschnäbel entlarvt hatten. An den Nebentischen begann ebenfalls ein Gerangel um die Fleischstücke, dabei kippten Weinkelche und Bierkrüge um, die Frauen quiekten, die Männer brüllten.

»Das ist jedes Jahr der reinste Spaß, vor allem wenn wir ein paar Frischlinge dabeihaben, wie euch«, sagte der Professor und kaute genüsslich auf seinem Stück Fleisch herum. Juri sah Sam an, grinste und schwang sich über den Tisch, um der Hofdame, die er bereits näher ins Auge gefasst hatte, das Fleisch zu stibitzen. Doch die war schneller und zog ihren Teller nach hinten weg und lachte.

In diesem Moment kamen Musikanten in den Raum und begannen auf Flöten und Sackpfeifen altertümliche Melodien zu spielen. Juri hatte sich wieder auf seinen Platz gesetzt und sah auf seinen leeren Teller.

»Wie hast du dir eigentlich gedacht, unseren Mörder hier zu finden?«, fragte er leise und zeigte auf die ausgelassene Gesellschaft um sie herum.

»Gute Frage. Das sieht wohl eher schlecht aus. Aber immerhin haben wir erfahren, dass hin und wieder einige Folterinstrumente verschwunden sind. Vielleicht war er das ja, und wenn er einmal hier auf einem Fest war, sitzt er jetzt vielleicht auch unter uns. Komische Vorstellung, oder? Er weiß nicht, wer wir sind, und wir nicht, wer er ist.«

»Ja, wer weiß, möglicherweise sitzt er sogar an diesem Tisch ...« Juri sah einen Moment nachdenklich aus. Dann hob er seinen Becher, prostete Sam zu und setzte so schwungvoll an, dass ihm das Bier seitlich am Kinn herunterlief und auf den Tisch tropfte. »Ich könnte glatt ein Fan dieser Feste werden.« Er knallte den Becher auf den Tisch und schenkte sich erneut ein.

»Bevor ich es vergesse, ich habe dem Parkplatzwächter vorher einen Fünfziger gegeben. Er soll uns alle Kennzeichen aus Hamburg aufschreiben. Wie findest du das?« Juri lallte inzwischen leicht.

»Bin stolz auf dich.«

»Ich sage dir das nur, damit du die Liste nachher abholst, falls ich dazu nicht mehr in der Lage sein sollte.« Er grinste und zwinkerte der Hofdame in der Mitte zu, einem etwa zwanzigjährigen, unscheinbaren Mädchen, das nur darauf zu warten schien, dass Juri zum Angriff überging. Und wie nicht anders zu erwarten gewesen war, tat er das auch mit einem eher platten Kompliment für ihr Kleid. Sam überlegte kurz, ob es als Vorgesetzter seine

Pflicht wäre, Juri abzumahnen, da sie sich ja immerhin im Dienst befanden, entschied sich aber dagegen. Er glaubte nicht, dass Juris Einsatz heute noch gefragt war, und so ließ er ihm seinen Spaß.

Die Musik war lauter geworden, Paare tanzten, Frauen saßen auf Männerschößen: eine fröhliche Gesellschaft, die für ein paar Stunden die Alltagsprobleme des 21. Jahrhunderts vergaß. Nur Sam drückte wieder einmal auf Wahlwiederholung und fing langsam an, sich Sorgen zu machen. Sie hatte ihr Handy immer noch nicht eingeschaltet. War sie vielleicht wütend, dass er einfach so verschwunden war? Oder bereute sie die Nacht mit ihm? Alles war möglich. Frauen waren schließlich sehr kompliziert. Wenn man wirklich verstehen wollte, was in ihren Köpfen vorging, musste man sie ein Leben lang studieren, und er hatte sich nun einmal mehr mit Mördern und Psychopathen als mit Frauen beschäftigt.

Sam ging vor die Halle. Er rief noch einmal im Restaurant von Linas Mutter an. Als sie abnahm, konnte er im Hintergrund Musik und Stimmengewirr hören.

»Frau Lopez?«

»Ja?«

»Könnte ich mit Lina sprechen?« Sam ahnte bereits, was sie ihm antworten würde.

»Nein, sie ist nicht da«, sagte sie mit ihrem leichten spanischen Akzent.

»Hören Sie, wir haben schon einmal telefoniert. Sie haben mir netterweise Linas Handynummer gegeben. Ich versuche den ganzen Tag, sie zu erreichen, und mache mir langsam Sorgen.«

Einen Augenblick blieb es still in der Leitung. Dann hörte er Linas Mutter seufzen. »Ich versuche sie schon seit gestern zu erreichen. Ich mache mir auch große Sorgen. Wissen Sie, ihr Herz ... Wir haben Montag einen Termin ... und sie wollte gestern Abend ins Restaurant kommen und tanzen ...«

»Was ist mit ihrem Herz?«

»Sie hatte mit fünfzehn eine Herztransplantation, und man

sagt, dass ein transplantiertes Herz schneller altert und nach etwa dreizehn Jahren ersetzt werden muss.«

Sam traute seinen Ohren nicht. Lina hatte auf ihn kerngesund gewirkt. Er konnte sich nicht erinnern, eine Narbe gesehen, oder sollte er sagen: gefühlt zu haben. Gut, er war an diesem Abend mit seinen Sinnen ganz woanders gewesen. Das könnte allerdings dann bedeuten, dass sie irgendwo mit Herzversagen zusammengebrochen war. Die Stimme von Linas Mutter zitterte, als würde sie gleich in Tränen ausbrechen.

»Wissen Sie, es ist nicht ihre Art, sich nicht zu melden.«

Sam sah Lina tot auf dem Boden ihres Apartments liegen. Er schauderte.

»Waren Sie bei ihr zu Hause?«, fragte er schnell.

»Ja, heute Mittag. Sie war nicht da.«

Wenigstens das. Sie lag also nicht tot in ihrem Apartment. Er entspannte sich ein wenig.

»Frau Lopez, ich bin im Moment nicht in Hamburg, aber ich fahre jetzt zurück und melde mich bei Ihnen, wenn ich da bin. Bitte geben Sie mir Bescheid, wenn Sie von ihr hören. Bitte«, sagte Sam nachdrücklich, gab seine Handynummer durch und legte auf.

Er kannte Lina nicht gut genug, um diese Situation einzuschätzen, aber dass sich ihre Mutter so große Sorgen machte, beunruhigte ihn.

Trotz der drei Becher Wein, die er bereits getrunken hatte, wollte er sich sofort auf den Weg nach Hamburg machen. Er suchte Juri im großen Saal und fand ihn schließlich in einem mit Fresken und Mosaiken verzierten Nebenraum. In einer Ecke standen Musiker und spielten eine Ungaresca, zu deren Viervierteltakt viele Paare tanzten. Eine mit Ziegenfell bespannte Trommel gab den Rhythmus an, sie wurde begleitet von einer Laute, einer Sackpfeife und einer Fiedel. Die Paare drehten sich umeinander, machten zwei Schritte nach links, zwei Schritte nach rechts, wechselten den Platz und drehten sich wieder zueinander. Juri war in seinem Element. Er grabschte mehr an seiner

Hofdame herum, als dass er sich an die Schritte hielt. Sam bahnte sich einen Weg durch die Menge zu ihm und nahm ihn zur Seite.

»Ich fahre nach Hamburg. Ich muss …«

»Was? Das geht jetzt nicht.«

»Du kannst ja bleiben und die holde Maid flachlegen.«

»Das werd ich auch!« Juri strahlte wie ein kleiner Junge, der ein neues Spielzeug bekommen hat. Und obwohl er schon ziemlich betrunken war, bemerkte er Sams plötzlichen Stimmungswandel. »Ist was passiert?«, fragte er ernst.

»Das weiß ich noch nicht. Wir telefonieren morgen.«

Jemand sang: »Dû bist mîn, ich bin dîn / des solt dû gewiss sîn / Dû bist beslozzen / in mînem herzen / Verlorn ist daz sluzzelîn / du muost ouch immer darinne sîn.«

Sam wurde plötzlich alles zu viel, die Menschen, die Musik und die vom Rauch der Fackeln stickige Luft. Er verabschiedete sich schnell von Juri und dem Professor, der ebenfalls eine Tanzpartnerin gefunden hatte, und floh aus dem Palas der Burg Burghausen. Er merkte nicht, dass ihm jemand folgte: der Henker mit den merkwürdigen Augen.

49

Während der Fahrt musste er immer wieder die Scheibe herunterkurbeln, um sich die kalte Luft um die Nase wehen zu lassen. Er war todmüde, ständig fielen ihm die Augen zu.

Die Autobahnen waren leer, und Sam drückte das Gaspedal durch. Neben ihm auf dem Sitz lag ein handgeschriebener Zettel mit Hamburger Kennzeichen, die ihm der Parkplatzwächter gegeben hatte und die er morgen gleich durch den Computer jagen wollte. Nach dreieinhalb Stunden hatte er endlich die Höhen der Kasseler Berge hinter sich gelassen, und das Land wurde allmählich ebener.

Er sah auf die Uhr: Es war drei Uhr morgens, gegen sechs

würde er in Hamburg sein. Seine Gedanken gingen wieder zu Lina. Was war mit ihr passiert?

Nur ein paar Kilometer hinter ihm fuhr ein anderer Wagen, und auch dieser Fahrer war mit seinen Gedanken bei seiner Geliebten, seiner Geliebten aus vergangenen Zeiten. Er war zwar immer noch wütend auf den Arzt, der ihn in Hypnose versetzt hatte, ohne ihn zu fragen, aber im Nachhinein war er ihm dankbar. Er hatte sich von Anfang an irgendwie zu ihr hingezogen gefühlt. Schon beim ersten Mal war ihm das goldene Kreuz, das auf ihrer Brust geruht hatte, aufgefallen. Sie war ein Kind Gottes. Er könnte noch einmal von vorne anfangen. Bei dem Gedanken an sie durchfuhr ihn ein Schauer der Erregung. Sie hatte beinahe nackt vor ihm gestanden, nur in ein Handtuch gehüllt, die Schultern frei, die Beine nass und nackt. Die Tropfen hatten ein paar dunkle Flecken auf dem hellen Teppich hinterlassen, bevor er sie bewusstlos geschlagen hatte. Sie war in seine Arme gefallen, ihr Handtuch hatte sich von ihrem Körper gelöst, und ein heftiges Verlangen hatte sich in ihm geregt. Ein Verlangen, wie er es noch nie verspürt hatte. Bei seiner Frau war es etwas anderes gewesen. Sie hatte ihm zwar gezeigt, was körperliche Liebe war, aber ihn nie so erregt wie Lina. Kurz hatte er überlegt, sie gleich in ihrem Apartment zu nehmen, aber er wollte, dass auch sie die Wiedervereinigung erlebte. Er hatte sie angezogen, darin hatte er noch Übung, und sie mit Enfluran betäubt. Dann hatte er gewartet. Er hatte den ganzen Tag neben ihr gesessen, erst als es allmählich dunkel geworden war, hatte er sie ins Auto getragen und zu sich nach Hause gebracht. Dieses Mal würde ihm keiner dazwischenfunken, auch nicht der Kerl, der die Nacht mit ihr verbracht hatte. Eifersucht stieg in ihm auf. Zur Not würde er ihn ausschalten – auch aus anderen Gründen. Denn er hatte ihn schon mehrmals gesehen, er schlich immer wieder um die Kirche herum. Und es konnte kein Zufall sein, dass er jetzt auch noch auf dem Fest aufgetaucht war. Er hatte schon früher vermutet, dass er bei der Polizei war. Nun hatte ihn die Reaktion seines Begleiters überzeugt, als er dem Mönch blitzschnell in den Arm gefallen war. Keine Frage, sie waren hinter ihm her, vor allem nachdem sie die Asche der Frau im Eppendorfer Moor gefunden hatten. Die Zeit drängte, so viel stand fest.

Nur eines war ihm nicht klar: Was hatte der Typ damit gemeint, als er am Telefon nach dem Herz gefragt hatte? Er war ihm aus dem Saal gefolgt und hatte gehört, dass Lina offenbar inzwischen vermisst wurde. Doch die Sache mit dem Herz hatte er nicht verstanden. Ging es etwa um Linas Herz? War sie krank? Hoffentlich hatte er ihr mit dem Anästhetikum keinen Schaden zugefügt. Er kramte unter seinem Henkerswanst den gestohlenen Brustreißer hervor und legte ihn auf den Beifahrersitz. Stolz sah er auf seine neueste Errungenschaft, bevor er seinen Blick wieder auf die Fahrbahn richtete. »Ich bin auf dem Weg, meine Geliebte«, flüsterte er in die Dunkelheit hinein, und seine Gesichtszüge wirkten sanft im gelblichen Licht der Mittelkonsole.

50

HAMBURG

Sam fuhr gegen sechs Uhr morgens über die Elbbrücken nach Hamburg hinein. Er hatte nur zweimal zum Tanken angehalten, ansonsten hatte er sich keine Pause gegönnt. Dunkelgraue Wolken hingen tief über der Stadt, aus denen ab und zu ein gezackter Blitz fuhr und ein kräftiges Gewitter ankündigte. Trotz der frühen Stunde stand er kurz vor der Alster bereits im Stau. Auf einmal klatschten dicke Tropfen auf die Windschutzscheibe, erst nur ein paar, doch innerhalb weniger Augenblicke verschwammen die Rücklichter der Autos vor ihm. Er schaltete die Scheibenwischer an. Der Regen trommelte laut auf das Blechdach des Autos. Er kniff die Augen zusammen, nicht nur um besser durch den Regenvorhang sehen zu können, sondern auch um zu verhindern, dass ihm die Augen zufielen. Seine Lider schienen unendlich schwer zu sein.

Obwohl er wusste, dass niemand antworten würde, drückte er erneut auf Wahlwiederholung, eine Fingerbewegung, die er in den letzten Stunden so oft gemacht hatte, dass er gar nicht mehr hinsehen musste. Und er brauchte das Handy auch nicht mehr ans Ohr zu halten, die automatische Ansage hörte er auch so.

Er fuhr im Stop-and-go-Verkehr quer durch die Hamburger Innenstadt und erreichte schließlich ein hässliches gelb geklinkertes Gebäude. Er sprang aus dem Auto und fuhr mit dem Finger über die Klingelschilder, bis er bei Lopez ankam und auf die Klingel drückte. Nach einem Moment ertönte ein Summen. Sam drückte die schwere Tür auf, trat seine Schuhe auf dem braunen Fußabtreter ab und stieg die Steinstufen in dem ehemals weißen Treppenaufgang nach oben. Als sich irgendwo weiter oben eine Tür öffnete, beugte sich Sam über das Treppengeländer, um abzuschätzen, wie weit er noch gehen musste. Er entdeckte einen verwuschelten Kopf ein Stockwerk über ihm.

»Ich bin Sam. Tut mir leid, dass ich Sie so früh wecken muss, aber ich brauche die Schlüssel zu Linas Apartment«, rief er ihr zu.

Wenige Momente später stand Sam vor der offenen Wohnungstür. Frau Lopez strich sich in ihrem geblümten Morgenmantel über die zerzausten grauen Haare. Ihre Augen waren verquollen, entweder vom Schlaf oder von zu vielen Tränen in einer schlaflosen Nacht.

»Sie hat sich immer noch nicht gemeldet. Ich fürchte, dass ihr etwas Schreckliches zugestoßen ist.« Den letzten Teil des Satzes hatte sie beinahe geflüstert, vielleicht um das Gesagte nicht selbst hören zu müssen.

Sam nickte. »Geben Sie mir bitte den Schlüssel zu ihrer Wohnung. Ich arbeite bei der Polizei und kümmere mich darum. Es gibt sicherlich eine einfache Erklärung für alles.«

Frau Lopez schüttelte den Kopf. »Daran glaube ich nicht mehr.«

Sie schlurfte in die Wohnung und holte den Schlüssel.

»Haben Sie sie schon als vermisst gemeldet?«, fragte Sam sie, als sie zurückkam.

»Nein, ich dachte ... ich hatte gehofft ...« Sie fing an zu weinen. Sam legte ihr seine Hand auf die Schulter und drückte sie leicht, um sie zu beruhigen und ihr das Gefühl zu geben, dass sie mit ihrer Sorge um Lina nicht allein war. Dann drehte er sich um, stürmte die Treppe hinunter und nahm dabei drei Stufen auf einmal.

Als er Linas Apartment betrat, blieb er zunächst einmal regungslos im Eingang stehen. Er überlegte, wie es hier ausgesehen hatte, als sie es am Freitagabend betreten hatten. Alles war dunkel gewesen. Er schloss die Augen, um sich besser zu erinnern, doch das Einzige, was er noch vor Augen hatte, waren Linas Umrisse, ihre Augen, die im Licht der Straßenlaterne geglänzt hatten, ihr Lächeln, als er ihre Hände genommen hatte. So kam er nicht weiter.

Er öffnete die Augen wieder und sah zum Bett. Es war zerwühlt, noch zerwühlt von der Nacht mit ihm, und auf dem Kissen lag der Zettel, den er ihr geschrieben hatte. Sie hatte ihn vom Nachttisch genommen, gelesen und dort liegen gelassen. Und das hieß, dass sie seitdem nicht mehr in ihrem Bett geschlafen hatte. Ein Handtuch lag auf dem Bett. Es war zerknüllt, und als er es auffaltete, bemerkte er, dass es an einigen Stellen noch leicht feucht war und braune Flecken hatte. Außerdem hingen einige dunkle Haare darin. Auf dem Stuhl neben der Tür lag ein weiteres Handtuch, ein größeres, eines, das man sich um den Körper schlingt. Sam dachte nach. Sie hatte also am Samstagmorgen, direkt nach dem Duschen, das Haus verlassen. Ohne sich Zeit zu nehmen, ihr Apartment aufzuräumen, das Bett zu machen, die Handtücher ins Bad zu hängen. Selbst der Kleiderschrank stand offen.

Sam ging zu der kleinen Kochecke. Hier war alles sauber, jedenfalls sah er kein benutztes Geschirr. Dann öffnete er den Müll. Ein eigenartiger Geruch strömte ihm entgegen. Mit spitzen

Fingern zog er einen Lappen heraus und roch daran. Es roch nach Krankenhaus. Vielleicht hatte sie etwas desinfiziert? Sie war Arzthelferin und hatte sicherlich Zugang zu medizinischen Desinfektionsmitteln. Er holte eine Plastiktüte aus dem Schrank und packte den Lappen hinein. Dann entdeckte er auf dem Teppich eine Spur kleiner brauner Tropfen, die vom Bad zur Apartmenttür führten. Hatte sie sich einen Kaffee gemacht und war damit ins Bad gegangen? Er öffnete die Tür zum Badezimmer und sah sich nach einer Tasse um. Eine Tasse konnte er nicht entdecken, dafür aber ihr Handy. Es lag neben dem Waschbecken und war ausgeschaltet. Wahrscheinlich war der Akku leer. Kein Wunder, dass er sie nicht hatte erreichen können. Doch komisch war es schon, dass sie ohne ihr Handy das Haus verlassen hatte.

Dann untersuchte er die Flaschen auf dem Badewannenrand. Duschgel, Shampoo, Bodygel, Rasierschaum, Bodycreme, Bodylotion, Haarconditioner und ein getöntes Haarshampoo – was Frauen so alles benötigten. Die Flasche mit dem getönten Shampoo war offen. Er drückte einen Tropfen auf seinen Finger. Er war braun. Lina hatte sich also die Haare gewaschen und war mit dem Shampoo im Haar durch die Wohnung zur Tür gelaufen. Warum? Um dem Postboten zu öffnen? Aber er konnte nirgendwo ein Paket oder ein Einschreiben entdecken.

Sam schüttelte den Kopf. Das war alles sehr seltsam. Er wollte gerade die Wohnung verlassen, als er etwas entdeckte. Es lag halb verdeckt von der heruntergerutschten Bettdecke auf dem Boden. Er bückte sich und hob es auf. In seiner Hand hielt er einen kleinen silbernen Engel. Sam erinnerte sich an das Armband, das Lina stets trug. Wahrscheinlich hatte sich der kleine Engel gelöst. Er steckte ihn ein und verließ die Wohnung.

Wie schon nach dem Telefonat mit Linas Mutter überkam ihn das ungute Gefühl, dass irgendetwas nicht stimmte. Nur war es dieses Mal stärker, viel stärker.

Er legte sich mit Klamotten auf sein Bett im Hotelzimmer und wollte sich fünf Minuten entspannen. Da übermannte ihn der Schlaf, sein Körper forderte ein, was ihm zustand. Nach zwei Stunden Tiefschlaf schreckte Sam hoch, völlig verschwitzt und mit einem steifen Nacken. Er konnte seinen Kopf kaum nach rechts drehen. Das fehlte ihm jetzt noch! Er schob sich langsam aus dem Bett, eine Vorsichtsmaßnahme, damit er sich nicht noch beim Aufstehen einen Bandscheibenvorfall holte. Er schleppte sich ins Bad, stellte sich unter die Dusche und drehte den Heißwasserhahn auf, bis das Badezimmer wie ein römisches Dampfbad aussah. Das heiße Wasser lief von seinem Nacken den Rücken herunter und hinterließ einen Streifen geröteter Haut.

Frisch geduscht und rasiert fühlte Sam sich ein wenig besser, seinen Kopf konnte er allerdings immer noch nicht richtig bewegen. Er suchte seine Papiere zusammen und schob das Foto von dem Jungen aus dem Kloster in einen Ordner. Dabei rutschte ein Bild heraus und fiel ihm direkt vor die Füße: das Foto von Gianna Lorenzos Leiche. Er hob es auf und wollte es gerade wieder in den Ordner legen, als er plötzlich innehielt. Die ganze Zeit hatte er gewusst, dass er etwas übersehen hatte. Schon das letzte Mal, als er den Kaffee über das Foto geschüttet hatte, war ihm etwas aufgefallen, ohne dass er genau gewusst hatte, was. Jetzt sah er es klar und deutlich.

51

Eine Stunde später stand Sam in Ochsenzoll vor dem Büro von Doktor Willfurth und klopfte an die Tür. Niemand öffnete. An der Anmeldung hatte man ihm gesagt, dass Doktor Willfurth im Haus sei, aber wahrscheinlich war er irgendwo unterwegs. Sam sah sich unschlüssig um. Da kam ein Pfleger aus dem Trakt, in dem die Patienten lagen und den man nur zusammen mit dem Klinikpersonal betreten durfte. Sam wartete, bis der Pfleger um die Ecke bog, und schlüpfte schnell, bevor die Tür sich wieder schloss, hinein. Er ging den Flur entlang und sah sich suchend um. Hier in etwa hatte er die Frau immer gesehen. Er ging zu einem Zimmer und sah durch das Fenster in der Tür. Nein, hier lag ein junger Mann. Das nächste Zimmer war leer. Sam ging weiter und kam in einen großen Vorraum, in dem ein paar Patienten an Tischen saßen, einige malten, eine junge Frau legte ein Puzzle. Und in einer Ecke auf einem Stuhl saß sie. Die Frau, die er gesucht hatte. Er erkannte sie sofort.

Sie wippte vor und zurück, hielt einen Moment inne und wippte weiter. Wie die letzten Male war ihr Blick ins Nichts gerichtet und ihr Mund in ständiger Bewegung. Er ging vorsichtig näher, doch die Frau schien nichts um sich herum wahrzunehmen und sah nicht auf. Er hörte sie leise flüstern. Sam stand nun direkt vor ihr und sah auf ihren kahlen Kopf herunter. Zahllose Narben zogen sich in einem wirren Muster über ihren Schädel.

»Was machen Sie hier?«

Sam fuhr herum. Vor ihm stand ein Pfleger, ein Hüne von einem Mann mit kinnlangem, sauber gescheiteltem Haar. Seine kräftigen Arme waren in die Hüften gestemmt, und er fixierte Sam mit seinen knopfähnlichen Augen. Von der anderen Seite kam ein weiterer Pfleger mit ähnlicher Statur angerückt. Beide sahen eher wie Bodyguards oder Türsteher vor einem zwielichtigen Nachtclub aus als wie Pfleger einer psychiatrischen Anstalt.

»Ich habe Sie etwas gefragt.«

»Ich habe Doktor Willfurth gesucht und da ...« Weiter kam Sam nicht, denn er wurde mitten im Satz unterbrochen.

»Haben Sie das Schild an der Tür nicht gesehen? Unbefugten ist das Betreten verboten. Machen Sie, dass Sie hier rauskommen!«

»Erst wenn ich mit Doktor Willfurth gesprochen habe«, erwiderte Sam stur.

Der Pfleger packte ihn am Arm.

»Aber hallo, meine Herren, immer langsam!« Sam wurde jetzt lauter, was allerdings wenig Eindruck auf die beiden zu machen schien. »Ich bin von der Polizei und ermittle in einigen Mordfällen. Und diese Frau hier ... «, er zeigte auf den lebenden Schaukelstuhl hinter sich, konnte aber auch dieses Mal seinen Satz nicht zu Ende sprechen. Hinter sich hörte er eine vertraute Stimme.

»Herr O'Connor. Was machen Sie hier?« Doktor Willfurth kam auf die drei zu, und der Pfleger trat einen Schritt zurück.

»Doktor Willfurth, mir ist etwas eingefallen, worüber ich dringend mit Ihnen sprechen muss.«

Doktor Willfurth nickte den beiden Pflegern zu, die sich daraufhin zurückzogen. »Was kann ich für Sie tun, Herr O'Connor?«

»Erst einmal wollte ich mich bei Ihnen bedanken, dass Sie das mit der Beerdigung organisiert haben. Ich habe das alles nicht richtig wahrgenommen letzten Freitag, weil ...« Sam blieb das Wort im Halse stecken, und er schluckte die aufsteigende Traurigkeit herunter.

»Ich weiß«, erwiderte der Arzt, »das hat Sie alles sehr mitgenommen. Aber Sie sind doch sicher nicht nur hier, um sich zu bedanken?«

»Nein, ich habe eine Frage zu dieser Patientin hier. Können Sie mir sagen, was mit dem Kopf der Frau passiert ist?«

»Sie meinen, woran sie leidet? Nun ja, sie hat schwere Psychosen ...«

»Nein, ich meine die Narben auf dem Kopf«, unterbrach ihn Sam, »woher stammen sie?«

»Warum fragen Sie?«

Sam holte ein Foto aus seiner Tasche und hielt es dem Arzt hin.

»Ich bin einem Mörder auf der Spur, einem Psychopathen, der Frauen umbringt. Bevor er sie tötet, schneidet er ihnen die Haare ab.«

Der Arzt betrachtete stumm das Foto mit Gianna Lorenzos Leiche, sah Sam an und meinte dann: »Kommen Sie, gehen wir in mein Büro.«

Als sie das Büro betraten, forderte der Arzt Sam auf, sich zu setzen, und ging zu einem Aktenschrank. Er holte eine Mappe heraus und legte sie vor sich auf den Tisch.

»Sie wurde ungefähr vor einem Jahr bei uns eingeliefert. Bisher haben sich keine Verwandten, keine Bekannten, keine Freunde gemeldet. Und das, obwohl damals sogar ihr Bild in der Zeitung veröffentlicht wurde. Ich erinnere mich noch genau an die Nacht, in der sie hierhergebracht wurde. Ich hatte Dienst. Zwei Polizisten hatten sie gefunden, mitten auf der Straße. Es hatte geschneit, alles war vereist. Sie irrte da draußen in der Kälte herum, nackt und bis auf die Knochen abgemagert.«

Doktor Willfurth öffnete die Mappe und holte ein paar Fotos heraus, die er vor Sam auf den Tisch legte.

Sie zeigten ein hohlwangiges Gesicht, die Augen lagen dunkel und tief in den Höhlen, die Knochen standen unter der dünnen weißen Haut hervor, als wollten sie sich hindurchbohren. Auf dem kahlen Schädel sah Sam die rötlichen Striemen.

»Hier, sehen Sie, da waren die Narben noch leicht rötlich. Beinahe verheilt also.«

Sams Gehirn arbeitete plötzlich auf Hochtouren. Beinahe verheilt, das bedeutete, die Frau war damals nicht eben erst von dem Mörder geschoren worden, sondern hatte sich länger in seiner Gefangenschaft befunden – vorausgesetzt natürlich, dass sie überhaupt etwas mit den anderen Fällen zu tun hatte.

»Was meinen Sie, wie alt die Narben damals ungefähr waren?«

»Ein Jahr vielleicht? Aber ich bin kein Dermatologe, so genau kann ich Ihnen das nicht sagen. Doch der Fall wird noch interessanter: Die beiden Polizisten fanden sie mit einer Kette um den Hals und einem Ziegelstein in der Hand.«

»Was für eine Kette war das?«

»Eine Eisenkette. Wir mussten den dicken gusseisernen Ring mit Spezialwerkzeug öffnen lassen.«

»Und woher kam die Frau? Woher stammte der Ziegelstein?« Sams Gedanken überschlugen sich. Eine Eisenkette – das klang ganz nach dem Inquisitor. Sam sah den Arzt aufgeregt an, doch dieser schüttelte bedauernd den Kopf. »Das kann ich Ihnen leider nicht sagen. Das hier ist alles, was wir wissen.« Er schob Sam die Mappe über den Tisch.

Sam überflog den Bericht, den Doktor Willfurth über die Einlieferung der Frau verfasst hatte. Tatsächlich, sehr viel mehr, als er ihm eben erzählt hatte, stand nicht darin, nur dass man die Frau in einer Seitenstraße des Mittelwegs gefunden hatte.

»Eines verstehe ich nicht. Sie sagten, die Frau kam vor einem Jahr in die Klinik. Ist ihr Haar seitdem nicht nachgewachsen?«

»Nein, ist es nicht. Sie ist einfach kahl geblieben. Wir verstehen das auch nicht so ganz, vielleicht ist es eine extreme Schockreaktion.«

Sam nickte. Dann fragte er: »Haben Sie die Frau denn nicht gefragt, wo sie gewohnt hat?«

»Seit sie hier eingeliefert wurde, hat sie kein Wort gesprochen.«

»Aber sie redet doch die ganze Zeit.«

»Sie zitiert die Bibel, rauf und runter. Mehr ist aus ihr nicht herauszubekommen.«

Sam atmete tief durch. Die Bibel. Auch das würde passen. Dann sah er sich die anderen Fotos an. Auf einem war die Frau von hinten abgebildet.

»Was ist das hier?« Er zeigte auf rote Punkte, die ihren ganzen Rücken, ihr Gesäß und die Beine bedeckten. »Hatte sie einen Ausschlag?«

»Nein, das waren Blutgerinnsel. Woher sie stammten, konnten wir nicht feststellen. Es sah aus, als hätte sie auf einem Nadelkissen gelegen.«

»Die Punkte stammen von Nadeln?«

»Nun, das ist nur eine Vermutung, Herr O'Connor.«

Nadeln, das klang nach Folter – und nach einer Spur.

»Könnte sie gefoltert worden sein?«

Doktor Willfurth zuckte mit den Schultern. »Ich weiß es nicht. Alles ist möglich.«

»Was können Sie mir noch über die Frau sagen?«

»Sie hatte eine Schwangerschaft hinter sich, und zwar vor nicht allzu langer Zeit. Allerdings glaube ich nicht, dass sie das Kind ganz ausgetragen hat.«

»Wie meinen Sie das?«

»Nun, vielleicht eine Frühgeburt, vielleicht eine verspätete Abtreibung. Allerdings muss der Fötus schon eine gewisse Größe gehabt haben. Ich schätze, fünfter, sechster Monat.«

Sam sah den Arzt an, und sein Magen begann zu kribbeln. Eine Frühgeburt war ja keine Sünde. Eine ungewollte Schwangerschaft, die die Frau versucht hat, heimlich abzubrechen, dagegen schon. Sam strich sich mit beiden Händen die Haare zurück und dachte angestrengt nach. Wie konnte dieser Fall mit den anderen in Verbindung stehen? Die äußeren Merkmale deuteten auf ein und denselben Täter, und doch stimmte der Rest nicht. Der Mörder hatte immer kurzen Prozess mit seinen Opfern gemacht und sie nicht als Gefangene über einen längeren Zeitraum gehalten. Der Mörder musste demnach ein persönliches Verhältnis zum Opfer gehabt haben. War sie seine Frau, seine Freundin oder vielleicht seine Schwester? Jedenfalls stand fest, dass sie ihm entkommen war. Die Frage war, wie die einzig Überlebende Sam wieder zu ihrem Folterknecht führen konnte.

52

Lina erwachte von ihrem eigenen Stöhnen. Sie lag immer noch auf dem Bauch, ihr Rücken tat ihr langsam weh, und sie wünschte sich nichts mehr, als den Rücken durchzustrecken. Immer noch war es so dunkel, dass sie nur schemenhafte Umrisse wahrnehmen konnte. Der Stuhl stand noch an der gleichen Stelle. Aber da war noch etwas, etwas, das vorher nicht da gewesen war. Sie spürte die Präsenz eines Menschen im Raum. Ein Blick, der sich förmlich in sie hineinbohrte, sie nicht losließ. Sie versuchte sich so weit umzudrehen, wie es ihre Fußfesseln zuließen. Und tatsächlich: Direkt am Fußende stand jemand und sah auf sie herunter.

Sie wand sich und gab durch das Klebeband dumpfe Laute von sich. Die Gestalt kam auf sie zu, hielt ihren Kopf fest und riss das Band mit einem Ruck von ihrem Mund, sodass ihre Lippen heftig brannten. Doch der Schmerz ließ schnell nach, und endlich konnte sie wieder richtig atmen. Eine Hand streichelte ihr über den Kopf, ihre Wange, ihre Schultern, ihren Rücken, dann hörte sie ihn flüstern: »Ich liebe dich.«

Lina bekam eine Gänsehaut. Ihr war plötzlich klar, dass es kein Zufall war, dass sie hier war und keine andere Frau. Er liebte sie. Er kannte sie also. Und sie kannte vielleicht auch ihn. Bilder von Männern gingen ihr durch den Kopf. Er war vielleicht ein Gast aus dem Restaurant ihrer Mutter oder ein Patient. Vielleicht jemand, der ihr gar nicht aufgefallen war. Oder Doktor Ritter? An ihn hatte sie schon einmal gedacht, doch sie verwarf den Gedanken. Das war nicht seine Stimme, diese hier klang eher wie die von ... Nein, das konnte nicht sein. Sie hob den Kopf, um die Größe des Mannes abzuschätzen. Schwer zu sagen, denn er hockte neben dem Bett und lockerte gerade ihre Fesseln an den Beinen. Nun konnte sie sich endlich auf den Rücken legen. Er streichelte ihr über den Bauch und stand dann auf, ohne ein Wort zu sagen. Er war groß, mehr konnte sie in der Dunkelheit nicht erkennen, aber sie war sich jetzt fast sicher, dass er es war. Vor Erleichterung begann sie zu weinen. Er würde ihr nichts tun.

»Warum hast du nicht gesagt, dass du mich liebst? Hast du nicht gemerkt, dass ich die ganzen Jahre über auch in dich verliebt war?«

Der Mann schüttelte leicht den Kopf und ging dann zur Tür.

»Bitte geh nicht. Bleib bei mir.«

Aber er ging und schloss die Tür hinter sich. Dann hörte sie, wie ein Riegel vorgeschoben wurde und sich seine Schritte entfernten.

Lina war wieder allein in ihrer Gruft.

53

Pater Dominik saß in seinem Arbeitszimmer und starrte auf den Bildschirm seines Laptops. Er senkte den Kopf und rieb sich die Augen. Er fühlte sich wie ein alter Mann. Er hatte kaum geschlafen, seit die Polizei ihm gesagt hatte, dass Isabella tot war. Er machte sich große Vorwürfe. Er war an ihrem Tod schuld, genau wie am Tod der anderen Frauen. Er war ein schlechter Diener Gottes. Lange hatte er geglaubt, er sei berufen, er sei einer der Auserwählten. Er war davon überzeugt gewesen, er sei dazu bestimmt, die Menschen wieder auf den rechten Weg zu führen. Nicht umsonst, so hatte er gedacht, kamen die hohen Geister während der Sitzungen zu ihm, um ihn zu belehren. Doch nun wusste er nicht mehr, was er glauben sollte. Er fing an zu tippen, Buchstabe für Buchstabe, sie reihten sich aneinander, bildeten Worte und schließlich Sätze. Plötzlich stockte er. Sollte er es wirklich tun? Er beschloss, noch einmal darüber nachzudenken, und stand auf, um sich aus der Küche eine Suppe zu holen. Eine kleine Stärkung würde ihm sicherlich guttun.

Als er zurück in sein Arbeitszimmer gehen wollte, wäre ihm vor Schreck fast der Suppenteller aus der Hand gefallen. Im Vorraum auf einem der Stühle saß plötzlich ein Mann und sah ihn an. Wie war er hereingekommen? Das Pfarrhaus und die Kirche waren abgeschlossen – oder? Er dachte angestrengt nach. Doch, er war sich ziemlich sicher, dass er auch die Verbindungstür zur Kirche abgesperrt hatte.

»Schön, dich wiederzusehen.«

Pater Dominik sah ihn erstaunt an und versuchte das Gesicht einzuordnen. Seine Stirn legte sich angestrengt in Falten, aber er hatte keine Idee, woher er den Mann kennen sollte, der ihn so vertraut ansprach.

»Ist lange her, ich weiß.«

Dann fielen ihm die Augen auf. Eines war blau, das andere grün, fast wie seine.

»Tut mir leid, ich weiß nicht …«, sagte er stotternd. »Ich kann mich nicht an Sie erinnern.«

»Das enttäuscht mich. Ich hätte nicht gedacht, dass du dich so gar nicht an mich erinnerst. Du hast mich gelöscht wie eine beschissene Datei auf einer Festplatte.«

Die Augen des Fremden hatten sich zu kleinen Schlitzen verengt, das freundliche Gesicht war plötzlich zu einer hasserfüllten Fratze verzerrt. Doch nach einem kurzen Augenblick entspannten sich seine Gesichtszüge wieder, und er sprach mit übertrieben sanfter Stimme. »Natürlich mache ich dir keinen Vorwurf, du warst ja selbst noch ein Kind, als die Fotze und der Alte mich abgeschoben haben. Aber vielleicht kannst du mir ja helfen, Bruderherz. Weißt du, warum sie mich weggegeben haben und nicht dich, Simon?«

Simon? Seit Jahren hatte ihn keiner mehr bei seinem weltlichen Namen genannt. Und Bruderherz? Sein Bruder war doch tot, genau wie seine Schwester. Pater Dominik sah den Mann verwirrt an. »Ich weiß nicht, wovon Sie reden.«

Er dachte fieberhaft nach. An die Zeit vor seinem zehnten Geburtstag konnte er sich kaum erinnern, sie lag wie in dichtem Nebel. Vielleicht weil der Schmerz über den Verlust des kleinen Bruders zu groß gewesen war? Oder weil er ein schlechtes Gewissen hatte?

Er sah auf den Teller in seiner Hand. Er hatte ihn schräg gehalten, und vom Rand lief die Suppe auf den Boden. Plötzlich lichtete sich der Nebel, öffnete sich ein Loch wie auf einer beschlagenen Scheibe, in die man ein Guckloch wischt. Bilder blitzten in seinem Gedächtnis auf. Suppe, die vom Tisch auf den Boden lief. Das kleine Kindergesicht, das in den vollen Teller gedrückt wurde, bis es keine Luft mehr bekam. Geschrei. Die Schublade, die aufgerissen wurde. Der Kochlöffel. Eine knallende Tür. Die Schreie eines Kindes, die leiser wurden und schließlich verstummten.

Auf einmal riss der Nebel ganz auf. Er hatte sie beide nicht beschützen können, den kleinen Konstantin und seine Schwester.

Er lebte damals selbst in ständiger Angst vor dieser Frau, hatte seine unberechenbare Mutter gefürchtet wie sie. Eines Tages war Konstantin weg gewesen. Sie hatten ihm erzählt, er sei bei Tante Elisabeth untergebracht, aber er hatte ihnen nicht geglaubt. Für ihn hatte sie Konstantin totgeschlagen, so wie sie seine Schwester getötet hatte. Damals, als sie gestorben war, versuchten sie ihm einzureden, dass es ein Unfall gewesen war. Aber er hatte es mit eigenen Augen gesehen. Plötzlich sah er es wieder deutlich vor sich. Er kam aus der Küche und wollte in sein Kinderzimmer gehen, als er eigenartige Geräusche und das Fluchen seiner Mutter aus dem Bad hörte. Die Tür war angelehnt, sodass er genau sehen konnte, was sich dort drinnen abspielte. Immer wieder drückte sie den kleinen Kopf unter Wasser und schrie dabei: »Habe ich dir nicht gesagt, du sollst deine Haare nicht nass machen! Wann lernst du endlich, das zu tun, was ich dir sage, du blöde Göre?«

Er hatte im Flur gestanden, wie festgeklebt, war unfähig gewesen einzugreifen. Aus Angst. Und dann hatte sie aufgehört zu zappeln. Plötzlich hatte ihn sein Vater zur Seite gestoßen, war ins Badezimmer gelaufen und hatte seine tote Tochter aus dem Wasser gezogen. Den Blick seiner Mutter in diesem Moment würde er nie vergessen. Darin war kein Schmerz, kein Bedauern, keine Liebe zu sehen. Der Mord an seiner Schwester wurde als tragischer Unfall abgetan, und seine Mutter tyrannisierte die Familie weiter, bis man sie eines Tages erhängt auf dem Dachboden fand.

»Sie haben gesagt, du seist bei Tante Elisabeth, Konstantin.«

Ein bösartiges Lachen erfüllte den Raum. Er spuckte die Worte seinem Bruder entgegen, und seine Stimme war eiskalt: »Sie haben mich in ein Kloster gesperrt. Jahrelang. Ich musste dort putzen und die Alten im Hospiz pflegen. Jeden Tag habe ich gehofft, dass mein Vater, *unser* Vater, mich wieder abholt. Aber er kam nicht. Kannst du dir vorstellen, wie ich mich gefühlt habe?«

Doch er wartete gar nicht auf Pater Dominiks Antwort, sondern sprach weiter: »Nur durch einen Zufall kam ich nach Hamburg und schließlich tatsächlich zu Tante Elisabeth. Sie hatte die ganze Zeit vergeblich versucht, mich aus dem Kloster zu holen, aber sie haben nie auf ihre Briefe reagiert. Als ich zu ihr kam, war sie bereits krank. Ich habe sie die ganzen Jahre über gepflegt. Ich war ja darin geübt durch das Hospiz.«

Er lachte wieder schaurig. Dann schlug er mit der flachen Hand auf den Tisch. Es war wie eine Explosion, und Pater Dominik zuckte zusammen, sodass ein weiterer Schwall Suppe auf den Boden spritzte.

»Ich habe dich immer bewundert, als ich ein kleiner Junge war. Der große Bruder, der schon damals Priester werden wollte. Wir haben Gottesdienst gespielt, erinnerst du dich? Du warst der Pfarrer und ich der Messdiener. Du hast dein Ziel erreicht. Es überrascht dich vielleicht, aber ich bin auch ein Diener Gottes. Allerdings auf meine Art.«

»Das freut mich zu hören«, sagte Pater Dominik unsicher.

»Weißt du, es war Gottes Wille, dass ich dich gefunden habe, besser gesagt, meine Frau.«

»Du bist verheiratet?«, fragte Pater Dominik überrascht und hoffte dem Gespräch eine andere Wendung zu geben.

»Ja, aber reden wir nicht über sie, sondern über uns. Ich habe dich eine Weile beobachtet, wie du deine Gottesdienste abhieltest, wie du vergeblich versucht hast, die Bänke zu füllen, und du tatst mir leid. Doch dann fand ich den Grund dafür heraus. Du warst gar nicht das, was du vorgabst zu sein. Kein Diener Gottes, sondern ein Verräter. Einer, der mit Dämonen spricht und nicht mit Gott. Ich habe vergeblich versucht, den Verdacht auf dich zu lenken, doch die Ungläubigen halten zusammen. Jetzt sind Sie hinter mir her, als Dank dafür, dass ich die Seelen dieser Frauen gerettet habe.«

Konstantins Gesicht nahm einen verklärten Ausdruck an.

Pater Dominik wurde bleich. Er verstand plötzlich, und die Erkenntnis lief ihm wie ein Eissplitter den Rücken herunter. Er begann zu zittern.

»Du? Du hast die Frauen getötet?«

»Frauen nennst du sie? Sie alle hatten einen Pakt mit dem Teufel geschlossen. Aus ihnen haben die Dämonen gesprochen, und sie haben die Seelen ihrer Mitmenschen in Gefahr gebracht. Sie haben das Leben ihrer Mitmenschen auf die bösartigste und hinterlistigste Art und Weise manipuliert.«

Seine Stimme war voller Hass und Abscheu, als würde er über widerwärtiges Gewürm reden. Doch dann sprach er plötzlich in sanftem Tonfall weiter: »Ist dir nicht aufgefallen, Simon, dass die Menschen heute nicht mehr an Gott glauben? Sie bitten nicht *ihn* um Rat, sondern sie gehen zu Wahrsagern und Totenbeschwörern, hören auf Karten und Glaskugeln. Ihre Seelen sind verloren, und *ICH*… *ICH* schenke ihnen das ewige Himmelreich, indem *ICH* ihre Seelen wieder auf den rechten Pfad bringe.«

»Du tötest, Konstantin, damit begehst du eine der größten Sünden in den Augen Gottes.«

»Nicht, wenn man in seinem Auftrag handelt, Bruder. Er hat mich auserwählt. Denk nur an den Erzengel Michael, der den Teufel auf die Erde gestoßen hat. ›Und es wurde hinausgeworfen der große Drache, die alte Schlange, die da heißt: Teufel und Satan, der die ganze Welt verführt, und er wurde auf die Erde geworfen‹, so steht es in der Offenbarung. Michael hat den Teufel aus dem Himmel vertrieben, ich vertreibe ihn jetzt von der Erde.« Er lachte wieder.

Dann stand Konstantin auf und ging zur Tür, wo er seinen schwarzen Rucksack abgestellt hatte. Pater Dominik sah, wie ähnlich sie sich waren. Konstantin war genauso groß wie er, auch er war schlank und dunkelhaarig. Ja, sie waren unverkennbar Brüder. Konstantin kam mit dem Rucksack zurück und öffnete ihn langsam. Er holte einen Hammer und ein paar lange Nägel heraus und legte sie ordentlich wie Chirurgeninstrumente vor sich auf den Tisch, die Nägel parallel zueinander.

»Was hast du vor?«

»Ich möchte dir helfen. Dich von deiner Last befreien. Du hast dich schuldig gemacht, weil du als Gottes Diener die Heerschar der Häretiker anführst und hier, im Hause Gottes, satanische Sitzungen abhältst. Ich werde dich erlösen. Du wirst wie Jesus die Sünden der anderen auf dich nehmen und für sie sterben.«

Konstantin sah seinen Bruder, dem er seit Monaten auf Schritt und Tritt gefolgt war, lange an. Ja, er liebte ihn immer noch, seinen großen Bruder, auch wenn er gesündigt hatte und nun mit angstverzerrtem Gesicht vor ihm stand und nicht begriff, dass er ihm nur helfen wollte. Verstand er denn nicht, dass er seine Seele nur so retten konnte?

54

Sam saß vor der Frau und beobachtete, wie sie vor und zurück wippte, dabei lauschte er ihren Worten, die sie vor sich hinflüsterte. »... Seid so barmherzig wie euer Vater im Himmel. Richtet nicht über andere, dann werdet ihr auch nicht gerichtet werden. Verurteilt keinen Menschen, dann werdet auch ihr nicht verurteilt. Wenn ihr bereit seid, anderen zu vergeben, dann wird auch euch ...«

Sam drehte sich fragend zu Doktor Willfurth um.

»Sehen Sie mich nicht so an. Ich kann nicht mal einen Satz aus der Bibel auswendig aufsagen. Sie hingegen spricht die Verse rauf und runter, und das wortgetreu. Was anderes gibt sie nicht von sich, den ganzen Tag. Aber nur zu, versuchen Sie Ihr Glück! Ich bin gleich wieder da.«

Sam sah dem Arzt nach, der in einem Zimmer verschwand. Ein wenig unheimlich fand er die Situation schon. Er sah der Frau in die Augen – und sah nichts. Keine Regung, kein Leben. Man hat ihr den Verstand genommen, dachte Sam und sagte laut zu ihr: »Ich bin von der Polizei.«

Er kam sich albern vor, trotzdem sprach er weiter, laut und übertrieben deutlich, als hätte er es mit einer Schwerhörigen und nicht mit einer Geisteskranken zu tun. »Ich untersuche ein paar ... ach, verdammt. Wie heißen Sie?« Gut, dass ihn niemand bei seinen kläglichen Versuchen, ein Verhör zu führen, beobachtete.

»Was ist mit Ihnen passiert? Hat man Sie gefoltert? Eingesperrt? Reden Sie bitte mit mir! Vielleicht hängen von Ihren Antworten viele andere Leben ab.«

»Gib jedem, der dich um etwas bittet, und fordere nicht zurück, was man dir genommen hat…«, brabbelte die Frau weiter.

Sam kratzte sich am Kinn. Vielleicht war sie so an die altertümlichen Worte der Bibel gewöhnt, dass sie die moderne Sprache gar nicht mehr verstand? Sollte er versuchen, auf diese Art mit ihr zu sprechen?

Ihre Litanei ging ohne Pause weiter: »…und den Menschen Gutes tun. Ihr sollt ihnen helfen, ohne einen Dank oder eine Gegenleistung zu erwarten. Dann werdet ihr reich belohnt werden: Ihr werdet Kinder des höchsten Gottes sein. Denn auch er ist gütig zu Undankbaren und Bösen…«

Das Flüstern und dass sie überhaupt nicht auf ihn reagierte, machten ihn allmählich verrückt. Er überlegte, ob er sie anschreien oder schütteln sollte, um sie aus ihrem Gefasel zu reißen und in die Welt zurückzuholen. Er sah sich vorsichtig um und brüllte sie dann an: »Reden Sie mit mir, verdammt noch mal!«

Doch auch das half nicht. Keine Veränderung. Der gleiche tote Blick, das gleiche wahnsinnige Gewippe, das gleiche eintönige Geflüster. Sam merkte plötzlich, dass sein eigener Fuß ebenfalls wippte, und stellte ihn fest auf den Boden. Irgendwo fiel eine Tür ins Schloss, dann hörte er Schritte hinter sich, und Doktor Willfurth sagte: »Es ist aussichtslos. Glauben Sie mir, wir haben alles versucht, um sie zum Reden zu bringen.«

»Haben Sie ihr auch mal eine Ohrfeige verpasst?«

Doktor Willfurth sah ihn entrüstet an.

Sam verteidigte sich: »Wenn sie wirklich gefoltert wurde, würde das vielleicht die Erinnerung daran zurückbringen. Kann natürlich auch sein, dass sie dann anfängt, die Bibel rückwärts aufzusagen.«

»Herr O'Connor, das meinen Sie doch nicht im Ernst, oder? Gewalt ist keine Therapieform.«

»Nein, war nur ein Scherz. Beruhigen Sie sich!«

Sam stand auf und seufzte tief: »Es ist nur so frustrierend. Ich habe wirklich das Gefühl, dass sie uns weiterhelfen könnte, wenn man sie nur irgendwie dazu bringen könnte, sich zu erinnern und zu reden.«

Plötzlich hatte er eine Idee. Er holte sein Handy aus der Tasche, schaltete die Kamera ein, hielt die kleine Linse vor das Gesicht der Frau und drückte auf den Auslöser.

55

Die Tür öffnete sich, dann ging das Licht an. Lina kniff die Augen fest zusammen. Sie hatte so lange in der Dunkelheit gelegen, dass das plötzliche Licht sie fast blind machte. Sie öffnete die Augen vorsichtig, und da sah sie ihn. Sie erkannte, wer da an ihren Fußfesseln herumnestelte und sich anschließend neben sie setzte. Sie konnte es kaum glauben. Starr blieb sie liegen und versuchte zu verstehen.

»Es tut mir leid, dass ich dich hier so zurücklassen musste, aber ich hatte noch einiges zu erledigen. Jetzt habe ich alle Zeit der Welt. Nur für dich.« Er nahm ihr Handgelenk in die Hand und holte etwas aus seiner Hosentasche.

Lina brauchte nicht hinzusehen, sie konnte an dem Geklimper erkennen, dass es ihr Armband war, das er ihr umband. Ihre Erstarrung löste sich.

»Sagen Sie mal, ist bei Ihnen eine Schraube locker? Was fällt Ihnen ein, mich hier einzusperren?«, fragte sie zornig.

»Verstehst du denn nicht? Gott hat uns wieder zusammengeführt.«

»Was?« Ungläubig sah sie ihn an. »Das ist doch wohl nicht Ihr Ernst.«

»Dieses Mal wirst du unser Kind bekommen können, meine

Geliebte. Keiner wird uns davon abhalten, für immer vereint zu sein.«

Was für ein Kind? Lina erinnerte sich dunkel an die Rückführung von Herrn Lange. Es war grauenhaft gewesen, selbst Doktor Ritter war erschüttert gewesen. Eine junge Geliebte und eine grausame Ehefrau, das Kind, der Scheiterhaufen und dann die Flammen. Aber was hatte sie damit zu tun? Sie hatte das Ende der Sitzung, als Doktor Ritter gefragt hatte, wer Herrn Lange auch in seinem jetzigen Leben begleitete, nicht mitbekommen. Konnte es sein, dass …?

Plötzlich fingerte er an ihrer Bluse herum. Sie stieß seine Hand weg. »Was soll das?«

»Du bist Luise, meine Geliebte aus dem 17. Jahrhundert, weißt du das denn nicht? Eine jahrhundertlange Suche hat aufgehört. Es ergibt alles einen Sinn. Nun verstehe ich, warum ich nach Hamburg gekommen bin, warum ich diese Operation hatte. Gott hat uns wieder zusammengeführt.«

Lina begriff nun langsam. Sie war also die Frau, die auf dem Scheiterhaufen verbrannt worden war. Und dieser Spinner dachte, er könnte das Rad der Zeit einfach zurückdrehen? Wieder wie vor gut drei Jahrhunderten ihr Geliebter sein und mit ihr ein Kind zeugen? Sie sah ihn und schüttelte sich innerlich.

Sie musste hier raus. Nur wie? Sie sah sich in ihrem Gefängnis um. Zum ersten Mal sah sie bei Licht, wohin er sie gebracht hatte. Ihr Blick wanderte über die Mauern aus roten Klinkersteinen. Es gab kein Fenster, nicht einmal eine kleine Luke, durch die sie sich hätte zwängen können. Dann betrachtete sie den Stuhl in der Ecke genauer. Er war aus Holz und sah ziemlich eigenartig aus. Er war gespickt mit spitzen Dornen. So etwas hatte sie schon einmal gesehen, in einem Film über Hexenprozesse. Sie bekam Angst. Panisch sah sie sich um und entdeckte Eisenketten an der Wand und auf dem Fußboden vor ihrem Bett einen großen dunklen Fleck. Blut? Sie war sich nicht sicher, aber eines wusste sie nun mit Gewissheit: Das hier war ein Folterkeller, und Herr Lange war verrückt. Wahrscheinlich hatte er schon einmal irgendjemanden vor ihr hier eingesperrt. Wen? Und was war mit dieser Person passiert? Hatte sie fliehen können oder …?

Lina beschloss zu handeln.

»Okay, also wenn es so ist, wie du denkst, dann würde ich vorschlagen, du machst mich hier los, und wir heiraten. Wird ja langsam Zeit nach drei Jahrhunderten, oder? Aber vorher würde ich gerne etwas essen«, sagte sie sanft.

Er sah sie liebevoll an, dann näherte er sich ihr langsam. Sie wich zurück und befürchtete das Schlimmste, aber er gab ihr nur einen Kuss auf die Wange und stand dann auf.

»An wen hast du gedacht, als du gesagt hast, du wärst in mich verliebt?« Plötzlich war sein Ton schärfer.

Lina hatte an Pater Dominik gedacht. Er hatte die gleiche Statur wie Herr Lange, war ebenfalls groß und schlank und hatte, das erkannte sie jetzt, sogar fast die gleichen Augen. Was sollte sie sagen? Sie suchte nach Worten, nach einer Erklärung, doch er winkte ab.

»Ich weiß es auch so. Ja, Pater Dominik war wirklich ein überaus gut aussehender Mann. Ein Mann zum Verlieben, wenn er nicht das heilige Gelübde abgelegt hätte. Oder vielleicht fandest du ihn gerade deshalb so interessant? Er war so unerreichbar. Aber, meine Geliebte, er war der falsche Mann, und es war die falsche Zeit. Er wird uns jetzt nicht mehr im Wege stehen.«

Die Tür fiel ins Schloss, und der Riegel wurde wieder vorgeschoben. Dann herrschte Stille. Linas Kopf schwirrte. Woher wusste er, wer Pater Dominik war? In ihrem Inneren kannte sie die Antwort jedoch bereits, die verblüffende Ähnlichkeit sagte alles. Doch warum hatte er gesagt, er *war* ein gut aussehender Mann? Das Wort bohrte sich in ihren Kopf, sie hörte es immer wieder, als hätte eine Schallplatte einen Sprung und sei an einer Stelle hängen geblieben. War, war, war, war …

Nein, schrie sie lautlos. Bitte nicht!

56

Sam hatte noch von der Klinik aus bei Gina Geiger angerufen und sie gebeten, ihr die Telefonnummer von Yvonne Reimers zu geben, der Frau, die Irene Geiger kurz vor ihrem Verschwinden und ihrem grauenhaften Tod zusammen mit einer jungen Frau gesehen hatte. Vielleicht war die junge Frau ja die rätselhafte Patientin in der Klinik? Vielleicht waren sie und Irene Geiger zusammen verschleppt worden, und während der Mörder Frau Geiger gleich umgebracht hatte, hatte er die andere Frau am Leben gelassen. Er rief bei Yvonne Reimers an und bat sie, ihn in einem Café zu treffen.

Er war ein wenig zu früh, und so saß er in dem kleinen Café in Eppendorf und dachte über Lina nach, während er in seinem Espresso herumrührte. Er spürte, dass sie in Gefahr war, und seine Hilflosigkeit brachte ihn fast um den Verstand. Er hatte keine Ahnung, wo er ansetzen sollte. Nur eines wusste er: Lina war angeblich ein Medium. Und was das hieß, wollte er sich gar nicht ausmalen.

Aber wer war der Mörder? Inzwischen glaubte Sam nicht mehr, dass es Pater Dominik war. Natürlich, es sprachen einige Fakten gegen ihn. Der Junge aus dem Kloster hatte merkwürdige Augen, und auch Pater Dominik hatte sehr auffällige grünblaue Augen, wie Sam wieder eingefallen war. Außerdem hatte der Pater für keine der Mordnächte ein Alibi, die Bibeln stammten aus seiner Gemeinde, er war zum Exorzisten ausgebildet worden und war immer in der Stadt gewesen, in der die Morde passiert waren. Doch auf der anderen Seite hatte das Überwachungsteam vor der Kirche in Winterhude ihm gesagt, dass der Pater das Pfarrhaus seit Tagen nicht verlassen hatte. Er konnte Lina also nicht entführt haben.

»Sind Sie Sam O'Connor?«

Eine schlanke Frau, vielleicht Ende vierzig, in einem schwarzen knielangen Mantel, schwarzen Seidenstrümpfen und schwarzen hochhackigen Schuhen stand plötzlich vor ihm und riss ihn aus seinen düsteren Gedanken.

»Ja. Frau Reimers?«

Die Frau nickte, und Sam zeigte auf einen Stuhl neben sich. »Setzen Sie sich doch, bitte.«

Frau Reimers nahm, ohne den Mantel auszuziehen, Platz. Sie hatte bereits am Telefon gesagt, dass sie nicht viel Zeit hatte, und das demonstrierte sie nun in aller Deutlichkeit. Gut, dachte Sam, dann machen wir das eben im Schnelldurchlauf. Er zeigte ihr das Foto in seinem Handy.

»Kennen Sie diese Frau? Ist das die Frau, mit der Sie Irene Geiger gesehen haben?«

Yvonne Reimers nahm das Handy in ihre Hand und strich sich mit der anderen eine dunkelblonde Haarsträhne aus dem Gesicht. Sie betrachtete eine Weile das Foto und schüttelte dann langsam den Kopf.

»Nein, ich glaube nicht. Die Frau war jung, schlank und hatte blonde lange Haare, mehr konnte ich nicht erkennen. Ich kann mich an ihr Gesicht nicht erinnern. Es tut mir leid.«

Sams Theorie, dass es zwischen der Frau in der Klinik und den Morden einen Zusammenhang gab, geriet ins Wanken. Er seufzte resigniert, bezahlte seinen Espresso, bedankte sich bei Frau Reimers und trat dann auf die Straße. Aber es musste eine Verbindung zwischen der Frau und den Morden geben! Die Bibelzitate, ihr kahl geschorener Kopf, das konnte kein Zufall sein. Oder klammerte er sich nur so fest daran, weil es die einzige Spur war, die er hatte?

Was sollte er jetzt tun? Sam entschied, dass er als Erstes ins Büro fahren würde. Vielleicht war Juri inzwischen schon aus Bayern zurückgekehrt. Er ging zu seinem Auto. In seinem Kopf schwirrten Gedankenbruchstücke umher. Man hatte die Frau aus der Klinik vor etwa einem Jahr gefunden. Wie lange war sie in Gefangenschaft gewesen, um ihren Verstand völlig zu verlieren? Einen Monat, zwei, drei oder vier? Oder vielleicht ein ganzes Jahr? War sie der Auslöser für die Morde? Dann dachte er wieder an Lina. Wer hatte sie entführt? Sie hatte ihm offenbar die Tür geöffnet. Hieß das, dass sie ihn kannte? Wo hatte sie ihn kennengelernt? Bei einem Speed-Dating, im Restaurant ihrer Mutter oder in einer der beiden Praxen, in denen sie arbeitete? Oder irgendwann auf der Straße oder in der U-Bahn? Es gab tausend Möglichkeiten. Aber immer wieder drängte sich ein Gedanke dazwischen. Lina war ein Medium, und sie war an dem einen Abend, als Isabella Longi umgebracht wurde, auch bei der Sitzung dabei gewesen.

Als er im Polizeipräsidium ankam, gab er einem Beamten die Liste mit den Hamburger Autokennzeichen zur Überprüfung und schickte den Plastikbeutel mit dem Lappen aus Linas Mülleimer ins Labor. Er glaubte zwar nicht, dass dabei irgendetwas herauskommen würde, aber er wollte nichts unversucht lassen.

Juri war bereits in dem kleinen Büro. Er saß direkt unter der nackten Glühbirne. In dem hellen Licht sahen seine blonden Haare noch blonder aus als sonst. Die Füße auf den Tisch gelegt, die Arme vor der Brust verschränkt, saß er am Tisch – und schnarchte.

Sam schlug mit der flachen Hand auf den Tisch. Der Knall ließ Juri aus dem Schlaf hochschrecken. Wie ein Soldat sprang er auf und stand kerzengerade vor Sam. »O *shit*, tut mir leid, ich …«

»Schon gut, beruhige dich wieder. Hast du denn gar nicht geschlafen?«

Juris Grinsen reichte von einem Ohrläppchen zum anderen. »Zwischendurch.«

Sam nickte nur. Warum hatte er auch gefragt? Heute war er noch weniger als sonst in der Stimmung für einen detaillierten Bericht über eine grandiose Sexnacht. Es erinnerte ihn nur an Lina und ihre gemeinsame Nacht.

Juri schien zu verstehen und erzählte stattdessen, dass vorher Schwester Maria angerufen hatte. Sie hatte, wie versprochen, im Keller nach Schwester Augustinas Akte gesucht, dort war aber bedauerlicherweise der weltliche Name der Schwester mit einem schwarzen Balken unkenntlich gemacht. Schwester Maria glaubte, dass die ehemalige Mutter Oberin in ihrem neuen Leben als Nonne ihren weltlichen Namen und ihre Vergangenheit ganz habe auslöschen wollen. Sie meinte, das sei kein Einzelfall, und erzählte, dass viele Nonnen und Mönche radikal mit ihrer Familie, ihren Freunden, ihrem Vorleben brachen und sich ganz der Ordensgemeinschaft hingaben. Immerhin hatte sie Juri den Namen des Klosters gegeben, in dem Schwester Augustina ihr Gelübde abgelegt hatte. Juri hatte dort bereits angerufen und wartete nun auf weitere Informationen.

Sam hörte aufmerksam zu. Vielleicht hatten sie bald eine zweite Spur: den richtigen Namen der Nonne. Dann informierte er Juri ausführlich über den Stand der Dinge und hoffte, dass er ihm trotz seines Schlafmangels folgen konnte.

»Du meinst also wirklich, dass diese Frau in der Klinik etwas mit unseren Fällen zu tun hat?« Juri rieb sich die Augen und sah sich das Foto auf Sams Handy an.

»Die Narben auf dem Kopf, das würde doch zu unserem Psychopathen passen. Und meinst du, es ist purer Zufall, dass sie die Bibel rauf und runter kann? Ich nicht. Ich vermute, dass sie der Auslöser von allem ist.«

Sam war aufgestanden und ging in dem kleinen Büro auf und ab. »Überleg doch mal ... Stell dir vor, dass dieser Pater Paul aus dem Hospiz sich einen Nachfolger herangezüchtet hat. Diesen Jungen. Er tötet als Jugendlicher Schwester Augustina. Dann passiert jahrelang nichts. Etwa zehn Jahre ist Ruhe. Und dann begeht er plötzlich den zweiten Mord. Deshalb rede ich von einem Auslöser, verstehst du? Irgendetwas ist passiert. Nur was?«

Sam setzte sich wieder auf einen Stuhl, streckte den Rücken durch und wartete auf einen Kommentar von Juri.

»Nehmen wir mal an, du hast recht. Aber warum hat er gerade

die Frau aus der Klinik so lange am Leben gelassen und die anderen sofort getötet?«

»Vielleicht aus persönlichen Gründen? Ich hatte überlegt, ob er vielleicht mit ihr verwandt ist. Denn es gibt da noch einen Punkt. Die Schwangerschaft. Der Arzt sagte, sie hat das Kind wohl nicht ganz ausgetragen. Könnte es sein, dass er das ungeborene Kind verschonen wollte und sie deshalb erst einmal nur eingesperrt hat? Und dann ist da noch was. Man hat sie in einer Seitenstraße vom Mittelweg in Pöseldorf gefunden. Was sagt dir das?«

Juri kratzte sich am Kopf, dann sagte er, offenbar stolz auf seine kluge Überlegung: »Sie hat sich befreit und ist ihrem Henker entkommen.«

»Wirklich? Danke für diesen äußerst scharfsinnigen Hinweis, Juri. Nein, etwas anderes ist entscheidend. Wo fand der erste Mord statt?«

»In diesem Innocentiapark in Pöseldorf.«

»Genau.« Sam holte einen Stadtplan aus dem Regal und zeigte Juri die beiden Orte. Sie lagen nur einige Hundert Meter voneinander entfernt.

»Ich denke, irgendwo dazwischen wohnt unser Mörder.« Sams Finger kreiste über dem Stadtteil Pöseldorf.

»Was war das noch mal mit diesen Blutgerinnseln auf ihrem Rücken?«, fragte Juri nach einer kurzen Pause.

»Keine Ahnung. Der Arzt sagte, sie sah aus, als hätte sie auf einem Nadelkissen gelegen.«

»Oder sie hat auf einem Stuhl gesessen«, sagte Juri langsam. »Der Stuhl mit den Dornen, Sam! Der, den Professor Patzold erwähnt hatte.«

Sam nickte und sagte leise: »Ja, stimmt. Er hat sie gefoltert, aber am Leben gelassen, sie nicht verbrannt, dafür aber in den Wahnsinn getrieben. Eine andere Art der Bestrafung. Sie war keine Fremde für ihn wie die anderen.«

»Vielleicht hat er sie geliebt«, meinte Juri unsicher, denn eigentlich hielt er es für mehr als abwegig, dass so ein Monster andere lieben konnte.

Es klopfte an der Tür, und eine junge Beamtin reichte Sam die Liste mit den Autokennzeichen und den dazugehörigen Namen. Sam bedankte sich und überflog die Liste. Sie umfasste zwölf Namen. Er las laut vor: »Helmut Karjan, Patzold, unser Professor, Sigmar Held, Willy Koller, Anneliese Mundschenk, Elisabeth Lange, Peter Wilms, Doris Schildmann, Isolde Schmidt, Dagmar Kerner, Detlef Holz, Karl-Heinz Mann.«

»Sieben Männer, fünf Frauen. Die Namen sagen mir, bis auf den Professor, alle nichts. Sollen wir die Leute überprüfen? Die Frauen können wir ja ausschließen, oder?«, fragte Juri.

»Ja, eigentlich schon. Ich glaube kaum, dass eine Frau einer anderen so etwas antut. Ganz abgesehen davon, wurden die Opfer ja meistens ziemlich weit getragen. Dafür hätte eine Frau nicht die Kraft. Also, überprüf bitte die Adressen der Männer, ihre Konten, ihren Familienstand und was du noch so findest. Ich fahre noch mal zu unserem Pater. Ach ja, übrigens ist Lina verschwunden.« Er versuchte, es so beiläufig wie möglich zu sagen.

»Welche Lina?« Juri sah Sam an, der jedoch konzentriert auf die Liste guckte und jeglichen Augenkontakt vermied. »Du meinst die Lina? Woher weißt du das denn? Bist du deshalb Hals über Kopf zurück nach Hamburg gedüst?«

Sam tat, als hätte er die Fragen nicht gehört. »Sie ist seit Samstagmorgen spurlos verschwunden. Sie hat sich nicht bei ihrer Mutter gemeldet und hat ihre Wohnung offenbar ziemlich überstürzt verlassen. Ich war vorher kurz da.«

Juri sah Sam ernst an. »Meinst du, sie hat etwas mit ... Ich meine, Pater Dominik hat gesagt, sie sei ein Medium. Ich will ja nicht den Teufel an die Wand malen, aber ... was willst du jetzt machen? Du kannst dich nicht um einen Vermisstenfall und unseren Fall gleichzeitig kümmern.«

»Es sei denn, sie gehören zusammen.« Juris Worte machten Sam nur mehr als deutlich, dass seine Vermutung gar nicht so abwegig war, dass Linas Entführer und ihr Mörder ein und dieselbe Person sein könnten.

Sam stand auf und verließ das Büro. Er wollte Pater Dominik das Foto von der Frau aus der Klinik zeigen. Vielleicht erkannte der Priester ja eines seiner verlorenen Schäfchen wieder? Während er zu seinem Auto ging, rief er bei der Auskunft an. Dort ließ er sich Doktor Ritters Nummer geben. Vielleicht war sie ja heute Morgen ganz normal zur Arbeit gegangen, und es gab für alles eine Erklärung? Doch in der Praxis sprang nur ein Anrufbeantworter an, und Sam legte auf, bevor die Ansage zu Ende war.

57

Das Kirchenportal war geschlossen. Sam rüttelte an der Tür, doch nichts tat sich. Daher ging er um die Kirche zum Pfarrhaus, klingelte dort ein paarmal und wartete. Alles war still. Nur der Wind war zu hören.

Sam drückte die eiserne Türklinke nach unten und war überrascht: Es war offen. Er ging hinein und rief die Treppe hinauf: »Hallo, Pater Dominik?«

Keine Antwort. Dann ging er zu der kleinen Tür, die in die Kirche führte, öffnete sie und betrat die Kirche. Alles lag im Dunkeln. Plötzlich hatte er ein Déjà-vu. In einer ähnlichen Situation war er vor ein paar Jahren schon einmal gewesen. Es war einer seiner ersten Fälle, sie hatten gegen einen Pädophilen ermittelt, und dann war ein kleiner Junge verschwunden. Er hatte in einer Kirche gestanden, so wie jetzt, und hatte gerufen. Wie heute hatte er keine Antwort erhalten, und dann hatte er auf einmal den Priester gesehen und den kleinen Jungen, mit dem Kopf unter der Soutane. Er würde das Bild nie vergessen. In diesem Moment hatte er den letzten Respekt vor der Kirche und ihren Dienern verloren. Seitdem hasste er ihre Scheinheiligkeit, ihre Überheblichkeit, normale Menschen mit Fehlern und Trieben als Vertreter Gottes hinzustellen, als Gottes Diener, die angeblich allem entsagt hatten. Eine große Lüge, eine einzige Heuchelei.

Er ging zurück ins Pfarrhaus und stieg langsam die Treppe hinauf. »Pater Dominik? Ich muss mit Ihnen reden«, rief er laut, um dem Priester wenigstens die Chance zu geben, seine Hose hochzuziehen und ein paar Schritte von dem kleinen Ministranten zurückzutreten. Wieder keine Antwort. Die Stille war unheimlich, und Sam ging nun schneller die Stufen hinauf. Der Vorraum war leer, nur auf dem Boden hatte jemand etwas ausgekippt und nicht weggewischt. Auch in dem Zimmer dahinter, offenbar das Arbeitszimmer des Paters, war niemand zu sehen. Noch bevor er die Tür zum Schlafzimmer öffnete, wusste er, dass hier etwas Schreckliches passiert war.

Pater Dominik hing nackt über seinem Bett an der Wand. Seine Arme waren ausgebreitet, als sei er bereit für eine Umarmung. Die Nägel waren nicht nur in die Innenfläche der Hände und in die Füße getrieben, sondern in den ganzen Körper, vermutlich damit er nicht von der Wand fiel. Nicht einmal die Augen waren verschont geblieben, Blut tropfte wie Tränen aus ihnen. Ein Stück schwarzer Stoff war ihm um die Hüften geschlungen. Sam sah sich um und entdeckte eine zerfetzte Soutane. Sollte das ein Zeichen sein? Schwarz als Zeichen der Dunkelheit, ein Symbol für die Dämonen? Oder sollte die zerrissene Soutane zeigen, dass der Pater ein Ketzer war? Fest stand: Hier endete abermals eine Spur. Sam schluckte schwer und ging in das Arbeitszimmer des Pfarrers, um zu sehen, ob er dort irgendetwas fand, was auf den Mörder hinwies.

Auf dem Schreibtisch stand ein aufgeklappter Laptop. Sieh an, dachte Sam, selbst die Kirche geht mit der Zeit. Der Bildschirm war schwarz, doch als er vorsichtig die Maus berührte, sah er ein Dokument. Einen Brief an das Bischofsamt mit dem fetten Betreff »Austritt«.

Pater Dominik hatte aus der Kirche austreten wollen. Aber warum? Hatte er sich schuldig gefühlt nach dem Tod von Isabella Longi, seinem Medium? Konnte er seine spiritistischen Sitzungen nicht mehr mit seinem Amt vereinbaren? Diese Antworten konnte ihm der Pater nun nicht mehr geben.

Sam überfiel plötzlich eine lähmende Müdigkeit. Er benachrichtigte Juri über den Tod von Pater Dominik, bat ihn, mit ein paar Männern ins Pfarrhaus zu kommen, und ging hinaus in den kleinen Garten vor der Kirche. Die Gedanken in seinem Kopf versanken wie in Treibsand, sie führten zu nichts, verschwanden in einem Strudel. Auf einmal gesellte sich zu der Müdigkeit eine unendliche Trauer. Zum ersten Mal seit Lilys Tod weinte er um sie. Um sie und um Argault, um Lina und sogar um Pater Dominik, dessen unwürdiges Ende er nicht hatte verhindern können. Er hatte den sanften Pfarrer am Ende fast gemocht. Er hatte seine Wut auf die Kirche geduldig hingenommen, ohne ihn dafür anzuklagen, ohne ihm mit Phrasen zu kommen. Sam fand, dass der Pater seines Amtes würdig gewesen war.

58

Ihr Magen knurrte laut. Wollte er sie hier verhungern lassen? Was erwartete er von ihr? Vielleicht war sie als Luise im 17. Jahrhundert dünner gewesen, und er setzte sie auf Diät, damit sie ihr, zumindest äußerlich, ähnlicher wurde, überlegte Lina sarkastisch. Dann fiel ihr Blick wieder auf den Fleck. Er ließ ihr keine Ruhe. Sie hatte ihn vorher so lange angestarrt, dass das Schwarz fast rot geworden war, rot wie Blut. Ja, sie war sich inzwischen fast sicher, dass es sich um getrocknetes Blut handelte. Sie bildete sich sogar ein, den metallischen Geruch riechen zu können.

Sie zog an ihren Fesseln, ihre Gelenke taten weh. Nachdenklich betrachtete sie das Bett. Ob man das Gestell wohl auseinandernehmen konnte? Dann könnte sie sich befreien, könnte sich zumindest im Raum bewegen. In Gedanken sprach sie mit ihrem Vater und ihren Engeln. Konnten sie ihr nicht helfen? Aber um ihre Antworten zu verstehen, brauchte sie einen Zettel und einen Stift, dann könnten sie ihr wie neulich in der Praxis Botschaften übermitteln.

Da hörte sie Schritte. Der Riegel wurde beiseitegeschoben. Vielleicht würde sie nun endlich etwas zu essen bekommen?

Er stand in der Tür und sah sie an. Sein Gesicht war so ausdruckslos, dass sie nicht einmal ahnen konnte, was er dachte.

»Pass auf, ich habe ein krankes Herz, und wenn ich nicht bald etwas zu essen bekomme, bleibt es vielleicht stehen. Das willst du doch nicht, oder? Außerdem ist es hier unten nicht gerade gemütlich, ich habe ziemlich Angst alleine. Vor allem frage ich mich, was das für ein Fleck ist, der macht mich ganz verrückt.« Lina versuchte, ihn irgendwie zu erreichen, eine Reaktion bei ihm auszulösen.

Er sah stumm auf den Fleck und setzte sich dann zu ihr aufs Bett. Lina rückte von ihm ab und rutschte fröstelnd näher an die kalte Steinmauer.

»Sie wollte unser Kind töten, weil es angeblich einen genetischen Fehler hatte. Ja, abtreiben wollte sie es. Einfach so«, sagte er leise.

Lina war überrascht, wie traurig seine Stimme klang. Beinahe hätte sie ihn in den Arm genommen, um ihn zu trösten, doch dann fiel ihr Blick auf ihre Fesseln und ließ sie das Gefühl sofort wieder vergessen.

»Wie kam sie darauf? Hat ihr ein Arzt das gesagt?«

»Nein. Sie war bei einer Wahrsagerin.«

»Aber wie kann eine Wahrsagerin ...?«

Er war aufgestanden und ging über den Fleck. »Genau hier endete das Leben meines Kindes. Ich habe sie hier eingesperrt, um mein ungeborenes Kind zu retten. Aber das Miststück hat es verloren.« Sein eben noch trauriges Gesicht verzog sich zu einem bösartigen Grinsen. »Und sie hat dafür bezahlt, genauso wie die andere Hexe.«

»Welche andere Hexe?«

»Die, die mir mein Kind genommen hat, mit ihren teuflischen Karten.« Er hatte die letzten Worte herausgeschrien und sah sie hasserfüllt an.

Lina bekam eine Gänsehaut, sie fürchtete sich vor seinem Blick.

»Durch diese Frauen sprechen die Dämonen. Sie manipulieren

das Leben anderer mit ihren Lügen. Sie erzählen vom Tod, von der großen Liebe, von Geldboten, die nie kommen, von Krankheiten, die nie ausbrechen. Diese Weiber sind ein Instrument des Teufels. Durch sie spielt er seine Spielchen mit den Menschen. Und sie saugen alles auf, klammern sich an jeden Zipfel Hoffnung. Hoffnung auf eine Veränderung in ihrem kleinen, nichtssagenden Leben auf dieser trostlosen Welt. Das Weib ist zu schwach, um Satan standzuhalten, und damit reißt es alles um sich herum mit ins Unglück. Das Weib ist der Anfang allen Übels. Es glaubt an Satan und nicht an Gott.«

Dieser Mann war zweifelsohne wahnsinnig, das war Lina nun endgültig klar. Sie sah wieder zu dem dunklen Fleck auf dem Boden und fragte vorsichtig: »Und wo ist deine Frau jetzt?«

Doch sie erhielt keine Antwort. Wahrscheinlich war sie tot, verendet in diesem Kerker, auf dieser Matratze, auf der sie gerade lag. Vielleicht würde auch sie hier sterben. Sie fühlte einen dumpfen Druck auf der Brust, der ihr plötzlich das Atmen schwer machte.

»Ich habe über uns nachgedacht, Lina, ich denke, wir sollten gemeinsam diese Hölle hier verlassen ...«

Ein Hoffnungsschimmer! Kam er doch zur Vernunft? Sie atmete tief durch, doch sie bekam kaum noch Luft. Was war das? Bekam sie einen Kollaps?

»... und zusammen ins Paradies gehen«, fuhr er leise fort. Seine Stimme war sanft und traurig.

Was redete er da? Wollte er etwa mit ihr zusammen sterben?

»Aber ich dachte, du willst ein Kind mit mir ...«

»Planänderung«, sagte er trocken und sah sie ausdruckslos mit kalten Augen an.

Lina bekam Panik. Auf einmal durchbohrte sie ein dumpfer Schmerz. Übelkeit stieg in ihr auf. Sie musste mit ihrem Vater und ihren Schutzengeln reden. Sie brauchte ihre Hilfe. Aber dazu musste sie ein Blatt Papier und einen Stift haben. Fieberhaft dachte sie nach, dann hatte sie eine Idee, aber ob es klappen würde?

»Na schön, aber ich möchte einen Brief an meine Mutter schreiben. Bitte! Dann gehe ich mit dir, wohin du willst.« Sie legte ihre Hand auf seinen Arm. Ich muss Zeit schinden, dachte sie, wer weiß, vielleicht hatte ich neulich nur Glück, und diesmal hören mich meine Schutzengel gar nicht. Wenn sie ihn nur noch etwas aufhalten konnte, vielleicht würde man sie noch rechtzeitig finden. Sie hatte zwar keine Ahnung, was heute für ein Tag war und wie lange sie schon hier war, aber ihre Mutter musste doch inzwischen gemerkt haben, dass etwas nicht stimmte. Sie war am Samstag nicht ins Restaurant gekommen, war – wenn denn die neue Woche schon angefangen hatte – nicht zur Arbeit erschienen und hatte den Arzttermin sausen lassen. Sie mussten sie doch suchen.

Als hätte er ihre Gedanken gelesen und amüsiere sich köstlich über ihre Hilflosigkeit, huschte ein Lächeln über sein Gesicht, dann verschwand er.

Lina brach kalter Schweiß aus. Der Schmerz wurde schlimmer, und sie krümmte sich auf der Matratze.

59

Sam stand vor der Praxistür von Doktor Ritter und klingelte Sturm. Wo blieb der Mann nur? Da öffnete sich die Tür, und der Therapeut stand vor ihm.

»Haben Sie einen Termin, Herr …?«

Sam stellte sich vor und fragte nach Lina. Natürlich war sie heute Morgen nicht in der Praxis erschienen. Seine letzte Hoffnung zerstob. In knappen Worten schilderte er, dass Lina seit Samstag verschwunden war.

Doktor Ritter sah ihn überrascht an. »Wie meinen Sie das, sie ist verschwunden?«

»So, wie ich es sage. Sie ist einfach weg. Hat sie vielleicht Ihnen gegenüber irgendetwas erwähnt, dass sie jemand verfolgt hat oder etwas in der Richtung?«

»Nein. Wir sprechen eigentlich nur über die Arbeit.«

Das wunderte Sam nicht. Der Therapeut wirkte auf ihn sehr unnahbar, und er konnte sich gut vorstellen, dass Lina ihm nichts Persönliches anvertraute.

»Doktor Ritter, ich habe noch ein anderes Anliegen. Lina hat mir erzählt, dass Sie Hypnosetherapien machen. Es gibt da eine Frau, ich würde Sie bitten, sie zu hypnotisieren. Allerdings ist der Fall recht kompliziert.«

»Wie meinen Sie das, recht kompliziert?«

»Nun, wie soll ich sagen? Sie ist nicht ansprechbar. Aber sie ist vielleicht eine wichtige Zeugin, sie könnte uns etwas über einen Mörder sagen, der bereits fünf Frauen getötet hat und der jetzt vielleicht Lina verschleppt hat. Die Patientin selbst war, das vermute ich jedenfalls, auch eines seiner Opfer, und deshalb brauchen wir dringend ihre Aussage.«

»Ich verstehe Sie immer noch nicht.«

»Die Frau ist geistesgestört.«

Doktor Ritter kaute auf seiner Lippe. Dann wandte er sich ab und verschwand in einem Zimmer. Sam blieb unschlüssig in der Tür stehen, entschied sich dann aber, die Praxis zu betreten und dem Therapeuten zu folgen. Als er in den Raum kam, in den Doktor Ritter gegangen war, sah er ihn vor einem Bücherregal stehen und nachdenklich die Buchrücken betrachten. Dann zog der Therapeut ein Buch heraus und setzte sich hinter seinen Schreibtisch. Er sah kurz auf und zeigte auf den Stuhl vor dem Schreibtisch. »Setzen Sie sich doch. Haben Sie schon einmal etwas von Charcot gehört?«

»Charcot? Nein. Wer soll das sein?«

»Nun, Jean-Martin Charcot war Oberarzt an einer Heilanstalt in Paris.«

»War?«

»Na ja, er hat im 19. Jahrhundert gelebt.«

Sam zog die Augenbraue hoch. Er verstand nicht, was ein französischer Arzt, der noch dazu tot war, mit der Frau in der Klinik zu tun hatte.

»Nun, man kann Menschen, die nicht bei klarem Verstand sind, nicht hypnotisieren. Wie soll das gehen? Wenn sie mich nicht verstehen, können sie meinen Worten auch nicht folgen und sich hypnotisieren lassen, oder?«

Der Therapeut hatte das Buch inzwischen ganz hinten aufgeschlagen, sein Finger fuhr über das Verzeichnis und blieb schließlich an einer Stelle stehen. Dann murmelte er etwas Unverständliches und blätterte schnell nach vorne.

»Ja, aber die Frau war vorher vermutlich normal, zumindest gehe ich davon aus«, warf Sam ein.

»Entscheidend ist ihr jetziger Zustand, Herr O'Connor.«

Sam merkte, wie er in sich zusammenfiel wie ein Kartenhaus, aus dem jemand eine der untersten Karten herausgezogen hatte.

»Gibt es denn keine Möglichkeit?«, fragte er mit fast schon verzweifelter Stimme.

»Doch, das wollte ich Ihnen gerade erklären. Ich suche es nur ... Ah, hier steht es: Charcot nutzte den Schreck zur Einleitung der Hypnose. Ein plötzlich aufflammendes Licht, eine Explosion, einen lauten Gong. Die erschreckten Geisteskranken fielen so in einen hypnotischen Zustand.«

Also gab es doch noch eine Möglichkeit. Sam schöpfte wieder Hoffnung.

»Versuchen Sie es, bitte. Sie könnten uns damit einen riesigen Schritt weiterbringen und vielleicht auch Lina helfen.«

»Na schön. Aber versprechen kann ich nichts.«

»Kommen Sie«, meinte Sam und erhob sich, »wir haben keine Zeit zu verlieren.«

Zusammen verließen sie die Praxis und fuhren mit Sams Auto in Richtung Ochsenzoll. Der Therapeut saß auf dem Beifahrersitz, er schwieg und starrte gedankenverloren aus dem Fenster. Plötzlich fing er an zu sprechen: »Mir ist gerade etwas eingefallen. Ich hatte letzten Freitag einen Patienten ...«

Er zögerte einen Moment und fuhr dann fort: »... eigentlich unterliege ich als Therapeut ja der Schweigepflicht, aber es war schon etwas eigenartig.« Wieder hielt er inne, und Sam tippte mit den Fingern ungeduldig auf das Lenkrad.

Doktor Ritter atmete tief durch und sagte dann: »Es ist mir etwas unangenehm. Ich hatte ihn mehr oder weniger gegen seinen Willen hypnotisiert. Im Nachhinein hatte ich ein schlechtes Gewissen, aber ich wusste mir nicht anders zu helfen. Der Mann war so verspannt, so voller Angst. Jedenfalls erzählte er unter Hypnose von seiner Geliebten in seinem vorherigen Leben. Es war Frau Lopez, also Lina, und …«

»Wie meinen Sie das, es war Lina?«, fragte Sam verständnislos.

»Oft begegnen wir in unserem jetzigen Leben Personen, mit denen wir schon früher einmal verbunden waren. Und er war Lina schon einmal begegnet, im 17. Jahrhundert. Sie war seine Geliebte gewesen.«

»Wie heißt der Mann?«

»Lange, Konstantin Lange.«

Lange, so hatte auch einer der Namen auf der Liste mit den Hamburger Autokennzeichen gelautet. Sams Herz begann zu rasen. War es das? Der entscheidende Hinweis? Er rief Juri an.

»Das war ja eine schöne Sauerei, die wir da beseitigen mussten!« Juris genervte Stimme drang über die Freisprechanlage ins Auto.

»Wovon sprichst du?«

»Hast du schon mal Nägel aus einem menschlichen Körper gezogen? Es war ekelhaft.«

»Na, das hast du ja wohl nicht persönlich machen müssen.«

»Ich habe zugesehen. Das reichte schon. Du kannst dir nicht vorstellen …«

Sam unterbrach Juri. »Nein, ich kann's mir nicht vorstellen. Juri, hör zu, da war eine Frau auf der Liste. Mit Nachnamen heißt sie Lange.«

»Du hast doch gesagt, dass wir die Frauen nicht …«

»Ich weiß, aber überprüf den Namen bitte trotzdem. Und ruf mich sofort an, wenn du etwas herausfindest.«

Keine fünf Minuten später rief Juri zurück.

»Elisabeth Lange, einundsechzig Jahre alt, wohnhaft in der Abteistraße 7 in Pöseldorf. Aber sie wird wohl kaum als Täter infrage kommen, oder?«

Sams Gehirn arbeitete fieberhaft. War der Nachname purer Zufall, oder war es die Verwandte, bei der der Mörder lebte, wie er das Profil des Täters beschrieben hatte. »Was sagt das Bankkonto? Bei welcher Filiale ist sie? Was geht vom Konto ab? Wer hat noch Zugang zu ihrem Geld? Kümmere dich sofort darum, sieh zu, dass du so viel wie möglich herauskriegst, und ruf mich wieder an!« Sam legte auf. Er selbst fand das alles zwar reichlich wirr, die Geschichte von einer Lina aus dem 17. Jahrhundert, aber würde man tatsächlich davon ausgehen, wusste ihr Entführer wahrscheinlich nicht, dass Lina ein Medium war, und das wiederum könnte bedeuten: Lina lebte noch.

60

Konstantin war nach oben gegangen und suchte in dem alten Sekretär seiner Tante Elisabeth einen Schreibblock und einen Stift für Lina. Danach ging er in die Küche, schöpfte mit der Kelle ein wenig Suppe aus einem Topf und probierte. Sie war ausgesprochen lecker, fand er und holte zwei Teller aus dem Küchenschrank. Er dachte an seine liebe Tante, die sich immer über seine Kochkünste gefreut hatte. Jahrelang hatte er sie umsorgt, gepflegt, gewaschen, ihr aus der Zeitung vorgelesen, für sie eingekauft. Das war die schönste Zeit in seinem Leben gewesen. Zum Glück hatte ihr Mann, sein Onkel Erwin, ihr genug hinterlassen, sodass sie ein sorgenfreies Leben führen konnten. Zum ersten Mal hatte er so etwas wie Liebe gespürt. In dieser Zeit hatte er den Nachnamen seiner Tante angenommen, denn den seiner verhassten Eltern wollte er nicht länger tragen. Seine Tante hatte ihn immer verstanden. Sie hatte auch nachvollziehen können, dass er seine Eltern nicht mehr sehen wollte, und so hatte sie ihrer Schwester nie gesagt, dass er bei ihr lebte.

Konstantin stellte die Teller mit der Suppe auf ein Tablett, dazu ein Glas Wasser und ging, Block und Stift unter den Arm geklemmt, zurück in den Keller. Als er die Tür öffnete, lag Lina zusammengekrümmt auf dem Bett und rührte sich nicht. Konstantin stellte das Tablett ab und rief ihren Namen. Nichts. Er näherte sich ihr und berührte sie am Arm, doch sie regte sich noch immer nicht. Er drehte sie auf den Rücken und fühlte ihren Puls. Nichts. Linas Herz hatte aufgehört zu schlagen.

2005

Eines Tages stand sie vor der Tür: der Engel. Der Pflegedienst schickte ihm zur Unterstützung eine junge Frau. Sie war sanft und demütig, sie machte alles, was Konstantin ihr auftrug. Er war ganz angetan von dem engelsgleichen Wesen, sie war so anders als die Nonnen damals im Kloster, die ihn nicht einmal richtig angesehen hatten. Ihr Haar war hellblond, beinahe weiß wie das hellste Silber. Sie war keine Schönheit, im Gegenteil: Ihre Haut war blass, sie hatte viele Leberflecken, ihr Mund war klein und schmal, und ihre Nase ragte gerade und scharfkantig wie eine Haifischflosse aus dem Gesicht. Dafür waren ihre Augen von einem schönen Hellblau und blickten ihn stets sanftmütig an. Ein Jahr liefen sie in der großen Villa aneinander vorbei, berührten sich nur hier und da zufällig, wenn sie gemeinsam die Tante umbetteten, oder lächelten sich schüchtern an. Bis zu dieser Nacht.

Als er aufwachte, stand sie vor seinem Bett. Wie hypnotisiert hob er die Decke, und sie drängte sich an ihn. Berührte ihn an Stellen, an denen bis jetzt nur er sich berührt hatte. Plötzlich setzte sie sich auf ihn, und er explodierte innerlich. Etwas schoss aus seinem Unterleib in den Engel, er zuckte, bebte, stöhnte – dann war es vorbei, und der Engel legte sich wieder neben ihn. Die ganze Nacht machte er kein Auge zu. Er lag steif wie eine Mumie neben ihr und lauschte ihrem leisen Atem. Als er morgens wie immer aufstand und nach der Tante sah, blickte er in ihre toten Augen. Er bekam Angst. Keiner sollte erfahren, dass sie tot war. Nichts sollte sich ändern. Er schickte den Engel nach Hause. Tag und Nacht saß er neben dem Bett seiner Tante und redete mit ihr, bis der Gestank unerträglich wurde und er sie im Keller vergrub.

Seine Trauer war unerträglich, wieder war er verlassen worden. Er lebte alleine in dem großen Haus, ging nur nachts hi-

naus. Das Essen ließ er sich vor die Tür stellen, und Überweisungsbelege für die laufenden Kosten warf er nachts in den Briefkasten der Bank. Er hatte kein Testament gefunden, und er hatte Angst, dass sich entfernte Verwandte wegen des Erbes melden könnten. Wovon hätte er leben sollen? Er hatte nichts gelernt, hatte nie gearbeitet, kannte sich da draußen nicht aus. Er wusste nur, dass regelmäßig die Witwenrente auf ihrem Konto einging und dass ihr Erspartes den Rest seines Lebens reichen würde. Ihre Unterschrift beherrschte er bald perfekt, und so füllte er Schecks aus und unterzeichnete in ihrem Namen Rechnungen und Briefe.

Eines Tages kam der Engel zurück. Ihr vertrautes Gesicht, ihr Lächeln und die Erinnerung an das berauschende Gefühl in jener Nacht – er ließ sie in sein Leben. Sie kam fast täglich. Wenn sie Kaffee tranken, stand er manchmal auf und tat, als sähe er nach seiner Tante. Er war sich sicher, dass sie wusste, was passiert war, doch sie fragte nie. Sie war einfach nur gut zu ihm. Sie ließ ihn wieder aufleben, und wenn die dünne Gestalt nachts auf ihm saß und ihn Ungeahntes fühlen ließ, vergaß er alles um sich herum.

Doch dann betrog sie ihn. Eines Tages eröffnete sie ihm, dass sie schwanger war, dass das Kind aber krank war. Sie war bei einer Frau gewesen, die ihr die Karten gelegt und ihr gesagt hatte, dass das Kind schwachsinnig zur Welt kommen würde. Sie wollte es abtreiben. Sein Kind. Sie hatte sich von ihm abgewandt und sich dem Dämon anvertraut. Da erinnerte er sich an die Worte von Pater Paul. Das Weib ist der Anfang allen Übels.

Bilder aus seiner letzten Nacht im Kloster tauchten vor seinem inneren Auge auf. Er war nachts aufgestanden, um sich an der Nonne zu rächen, um den Dämon in ihr zu töten. Er war über den Gang gehuscht, bis er plötzlich ein Geräusch gehört hatte. Schnell hatte er sich hinter einer Säule versteckt und gewartet, bis eine gebeugte Gestalt an ihm vorbeigeschlichen war. Sie hatte sich langsam bewegt und ein Bein schwerfällig nachgezogen. Als die Gestalt aus dem Schatten der Säule trat, hinter der er stand, hatte er das Gesicht von Pater Paul erkannt. Er war erstarrt. Warum konnte der alte Mann auf einmal laufen? Später hatte er verstanden, woher der Pater in dieser Nacht die Kraft hatte, aufzustehen und sein Werk zu vollenden: Gott hatte ihm geholfen.

Er war ihm bis zum Dormitorium der Nonnen gefolgt, wo der Pater im Zimmer von Schwester Augustina verschwunden war. Er hatte an der Tür gelauscht und gehört, wie Pater Paul irgendetwas gemurmelt hatte, dann hatte er Gewimmer gehört. Er hatte die Tür einen Spaltbreit geöffnet und gesehen, wie der Pater dabei war, der Nonne den Kopf zu rasieren. Die Worte des Paters waren nun deutlicher zu hören. Offensichtlich versuchte er Schwester Augustina von einem Dämon zu befreien. Plötzlich hatte der Pater in seiner Handlung innegehalten, sich zur Tür umgedreht und ihn scharf angesehen. Doch dann hatte er gelächelt und ihm ein Zeichen gemacht einzutreten. Bei seinem Anblick hatte die Nonne aufgeschrien und sich mit fliegenden Fingern bekreuzigt, als wäre er der Leibhaftige. »Zieh sie aus«, hatte er ihm befohlen und auf die kniende Gestalt vor sich gezeigt. Er war an die zitternde Nonne herangetreten und hatte ihr das Hemd heruntergezogen. Dann hatte Pater Paul ihm einen Hammer hingehalten und gesagt: »Erschlag sie, sonst schreit sie das ganze Kloster zusammen.« Er hatte keinen Zweifel an der Richtigkeit seiner Tat. Und während der Pater leise lateinische Worte gesprochen hatte, war der Hammer immer wieder auf den Kopf der Nonne gesaust, bis sie in sich zusammengesackt war. Dann hatte er den schweren Körper aufs Bett gezogen, und der Pater hatte sie mit einer Flüssigkeit übergossen. »Vollbringe das Werk und erlöse diese arme besessene Seele«, hatte er gesagt und ihm eine brennende Kerze gereicht. Als er wieder in seinem Zimmer war, hatte er sich ins Bett gelegt, mit offenen Augen an die Decke gestarrt und in die Nacht gelauscht. Die Stille wurde wenig später von schreienden Nonnen und Sirenengeheul durchbrochen. Als er das Kloster verlassen hatte, hatte er die Vergangenheit, die Rache am Weib, die Aufgabe, die ihm Pater Paul aufgetragen hatte, ruhen lassen. Seine geliebte Tante hatte ihm gezeigt, dass das Weib nicht von Grund auf böse war, und auch der Engel hatte ihn davon überzeugt. Doch nun überkamen ihn Zweifel. Er schickte sie fort und holte aus der hintersten Ecke seines Schrankes das alte, in Leder gebundene Buch von Pater Paul, um nachzulesen, woran man erkannte, dass ein Weib besessen war. Drei Tage und drei Nächte las er, und dann wusste er, was er zu tun hatte.

61

Noch bevor sie die Klinik erreichten, rief Juri zurück.

»Alles ganz normal. Die alte Dame ist bei der Deutschen Bank am Mittelweg, und sie ist die Einzige, die Zugang zum Konto hat. Sie lebt von einer Witwenrente – ihr Mann ist vor Jahren gestorben – und von einem nicht unbeträchtlichen Vermögen. Sie hat keine Kinder und wohnt allein in einer Villa in der Abteistraße.«

»Gut, dann guck mal nach, ob du im Telefonbuch einen Konstantin Lange findest.«

»Moment«, meinte Juri, und Sam und Doktor Ritter hörten, wie er etwas in den Computer eingab. Dann meldete sich Juri wieder: »Konstantin Lange gibt es gar nicht. Dafür fünf K. Lange. Alle über die Stadt verteilt, aber keiner oder keine wohnt in Pöseldorf.«

»Hm ... warte mal kurz.« Sam wandte sich an Doktor Ritter. »Wissen Sie vielleicht, wo Ihr Patient wohnt?«

»Nein, tut mir leid, um die Verwaltung kümmert sich Frau Lopez, Lina.«

»Schade. Juri, hörst du mich? Dann guck mal nach, ob gegen einen Konstantin Lange etwas vorliegt, ob er schon mal aufgefallen ist.«

Wieder hörte man Tastenklappern und nach einer Weile Juris Stimme: »Keine Vorstrafen. Nichts. Was soll ich jetzt machen?«

»Check die Verwandten von Elisabeth Lange. Ich kann mir einfach nicht vorstellen, dass sie an einem Mittelalterfest in Bayern teilgenommen hat und alleine quer durchs ganze Land gefahren ist. Und dann ruf noch mal bei der Bank an, frag, wann sie sie das letzte Mal persönlich gesehen haben. Und meld dich wieder, wenn du was hast!«

Sam legte auf und bog in die Alsterkrugchaussee ein, die Straße, die am Eppendorfer Moor vorbeiführte, wo sie die Asche von Isabella Longi gefunden hatten. Er fuhr daran vorbei und folgte der Straße zur Klinik Ochsenzoll, in der sich vor nicht einmal einer Woche seine Schwester umgebracht hatte – und in der wahrscheinlich die einzige Frau saß, die ihm sagen konnte, wer der Mörder war.

62

Konstantin hatte den Defibrillator bereits das eine oder andere Mal angewandt, wenn die verdorbenen Seelen bei seiner Befragung frühzeitig aus dem Leben scheiden wollten und er sein Werk noch nicht vollbracht hatte. Dieses Mal rettete der Defibrillator das Leben seiner Geliebten. Linas Herz schlug wieder. Sie lag mit geschlossenen Augen vor ihm und atmete, flach zwar nur, aber sie atmete.

Sie durfte nicht ohne ihn gehen, er wollte nicht wieder allein gelassen werden. Er musste bei ihr bleiben, um sicherzugehen, dass sie beide auf ewig im Paradies leben würden.

Er ging nach oben und löste die Tabletten in zwei Wassergläsern auf. Es ging jetzt nur noch um ihn und Lina, alles andere zählte nicht mehr. Er hatte einige Seelen dem Teufel entrissen, sein Werk sollte nun ein anderer fortführen.

Lina wachte auf. Sie fühlte sich elend und schwach. Er war fort, und sie war das erste Mal ohne Fesseln. Neben dem Bett stand ein Tablett mit zwei Suppentellern, daneben lagen ein Block und ein Stift. Sie griff danach, doch ihr Arm schien Tonnen zu wiegen. Alles fiel ihr schwer, ihre Bewegungen waren langsam. Doch dann hatte sie beides zu sich gezogen und aufgehoben. Sie hielt den Stift über das Papier und wartete.

»Hallo? Seid ihr da?«, fragte sie in Gedanken. Ihr Arm begann zu kribbeln und schrieb ein großes geschwungenes »Ja«.

»Was soll ich machen? Helft mir!«, dachte Lina.

Der Stift in ihrer Hand bewegte sich über das Papier, zeichnete Striche und verband sie miteinander. Schließlich sah sie ein Bett.

»Ein Bett? Was soll ich damit anfangen?« Lina überlegte, während ihr wieder schwarz vor Augen wurde. »Was ist mit dem Bett?«, fragte sie in Gedanken.

Ihre Hand malte einen geschwungenen Pfeil, der nach oben zeigte. Unter dem Bett konnte es nicht sein, dann würde der Pfeil nach unten zeigen. Auf dem Bett, über dem Bett? Lina verstand nicht. Sie war verzweifelt, sie fühlte, wie ihre Kraft sie wieder verließ. Dann hörte sie Schritte.

63

Wieder musste Sam den weißen Gang entlanggehen, und er hoffte inständig, dass es das letzte Mal war. Die Erinnerung an seine Schwester und die Trauer schnürten ihm die Kehle zu. Dort war das Zimmer, in dem sie gestorben war. Er drehte den Kopf nach vorne und ging weiter. Dann erreichten sie das Zimmer der rätselhaften Frau.

Doktor Willfurth öffnete mürrisch die Tür und trat dann, gefolgt von Sam und Doktor Ritter, ein. Der Arzt war strikt gegen das Experiment gewesen und hatte zunächst seine Erlaubnis verweigert. Sie sei schließlich seine Patientin, hatte er gesagt, und dass er solchen Hokuspokus nicht dulde. Sam war laut geworden und hatte ihn beschworen, Doktor Ritter zu ihr zu lassen. Erst als er dem Arzt gedroht hatte, ihn dafür verantwortlich zu machen, falls Lina ermordet wurde, hatte dieser nachgegeben.

Die Frau lag im Bett und starrte auf die gegenüberliegende Wand. Wie immer brabbelte sie Bibelverse vor sich hin. Von den drei Männern, die eben ihr Zimmer betreten hatten, nahm sie keine Notiz. Doktor Ritter sah erst sie kopfschüttelnd an und dann Sam.

»Meinen Sie wirklich, es ist hoffnungslos?«, fragte Sam.

»Ich fürchte es. Aber ich werde es trotzdem versuchen.«

Er holte eine Papiertüte aus seiner Tasche und stellte sich neben das Bett.

Doktor Willfurth lehnte mit verschränkten Armen, die seine Missbilligung zum Ausdruck bringen sollten, an der Fensterbank und beobachtete Doktor Ritter. Dieser bewegte jetzt direkt vor den Augen der Frau seinen Zeigefinger von links nach rechts, doch ihr Blick blieb starr auf die Wand gerichtet. Doktor Willfurth zog die Augenbrauen nach oben, was wohl in etwa heißen sollte: »Na, Herr Kollege, da kommen Sie auch nicht weiter …«

Der Hypnosetherapeut seufzte tief und griff dann nach der Tüte. Er blies sie auf und ließ sie direkt neben dem Ohr der Frau platzen. Als hätte man bei einer Marionette die Fäden durchtrennt, sackte die Frau zusammen und blieb reglos auf dem Bett liegen. Doktor Willfurth stürzte zu ihr und schob Doktor Ritter beiseite. Wahrscheinlich fürchtete er, dass seine Patientin einen Herzinfarkt bekommen hatte, denn er fühlte hektisch ihren Puls. Dann entspannte sich sein Gesicht, und auch Sam atmete auf. Alles war offenbar in Ordnung.

»Ich möchte, dass Sie sich auf Ihren Atem konzentrieren. Atmen Sie tief ein und aus«, sagte Doktor Ritter mit monotoner Stimme.

Keine Reaktion.

»Wahrscheinlich haben Sie nicht nur die Tüte, sondern auch ihr Trommelfell zum Platzen gebracht«, sagte Doktor Willfurth sarkastisch und stellte sich wieder an die Fensterbank.

Doktor Ritter beachtete ihn nicht. »Wenn Sie mich hören können, geben Sie mir ein Zeichen, indem Sie die Augen öffnen.«

Doch die Patientin hielt die Augen geschlossen und lag ruhig da.

»Ich möchte, dass Sie sich an die schönste Zeit Ihres Lebens zurückerinnern. An Ihre Kindheit vielleicht oder an Ihre Jugend, an Ihre erste große Liebe.«

Wieder keine Reaktion. Doktor Ritter drehte sich zu Sam und hob resignierend die Schultern.

»Schön warm.« Eine feine, hohe Mädchenstimme kam aus dem Mund der Frau.

Doktor Ritter fuhr herum und blickte erstaunt auf die Patientin, die plötzlich lächelte. Auch Doktor Willfurth war ungläubig ans Bett herangetreten, fast schien es, als hätte er aufgehört zu atmen. Auch Sam hielt vor Anspannung die Luft an.

»Wo ist es schön warm?«, fragte Doktor Ritter behutsam.

»Im Wasser.«

»Was kannst du noch sehen?«

»Meine Mama. Sie hat ein Kleid mit Blumen an. Sie ist schön. Ich will so sein wie sie.«

»Wie alt bist du?«

»Sechs.«

»Wie heißt du?«

»Solveigh.«

Doktor Ritter nickte den beiden Männern zu, die direkt hinter ihm standen.

»Solveigh, ich möchte, dass du in deinem Leben weiter nach vorne gehst. Zu einem Erlebnis, das weniger schön für dich war.«

Eine Pause trat ein. Sie schien unendlich lang zu sein. Die Spannung in dem kleinen Krankenzimmer war fast mit den Händen zu greifen. Die drei Männer starrten erwartungsvoll auf das Bett herunter. Dann sprach sie wieder, doch nun war ihr kindliches Lächeln verschwunden.

»Er hat mir eine Sechs gegeben.«

»Wer?«

»Mein Physiklehrer. Er mag mich nicht, weil ich nicht verstehe, was er redet.«

»Wie alt bist du, Solveigh?«

»Vierzehn.«

»Ich möchte, dass du in die Zeit gehst, als du nicht mehr in der Schule bist. Was macht dir Spaß?«

»Ich helfe gern Menschen.«

Ihre Stimme hatte sich verändert. Sie klang fest und entschlossen, wie die einer erwachsenen Frau, die mit beiden Beinen im Leben steht.

»Arbeitest du?«

»Ja.«

»Wo?«

»Für einen Pflegedienst.«

»In welcher Stadt?«

»In Hamburg.«

Doktor Ritter sah Sam fragend an. Die Möglichkeit, dass dieses Experiment funktionieren könnte, hatten sie beide für so unwahrscheinlich gehalten, dass sie nicht einmal besprochen hatten, was der Therapeut eigentlich fragen sollte, wenn er zu ihr vordrang.

Sam versuchte sich zu konzentrieren. Pflegedienst, das hieß, dass sie alte oder kranke Menschen betreut hatte. Er wühlte in seiner Hosentasche, zog einen zerknüllten Parkschein hervor, schrieb eine Frage darauf und zeigte sie Doktor Ritter.

»Hast du einen bestimmten Patienten betreut?«

»Ja. Es ist mein erster Fall. Eine alte Dame. Sie ist sehr krank. Sie braucht unsere Hilfe.«

Wieder schrieb Sam etwas auf und zeigte die Frage Doktor Ritter.

»Lebt die Frau allein?«

»Nein. Sie hat einen Neffen.«

»Was macht der Neffe?«

»Er kümmert sich auch um sie.«

»Geh weiter, was passiert dann?«

Solveighs Gesicht verzog sich zu einer schmerzverzerrten Grimasse, ihre Augen waren weit aufgerissen. Sie wimmerte, dann schrie sie laut auf. Danach trat eine gespenstische Stille ein.

»Was ist geschehen?«, fragte Doktor Ritter.

»Es ist kalt. Die Nadeln bohren sich in mein Fleisch.« Sie begann wieder zu wimmern.

»Hören Sie auf damit! Holen Sie sie da raus!« rief Doktor Willfurth entrüstet und trat näher ans Bett heran. Doch Sam hielt ihn am Arm fest und hinderte ihn daran, die Frau anzufassen und sie aus der Vergangenheit zu reißen.

»Wer tut dir das an?«

Wieder schrie sie, schrill und in Todesangst, sodass sich die Härchen auf Sams Arm aufstellten.

»Konstantin«, flüsterte sie. »Er ist böse auf mich. Er bestraft mich.«

Also doch. Sie waren auf der richtigen Spur. Sam war so aufgeregt, dass er seine nächste Frage nicht aufschrieb, sondern sie Doktor Ritter zuflüsterte: »Der Nachname?«

»Wie heißt Konstantin mit Nachnamen?«

»Ich weiß nicht. Es ist dunkel. Ich sehe nichts.«

»Wo bist du?«

»In einem Keller. Es gibt keine Fenster.«

»Wo ist der Keller?«

»In seinem Haus.«

Das Haus gehört der alten Dame, die sie gepflegt hat, schoss es Sam durch den Kopf. Konstantin wohnt bei ihr. Wieder flüsterte er Doktor Ritter etwas zu.

»Wie heißt die alte Dame?«

»Ich weiß nicht.«

Sam fluchte leise.

»Geh zurück bis zu dem Punkt, als du die alte Dame mit Namen ansprichst.«

Wieder entstand eine unerträglich lange Pause. Sam begann, nervös auf und ab zu gehen. Warum sagte sie denn nichts? Endlich antwortete Solveigh.

»Sie heißt Frau Lange, Elisabeth Lange.«

64

Er reichte ihr das Glas mit den darin aufgelösten Tabletten.

»Ich will das aber nicht trinken.«

»Du musst aber.«

»Nein. Ich trinke das nicht«, sagte Lina wie ein trotziges Kind. Sie spürte, dass von der trüben Flüssigkeit in dem Glas Gefahr ausging. Als er wieder hereingekommen war, hatte sie das Blatt Papier mit der Zeichnung schnell unter das Bett geschoben. Noch immer überlegte sie, was die Zeichnung zu bedeuten hatte. Das Bett, wie konnte ihr das helfen? Und was hatte der Pfeil zu bedeuten? Warum zeigte er nach oben? Sie musste Zeit gewinnen.

Sie erhob sich, taumelte, als ob ihr schwindlig wäre, und ließ das Glas fallen. Es zersprang in tausend Scherben, und die Flüssigkeit spritzte auf den Boden. Plötzlich hatte sie wieder das Gefühl, nicht atmen zu können. Der Schmerz im Rücken, in der Brust – er breitete sich wieder aus, wurde stärker.

»Du ... du ... das hast du mit Absicht gemacht«, fauchte Konstantin sie an, und seine Augen waren voller Hass.

»Nein! Es tut mir leid!« Sie schlug scheinbar bestürzt die Hände vors Gesicht, während er die Scherben aufsammelte. Sie linste zwischen ihren Fingern hindurch und beobachtete ihn, wie er auf dem Boden herumkroch. Dann hielt sie den Atem an. Doch es war zu spät. Konstantin hatte das Blatt Papier unter dem Bett entdeckt. Er hob es auf und betrachtete es mit gerunzelter Stirn. Ob er erkannte, was das war?

»Was ist das?«, fragte er mit schneidender Stimme.

Sie schwieg. Sie konnte ihm schlecht erzählen, dass sie ihrer Mutter keinen Brief geschrieben hatte, sondern ihr eine Zeichnung schicken wollte. Doch er verstand auch so.

»Du bist also auch eine von ihnen, redest mit den Dämonen! Lässt sie in deinen Körper dringen und dir Botschaften schicken!

Du bist des Teufels wie sie alle! Und dafür wirst du büßen!« Sein Gesicht war hasserfüllt, er drehte sich zur Wand. Dort lag auf dem Boden eine Kette mit einem schweren Eisenring. Er nahm sie und legte ihr den Ring, ohne ein weiteres Wort zu sagen, um den Fuß. Das andere Ende der Kette machte er am Bett fest und sicherte es mit einem schweren Eisenschloss.

»Viel Vertrauen hast du ja nicht zu deiner Zukünftigen«, sagte Lina so sanft wie möglich. Sie versuchte zu lächeln, doch sie konnte nicht verhindern, dass sie plötzlich am ganzen Körper zitterte.

Er sah sie kalt an und zischte: »Bete in deinen letzten fünf Minuten für deine schwarze Seele, Lina.«

Dann verließ er den Raum. Er ließ die Tür offen, aber das half ihr nun auch nicht mehr. Offenbar ging er nicht nach oben, sondern blieb im Keller. Sie hörte, wie er in einem anderen Raum Gegenstände anhob und sie wieder abstellte. Er schien etwas zu suchen.

Lina wurde schwindelig. Der Schmerz brannte in ihr. Dann, ganz plötzlich, verstand sie die Zeichnung. Warum war sie nicht schon eher darauf gekommen? Sie erhob sich langsam, achtete darauf, dass die Kette nicht allzu viel Geräusche machte, und hob mit dem letzten bisschen Kraft, die noch in ihr steckte, die eine Seite des schweren Eisenbettes hoch. Sie hörte ein leises Klirren und setzte das Bett wieder ab. Vor ihren Füßen lag etwas, das aus dem hohlen Fuß des Bettgestells herausgefallen war. Sie hörte wieder Schritte. Sie bückte sich und griff blind nach dem glitzernden Gegenstand, ohne den Gang hinter der Tür aus den Augen zu lassen. Ihre Finger schlossen sich, und sie spürte einen Schmerz in ihrer Handfläche. In diesem Moment betrat er das Zimmer. Ihr Herz pochte schnell und unregelmäßig, wieder durchbohrte sie dieser Schmerz, der ihr schier den Atem nahm. Dann spürte sie, wie ihre Handinnenfläche feucht wurde. »So, nun wirst du lernen zu gehorchen! Leg dich hin«, sagte er barsch. Er hatte einen Trichter und ein braunes Glasgefäß ohne Etikett in der Hand.

Er schüttete ein wenig der Flüssigkeit auf den Boden. Der beißende Geruch der Salzsäure stieg in einer Wolke nach oben, und Lina hielt die Luft an. Dann kniff sie die Augen zusammen und holte aus.

Die Scherbe in ihrer Hand zerschnitt sauber wie ein Skalpell seine Halsschlagader. Die Augen ungläubig aufgerissen, griff er sich an den Hals. Das Blut sickerte unaufhörlich zwischen seinen Fingern hervor, schlängelte sich wie kleine Vipern an seinem Unterarm entlang und tropfte vom Ellenbogen direkt auf den dunklen Fleck auf dem nackten Betonboden. Er schwankte. Noch bevor seine Beine den Dienst versagten und er zusammensackte, glitt ihm die braune Glasflasche aus der Hand. Ein letztes Aufstöhnen, und dann brach er vom Schmerz überwältigt zusammen.

»Wie heißt es in der Bibel? Auge um Auge, Zahn um Zahn. Für alles bezahlt man im Leben. Wenn nicht in diesem, dann in einem anderen,« sagte Lina leise und ließ sich schwer atmend auf das Bett sinken.

65

Juri war gerade auf dem Weg nach unten ins Büro, um seine Jacke zu holen. Er war in Eile, schließlich wartete Sam in der Abteistraße auf ihn. Nachdem er dabei zugesehen hatte, wie man den Leichnam von Pater Dominik von der Wand genommen hatte, war ihm das kleine Kellerbüro mit dem dunklen verlassenen Gang nicht ganz geheuer gewesen. Er hatte sich auf den freien Platz eines Kollegen in den oberen Büros gesetzt und die ganze Recherche über Elisabeth Lange von dort aus gemacht. Schon auf der Treppe hörte er das Telefon klingeln. Sam konnte es nicht sein, er würde ihn auf dem Handy anrufen. Er überlegte, ob er einfach nicht rangehen sollte, nahm dann aber doch ab. Es war das Kloster in Feldenbergen, in dem Schwester Augustina einst ihr Gelübde abgelegt hatte. Dort kannte man ihren richtigen Namen: Sie hieß Anna Maria Rieckmann. Rieckmann sagte ihm jedoch gar nichts. Er bedankte sich für den Anruf und zog seine Jacke vom Stuhl, als ihm ein Zettel auf dem Tisch auffiel, den er dort nicht hingelegt hatte. Jemand musste ihn, während er oben gewesen war, dort hingelegt haben. Es war ein Schreiben vom Einwohnermeldeamt in Stuttgart, das per Fax gesendet worden war. Er war etwa eine Woche alt. Wahrscheinlich aus Nachlässigkeit oder weil keiner so genau wusste, wo dieser Kollege aus München sein Büro hatte, hatte es erst jetzt den Weg in Sams und Juris Kabuff gefunden. Es enthielt die Geburtsdaten von Pater Dominik und die Namen seiner Eltern und Geschwister.

Aufgeregt überflog er die Daten auf dem Fax:

Simon Rieckmann, led.
Ordensname: Dominik
geb. am 21.3.1975
Vater: Gunther Rieckmann, geb. am 12.4.1946
Eltern: Egon Rieckmann und Inge Rieckmann, geb. Semhausen
Geschwister: Anna Maria Rieckmann
Mutter: Rosa Rieckmann, geb. Patt, geb. am 8.9.1947
Eltern: Herbert Patt und Marion Patt, geb. Finkel
Geschwister: Elisabeth Lange, geb. Patt
Geschwister: Konstantin Rieckmann, Sabine Rieckmann

Demnach war also Schwester Augustina die Tante von Pater Dominik, und der Pfarrer hatte nicht nur eine Schwester, sondern auch einen Bruder gehabt. Konstantin. So hieß auch der Mann, der angeblich in einem früheren Leben Linas Geliebter gewesen war und der die Frau aus der Klinik gefoltert hatte. Aber sein Nachname war doch Lange, nicht Rieckmann. Und da schob sich das letzte Puzzleteil an seinen Platz. Konstantin Rieckmann war zu Konstantin Lange geworden, er hatte den Namen seiner Tante angenommen. Und Konstantin musste der Junge aus dem Hospiz sein – und der Mörder.

Juri war fassungslos. Wenn dieses Schreiben doch nur früher

angekommen wäre. Vielleicht hätten sie dann schneller eins und eins zusammengezählt, und sehr wahrscheinlich wäre Pater Dominik dann heute noch am Leben.

66

Das einzig frei stehende Häuschen in der Abteistraße lag ziemlich versteckt hinter einer hohen unbeschnittenen Hecke, und beinahe wäre Sam daran vorbeigefahren. Es lag vollkommen im Dunkeln. Keine Außenbeleuchtung, kein einziges Fenster, in dem Licht brannte. Die Fassade hatte tiefe Risse, die sich in Zacken durchs Mauerwerk fraßen, und an den kleinen Blumenbeeten unter den Fenstern hatte schon lange keiner mehr Hand angelegt.

Rings um das kleine Haus standen die zwei- bis dreistöckigen mit Stuck verzierten edlen Altbauvillen, die für diese Gegend typisch waren, und ließen das kleine Haus noch unscheinbarer aussehen. Hier und dort brannte Licht, Schatten bewegten sich hinter den Fenstern, und Autos standen in den schmalen Auffahrten.

Sam tigerte nervös auf und ab. Wo blieb Juri nur? Endlich sah er zwei Scheinwerfer auf sich zukommen. Der Wagen hielt direkt neben ihm, dann stieg Juri aus und drückte ihm ein Blatt Papier in die Hand. So knapp wie möglich erzählte Juri von dem Telefonat mit dem Kloster und wie nun, ganz plötzlich, alles einen Sinn ergab.

Sam nickte nur, während er Juri zuhörte und gleichzeitig die Namen auf dem Blatt Papier überflog. Dann sah er wieder auf das Haus, das vollkommen unbewohnt schien. Zweifel kamen in ihm hoch. Vielleicht war der Mörder schon über alle Berge, nachdem er die Seele seines Bruders auch gerettet hatte, blieb hier nicht mehr viel zu tun. Und Lina? Hatte er sie mitgenommen, oder würden sie ihren leblosen Körper in dem Haus finden. Bei dem Gedanken wurde Sam schlecht.

»Hey, worauf warten wir noch?« Juri hatte seine Jacke ins Auto gelegt und sich die Ärmel hochgekrempelt.

Sie hatten zwar Verstärkung angefordert, aber Sam wollte auch nicht länger warten.

Sie kamen ganz leicht auf das Grundstück. Der Riegel des gusseisernen Tores ließ sich beinahe lautlos zur Seite schieben, und die beiden Männer schlüpften hindurch. Beide hatten ihre Waffen gezogen und schlichen zur Haustür. Nachdem trotz Klingeln und Klopfen niemand geöffnet hatte, trat Juri die Tür kurzerhand ein.

Drinnen war es stockdunkel. Sie betraten den Flur und blieben erst einmal reglos stehen, um ihre Augen an die Dunkelheit zu gewöhnen. Sam tastete die Wände nach einem Lichtschalter ab. Endlich fand er einen, es klickte, aber trotzdem blieb alles dunkel.

»Scheiße«, fluchte Sam vor sich hin. Schemenhaft konnte er erkennen, dass von dem Flur, in dem sie standen, mehrere Zimmer abgingen. Eine Treppe führte nach oben. Darunter befand sich eine kleine Tür, die angelehnt war und aus der ein schwacher Lichtschimmer drang – offenbar die einzige Lichtquelle im Haus. Sam ging näher und sah, dass eine Treppe nach unten führte.

»Ich geh runter. Du bleibst hier oben«, sagte Sam und hörte ein leises Klappern. »Was ist das denn?«

»Meine Zähne … mir ist so kalt«, log Juri. Seine Zähne schlugen vor Anspannung unkontrolliert aufeinander. Er war froh, dass Sam nicht sehen konnte, wie ihm der Schweiß von der Stirn tropfte. Juri war zwar schon seit zwei Jahren bei der Polizei, aber es war das erste Mal, dass er einen Serienkiller stellen sollte. Sam spürte, wie groß Juris Angst war, und auch ihm war unheimlich zumute. Die Waffe im Anschlag, ging er Stufe für Stufe langsam in den Keller hinunter. Auf der letzten Stufe blieb er stehen und sah sich um. Er stand in einem großen Vorraum. An den Wänden standen Holzregale, in denen Kisten gestapelt, altes Werkzeug und abgegriffene Haushaltsflaschen gelagert wurden.

Weiter hinten stand eine Tür halb offen. Schon vom Fuß der Treppe aus sah er, dass dort jemand lag. Der Größe der Füße nach zu urteilen, war es ein Mann. Auf jeden Fall nicht Lina. Erleichtert atmete er aus und ging auf die Holzttür zu. Die Waffe immer noch im Anschlag, trat er leicht dagegen, sie schwang zur Seite und gab den Blick frei auf den gesamten Raum. Plötzlich stach ihm ein ätzender Geruch in die Nase, nahm ihm beinahe den Atem, und er bedeckte seinen Mund schützend mit dem Ärmel.

Vor ihm auf dem Boden lag in einer großen Blutlache ein Mann mit entstelltem Gesicht, und halb auf dem Bett, halb auf dem Boden lag Lina. Trotz des schummrigen Lichts konnte er sehen, dass sie kalkweiß war.

Er kniete sich neben sie und fühlte ihren Puls. Nichts. War er zu spät gekommen? Ihm fielen die Worte ihrer Mutter ein. »Und man sagt, dass ein transplantiertes Herz schneller altert und nach etwa dreizehn Jahren ersetzt werden muss.«

Er erstarrte. Dann schrie er mit sich überschlagender Stimme nach oben: »Juri, ruf einen Krankenwagen! Sofort!«

Er versuchte, sie aufs Bett zu hieven. Sie schien zentnerschwer zu sein. Erst da bemerkte er die schwere eiserne Kette, die an ihrem Fuß hing. Sam ging zu dem Mann hinüber und beugte sich vorsichtig über ihn. Vielleicht hatte er ja den Schlüssel zu Linas Fesseln in der Tasche? Der Tote starrte ihn mit offenen Augen an. Ein Auge war grün, eines blau. Nun hatte er ihn endlich gefunden, den Jungen mit den seltsamen Augen. Sam atmete tief durch und tastete in Konstantins Taschen nach einem Schlüssel, doch er fand nichts.

Wieder rief er nach Juri. Innerhalb von wenigen Sekunden stand dieser in der Tür. »Auftrag ausgeführt, der Kranken-«, Juri brach entsetzt ab und starrte paralysiert auf die beiden leblosen Körper.

»Du kannst gleich noch die Feuerwehr rufen. Das Ding hier müssen sie mit einem Bolzenschneider aufmachen.«

Juri zückte sein Handy, hatte aber im Keller keinen Empfang und rannte wieder nach oben.

Sam sah auf Lina herab, die leblos in seinem Arm lag. Mit ihren schwarzen Haaren und ihrem bleichen Gesicht erinnerte sie ihn an Schneewittchen in ihrem gläsernen Sarg. Sam wusste nicht, ob es helfen würde, aber er brachte Lina, so weit es die Kette zuließ, weg von dem beißenden Geruch der Säure und begann, sie zu beatmen und ihr Herz zu massieren.

Nachdem Lina vom Krankenwagen und der tote Konstantin vom Leichenwagen abgeholt worden waren, durchsuchten Sam und Juri das Haus. Sie brauchten nicht lange, um den Beweis zu finden, dass Konstantin Lange alias Lukas ihr Mörder war.

In der hintersten Ecke eines Schrankes fanden sie eine Originalausgabe des *Hexenhammers* von 1486: das Buch, das die Regeln für die Folter von angeblichen Hexen und Zauberern enthielt und das Abertausende von Menschen das Leben gekostet hatte.

Sam hielt das schwere, über fünfhundert Jahre alte Buch in der Hand, und trotz des grausamen Inhalts erfüllte ihn eine gewisse Ehrfurcht. Er setzte sich auf den Boden und betrachtete es von allen Seiten. Dabei fiel ihm auf, dass der hintere Teil leicht abstand. Mit einem Fingernagel löste er die letzte Seite vom Buchrücken, und zu seiner Überraschung hielt er plötzlich dicht beschriebenes Papier in der Hand. Darauf waren die Prozesse der Dominikanermönche, die sie in ihrem Kloster in Günterstal abgehalten hatten, genau protokolliert. Jede der acht Frauen war gefoltert worden und hatte schließlich gestanden, mit dem Teufel im Bunde zu sein. Sie alle waren mit dem Tod auf dem Scheiterhaufen bestraft worden. Das Rätsel um die verschwundenen Frauen bei Freiburg war gelöst. Unter einem alten abgegriffenen Stoffpinguin lag ein weiteres Buch. Sam schlug es auf, überflog die Seiten und klappte es wieder zu. Es bestätigte nur, was er geahnt hatte. Alle Frauen waren grausam gefoltert und dabei von ihrem Peiniger, Konstantin Lange, einem Verhör unterzogen worden. Glücklicherweise war kein ihm unbekanntes Opfer dabei.

Sam schüttelte sich. »Wir leben hier in der Hölle«, hatte Pater Dominik gesagt. Ja, das hier ist wirklich die Hölle, besetzt von Milliarden von Teufeln. Und immer wieder tanzte der eine oder andere von ihnen aus der Reihe, dachte Sam und erhob sich mühsam.

Inzwischen wimmelte das ganze Haus von Beamten der Spurensicherung, die in ihren weißen Overalls wie Mondmenschen in der Villa herumliefen. »Hier schau mal.« Juri stand hinter ihm und hielt einen Henkerswanst in die Höhe. »Kannst du dich noch …«

»O nein, sag nicht, dass der Henker am Tisch unser Mörder war.«

»Sieht fast so aus. Übrigens sind sie im Keller auf zwei Leichen gestoßen. Eine große und eine kleine. Schätze, es handelt sich um Elisabeth Lange und die Frühgeburt«, meinte Juri.

Sam nickte, er war todmüde. Er schlug Juri auf die Schulter und trat dann in die kühle Nacht hinaus. Er rief Peter Brenner an, schilderte kurz, wie sie den Fall gelöst hatten, und schaltete dann sein Handy aus.

67

Der erste schöne Tag in diesem Jahr. Endlich war Frühlingsanfang. Gelbe, weiße und lila Krokusse blühten auf den Wiesen, und selbst ausgesprochene Naturmuffel freuten sich über die Wunder, die die Erde jedes Jahr wieder hervorbrachte. Auch an den Bäumen zeigten sich bereits die ersten Blätter, nur die Rhododendren blühten noch nicht.

Eine kleine Gruppe stand in der Frühlingssonne vor dem Sarg, auf dem ein Kranz aus weißen Lilien lag. Das Ende eines Lebens – oder war das erst der Anfang, wie Lily geglaubt hatte? Er hörte noch ihre Worte: »Alles hat einen Sinn, Sammy.« Ja, dachte er, ihre Krankheit, ihr Tod hatten am Ende doch einen Sinn gehabt. Ohne Lily wäre er nicht in der Klinik auf die

Skelettfrau gestoßen und hätte den entscheidenden Hinweis auf den Mörder nicht erhalten. Die Frau, von der sie nun immerhin wussten, dass sie Solveigh hieß, war nach der Hypnose wieder in ihre Welt eingetaucht und flüsterte seitdem wieder Bibelverse vor sich hin.

Die Sonne spiegelte sich auf dem blanken Holz des Sarges. Fast schien es, als schimmere der Sarg selbst, als suche sich die hell leuchtende Seele darin ihren Weg in die Freiheit.

Sam hatte eine Sonnenbrille auf, unter der jetzt eine einzelne Träne hervorlief und ihm über die Wange rann. Er spürte eine Hand auf seinem Rücken, die ihn mehr tröstete, als es Worte vermochten. Er sah zur Seite und betrachtete das hübsche Profil von Lina, ihre langen Wimpern, ihre vollen Lippen und ihren blassen Teint, der noch an die Strapazen der letzten Wochen erinnerte.

Auf ein Wiedersehen in einem anderen Leben, mein Freund Argault, dachte Sam und wandte sich vom Sarg ab, der nun von den Sargträgern ins Grab herabgelassen wurde. Dann ging er Arm in Arm mit Lina den geschwungenen Kiesweg entlang.

»Ich habe jetzt eine Antwort auf deine Frage.«

»Auf welche Frage?«

»Warum ich an Gott glaube. Weißt du, es ist nicht der Glaube an *den* Gott, es ist der Glaube an sich, an das Übernatürliche, der unserem Dasein einen Sinn gibt und der uns nicht selbstverantwortlich sein lässt für unser Schicksal, sondern die Verantwortung einer höheren Macht überlässt. Erinnerst du dich noch an unsere Nacht, als wir über Gott und die Welt geredet haben?«

»Weniger an das als an…«, weiter kam er nicht, denn Lina kniff ihn kräftig in den Arm. »Du hast einmal gesagt, dass Gott ein Zauberer sein müsste, um die Welt in sieben Tagen erschaffen zu haben, wo ein Baum Jahre braucht, um zu wachsen. Hast du mal darüber nachgedacht, wie der Mensch Gott darstellt?«

»Lass mich überlegen.« Sam machte eine Miene, als würde er angestrengt nachdenken. »Weißhaariger Mann mit langem Bart und ernstem Gesicht?«

»Du bist doof.« Sie kniff ihn wieder in den Arm und lachte. »Aber jetzt mal im Ernst. Erinnert dich das nicht ein wenig an Merlin oder Gandalf, den Zauberer?«

Sam blieb stehen und sah Lina an. »Weißt du, ich glaube, mit der Erklärung kann ich leben.«

Dann griff er in die Luft, als würde er etwas fangen, öffnete langsam seine Hand und hielt sie Lina hin.

»Hey, wo hast du den hergezaubert?«

»Nenn mich einfach Merlin.« In Sams Hand lag der kleine silberne Engel, den er damals in ihrem Apartment gefunden hatte. Er nahm ihren Kopf in beide Hände und küsste sie. Seine Hand fuhr an ihrem schlanken Hals entlang, über die Halsschlagader, die nun wieder in einem steten Rhythmus pulsierte. In einem Rhythmus, den das Herz eines Mörders vorgab.

Dann gingen sie weiter zum Ausgang des Friedhofs, vorbei an den vielen Gräbern mit den Namen längst vergangener Seelen, die vielleicht inzwischen wieder unter uns weilen.

Jan Beinßen

Dürers Mätresse

Paul Flemmings erster Fall.
288 Seiten. Piper Taschenbuch

Während die Menge vor der Frauenkirche dem Prolog des Christkinds lauscht, stürzt ein Mann von der nahegelegenen Fleischbrücke und ertrinkt in der Pegnitz. Der erste einer Serie mysteriöser Unfälle, die sich im vorweihnachtlichen Nürnberg ereignen. Der notorisch neugierige Fotograf Paul Flemming begibt sich gemeinsam mit dem Boulevardjournalisten Victor Blohfeld und der jungen Staatsanwältin Blohm auf die Suche nach der Wahrheit und findet heraus, dass die Unfallopfer eines gemeinsam hatten: ein ungewöhnlich ausgeprägtes Interesse an dem großen Sohn der Stadt, Albrecht Dürer.

»Jan Beinßens spannender Krimi macht neugierig auf die Stadt der Bratwürste und Lebkuchen und ihren berühmten Sohn Albrecht Dürer.«
Norddeutscher Rundfunk

05/2420/01/L

Klaus Modick

Bestseller

Roman. 272 Seiten.
Piper Taschenbuch

Der erfolglose Schriftsteller Lukas Domcik entwirft einen genialen Plan, um das große Geld zu machen: Als er im Nachlaß einer Tante deren schwülstige Lebenserinnerungen als bekennende Nationalsozialistin und später reuige Katholikin findet, schiebt er die überaus attraktive und von ihm heiß begehrte Rachel als Autorin vor, die die Geschichte ihrer vorgeblichen Oma erzählt. Die Medien sind begeistert, und die Doku-Fiction wird zum Bestseller. Doch schon bald verliert Domcik die Übersicht – und die Fäden seiner attraktiven Marionette aus der Hand …

»Das witzigste, aber auch böseste Buch, das Klaus Modick seit langem geschrieben hat, und gleichzeitig das beste.«
Frankfurter Neue Presse

05/2421/01/R